Spionen på FRA

Anders Jallai

Spionen på FRA

Lind & Co

LIND&CO

info@lindco.se

www.lindco.se

Omslag Niklas Lindblad/Mystical Garden Design

Omslagsfoto Shutterstock

Författarfoto Ulla Montan

Tryckt 2010 hos ScandBook AB, Falun

ISBN 978-91-85801-81-7

Förord

Jag fick idén att skriva en spionroman då jag forskade efter material om de sovjetiska underrättelseorganisationerna KGB:s och GRU:s spioneri i Sverige under det kalla kriget. Jag fann information och material som var både sensationellt och unikt. *Spionen på FRA* är en roman baserad på delvis verkliga händelser. Det är den första boken i en serie om Anton Modin och hans vänner.

Jag har använt mig av arkivdokument ur DC-3-arkiven på Säpo, UD, Krigsarkivet och militära underrättelsetjänsten Must, och FRA:s DC-3-arkiv samt Wennerströms personakt på Säkerhetspolisen, inklusive de kvalificerat hemliga delarna. Därtill Säkerhetspolisens personakter fram till år 1985 och Venonamaterialet på Säkerhetspolisen och NSA.

Första boken, *Spionen på FRA,* speglar händelser som inträffade under 1980-talet. Det handlar om ubåtskränkningar och spioner inom FRA och underrättelsetjänsten. Jag har intervjuat initierade personer som delat med sig av sin kunskap och tid. Jag vill tacka dem varmt för detta. Många av dessa personer som var verksamma under de aktuella åren och delvis ännu tidigare, finns inte längre bland oss, vilket jag djupt beklagar. De kan därför inte heller läsa slutresultatet av våra samtal. De tvåhundra personer jag fört samtal med i samband med mina efterforskningar och inför denna bok har arbetat inom Säkerhetspolisen, FRA, Must, KSI, SSI, IB, T-kontoret, Polisen, Kustbevakningen, Sjöfartsverket, Svenska marinen, Ryska marinen, Flygvapnet, Armén, FOA, FOI, FMV, UD, Regeringskansliet, Krigsarkivet, Riksarkivet, National Archives, KGB-arkivet, US Navy, NSA, GCHQ, Krigsmaterielinspektionen, Statens haverikommission, Domstolsverket, Sjöfartsverket, Sovjetiska handelsflottan, Estniska handelsflottan och Estniska underrättelsetjänsten. Namnen på verkliga personer är fingerade i boken på grund av sekretess. Samtliga kursiverade avsnitt är tagna ur autentiska dokument.

Till sist, kom ihåg, det är en roman. Allting i boken är inte sant.

Anders Jallai, Grisslehamn 2009

Kapitel 1

Säkerhetspolisen, Stockholm, söndag 28 september 2008

Säpochefen Klas Berg var torr i munnen och kunde inte sova. Det var natten mot den 29 och han grunnade på konsekvenserna av dagens beslut om att öppna Säpoarkivet för en galning. Han vände på kudden. Han hade medvetet ruckat på maktbalansen i Sverige och bad till Gud att det inte skulle ställa till oreda. Anton Modin var en säkerhetsrisk, kanske var han alkoholist till och med! Men om den här nattens forskning i arkivet fick honom att försegla läpparna om den satans..., slapp han bli skjuten i en mörk gränd. Säkerhetspolisen var inträngd i ett hörn. Det var bittert. Därför satt en avhoppad rättshaverist i arkivet två trappor ned under polishuset i Stockholm.

Berg funderade på att gå upp och dricka ett glas vatten men han var inte säker på om benen skulle bära honom. Köket låg på nedre botten. Hunden skulle komma sättande i tron att det var dags för morgonrundan. Den jävla Modin hade gjort honom till fånge i sitt eget hus! Han vände och vred på sig med ryckiga rörelser. Det fuktiga lakanet klibbade runt skenbenet. Kinden tryckte hårt mot kudden och det stack till i fingrarna.

Anton Modin vred på ryggslutet och ändrade sittställning. Den gångna sommarens hårda tag med slagsmål, dykning, fylla och sanslös precision i vraksökningarna, sved i musklerna. Han öppnade försiktigt arkivmappen och vek upp locket och lade det på sidan. Arkivmappen var åtta centimeter hög, av A4-storlek och bestod av tjock ofärgad papp. Den var dammig och ett litet moln av stoft yrde i skenet från den ensamma bordslampan. Han andades tungt några gånger och det pep en aning i luftrören av den torra luften i arkivet.

Anton Modin hade blivit insläppt av polisintendenten på Säkerhetspolisen för tjugo minuter sedan. En natt skulle Modin få tillbringa i det hemliga rummet. Det var dealen. Fram till klockan 08.00 den 29 september. Han var ensam i Sveriges hemligaste arkiv – det okända och kvalificerat hemliga arkivet på Säkerhetspolisen i Stockholm, dit till och med statsministern nekades inträde. De övriga statsråden visste inte med säkerhet om att arkivet existerade även om de flesta av dem misstänkte det.

I rummet stod rader med arkivskåp. Ett årtal stod skrivet på varje skåp. I dem låg de hemligaste dokumenten i Sverige. Det var uppenbart att få personer hade besökt rummet genom åren. Ett tjockt lager damm färgade skåpen grå fast de var gröna.

Anledningen till att han befann sig i detta osannolika utrymme två våningar under polishuset på Kungsholmen i Stockholm, var att han inkasserade en skuld av Säkerhetspolisen. Anton Modin hade hållit tyst om sina förehavanden under sommaren. Hans del av överenskommelsen var hans tystnad. Den var av stor betydelse för rikets säkerhet och Sveriges ekonomi.

Modin hade god koll på anledningen till att arkivet var en väl bevarad hemlighet och bevakades likt kronjuvelerna. Innehållet var dokumentation även från utländska underrättelsetjänster som rapporter och analyser gjorda av den brittiska underrättelsetjänsten MI6 och amerikanska CIA. Det var material som i förtroende hade överlämnats till speciellt godkända kontaktmän på den svenska säkerhetspolisen Säpo. I regel var kontaktmannen chefen för Säkerhetspolisens kontraspionage.

I arkivet fanns gamla uppgifter också, från Gestapo och nyare uppgifter från ryska och östtyska avhoppare och listor med dessa organisationers spionnätverk i Sverige. En hemlig krydda, visste Modin, var kopian av CIA:s köp av tyska Stasis spiondatabas SIRA efter Berlinmurens och Östtysklands sönderfall 1989.

Kort sagt – om arkivets innehåll skulle komma till allmän kännedom, skulle många huvuden rulla, ända upp i regeringen.

Arkivväggarna var grå, påstrukna ojämnt med gammal skitig färg. Anton Modin såg rakt in i den bortre väggen och kände adrenalinet strömma till medan han i andakt gick längs skåpraderna. Det kändes overkligt och högtidligt att han var i arkivet. För en älskare av arkivforskning, som han, var det här julafton, nej förresten, det var läkning av smärtan som skavde i själen.

Modins egen akt fanns i arkivet. Dokumentationen visade att han värvades till den svenska hemliga militära underrättelseavdelningen SSI 1983 när han var 18 år gammal. Han gjorde då sin militärtjänstgöring på Kustjägarskolan som var Sveriges motsvarighet till amerikanska Navy Seals. Dessförinnan hade Anton Modin haft en stökig ungdom. Pappan dog när han var tolv och han hamnade i småbrottslighet och droger. Efter Kustjägarskolan plockades han upp av Sektionen för särskild inhämtning, SSI, och förvandlades med hård drill till en agent i statens tjänst. Hans chef, Chris Loklinth, intog rollen som fadersfigur och hjärntvättade och omformade Modin enligt sina och SSI:s egna syften. Modin var kapabel till i stort sett vad som helst som stod på dagordningen. Misshandel, inbrott, utpressning, sabotage var specialiteter som stod i hans personakt på SSI som naturligtvis fanns kopierad här hos Säkerhetspolisen.

Jag har gjort en lång resa, tänkte Modin och började bli sugen på kaffe och smörgås som stått framdukat på ett bord då han kom.

SSI dit Modin värvades som hemlig agent, hette på 70-talet IB och var socialdemokraternas eget lilla KGB. Det visste Modin, för han hade gjort uppdrag av politisk art åt Byrån, som avdelningen hette internt. Byrån var SSI:s inrikesdel som hade till huvuduppgift att värna rikets säkerhet. Märkligt nog samarbetade inte Byrån med Säkerhetspolisen eller Säpo som det kallades i dagligt tal. Förmodligen var anledningen att de helt enkelt inte litade på varandra. Säpo samarbetade främst med CIA, engelska MI6 och israeliska Mosad och SSI samarbetade med andra underrättelsetjänster i Europa som Tyskland och Frankrike och, till Säpo:s stora förtret, även med ryska militära underrättelsetjänsten GRU.

Anton Modin visste också att SSI av tradition stått det socialdemokratiska partiet nära, speciellt under socialdemokraten Birger Elséns tid vid rodret. Elsén slutade på SSI i juni

1982. Bara tre månader innan ubåtsincidenten i Hårsfjärden bröt ut.

Innan han satte sig ned vid bordet, hällde han upp en stor kopp kaffe ur termosen som någon snäll säkerhetspolis fixat. Han smuttade på drycken och tog en stor tugga på en leverpastejsmörgås. Det låg en skiva saltgurka ovanpå; gott. Klockan var 23.00. Han hade nio timmar kvar i arkivet. Han slog upp första sidan i ÖB:s hemliga dagbok som han plockat fram och läste direkt ur den.

Överbefälhavarens hemliga dagbok 21 september 1982:

"Statsministern ringde för att ställa en del frågor kring ubåtsjakten.

Fälldin ville bl.a. veta om de många rykten som pågått senaste tiden i massmedia om landstigningar på svensk mark, om ubåtsvrak som skulle ligga på botten efter vår bekämpning o.s.v. på någon punkt var sanna."

Anton Modin lade ifrån sig akten. Vilken härlig början! Och vilken natt det skulle bli! Han tänkte tillbaka på året som gått. För åtta månader sedan hade han uppriktigt funderat på att ta livet av sig. Saknaden efter familjen kom han inte över. De låg sannolikt kvar ombord fortfarande. Modin hade överlevt färjans förlisning tack vare sin vattenvana som dykare. Monicas sista blick då hon försvann lyste ständigt vare sig han blundade eller hade ögonen öppna. Hon höll honom vid liv genom ljuset som bara de hade ihop. Genom fylla, kräkningar, leda vid livet, trängde hennes livsbejakande reflex och tvingade honom att fortsätta leva. En dag till!

Anton Modin hade inte räknat med att färjan skulle sjunka, hade inte begripit att krafterna var enorma och att han och familjen var inne i en katastrof. Han hade efteråt i helikoptern som räddade honom ur vattnet och då han fortfarande kunde se det upprörda havet nedanför sig, svurit att ta reda på vad som egentligen hände Estlandsfärjan.

Modin misstänkte att hans arbetsgivare, SSI, hade ett finger med i olyckan men han fick aldrig se Estoniaakten på Byrån. Hans chef, Chris Loklinth hade hävdat synnerliga skäl för sitt nej. Det kunde skada Sverige, hade han sagt. Anton Modin började hata Loklinth. Det var därför han till slut hoppade av SSI 1995, och svor att hämnas på sin mentor och reservpappa, den iskalle, intelligente Loklinth som fortfarande basade för Byrån.

Modin tog en stor tugga till, sköljde ned den med kaffe som blivit ljumt.

Händerna darrade. Det var av upprördhet. Han skulle aldrig komma över Estoniaolyckan, det visste han, och han hade börjat anpassa sig till den vetskapen. Han tränade på ett förhållningssätt till sin och Sveriges största katastrof. Taktiskt började han fundera på nästa akt på bordet, den som han kommit hit för: *Vässarö-incidenten i september 1982*. En ubåt släpptes av regeringen, bara några veckor före ubåtsjakten i Hårsfjärden.

Detta var den enskilt hemligaste ubåtsincidenten under hela det kalla kriget. Han öppnade arkivmappen och läste på första sidan: *Vässarö-incidenten 1982 – ett hot mot Sverige.* Det var en mapp i fyra delar med marinens egna rapporter, underrättelserapporter från den militära underrättelsetjänsten Must, en rapport från FRA om signalspaningen under incidenten och underrättelseinformation från MI6 i London. Där fanns också ett förhör med den svenske kommendörkaptenen Hans von Arbin. Mannen som drog igång incidenten och som var nära att dra in Sverige i ett regelrätt krig. Till sist fann han ett förhör med en ubåtsofficer från GRU, den sovjetiska militära underrättelsetjänsten. Han hade tagits till fånga av den svenska marinen i samband med Vässarö-incidenten. I akten stod det skrivet för hand högst upp till vänster: *inga fler förhör hållna – mannen död 12.10.82.*

Den tillfångatagne mannen hade tydligen dött efter det första förhöret. Hur hade det gått till?

Anton Modin kunde inte bärga sig utan kastade sig över resten av materialet. Då och då hällde han upp en ny kopp kaffe utan att lyfta blicken från arkivmappen. Han spillde lite men struntade i att torka upp. Det var den 20 september 1982. Socialdemokraterna hade precis vunnit valet och kommit tillbaka till makten igen efter sex år av borgerligt styre och flera hundra miljarder i ökad statsskuld. I media pågick den ständiga debatten om löntagarfonder och gränsdragningstvisten med Sovjetunionen, öster om Gotland.

Modin försjönk i ubåtsincidenten vid Vässarö, då Sveriges suveränitet hotades på allvar för första gången sedan andra världskriget.

Kapitel 2

Stockholms norra skärgård, måndag 20 september 1982

Helikopterns rotorblad pulserade tryggt över de två piloterna. De flög en helikopter 69 av modell Vertol 107 på lägsta höjd mot området för insats. Skymningen föll tidigt över norra Östersjön och de kisade i det färglösa ljuset. På kobbar och öar var det folktomt. Bara några kvarblivna fiskmåsar flög planlöst runt och sökte efter föda. I sydväst lyste en rödgul himmel bakom skuggor av moln. Den nordligaste delen av Stockholms skärgård var en mäktig syn för de två djupt koncentrerade piloterna. Hav och klippor piskade förbi under nosen och det monotona klapprandet från rotorn skrämde iväg de sista flyttfåglarna. De var i yttre havsbandet. Singö passerades och några röda stugor skymtade längs kustremsan. En och annan tom fritidsbåt guppade vid bryggor, inväntande upptagning och underhåll över vintern.

Rakt fram klockan tolv dök patrullbåten Hugin upp på Vässaröfjärden. De två piloterna tittade på varandra och nickade instämmande. De var på plats om en minut. De rapporterade detta till fartygschefen på Hugin.

Hugin klöv den jämna vattenytan norr om Singö. Hon

var 36,6 meter lång, hade 1,7 meters djupgående och ett deplacement på 160 ton. Fartyget var det första i Hugin-serien som var modernt och sjösattes fyra år tidigare, våren 1978.

Fartygsbefälet örlogskapten Carl Ericson, med mörkblå byxor och sjöjacka, stod med kikaren framför rödsprängda ögon och spanade ut över havet. Han hade varit igång sedan femtiden på morgonen. Han svepte av vattenytan från vänster till höger och sedan tillbaka igen. Ibland tog han ned kikaren framför bröstet för att vila ögonen. Ibland tyckte han se något sticka upp. Nej, bara inbillning.

Carl Ericson, som var inne på sitt tjugotredje år som befäl i den svenska marinen, var en av de mest erfarna fartygscheferna inom ubåtsjaktflottan i Sverige. Sedan mitten av 70-talet hade han varit med om flera skarpa ubåtsjakter. Då på öppet hav och nära territorialvattengränsen, aldrig så här nära land och i närhet av hemliga militära installationer. Nej, det här var allvar. I tankarna gick han igenom vad som hade hänt.

Personalen på Singö lotsstation rapporterade in iakttagelser av några seglare om ett ubåtstorn norr om Singö i Stockholms norra skärgård till försvarsledningen på högkvarteret i Stockholm, klockan kvart över ett samma dag. Upptäckten hade skett alldeles intill undervattensmineringen vid Vässarögrund söder om Vässarö. Tio minuter senare beordrade försvarsledningen patrullbåten Hugin till området. Hugin hade legat i närheten och övat. Klockan var nu 17.15. Ännu ingen kontakt!

Fartygschefen kände att det började värka i fotsulorna. Han satte sig ned i den luftdämpade förarstolen.

Kaffe var framdukat i stora pumptermosar. Var och en

i den tjugotvå man starka ubåtsjaktsbesättningen hade sin egen kaffekopp. De hade intagit sina positioner och drack av det heta kaffet utan att slappna av, då luften vibrerade av spänning. Det var ingen övning.

Patrullbåten Hugin passerade klipplandskapet med kobbar och barrskog i låg fart. De två stora dieslarna mullrade dovt och försatte stålskrovet i en svag, knappt märkbar darrning.

– Jag skulle inte tveka att operera här om jag var fienden, sa fartygschefen Carl Ericson. Stockholms skärgård med tiotusentals småöar och skär är den idealiska platsen för hemliga ubåtsoperationer. Det finns hur många gömställen som helst.

Han vände sig mot hydrofonoperatören Larsen som nickade. Operatören stod lutad över hydrofonutrustningen som avbildade botten. Där skulle han se eventuella inkräktare. Han kikade ned genom ljusavskärmaren, ett svart plaströr format efter ansiktet. Han såg bilden tydligt.

Larsen var 35 år och mager med ett grått ansikte och djupt insjunkna kinder. Han hade tjänstgjort i den svenska marinen i tolv år och var näst chefen den mest erfarne ombord. Han gjorde inget stort väsen av sig men var respekterad för sitt stora kunnande inom ubåtsjakt.

– Att gömma en kärnvapenbestyckad ubåt här är lika genialiskt som oväntat, fortsatte Ericson. Sverige är neutralt och tillhör varken öst eller väst. Det gör det hela mycket enklare.

Han vände sig framåt i färdriktningen och satte kikaren för ögonen. Han stod stadigt igen, ömheten under fotsulorna var borta. Han parerade vant de små rörelser fartyget gjorde.

Ett spår bildades när fartygsfören klöv vattnet som åter slöt sig bakom aktern, en ränna skum vände upp och krusades ut i det bleka ljuset från det halvt nedsläckta fartyget. Luften var fuktig och termometern visade 7 grader Celsius.

Hydrofonoperatören stod kutryggig när han stirrade ned i plaströret. Plötsligt ryckte han till och kom åt sin kopp så att kaffe rann ut och bildade ett spindelnätsmönster på durken. Han brydde sig inte om det.

– Fan, jag har något på hydrofonen.

– Vad då? sa Ericson med mörk stadig röst.

– Det är något avlångt, litet, sa Larsen.

Larsens röst bar inte helt och var betydligt ljusare än tidigare.

Fartygschefen kliade sig på hjässan under skärmmössan då han stigit fram och iakttog bildskärmen. Det kunde vara en miniubåt av en sort som ingen ombord hade sett tidigare.

– Det är för litet, sa han.

Föremålet som gav utslag på hydrofonen var ungefär tio meter långt och tre meter brett.

– En ubåt är större, vidhöll Ericson. Kan det vara något fel på hydrofonen? Larsen, kolla utrustningen.

Utan att ändra en min avläste Larsen chefens försiktighet i ordern.

– Det är okej, sa han. Jag hittar inget konstigt med utrustningen.

– Då kan man undra vad det är. Vad säger du, Larsen, en hydrofonvilla?

Fartygschefen ville vara säker på vad som gav ifrån sig eko, om det nu inte var en fientlig ubåt. Han lade ifrån sig kikaren ovanpå manöverbryggan och strök sig långsamt i nacken med höger hand. Den vänstra vilade bekvämt mot höften.

Det kan vara ett fiskenät, fartygsvrak eller helt enkelt ett kompakt fiskstim, tänkte han.

– Titta, den rör sig!

Varken Larsen eller fartygschefen släppte bildskärmen med blicken för en sekund. Om det var en av den egna svenska marinens ubåtar som inte gav sig till känna, hade den haft flera timmar på sig att identifiera sig. Vad var det fråga om?

Chefen mjukade upp axlarna. Det kurrade till i magen och han blev varm på ryggen.

– Ja jävlar, vi har ett äkta larm i dag konstaterade han, aningen hest nu, när det kunde dra ihop sig. Ingen tvekan! Föremålet rör sig. Det är drygt 14 meter långt.

– Det ser ut som om den kryper fram, sa Larsen. Djup 25 meter. Kurs nolla–tvåa–etta. Fart 1,5 knop.

Larsen ropade ut informationen till besättningen. Patrullbåten Hugin låste instrumenten på det främmande objektet.

Fartygschefen och Larsen följde hydrofonekot på bildskärmarna. Det rörde sig sakta mot nordost. Undervattensfarkosten, för det kunde inte röra sig om något annat, styrde in i viken vid Vässarö norr om Singö.

Ön var scouternas hemvist på somrarna. Där låg en bastu på västsidan av ön, alldeles norr om den militära stenbryggan som Larsen använde som referens på sjökortsplottret. Öster om Vässarö, på ön Understen, låg en hemlig och mycket modern avlyssningsanläggning med bottenmikrofoner. Den lyssnade av fientliga ubåtar som passerade, men ingen rapport hade kommit därifrån.

Chefen visste att området norr om Singö var av stort strategiskt intresse för främmande makt. Kunde exempelvis ryssarna ta över avlyssningsanläggningen på Understen och närliggande tunga kustartillerianläggningen på ön Stor Roten, kunde det få avgörande betydelse för en rysk invasionsstyrka. Då fanns möjligheten att ta sig in i norra skärgården och därifrån styra ett fortsatt anfall mot Sverige. I Hargshamn några mil västerut skulle de lägga till med invasionsstyrkan, tänkte chefen och småsvor inom sig. Höll det på att hända nu? Hargshamn var enda hamnen för stora fartyg i den norra skärgården, endast tio mil från Stockholm. Dessutom skulle invasionsstyrkan få full tillgång till hela Bottenhavet eftersom farleden vid Understen var den enda vägen in. Då skulle samtliga svenska och även finska norrlandshamnar snabbt kunna övertas och försvar söderifrån av dessa förhindras. Både svenska och eventuella Natostyrkor skulle bli utestängda från Bottenhavet.

En klockren taktisk triumf, tänkte chefen och drog in luft genom näsan. Kan de vara så smarta?

Carl Ericson var av uppfattningen att inkräktande ubåtar alltid var sovjetiska. På senare tid hade ett tvivel börjat gnaga. Varför lyckades marinen aldrig få upp någon? Insatserna från svensk sida hade varit massiva. Kränkningarna av den svenska skärgården hade pågått kontinuerligt sedan den sovjetiska ubåten U-137 gått på grund utanför Karlskrona och blivit känd över hela världen hösten 1981. Sedan dess hade kränkningarna blivit fler men utan att några bevis om nationaliteten framkommit. FRA, Försvarets radioanstalt, som signalspanade måste rimligen ha fått napp under alla år. Någon gång måste ubåtarna ha kommunicerat med sina baser och med varandra. Hade inget av dessa meddelanden snappats upp? Det verkade osannolikt. Dessutom fanns en annan trafik som utgjordes av spioner på båda sidor i det kalla kriget. Var fanns deras rapporter om vilka det var som kartlade den svenska skärgården? För ubåtar rörde det sig om, det var chefen säker på.

Utrustningen vi har inom marinen nu i början av 80-talet är alldeles för exakt för att vi ska kunna missta oss, tänkte han. Möjligen att vi kunde ha gjort det på 70-talet, men inte i dag. Han förbannade den svenska underrättelsetjänsten som han ansåg vara helt inkompetent.

Patrullbåten Hugin passerade Vässarö i linje med scouternas bastu på sin väg efter det oidentifierade objektet.

– Vart ska den, tror du? sa Larsen spänt.

– Han måste vända snart annars går han på grund, sa fartygschefen.

Det oidentifierade objektet fortsatte mot nordost. Det smög längs botten djupare in i viken och mot sundet vid Korsskär. Det smala sundet hade 15 meters djup och var en del i en hemlig militär farled till öarna Stor Roten och Understen.

– Han vänder, sa Carl Ericson och koppen som han höll i handen stannade i luften.

– Se upp!

Objektet vände mitt i sundet som om det var klart med sitt uppdrag.

Besättningen ombord hade ofta övat ubåtsjakt långt in i den svenska skärgården men ingen hade förutsett att en inkräktare skulle kunna gå på så här grunt vatten. Det var mindre än tio meter djupt när objektet styrde mot scoutbryggan. Objektet rörde sig alldeles intill botten, nästan som om det körde på den. Fartygschefen grunnade på hur ubåten kommit in i området. Det hade tidigare under dagen passerat ett sovjetiskt handelsfartyg på väg in till Hargshamn några sjömil längre västerut. Fanns det ett samband?

– Objektet är 12 meter långt, 4 meter brett och verkar vara max 4 meter högt, sa Larsen, som var klar med analysen.

– Det är en miniubåt, sa chefen. Då finns det kanske en moderubåt i närheten som ska plocka upp den då den är klar med sitt uppdrag.

– Han vänder, sa Larsen. Var med samtliga, han vänder söderut. Han är på väg ut igen.

Larsen talade upphetsat med blicken klistrad vid bildskärmen. Hans krumma rygg rörde sig för han kunde inte hålla fötterna stilla. De var inne i en jakt. De skulle ta fienden, det kände han djupt inom sig. Den jäveln!

– Djup 14 meter. Kurs etta–sexa–tvåa. Fart 1,5 knop.

En sjömil därifrån, vid Vässarös militärbrygga, lade en lotsbåt till vid militärkajen. Lotsbåten, som fördes av skeppare Harry Nuder, en ung, lång räkel till karl med bedrägligt, sävligt utseende, kom från Svartklubbens lotsstation där insatsledningen genom order från Försvarsstaben i Stockholm hade förlagt sin tillfälliga ledningsstab. Insatsledaren var kommendörkapten Hans von Arbin. Han var i femtioårsåldern med lätt grånat hår, svarta ögon och fast blick. Han var ombord och klädd i flottans uniform med mörkblå byxor, vit skjorta, sjöjacka och skärmmössa.

von Arbin hade väntat på det här ögonblicket. Hans karriär hade inte varit spikrak. För åtta år sedan då han fortfarande förde befälet på en ubåt hade ett högre befäl talat klarspråk och låtit honom förstå att han inte skulle stiga mer i graderna. Mer än kommendörkapten var det inte tal om under hans fortsatta yrkesverksamma tid i flottan.

– Var tacksam för det, von Arbin!

Jag skulle bli en ypperlig amiral och en förebild för den svenska kustflottan. Jag har fel profil. Alldeles för Natovänlig, tänkte han vresigt, även om det inte hade uttalats på utvecklingssamtalet som avhållits på högkvarteret. Jävla amatörer! Bekantskaper han gjort inom US Navy, i samband med en samövning med Nato i södra Östersjön i slutet av 70-talet, låg honom fortfarande i fatet. Enligt hans fasta uppfattning var flottan den sista enheten i Sverige som fortfarande fungerade självständigt. Det var ännu mer deprimerande att statsminister Paul Olofson och hans socialistiska regering blivit vald igen. De kommer att fortsätta nedrustningen av försvaret till den grad att vi inte längre kan freda gränserna. Den nye statsministern har redan aviserat kraftiga neddragningar inom försvaret. Trots att fientliga ubåtar opererar ända inne vid våra hemligaste marinbaser. Då drar den jäveln ned på ubåtsförsvaret. Helt förbannat obegripligt! Snart talar vi ryska som andraspråk i det här landet istället för tyska och engelska, tänkte kommendörkapten von Arbin. Vart jävlars helvete är vi på väg? Han kände hur eländet fick hans kinder att hetta.

von Arbin rusade av lotsbåten och siktade in sig på patrullbåten Vale som låg intill lotsbåten. Men han tog sig tid att spana inåt viken och mot de militära enheterna som fanns på plats. Det fanns två patrullbåtar i viken, Vale som låg vid kajen och Hugin längre in i viken. En helikopter hovrade i den norra änden och blockerade det norra utloppet. Lotsbåten som han själv just klivit av med skepparen Harry Nuder hade order att ligga kvar som transportbåt.

Brådskan tog över att kontakta Hugin som enligt den senaste rapporten låg intill fienden. Han klev över fallet och gick ombord på Vale. Han gick in på patrullbåtens manöverbrygga, tog handmikrofonen på VHF-radion. von Arbin hade läget klart för sig innan han tryckte på sändarknappen.

Äntligen, tänkte han, blir det ubåtsjakt. Han sträckte på halsen och axlarna drogs bakåt.

– Kalle–Martin–David, anropar Hugin. Det här är patrullbåten Vale.

– Filip–Niklas–Helge här. Kom.

Det var örlogskapten Carl Ericson på Hugin som svarade i radion.

– Lägesrapport frågas.

– Vi följer ett fientligt objekt längst inne i Vässaröviken. Objektet har vänt. Det är antingen på väg att följa vikens västra kant mot er position eller kommer att gå rakt mot oss. Kom.

– Har ni fått andra kontakter? Kom.

– Inte ännu. Vi misstänker att det finns en moderubåt i närheten. En helikopter har rapporterat möjlig kontakt i Vässaröfjärden.

– Okej, uppfattat Filip–Niklas–Helge, sa von Arbin på Vale. Jag kallar på förstärkning från Kustbevakningen. Deras flygplan är utrustade med värmesökande IR-scanner. Kanske att vi kan få tag i moderubåten också. Den där helikoptern får surra på ett tag som väktare av det nuvarande objektet.

– Bra, kom.

– Håll mig uppdaterad på denna frekvens. Klart slut.

von Arbin kände blodet rusa i kroppen. Nu kommer min chans. *Don't screw up.* Fokusera!

Han anropade Kustbevakningen på kanal 16 och beordrade flygspaning. Det var på väg, fick han besked om. Därefter räckte han över mikrofonen till den värnpliktige radiosignalisten på patrullbåten Vale, som skulle ligga kvar vid kaj redo att spärra av det södra inloppet, och gick ut på förskeppet. von Arbin hoppade över till lotsbåten igen där Harry Nuder var skeppare och lade loss förtöjningen. Han stod kvar på fördäcket samtidigt som han beordrade Nuder att starta motorerna.

Lotsbåten gjorde god fart och inom kort befann den sig inom spaningsområdet.

von Arbin spanade in mot viken. Han följde en tänkt kustlinje med blicken. Det var kolmörkt. Han urskilde patrullbåten Hugins strålkastare och lanternor långt bort. Han vred oroligt på sig och kliade sig på kinden där han hade ett myggbett. Vad gjorde en främmande ubåt ända här inne? Munnen kändes torr. von Arbin blev tvungen att svälja flera gånger. *Don't screw up*. Fokusera. Han gick in på manöverbryggan och sa åt lotsbåtsskeppare Nuder att lägga sig akter om Hugin. Hon förföljde inkräktaren i två knops fart.

Hydrofonekot var tydligt. Örlogskapten Ericson och Larsen på Hugin studerade sjöbottnen som bestod av relativt jämn morän täckt av ett decimetertjockt dyskikt.

Stora delar av den svenska Östersjökusten hade dybotten. Det medförde dålig sikt i vattnet. Sikten var ibland bara någon meter. Kränkande ubåtar opererade gärna i grumliga vatten för att bli osynliga, åtminstone för det mänskliga ögat. Östersjön med sitt mörka djup var det perfekta stället att operera ostört på. Enda risken för upptäckt var de få gånger man var tvungen att gå upp till ytan med periskopet för att orientera sig. Eller när ubåtsjakten fått kontakt med hjälp av hydrofonen.

– Vi har dig, sa örlogskapten Carl Ericson på Hugin, eller *chefen* som han kallades av övriga besättningen. Nu har vi dig verkligen. Du är tvungen att stiga!

Det började bli mycket grunt. Objektet på botten styrde rakt mot en grynna i Vässaröviken och skulle snart tvingas gå upp till ytan. De såg fram emot en identifiering.

– Den stiger, sa chefen. Pass upp samtliga, den stiger. Bemanna positionerna.

Aktiviteten ökade ombord. Samtidigt anslöt lotsbåten med von Arbin alldeles intill Hugin.

Ubåten befann sig på ett grundområde i vikens östra kant i närheten av scoutbryggan. Det var fem meter djupt.

Tunna dimslöjor låg över det höstljumma havet. Svag sjörök steg uppåt och kokade i ljusskenet då de två fartygens strålkastare spelade med sina ljuskäglor över vattenytan. Effekten var spektakulär. De lyste mot det grunda området från varsitt håll. Längre bort hördes hovrandet av helikoptern.

Inkräktaren hade stannat.

– Stilla så, beordrade chefen.

Hugins två dieselmotorer gick upp i varv när de backade för att bromsa upp. Sedan sjönk de i varvtal igen. På Hugins brygga blev det tyst. Larsen som gjort hydrofonanalyserna såg spänd ut. Han fäste blicken på en punkt 100 meter förut, en silvrig yta, belyst av strålkastare. Runt omkring var det kolsvart.

Har vi honom? tänkte han.

– Sakta framåt, 1 knop, beordrade chefen Ericson.

– Objektet stiger, sa Larsen.

– Olson och Frode! På fördäck omedelbart med skarpladdade vapen. Det här är ingen övning!

Chefen såg de två värnpliktiga göra sig i ordning för insats.

– Bemanna kanonen!

Ordern gick ut över internradion. Samtliga på bryggan såg koncentrerade ut, medvetna om vad som pågick på bryggan och även under dem i havet. Små bubblor steg mot ytan. Helikoptern som funnits i närheten och bullrat, rörde sig en bit söderut.

– Man kan nästan höra bubblorna spricka vid ytan, sa chefen Ericson euforiskt.

Han såg sig omkring på havet. Det var mörkt och stilla, ytterst oroande.

– Vi har fienden alldeles inpå våra sommarstugor och bryggor.

– Nu kommer hon upp, sa hydrofonoperatör Larsen som i trans.

En skugga syntes nere i djupet. Ett diffust ljus trängde genom vattenmassorna. Objektets form blev tydlig för ögat. Vattnet flimrade i ljusskenet.

– Ska vi verkligen få se den, sa chefen som om scenariot var overkligt. Ubåten kommer upp. Det gör den, verkligen.

En antenn bröt sakta vattenytan, sedan ett smalt periskop. Dess prisma blänkte till för ett ögonblick i strålkastarskenet.

– Jag undrar om det är ryssar ombord och hur många, mumlade chefen Ericson på Hugin. Kan de engelska? Vad vill de?

Han flackade med ögonen och såg okoncentrerad ut. Han andades djupt några gånger. De såg farkosten stanna på en halv meters djup. Periskopet vreds ett helt varv. Sedan drogs det ned igen. Objektet sjönk undan i det mörka vattnet. Ingenting hade avslöjat dess nationalitet. Det väste av bubblor på ytan. På mindre än en minut hade de haft objektet inom synhåll och sedan tappat det.

– Fotoförbud! Beordra fotoförbud, skrek chefen Ericson, som för att få ur sig något.

Vattenytan planade ut till en spegel. Bubblorna försvann långsamt.

– Ubåten rör sig! ropade Larsen som nu hade återgått till hydrofonplatsen.

– Etta–åtta–nolla, sa chefen.

– Är det kurs du menar?

– Ja, för fan, kurs etta–åtta–nolla. Fart 3 knop. Den går mot djupare vatten. Släpp den inte!

Hugins motorer varvade upp. Hon svängde åt styrbord 90 grader. Farten ökade. Inkräktaren rörde sig med stadig kurs rakt söderut i jämn fart.

Chefen på Hugin, Carl Ericson, bröt radiotystnaden.

– Lotsbåten Kalle–Martin–David till Filip–Niklas–Helge, kom.

– Vad vill ni? Det råder radiotystnad, för helvete.

Insatsledare von Arbin fräste till i radion och det blev tyst. Han hade inte hunnit borda Hugin än. Nu såg han Carl Ericson på Hugin dra på efter minifarkosten med avsikten att gira runt och tvinga den tillbaka.

– Vad ska vi göra när hon vänt om? Kom.

– Följ efter!

Vale låg stilla vid scoutbryggan, med motorerna avslagna. I det smala sundet i norra änden av viken hovrade helikoptern. Piloterna hade girat runt området och var skjutklara. Den här gången ska det lyckas, tänkte von Arbin och såg Hugin gira längre bort. Han var säker på att miniubåten var fast i Vässaröviken. De hade fångat den! Bättre läge än så här får vi inte.

– Kör mig till ledningsstaben på lotsstationen, beordrade han i korta andhämtningar.

Ett krig kunde han inte starta utan tillstånd. Han skulle ha det från högsta ledningen i örat och sedan, ta mig fan!

Lotsbåtsskepparen Nuder svängde runt lotsbåten och satte högsta fart mot Svartklubbens lotsstation på andra sidan Vässarö. Där fanns enda möjligheten till avlyssningssäker kommunikation i detta läge.

Den elva och en halv meter långa och nio ton tunga lotsbåten gick med full gas, 17 knop, genom den kolsvarta skärgården. Efter en halvtimme, klockan 21.02, anlöpte de hamnen nedanför lotsstationen.

von Arbin rusade in på den tillfälliga ledningsstaben och ringde upp vakthavande befälet på Försvarsstaben. Han rapporterade kortfattat läget till VB som vidarebefordrade till försvarsstabschefen. En fientlig miniubåt höll på att ringas in. Det var bråttom, kritiskt faktiskt. Han begärde eldtillstånd.

Begäran avslogs.

von Arbin svalde tre gånger.

– Nej! utbrast han. Menar ni allvar?

Han hade telefonluren i ena handen och stod framåtlutad och stödde sig med den andra handen mot bordet där telefonen stod.

Ledningsstaben hade inrättats i ett litet sovrum alldeles intill lotspersonalens bevakningsplats med utsikt över stora delar av Ålands hav och Bottenvikens mynning. Han hade kunnat se långt om det inte varit kolsvart. Rena natta, både ute och inne. Var de inte vakna och fattade vad han sa? Framför honom låg ett sjökort och på det såg han hur ubåten kränkt svenskt inre vatten och befunnit sig till och med innanför mineringarna vid södra Vässarö.

Sverige! tänkte han. För helvete!

– Aldrig att jag släpper den nu, sa han med saliv stänkande ur munnen som träffade sjökortet. Det är ett bergsäkert mål. Den är fast och identifierad som fientlig. Minlinjen vid Råstens udde är aktiverad. Jag kräver eldtillstånd!

von Arbin andades otåligt och tungt. Han såg ut genom fönstret på en tall som neg försiktigt i vinden. En röst hördes svagt i andra änden.

– Ni måste skämta? svarade von Arbin.

Han kramade den mattsvarta bakelitluren med sin högra näve.

– Har försvarsstabschefen sagt det här? Om jag ska släppa ubåten vill jag ha en direkt order av statsministern.

von Arbin slängde på luren och det klingade till. Han slet upp knapparna på uniformsjackan och andades häftigt. Pannan var blank av svett. Han slängde en svart blick mot Nuder som hade ögon stora som tekoppar och för en gångs skull såg klarvaken ut.

– Släpper de den här också, säger jag upp mig, Nuder. Nu får det fan i mig vara nog. Har du kaffe här?

Lotsbåtsskeppare Nuder stod utanför rummet och kunde inte ha undgått att höra samtalet. Nuder kommenterade inte. Han tog fram en termos och hällde upp kaffe i en plastmugg. Han räckte över den till en skakande von Arbin.

– Jävla fittor där uppe i Stockholm, väste von Arbin. Du ska veta att de jämt fegar. De vägrar ge eldtillstånd. Det är försvarsstabschefen Stefan Brorson som är den värsta fittan. Enligt min mening är det samma sak som att ge sig för fienden. De låter ryssarna komma undan. Helt jävla otroligt. Om vi inte kan försvara det här området är det lika bra att vi lägger ned anläggningarna. Om fienden tar över dem är det ett sämre läge än om vi inte hade haft anläggningarna från början.

Hans händer skakade medan han försökte styra plastmuggen upp till munnen.

Lotsbåtsskepparen lyssnade på von Arbins envägskommunikation och nickade omedvetet.

von Arbin kände svettdroppar tränga fram mellan skulderbladen och han kände sig alldeles för varmt klädd.

Telefonen ringde. Han lät det gå tre signaler och försökte samtidigt dämpa andhämtningen. Sedan sträckte han ut handen efter luren.

– Okej, jag förstår, på regeringens begäran. Vi måste alltså släppa ut den; inga sjunkbomber och minlinjen mellan Vässarö södra och Råstens udde ska avaktiveras. Om jag förstår er rätt så tar ni det fulla ansvaret.

Han lade på telefonluren. Handrörelsen blev en föraktfull gest.

– Det här är ta mig fan landsförräderi, morrade han och hans huvud ryckte till två gånger. Överbefälhavaren är galen!

Han sträckte på sig och knäppte knapparna på uniformsjackan.

– Nu gäller det att försvara landet. Jävlars, helvete! Följ med mig.

von Arbin lämnade rummet med den unge lotsbåtsskepparen hack i häl. Han kliade sig ogenerat mellan skinkorna samtidigt som de gick nedför backen mot hamnen med snabba steg. Lotsbåten gav sig ut med ett rytande.

Kapitel 3

Klockan var 22.30.

Ute på fjärden var det full aktivitet. Ett av Kustbevakningens flygplan cirklade i området och fick kontakt med lotsbåten och von Arbin via kanal 16 på radion. Med den nya värmesökande IR-utrustningen kunde piloterna följa ubåtarnas kölvatten. Flygplansbesättningen trodde att de hade kontakt med moderubåten. Hon låg alldeles norr om Vässarögrund.

Väder och vind var på von Arbins och svenskarnas sida.

Han gav order till de två patrullbåtarna Hugin och Vale att lätta på avspärrningen. Miniubåten hade lämnat viken och närmade sig nu Vässarögrund och moderubåten. Där, före en dockning, skulle de ta miniubåten. Men, *den gick rakt över minlinjen vid Råstens udde utan att sakta in.*

von Arbin blev iskall. De måste ha vetat om att vi stängt av minlinjen, tänkte han. Otroligt! Hur har det gått till? Spioner på högkvarteret? Jag ska ta dem båda två! Men inte här.

von Arbin lät lotsbåten lägga bi vid Hugin. Han gick ombord på Hugin. Från och med detta klockslag, 23.00, dirigerade han verksamheten därifrån.

Hugin och den andra patrullbåten Vale begav sig mot Vässarögrund, några sjömil åt sydost. von Arbin blåste av jakten för de övriga enheterna, flygplanet, helikoptern och lotsbåten. Han beordrade dem att avbryta och återgå till sina hemmabaser.

När ledningen för ett land missbrukar sin makt, tar folket över, tänkte han och knäppte upp två knappar i jackan. Inget ovanligt i det. Det har hänt i alla tider och det händer i dag. Jag tar över, vi tar över. Carl Ericson begriper det här! Han såg kustbevakningsplanet sakta vända om på himlen och försvinna in mot land med blinkande ljus. Helikoptern gav sig av söderut på låg höjd med klapprande rotorblad. Nuder hade lämnat en vit svans efter sig i vattnet som snabbt tonade ut i det svarta.

Patrullbåten Hugin nådde Vässarögrund. Med avslagna motorer lyssnade besättningen efter ubåtarna. Patrullbåten Vale låg stilla tvärs ut om babord.

– Vi har ett ubåtseko på 36 meters djup, viskade Larsen. Det här är större än från miniubåten. Mycket större. Den verkar ligga stilla på botten.

Larsen försökte sträcka på sin krumma rygg. Temperaturen ombord gick upp ytterligare en grad. Det luktade svett och gaser.

– Moderubåten kan vara en sovjetisk Golf-2 ubåt med kärnvapen ombord, sa Larsen, eller den nya attackubåten Kilo.

Varför har von Arbin skickat hem styrkorna? tänkte han. Vi är ensamma här ute. Är det klokt?

Ett krig kunde komma att bryta ut. Den allra nordligaste delen av Stockholms skärgård var långt från bebyggelse. Där rådde kolsvarta natten. Ingen skulle märka det. von Arbin kände av sina problem med oral galvanism. Ett tandproblem som helt säkert berodde på hans amalgamlagningar i tänderna. Han fick metallsmak i munnen.

– Djup 36, kurs etta–nolla–femma, fart 8 knop, sa chefen Ericson. Starta motorerna.

Det större objektet rörde på sig. Det körde framåt i korta intervaller. Elmotorer surrade till med jämna mellanrum. Kursen, gissade männen, gick mot territorialvattengränsen.

– Tappa den inte nu, muttrade chefen. Data frågas?

– Längd 110, höjd 10 och bredd 10, svarade Larsen omedelbart.

– Vänta lite nu, är det moderubåten? Är du säker på att den är 110 meter?

– Bergsäker.

– Okej, en riktigt stor jävel. Vad fan kan det vara? Inte en Whiskey-ubåt. Den är bara 76 meter. Inte heller en Golf-2. Har du något ljud på den?

– Komprimerad kavitation, dieselelektriska motorer med all sannolikhet. Den går tyst för att göra åtta knop. Gissar på dubbla propellrar.

– Okej, sa chefen. Vi följer den lilla ubåten. Släpp den stora.

Chefen började bli stel i ryggen och sträckte på sig med jämna mellanrum. Allt de hade fått i sig sedan lunch var kakor och kaffe. Det rörde sig i magen på honom. Han intalade sig att det var hunger, inte 110 meter rädsla. Inte ett avgörande på liv och död.

– Den är på väg ut ur området, ropade plötsligt von Arbin. Släpp den inte nu, för fan. Jag tar över befälet.

Chefen och Larsen knep ihop. Det blev tyst på bryggan för ett ögonblick.

– Det här rör rikets säkerhet och ni båda beläggs från och med nu med tystnadsplikt, sa von Arbin. Den som bryter mot mina order kommer att ställas inför rätta. Det gäller samtliga ombord.

von Arbin lät sin blick svepa över männen på bryggan. Förutom chefen och Larsen var det två båtförare och ett värnpliktigt biträde. De såg häpna ut. von Arbin granskade dem en efter en och väntade tills den i blickfånget tittade bort innan han fortsatte till nästa man.

– Ge mig en ny kanal för samband med patrullbåten Vale, sa han med en klang i stämman som berörde dem. Gör redo för insats. Avvakta mina order. Fortsätt följa miniubåten.

Larsen utförde ordern på Hugin. Han såg ut att vara fångad av von Arbins beslutsamhet. Stämningen på bryggan vändes till von Arbins fördel, vad fan gjorde ryssar i svenska vatten! De skulle inte stillatigande acceptera det.

von Arbin etablerade kontakt på en ny kanal med patrullbåten Vale som hade anropssignal Bertil–Olof–Kalle.

De två svenska örlogsfartygen närmade sig långsamt territorialvattengränsen. Fartygschefen på Hugin, Carl Ericson, såg bortkommen ut. Han gned sig oavbrutet i magtrakten. Det var förmodligen magsyra och han verkade må illa. Samtliga ombord följde entusiastiskt den nye hökaktige men karismatiske befälhavarens minsta vink. Chefen Ericson såg ut att känna sig överkörd. Han var överrumplad och visste förmodligen inte hur han skulle agera fortsättningsvis. Vad är det som händer? Kan man göra så här, i vårt land, såg han ut att tänka.

Han ser trött ut och orkar sannolikt inte ifrågasätta ordergivningen, tänkte von Arbin, och rikets säkerhet är ändå rikets säkerhet.

De närmade sig sakta öppet hav. von Arbin anade svagt ljus från Svartklubben långt bort i väster. Annars var det becksvart runt om.

– Djup 67, kurs etta–etta–femma, 5 knop, sa Larsen nu med fullständigt lugn och stadig röst.

De var alldeles nära territorialvattengränsen.

– Om vi ska göra en insats, måste den ske nu, sa chefen Ericson med adress till von Arbin. Snart är vi på internationellt vatten.

Arbin kände att han måste säga något och nu drev han på ett avgörande, vilket skulle ge ett slut på alltsammans.

– Vänta!

Verksamheten stannade till för ett ögonblick. von Arbin var fullt koncentrerad. Han höll upp en handflata som ett stopptecken mot fartygschefen Ericson.

– Lite till, bara lite till, sa han.

Han stod blickstilla.

– Djup frågas?

– 92 meter.

– Bra.

– Har vi kontakt med patrullbåten Bertil–Olof–Kalle?

– Svar ja.

Patrullbåten Vale gick tvärs ut om babord med hundra meters lucka.

von Arbin funderade några sekunder men tog sedan bestämt mikrofonen i höger näve och gav en snabb order.

– Bertil–Olof–Kalle, en minut till fällning.

Besättningen på patrullbåten Vale förberedde sex sjunkbomber för fällning.

– Djup frågas?

– 138 meter.

von Arbin stelnade till igen, framåtlutad med huvudet på sned. Som om han lyssnade på havet.

– Nu! sa han.

Sjunkbomberna gick i vattnet i jämn ström: poff, poff, poff. Samtliga sex i snabb takt. Sedan blev det tyst i några sekunder. Patrullbåten Vale avancerade framåt.

Ett märkligt lugn infann sig på Hugins brygga i väntan på detonationer. Sekunder kändes som minuter. De såg mot platsen för bombfällningen. Akterskummet efter Vale hade lagt sig. von Arbin stod kvar som en staty. Det kändes som om tiden stannat.

Då hände det. Havet exploderade under dem. Hugin hamnade i ett inferno av kaskader med vatten som gav skakningar samtidigt som ett öronbedövande dån drog genom metallskrovet.

– En laddning till. Nu! Ordern gick till patrullbåten Vale.

Proceduren upprepades på Vale. Poff, poff, poff; sex sjunkbomber gick i vattnet. Samma effekt. Luften darrade av krig.

Männen ombord iakttog det hela med en blandning av skräck och upphetsning. De väntade på verkan av sjunkbomberna, verkan av insatsen, av vad de gjort. De hade den teoretiska bilden klar för sig sedan otaliga övningar. Munnar klibbade. Ben darrade. Och verkan kom. Det var ett kraftigt luftuppkok på tjugo meter i diameter. Havet kokade mellan de två fartygen. Vatten skummade.

Synen tog andan ur dem. Verkligheten plånades ut. Kraften hos vattenmassorna var en jättes oberäkneliga språng. De hade släppt ut den. Patrullbåten Hugin krängde och mannarna ombord parerade.

– Lyssna av området med hydrofon! skrek von Arbin.

Han stod nu bredbent med armarna på höfterna. Blicken rakt fram in i evigheten, på spaning över vattnet. Besättningen avvaktade andäktigt.

Larsen satt med hörlurar och lyssnade koncentrerat.

– Inget, rapporterade han. Inga motorer. Det hörs inget.

Han tittade upp med en skrämd blick och insåg förmodligen vad som kunde ha hänt. De hade sänkt en fientlig ubåt. Dödat människor. Hur många?

– Om jag får informera er så befinner vi oss på internationellt vatten, sa chefen Ericson med ett tjurigt tonfall.

– Håll käften! sa von Arbin. Vi är i krig.

Han tryckte på sig skärmmössan som hamnat på trekvart.

– Något tecken från moderubåten?

Det kom inget svar.

– Ut på däck och sök av ytan, beordrade han de värnpliktiga.

Ordern gick genom internkommunikationen och högtalaren på däck. Sedan klev han själv upp på däcket.

Det rasslade genom fartygskroppen. Manskapet, tjugoåriga pojkar, kom flämtande, snappande efter luft. Med kisande blickar och halvöppna munnar spanade de ut över vattenytan. Deras händer kramade relingen. Knogar vitnade. Fanns det spår av offer?

Larsen fortsatte att lyssna.

– Inget än, det är tyst som i graven, slängde han ur sig, synbarligen utan att tänka sig för.

Kapitel 4

Det var när lotsbåtsskeppare Nuder hörde de dova smällarna av sjunkbomber som han helt släppte kontakten med patrullbåten Hugin och vände hemåt i ett plötsligt månljus som steg fram ur tjocka molnbankar.

Han lade till med båten i lotshamnen och gick de två hundra metrarna till lotsstationen. Därifrån fortsatte han att följa händelseförloppet genom en kikare som tidigare monterats på golvet för spaning på eventuella främmande ubåtar. Han var ensam på stationen och funderade på om han skulle ringa till någon kollega. Två svenska fartyg mot en ... bestyckad ubåt? Han slog bort tanken. von Arbin hade gett tydliga direktiv att ligga lågt. Han skulle själv höra av sig till honom, senare.

Lotsbåtsskeppare Nuder svepte med den golvfasta kikaren över havsytan. Han såg två fartyg avteckna sig i månens fördelaktiga silverljus. Han antog att de var patrullbåtarna Hugin och Vale. Båda fartygen låg stilla över samma punkt.

De är i närheten av territorialvattengränsen, bedömde han. Sedan funderade han ett tag på om von Arbin hade lyckats sänka ubåten och vad detta i så fall skulle innebära.

Han kände kommendörkapten von Arbin som en egensinnig men mycket handlingskraftig man. Han umgicks inte med honom men de talades vid då de sågs inom logen. Nuder var betydligt yngre, han var arton år, och ny i logen. Han visste att von Arbin hade ett stort inflytande där och att han hade ett stort kontaktnät i övrigt.

Har von Arbin startat krig? tänkte han febrigt för det hade varit en lång natt. Ett krig mot Sovjet.

Det kändes som om en gnista hade tänts, en pyrande start till en storbrand. För de två fartygssiluetterna rörde inte på sig. En bomb, flera stycken, hade briserat i mörkret därute och ingen backning var längre möjlig. Senast ett krig utspelat sig på svenskt territorium var 1809 då Sverige förlorade mot ryssarna vid Ratan, norr om Umeå.

Måtte det inte hända igen, tänkte han.

Lotsbåtsskeppare Nuder stirrade i kikaren utan att kunna se vad som utspelade sig där ute. Det var för långt bort. Men han kunde inte förmå sig att gå och lägga sig. Tvärtom, det var viktigt att han lade varje steg i den här operationen på minnet.

– Olja! Olja på ytan för om tvärs.

Den värnpliktige utkiken signalerade sin upptäckt genom att tala snabbt och upphugget.

Det var en tunn oljefilm på vattnet. Den syntes tydligt i ljusskenet från Hugin.

Chefen Ericson som passivt stått och sett på verksamheten ombord hajade till. Något sköt genom vattenytan med en våldsam fart. En vattenpelare steg upp två meter över vattenytan. Strax efteråt landade en människokropp på ytan med ett plaskande ljud. Kroppen låg och guppade, till synes utan rörelse. Den var mörk men man kunde ana ansiktet och händerna i en ljusare ton. Besättningen stod som förstenad utan att kunna slita blicken från den livlösa kroppen. Dess uppdykande var oväntat och chockerande.

Fartyget backade tills det var jämsides med kroppen.

Patrullbåten Vale låg ett hundratal meter norr om Hugin. Dess besättning såg ut som den fryst i olika positioner.

– Plocka upp honom, beordrade von Arbin.

Två man drog kroppen mot akterskeppet på fartyget och ombord på akterdäcket. Den till synes livlösa kroppen dunsade i däcket och vatten rann från kläderna.

– Lever han, kolla pulsen?

– Han är död.

De stod samlade kring en man i 30-årsåldern. På huvudet hade han en mörkgrön stickad mössa av militärmodell och han var klädd i mörkblå overall och svarta kängor. Det rann lite blod ur näsan. Ansiktet var blekt, men inte deformerat. Det hade en svag gul nyans.

Likfärgad, tänkte von Arbin som trängt sig fram.

Han hade sett lik förut och nu såg han utan tvekan ett igen.

– Se efter i hans fickor om det går att identifiera honom, sa han till de två värnpliktiga som dragit upp liket.

De gick igenom fickorna utan att hitta minsta tillstymmelse till papper. Mannen hade ingen klocka på sig och ingen vigselring. Det känns obehagligt att muddra en död, tänkte von Arbin. Men det måste göras.

– Det finns inget, sa den ena värnpliktige och tog ett steg bakåt.

– Kolla kängorna, sa von Arbin. Det måste finnas något.

De drog av honom den ena kängan vars modell var ovanlig. Inget märke och ingen text fanns i den. Oidentifierbar. Flytvästen var orange och hade ingen text. När de vände på liket rann det vatten och blod ur munnen, ned på däcket. Den värnpliktige som stod närmast flyttade instinktivt sin fot för att inte träffas.

– Märkligt. Vad är det för kille?

von Arbin tittade nedför relingskanten på Hugins akterskepp för att se om det låg något mer på vattenytan som de missat. Han koncentrerade sig och fokuserade blicken på den mörka vattenytan. Efter en stund tyckte han sig kunna se något som rörde sig djupt där nere i havet. Något mörkt, men som skiftade i blekt. Är det inbillning? Han lutade sig längre ned över relingskanten för att se bättre. Relingen tryckte mot magen.

Han hann inte tänka mycket mer. Som en torped flög ytterligare en människokropp upp ur det svarta vattnet och landade alldeles intill akterskeppet där han stod.

Han blev nedstänkt och kastade sig reflexmässigt baklänges och slog huvudet i en låda på akterdäcket och ramlade omkull. Han låg blickstilla i några sekunder men kände ingen smärta. Han reste sig sakta och stirrade med en uppjagad blick mot kroppen som kommit upp till ytan.

– Han lever! Han rör på sig.

Mannen flöt på rygg med flytvästen runt halsen och någon slags andningsapparatur över ansiktet. Han jämrade sig. Det såg ut som om han försökte få av sig andningsmasken. Han var kraftlös och i det närmaste kritvit i ansiktet. Hugins motorbröl fick fart på honom. Han krängde och vred sig och fick till slut av sig masken. Innan fartyget hunnit fram, släppte han andningsmasken i havet. Den sjönk sakta. Ingen hann fånga den.

Två värnpliktiga sjömän drog försiktigt upp honom på däck. Han verkade vara mycket svag. Han förmådde inte frambringa några ord. Ögonen var uppspärrade. Han blinkade inte och manskapet begrep att han led av chock.

– Vi måste in till land med honom fort, sa fartygschefen Carl Ericson.

von Arbin funderade på läget. Den döde och den skadade hade försatt dem i en svår situation. Det var obehagligt. När som helst kunde en torped från moderubåten träffa fartyget och ingen skulle märka det i land. De var för långt ut till havs. Vad besättningen på patrullbåten som låg några hundra meter bort skulle hinna göra, eller rättare sagt inte göra, för att rädda dem, ville han inte tänka på. Vale skulle väl också bli attackerad.

– Vänta, vi kan inte lämna platsen än, sa von Arbin i en upphetsad ton.

Han gick fram till den skadade mannen och gick igenom hans fickor utan att finna något.

– Han kommer att dö om vi inte åker nu, sa Carl Ericson i vädjande ton.

– Fan!

von Arbin insåg att förvecklingar skulle uppstå om han inte gjorde allt för att rädda den upplockade mannen. Han ville inte lämna över kropparna till patrullbåten Vale. Besättningen där hade följt händelserna på några hundra meters avstånd men hade inte insyn i sjunkbombernas verkan. De hade enbart sina fantasifoster med sig tillbaka i hamn om han inte kallade till sig båten nu. Männen ur farkosten på djupet måste hållas hemliga.

– Angör Svartklubbens lotsstation, beordrade han utan att höja rösten och kokade inom sig av raseri.

Kapitel 5

Singö lotsstation, Stockholms norra skärgård, tisdag 21 september 1982, klockan 05.00

På himlarundeln trevade morgonen med rosa fingrar genom nattmörkret som ännu inte släppte taget. Med ens bländade ett starkt orange ljus och förebådade solskivans uppstigande ur havet. Det var vackert och en klar dag var på väg.

Lotsbåtsskeppare, artonårige Harry Nuder, nagelfor behärskat havet med den stora kikaren på lotsstationen. Det hade han gjort den senaste timmen.

Efter sjunkbomberna, inget nytt. Ånger gnagde i magen för att ha övergivit situationen därute. För att ha orsakat situationen om man skulle vara petig.

von Arbin måste veta vad han gör, tänkte Nuder. Om inte, ligger jag risigt till. Jag tog ut honom med lotsbåten i en operation som blivit en krigshandling.

Med sin skarpa blick upptäckte Nuder Hugin på långt avstånd. Hon närmade sig i full fart. Kursen var ställd mot lotsbåtshamnen. Han drog på sig Sjöfartsverkets mörkblå överlevnadsjacka och begav sig ut för att möta upp. Ljud av motorfordon hejdade honom. Till sin förvåning och oro fick han syn på en karavan med militärbilar som i hög fart närmade sig vändplanen vid bryggorna där patrullbåten Hugin skulle angöra. Nuder hoppade ned i diket vid krönet på den branta uppförsbacken mot lotsstationen ungefär femtio meter från vändplanen och trängde ihop sina grova 190 centimeter och hoppades att hans ljusa hockeyfrilla inte skulle tilldra sig någon uppmärksamhet. För han kunde naturligtvis inte låta bli att kika över dikeskanten, och trots det ännu skumma gryningsljuset var det ingenting som undgick Nuders skarpa blick.

Det kom en svag vind från norr, kände han. När han andades bildades små rökmoln i luften. Dagg blänkte i strålkastarskenet från bilarna. Han önskade hett att de skulle fara förbi men de stannade. Fordonen parkerade i en ring på vändplanen. Beväpnat manskap hoppade ut.

Nu ryker mitt jobb på Svartklubbens lotsstation, tänkte han. Det blir till att pallra sig hem till gården i Roslagen och det hårda arbetet! von Arbin har ställt till det. De kommer att upptäcka att vi tillhör samma loge. Hur jag än förklarar att jag enbart lytt order kommer de att tro att vi är nära kompisar och lika galna.

Det rådde full aktivitet; en okänslig militär ordning som förvandlade ansiktena som fanns ovanför manskapets munderingar till likadana små prickögon och smala streck till munnar. En militärambulans anslöt. Det gick inte att missta sig på det stora röda korset målat på sidan av den mörkgröna skåpbilen. Åtta militärer hoppade ur en av lastbilarna. De var kustjägare. De hade den gyllene treudden på de gröna baskrarna och vad värre var, de hade stridsmålade ansikten. Kustjägarna slog snabbt en ring runt vändplanen och spanade utåt.

Jösses! Ser de mig skjuter de utan varningsskott. Nuder kröp ihop lite mer för att undgå upptäckt.

Hugin anlöpte hamnen. Två bårar bars ned till hennes kajplats. Ytterligare två fordon anlände och stannade en bit bort. De bilarna hade blå registreringsskyltar.

Diplomater eller utländsk underrättelsetjänst, tänkte Nuder och förbannade att han varit en liten kugge i detta maskineri som satts i rörelse av von Arbin som nu argsint och full av förtrytelse trängde sig fram på vändplanen. Tre män i mörka rockar klev ur bilarna. Två av männen bar hattar av 50-talsmodell och de gick fram till insatsledare von Arbin. De började gräla med varandra.

Nuder andades häftigt. Det var märkligt med scenen som utspelade sig nere vid bryggorna. Männen som precis anlänt var inte svenskar, det var Nuder säker på. Han kunde inte höra vad som sades mellan dem och von Arbin, men det slog gnistor och var osvenskt. Invasionen i havet hade kommit upp på land. Var det utlänningar som tog kommandot därnere? Hur hade det gått till? Nuders hjärta bultade i bröstet. Han grävde ned fingrarna i marken för att inte rusa dit och slå ned någon.

De två bårarna omringades av kustjägarna när de bars upp från bryggorna. De skadade, för det låg kroppar utsträckta på bårarna, det kunde Nuder se, skulle till ambulansen där de togs om hand av vad som tycktes vara sjukvårdspersonal. Men en av herrarna i mörk rock hoppade in i ambulansen. Han satte sig diskret på den vänstra av bänkarna längs lastutrymmets insida. Dörrarna på ambulansen stängdes. von Arbin lade armarna i kors och tystnade. Ambulansföraren startade motorn och fordonet rullade sakta iväg.

Nuder märkte från sin undanskymda utsiktsplats att det

började ljusna och bestämde sig för att smyga sig tillbaka till lotsstationen. Han misstänkte att insatsledaren von Arbin skulle komma dit snart.

Han hade räknat rätt. Inom en timme var von Arbin på stationen och hans ögon glödde med en egendomligt mörk botten. Karln var förbannad.

– Inte ett jävla ord om det här, är det förstått? Det rör rikets säkerhet och är straffbart om det bryts. Hör du det, Nuder?

von Arbin borrade sitt raseri djupt ned i Nuders ögon och höll om hans båda axlar i ett fast grepp.

– Jag hör av mig senare, då ska du få en ordentlig debriefing.

Han släppte och räckte fram handen för en hälsning, vände sedan om och gick stelt nedför trapporna på lotsstationen och försvann.

Solen gick upp över havet. Några blåmesar kvittrade och den svaga kalla brisen kylde kinderna på Nuder där han stod nedanför lotsstationen. Den tillfälliga ledningsstaben hade avvecklats under natten. Bilarna var borta. Han tittade en sista gång ut mot horisonten som nu avtecknade sig som ett obrutet reflexband och gick sedan till sin parkerade bil bakom huset.

När han körde förbi vändplanen märktes inga spår av nattens dramatiska händelser. Patrullbåten Hugin hade lagt ut igen. Lotsbåten guppade försiktigt där den låg förtöjd vid kajen. Han tittade framåt, lade i växeln och drog på gas.

Kapitel 6

Säkerhetspolisen, Stockholm, måndag 29 september 2008, klockan 01.00

"En västtysk källa har berättat att de svenska och sovjetiska regeringarna gemensamt beslutat att släppa ut en ubåt från Hårsfjärden. Han berättade också att en rysk medborgare under julen besökt en svensk i Örebro-området. Ryssen hade därvid berättat att en avlägsen släkting till honom tjänstgjort ombord på den sovjetiska ubåtsflottan i Östersjön. Han hade nu rapporterats saknad sedan övningar hade ägt rum i västra Östersjön. Han uppgav också att ryssen meddelat att man talade om att flera ryska ubåtsmän hade skadats under denna verksamhet. Tidpunkten kunde överensstämma med händelserna i Hårsfjärden. Jag (ÖB) har satt underrättelsetjänsten på att göra diskreta efterforskningar."

(Överbefälhavarens hemliga dagbok 28 december 1982)

Anton Modin kliade sig i ögonen. Han kände plötsligt av tröttheten. Han hade läst hela natten, fem timmar i ett sträck.

Var det så här det gick till! Vi som officiellt aldrig har

sänkt någon fientlig ubåt, utan marinen jagade minkar och lyssnade på fiskeskutor. Vi fångade visserligen en ubåt 1981 i Karlskrona *U137 Whiskey on the rocks.* Jag undrar vad som kommer att hända när det här till sist kommer ut? Eller förresten, det kanske aldrig gör det. Det handlar om rikets säkerhet.

Fy fan, tänkte han samtidigt som han sträckte på ryggen och satte båda händerna på höften.

*

Tre och en halv månad tidigare.

Riddargatan, Stockholm, fredag 13 juni 2008, klockan 10.00

– Lundin, ta fram Anton Modins personakt, sa Chris Loklinth, chefen för inrikesdetaljen på SSI.

– Ligger den i arkivet?

– Ja, längst in till höger innanför ståldörren bland de kvalificerat hemliga dokumenten. Här har du nyckeln.

Chefen kastade över nyckelknippan till Lundin.

Kapten Bob Lundin, blond, vältränad, 38 år gammal, hade nyligen börjat på SSI. Han kom närmast från Försvarsstabens avdelning Must, den militära underrättelse- och säkerhetstjänsten. Han hade ljus slät hy och ett lite pojkaktigt utseende. Stora något utstående öron och långa fötter var hans karakteristiska drag.

Bob Lundin var analytisk, kallhamrad och saknade kreativitet men var en ambitiös "doer". Perfekt för tjänsten närmast SSI-chefen, den mytomspunne, gränslöse kreatören och hjärnan på SSI, Chris Loklinth. Bob Lundin gick in i arkivet och letade på bokstaven M och plockade fram Anton Modins personakt.

Det är många som har personakter i det här arkivet, tänkte han när han gick ut ur det stora rummet där många väl dolda hemligheter i Sverige förvarades. Hemligheter som rörde SSI:s verksamhet. Ändå är det bara de aktuella fallen som finns här.

Bob Lundin hade fått tjänsten på grund av sitt släktskap med förre chefen på SSI, framlidne Bertulf Lundin, hans far. Lundin var nyfiken och såg fram emot att få arbeta på den allra hemligaste avdelningen inom försvaret, nämligen Sektionen för särskild inhämtning, SSI.

SSI var en direkt efterföljare till IB, eller inhämtning Birger som den också kallades efter sin chef Birger Elsén, som var vän till socialdemokratiske statsministern Paul Olofson. Samtliga anställda på SSI hade hemliga identiteter och falska identitetshandlingar.

Bob Lundin var väl medveten om att SSI lydde under egna lagar och något som kallades Försvarsunderrättelsenämnden, som i sin tur lydde direkt under statsministern och försvarsministern. Det var endast en handfull personer som kände till dessa hemliga lagar. SSI var i högsta grad en stat i staten och hade en stor betydelse i landet, kanske till och med större betydelse än de politiska partierna. Åtminstone var det så i utrikes- och säkerhetsfrågor, tänkte Lundin. SSI bråkade man inte med, inte ens om man tillhörde regeringen. Det var SSI som skötte de hemliga underhandskontakterna med utländska regeringar via sina olika säkerhetsorgan. Enheten bestod av säkerhetspoliser, militärer och civilanställda med rätt politisk färg. Avdelningens stora makt kom av att de i sina arkiv likt KGB hade hållhakar på i stort sett samtliga politiker och makthavare på alla nivåer i landet. Bob Lundin visste allt detta genom sin far och han kände en viss tillfredsställelse över att själv ha tillgång till denna exklusiva kunskap. Chefen, överstelöjtnant Chris Loklinth, var en svensk J. Edgar Hoover.

Han gick ut från arkivet med personakten i ena handen.

– Vem är den här Modin? sa han och vägde mappen i handen.

– Anton Modin, hm, sa Loklinth och såg ut att fundera en stund. Han är, ursäkta uttrycket, en jävligt jobbig människa. Ibland måste vi sätta honom under bevakning. Nu är det dags igen. Han har något på gång, i alla fall tror analysgruppen det.

Bob Lundin iakttog sin chef i smyg. Chris Loklinth var gråhårig, tunt byggd och 178 centimeter lång. Gift sedan länge och hade två utflugna barn. Han skröt ofta om dessa för Lundin, men ingen av dem jobbade inom försvaret.

Chris Loklinth hade klara ögon och ljus, fet hy. Han bar en vit nystruken skjorta och ljusgrå gabardinbyxor med pressveck. På fötterna hade han ett par äldre men välhållna svarta lågskor med snörning.

Chris Loklinth hade blivit chef för SSI:s inrikesdetalj 1982 och efterträdde då den legendariske Birger Elsén. Elsén som bildade sektionen i slutet av 50-talet hade officiellt slutat många år tidigare men stannat kvar som konsult i organisationen. Han hade i praktiken verkat som chef för inrikesdetaljen fram till juni 1982. Inrikesdetaljen på SSI motsvarade ett FBI i miniatyr. Sektionen hade bara några få fast anställda med närmast obegränsade befogenheter att skydda rikets säkerhet. Inte många i landet visste om dess existens och ännu färre visste om verksamheten. Bob Lundin var som vanligt välunderrättad om SSI:s historia. Han brukade vara det, välunderrättad.

– Okej, här är akten. Var ska vi börja?

Bob Lundin slängde akten som var tre centimeter tjock och av gulbrun tjock papp på bordsskivan. Den gled en bit och stannade alldeles framför magen på hans chef. Loklinth drog fingertopparna lätt genom sitt höga hårfäste och öppnade sedan varsamt akten med höger hand. Han lutade sig långsamt bakåt och vägde en stund mot ryggstödet och såg i det läget en aning plufsig ut, tyckte Lundin. Chris Loklinth tog på sina läsglasögon som låg på bordet framför honom och började läsa i personakten från början. Bob Lundin gick på en liten vink från sin chef runt bordet och ställde sig framåtlutad bakom Loklinth så att han kom åt att se vad som stod.

På första sidan stod Anton Modins personuppgifter tillsammans med ett fotografi på honom i halvfigur. Det var fasthäftat med två klamrar. En klammer uppe i pannan och den andra klammern på bröstet på bilden. Lundin såg en ung man med kustjägarbasker och en grön fältuniform modell 59. Modin såg butter men beslutsam ut.

På fotot var Modin tydligen 18 år. Han hade rågblont kort hår som stack fram under baskern på ena sidan. Han gav intryck av att vara kraftigt byggd men ändå senig. Han hade klarblå ögon och markerad haka med en liten grop, höga kindben och muskulös hals. Han såg bra ut, tänkte Lundin där han stod framåtlutad över Chris Loklinths rygg.

Personuppgifterna angav att Modin var född 2.11. 1965 i Katarina församling, Stockholms län. Ogift. Vikt 85 kilo. Längd 185 centimeter.

– Du kan börja med att läsa in dig på hans bakgrund, sa

Chris Loklinth och vände sig mot Lundin. Jag tänkte att du skulle få bli operativt ansvarig för det här ärendet, underställd mig förstås.

Bob Lundin satte sig ned på stolen bredvid Loklinths arbetsbord och lyssnade. Loklinth tog av sig sina läsglasögon och fortsatte berätta samtidigt som han ögnade igenom resten av akten. Han kunde den utantill.

– Anton Gustav Modin är född i Stockholm av utländska föräldrar från Baltikum. De kom hit som flyktingar under andra världskriget. Hans far, Wilhelm Modin, tjänstgjorde i vårt försvar som tolk och förhörsledare på tolkskolan. Han kunde ryska. Han var en utmärkt förhörsledare enligt uppgift, han var hård. Båda föräldrarna var mycket blå, förmodligen nazister som alla andra balter. Anton Modin började skolan ett år för tidigt, när han var sex. Skolan gick sådär men han var bra i idrott och engelska. Han gick i skola på Södermalm i Stockholm och tillbringade efter studenten ett år med studier i Ohio, USA. Efter studierna i USA gjorde han sin värnplikt på kustjägarskolan och värvades till vår avdelning under mitten av 1980-talet.

– Vad? Menar du allvar? sa Lundin med uppspärrade ögon.

Det kom som en fullständig överraskning för honom att Modin arbetat på SSI.

– Ja, tyvärr, en jävligt jobbig typ, sa Loklinth. Vi blev tvungna att avskeda honom.

– Varför värvade ni honom från början?

– För att han var bäst, kort och gott. Det var då i början av vår verksamhet. Han passade som hand i handske. Vi borde ha varit mer försiktiga med facit i hand.

– Varför då?

– Låt mig säga så här, sa Chris Loklinth. Han var omöjlig att kontrollera. En fullständig säkerhetsrisk. Det är han fortfarande. Det visste vi inte då, förstås.

– Vad gör han i dag?

Bob Lundin var ivrig och lutade sig framåt igen med händerna stödda på lårens ovansidor.

Chris Loklinth lade ned Anton Modins personakt på bordet och tittade in i Bob Lundins blå ögon.

– Först hjälpte vi in honom i flygvapnet som Viggenpilot. Där gjorde han sig omöjlig. Han flög under Ölandsbron som är låg som fan. Det är en egensinnig jävel ska du veta. Gör som han själv tycker utan en tanke på konsekvenserna.

Loklinth kliade sig hårt i hårbotten och torkade bort fukten i pannan med handens översida innan han fortsatte:

– Vi fick efter ett tag över honom till flygbolaget Sweden Air Shuttle. Där flög han trafikflygplan och gjorde några mindre underrättelsejobb åt oss. I dag är han arbetslös och lever på en certifikatförlustförsäkring.

Chris Loklinth gjorde en kort paus och vände blicken mot fönstret som vette mot gården på Armémuseum i Stockholm.

– Vi rekommenderade hans chefer på Sweden Air Shuttle att avskeda honom och arrangerade så att han fick sluta. Den som hjälpte oss med det var en kvinnlig flygläkare som vi kontrollerar. Flygläkaren underkände honom på det regelbundna medicinska testet. Modins flygcertifikat ogiltigförklarades på grund av mentala skäl. Henne kan vi säkert få nytta av igen.

Loklinth log stelt.

– Nu är Modin jävligt förbannad på oss, trots att han har livstids försörjning genom försäkringen.

– Mentala skäl? Vilka då? sa Lundin och skruvade på sig.

– Paranoia och manodepressivitet. Vi hittade det i hans släkt. Det var enkelt. Vi kan inte ha en flygkapten på ett av landets största flygbolag som är psykiskt sjuk, eller hur Lundin. Dessutom är han jävligt mycket höger, sannolikt fascist och skiter i landet fullständigt. Han kan inte få in i sitt huvud att det vi gör här på byrån gagnar Sverige. Den dumma jäveln!

SSI-chefen Loklinth såg ut att för en sekund tappa behärskningen. Han hade bara några år kvar till pension. Personkontroller och uppföljningar av det slet på honom mentalt, visste Lundin, och han hade redan stannat för länge inom avdelningen. Bara några år till, sedan pension och lugn!

– Jag ska neutralisera den jäveln innan jag går i pension, Lundin. Det är ett löfte.

– Det kan inte vara svårt, sa Lundin. Med våra resurser.

– Vi får se.

Loklinth innehade en konsulttjänst inom SSI och fick sin lön utbetald via ett teknikkonsultbolag i Stockholm. Företaget arbetade med tekniska konsulttjänster till försvaret och försvarsindustrin men agerade även som en av många täckmantlar för SSI. SSI fick inte bara ett anslag via försvarets ospecificerade utgifter utan även via detta och liknande bulvanföretag.

– Det kostar pengar, mycket pengar att skydda rikets säkerhet, sa Loklinth. Kostnaderna ökar för varje år som går. Det är helt galet. Hemligheterna som ska skyddas i Sverige blir bara fler och fler. Nu minskar regeringen dessutom försvarsanslagen.

Loklinth reste sig och gick fram till fönstret. Han tittade

ned på den stora gårdsplanen och de gamla kanonerna som stod utställda på gården och på en liten pojke som satt på en av kanonerna trots att det var strängt förbjudet. Pojkens far verkade inte bry sig.

– Jag vill att du neutraliserar Anton Modin fullständigt, sa Loklinth, så att ingen, absolut ingen lyssnar på honom längre, inte ens hans närmaste vänner. Modin är en föredetting. Han är ute i kylan. Där ska han förbli. Det blir bäst så.

Chris Loklinth stod med ryggen mot Bob Lundin. Han höll händerna knäppta bakom ryggen. Lundin såg att han var tunnhårig, en gubbe i mängden. Han kände till att folk ansåg hans blick vara skarp men timid, en som inte skrämdes. I Loklinths mapp, för han hade en också, påpekades att bakom den ofarliga ytan dolde sig en hänsynslös borderline-psykopat med stark självkontroll. Han hade den perfekta profilen för den här typen av arbete. Han hade själv sett till att få den dokumenterad.

– Vad vet de om mig? sa Loklinth som om han tänkte högt. Ingenting. Ingen fattar överhuvudtaget vad jag gör, inte ens min fru. Jag räddar landet!

Lundin kände till att Loklinth officiellt var socialdemokrat men han förstod att han lika gärna kunde ha varit kommunist eller fascist. Det spelade ingen roll så länge han fick vara i det vinnande laget. Han hade den personlighetsprofilen.

– Sammanfatta det viktigaste, sa Loklinth.

– Det är alldeles för mycket material här, sa Bob Lundin och bläddrade i Modins personakt. Varför har vi exempelvis inte köpt över honom som vi brukar göra?

– Anton Modin är inte till salu. Han är en tjurskalle. Han går sin egen väg och han tror själv att han har någon slags jävla integritet. Enligt min mening är han enfaldig, kort och gott.

Loklinth andades häftigt och gick med några snabba steg fram till en tavla föreställande Karl XIII, sittande i en stol. Tavlan lutade en aning åt höger. Han rättade till den.

Byggnaden de befann sig i var gammal och låg i hjärtat av Östermalm i Stockholm, på Riddargatan vid Armémuseum. Kontoret som ursprungligen varit en lägenhet hade högt i tak och fina breda trägolv av furu. Det fanns sju rum, samtliga vitmålade och med fina äldre kontorsmöbler som följt med i otaliga flyttar som avdelningen gjort runt om i stan. Det arbetade tio personer på avdelningen. Två av dem var kvinnor med specialbehörighet som arbetade med administration. Resten män varav två var analytiker och övriga sex var agenter med specialutbildning, däribland Loklinth och Lundin.

– Han har en komplicerad personlighetsprofil.

– Hur menar du? sa Lundin.

– Han går inte att köpa. Varken för pengar eller mutor som karriär eller dylikt. Han är som en jävla filmhjälte, sådana som inte finns på riktigt.

Loklinth gick tillbaka till tavlan föreställande Karl XIII och rättade till den igen.

– Ramen måste vara sned, sa han.

– Kan du berätta mer om Modin som privatperson? sa Bob Lundin.

Chris Loklinth satte sig igen vid sitt skrivbord, lutade sig bakåt och knäppte händerna bakom nacken. Han såg ut att fundera.

– Anton Modin var gift, lyckligt gift till och med. Hans fru var svenska och anställd på den amerikanska ambassaden i

Stockholm. Han hade två barn med henne. En flicka och en pojke. Alla tre var ombord på Estonia när hon sjönk hösten 1994. Ingen av dem överlevde. Hade jag varit det minsta sentimental hade jag kanske tyckt synd om honom, men han kunde spelets regler. Han blev personligt involverad; en dödssynd här hos oss. Du förstår, han var med dem ombord.

– Å, fan!

– Han anklagade oss för katastrofen. Han trodde att vi hade förhandsinformation om haveriet och tyckte att vi borde ha varnat honom. Han fattar verkligen inte hur det fungerar i underrättelsetjänsten.

Loklinth reste sig upp och gick en runda i rummet, märkbart irriterad.

– Hade vi förhandsinformation om Estonia? sa Bob Lundin och böjde ned huvudet som om han hade nackspärr.

– Modin är galen, sa Chris Loklinth och gick bort mot dörren som för att lyssna.

Loklinth fortsatte bort till en låg byrå invid väggen och lutade sig med ryggslutet mot den. Han höll båda händerna mot kanten av byrån för att stödja sig. Det verkade vara en av hans favoritställningar på kontoret. Lundin hade lagt märke till det. Det var skönt för axlarna, sa han.

– Vi värvade Modin i mitten av 80-talet, sa Loklinth. Jag tror det var 1983. När han var på Kustjägarskolan. Tuff, framåt, utåtriktad och jävligt smart, tyckte vi då. Han nådde mycket bra resultat på testerna av analytisk förmåga. Vi såg till att han fick sparken efter dykutbildningen och sedan tog vi honom under våra vingars skugga. Efter en dykutbildning i Natoregi såg vi till att han kom in på Krigsflygskolan. Han skulle bli stridsflygare på flygplan 37 Viggen hade vi bestämt. Han protesterade inte. Han gillade utmaningarna vi gav honom och lärde sig fort.

Bob Lundin lyssnade utan att avbryta. Han bestämde sig för att inte fråga alltför mycket eftersom han förstod att Anton Modin var en rejäl nagel i ögat på sin chef. Han ville göra ett gott intryck och att ställa fel frågor var aldrig populärt. Speciellt inte som hans chef hade tillbringat större delen av sin karriär inom underrättelsetjänsten. Han försökte istället luska ut Loklinths svagheter för att kartlägga honom samtidigt som han lyssnade intresserat.

– Han sköt ned amerikanarnas SR-71:a åt oss, om än med lite hjälp, sa Loklinth. Det var vår radarjaktledare som satt på radarjaktledningscentralen den där dagen. Anton Modin knäppte den amerikanska signalspaningskärran med en radarstyrd robot vid en simulerad nedskjutning. Vi fick allting på band. Snacka om ett amerikanskt fiasko. De trodde att deras SR-71 var omöjlig att bekämpa. Precis som de hade trott 25 år tidigare med U2-flygplanet över Sibirien.

Loklinth skrattade högt och började sedan hosta. Han tog fram sin näsduk ur vänstra byxfickan och torkade sig om munnen.

– Vad hände med bandet? sa Bob Lundin.

Loklinth vek ihop näsduken och stoppade tillbaka den i byxfickan.

– Vi tog hand om det och såg till att både ryssarna och amerikanarna fick tag i varsin kopia. Dessutom fick de båda reda på att den andra sidan hade en kopia av bandet. Vi var också noga med att påpeka att piloten som genomfört uppdraget, det vill säga Anton Modin, var en elev under utbildning. Det var en del av poängen. Tänk dig jänkarnas min när de fick höra det. Ha ha, jävligt smart operation, om jag får säga det själv. En elev under utbildning ändrade hela det amerikanska flygvapnets signalspaningsstrategi mot Sovjet. Det du!

Chris Loklinth som hade satt sig ned igen knäppte händerna bakom nacken och spände ut bröstkorgen. Hans panna blänkte i förmiddagssolen som arbetat sig fram till kontorsfönstret och han var fuktig under armarna.

– Det slutade med att amerikanarna lade ned SR-71-projektet och slutade flyga i Östersjön, mitt under den kallaste perioden av det kalla kriget, i mitten av 80-talet. Det låg förmodligen minst fem år fram i tiden, att ryssarna själva hade kunnat skjuta ned det amerikanska planet. Då de fick modernare jaktflygplan.

– Vilken otrolig historia, sa Bob Lundin. Och det var SSI som planlade allt det här?

– Yes. Vi var bäst, för vi kunde samarbeta både med amerikanarna och med ryssarna. Det har vi alltid gjort.

Chris Loklinth tippade framåt och lade händerna på bordsskivan och reste sig sakta. Han verkade nöjd med genomgången och hans yngre kollega var imponerad.

Bob Lundin lade märke till Loklinths kraftiga händer, greppande bordsskivan. Säkert en fajter i unga år.

– Nu tar vi lunch, va.

De två männen gick nedför trapporna och ut på gården.

Det var en solig och varm försommardag. Stockholm såg dammigt ut, för det hade inte regnat på en vecka. Det var lite folk i rörelse. Östermalmsborna hade redan börjat flytta ut till sina sommarbostäder i Stockholms skärgård. Det var en fin tid som låg framför dem. Sommarmånaderna juni, juli, augusti.

Kapitel 7

Riddargatan, Stockholm, fredag 13 juni 2008, klockan 12.00

Det Birger Elmér (IB/SSI 1965–1982) inte utan stolthet beskriver, är inget annat än en anarkistisk organisation, en organisation som själv skrev sina lagar och själv ställde upp sina mål och syften i nära samarbete med den högsta ledningen för socialdemokratin. Hör detta hemma i en demokrati? (P-G Vinge, Säpochef 1962–1970, memoarer, sid 224)

Chris Loklinth, bestämde sig för att han och Bob Lundin skulle luncha i Östermalmshallen. De promenerade till Östermalmstorg två kvarter från Armémuseum och gick in i den svala Saluhallen i hjärtat av stadsdelen Östermalm. Det var en pampig tegelbyggnad på torgets västra sida som innefattade en rad lyxiga försäljningsställen för den mer bemedlade delen av Stockholms befolkning. Här märktes inte lågkonjunkturer. De passerade en grönsakshandlare och en köttdisk med välhängda biffar på sin väg in i den gamla anrika hallen och till restaurang Hägendorfs längst in till höger. Det luktade av kryddor, blommor och slakteri blandat med matos från ställena med färdigmat. De tog dagens rätt, köttbullar med mos. De fick rikligt med lingonsylt vilket gjorde åtminstone Loklinth på gott humör. Han slappnade av och sin vana trogen granskade han sin omgivning medan han åt. En äldre tunnhårig man med fräknar satt längre bort och tuggade på en räksallad. Han nickade åt Chris Loklinth. Loklinth nickade diskret tillbaka. Det var förre Volvochefen Per Christian Gyllenstam. Han ignorerade Bob Lundin.

P-C Gyllenstam, tänkte Lundin och rörde runt lingon i potatismos. Han hade hört mycket om honom genom sin far. Förr sprang P-C ofta hos överbefälhavaren och SSI för att hålla kontakten som han sa. P-C och hans nätverk ställde alltid upp om försvaret behövde hjälp.

De två männen, Loklinth och Lundin, den ene äldre och den andre på väg mot sina bästa år, tyckte båda att det hade varit en intressant och givande förmiddag. De drack upp sitt bryggkaffe och reste sig upp.

– Varför är Anton Modin på tapeten igen? frågade Lundin.

– Modin är det hemliga ärendet 82-X på spåret, sa Loklinth med låg röst. Det är ubåten som sänktes utanför Singö 1982 av en utbrytargrupp officerare inom marinen. Det gjordes med den ökände von Arbin i spetsen. Nu går vi!

Lundin och Loklinth svängde runt hörnet på saluhallen och Loklinth fick solen i ögonen. Han satte upp en hand som skydd och tog med den andra fram sina svarta solglasögon.

– 82-X? sa Lundin och misslyckades med att dölja att han inte hade en aning om ärendet.

De kryssade mellan grönsaksstånden på Östermalmstorg mot Sibyllegatan. Lundin tittade ned på sina svarta blankputsade militärskor. Den högra skon hade fått en liten repa. Han låtsades inte om att Loklinth dröjde med svaret.

– 82-X är en kvalhemlig mapp, sa Loklinth till slut. Omständigheterna tyder på att det med all sannolikhet handlar om sovjetisk miniubåt, sänkt av svenskar. Den ligger kvar med död besättning ombord. Vi har blivit ombedda genom våra kontakter inom GRU att skydda detta objekt. Själva kan de inte göra något för vraket ligger i en farled alldeles för nära svenskt territorium. Det skulle vara ett erkännande av intrång på svenskt territorialvatten om saken drogs fram i ljuset.

– Kan vi erbjuda oss att bärga den?

– Vi har redan gjort det. Ryssarna avböjde. Själva kan vi inte bärga den utan tillstånd, eftersom den ligger utanför svenskt territorialvatten.

– Anton Modin har alltså fått reda på att den ligger där? sa Bob Lundin.

– Ja, genom mannen som ledde utbrytargruppen, von Arbin, i dag politiker i Sundbyberg. Han vill rensa ut gamla synder, säger han. Jävla idiot!

Chris Loklinth sparkade till ett gammalt torkat ekollon som låg på marken. Ekollonet studsade ut på torget.

– von Arbin har snackat med en barndomsvän till Anton Modin. Han har bett barndomsvännen att berätta för Modin. Det är de uppgifter vi har.

– Det var illa, sa Lundin.

Han tittade upp och såg att det var dags att svänga höger på Sibyllegatan. Bakgrundsljudet steg och han märkte att han fick höja röstläget för att höras. Det åkte bilar i en strid ström söderut mot Dramaten och de fick väja på trottoaren för två unga ”brats” i italienska solglasögon. De var på väg norrut mot Östermalmstorg och något trendigt kafé.

– Tyvärr kan vi inte arrangera en olycka som jag hade tänkt ut, sa Loklinth utan att visa några känslor. Vår uppgift är därför att se till att Modin inte hittar ubåten. Där har jag till och med den nuvarande borgerliga regeringens välsignelse. von Arbin är nämligen moderat politiker i riksdagen numera. Och han ska skyddas. Det är order på det.

Chris Loklinths rynkiga kinder drogs upp i ett leende.

Lundin skrattade till. Det var ett hårt cyniskt skratt som inte rymde någon glädje.

– Ditt uppdrag, Lundin, blir att övervaka Modin och hans vapendragare Bill Bergman. Bergman har en egen personakt. Den kan du titta i sen. Jag tror att Bergman är Modins svaga punkt. Bill Bergman är hans bäste vän. Han följer sin vän i vått och torrt. Det kan vi utnyttja. Anton Modin är humanist nämligen, tro det eller ej.

– Var finns Modin i dag?

– Han bor i en lägenhet på Götgatan här i stan. Han har ett sommarhus i norra Roslagen även om han inte är där så ofta längre, sedan familjen omkom. Han har som sagt inget fast jobb. Det är därför vi tror att han kommer att börja söka efter 82-Xerxes.

Loklinth saktade ned stegen markant. De började närma sig kontoret. Han ville som vanligt försäkra sig om att de inte var förföljda. Han såg åt båda hållen på Riddargatan. En kurvig utländsk flicka med barnvagn passerade. Lundin lade märke till att Loklinth tittade länge efter henne. Sedan såg de inget annat misstänkt på gatan. De fortsatte att gå.

– Modins sommarhus ligger i Grisslehamn, några kilometer söder om Singö där ubåten sänktes, sa Loklinth. Vi tror att hans barndomsvän kommer att läcka uppgifter till honom nu när moderatfascisterna styr vårt land. De har nämligen en gemensam vän. Det är den vännen som vi tror är den svaga länken. En lotsbåtsförare som var med i oktober 1982 när ubåten sänktes.

– Hur då svaga länken? sa Lundin.

De vek in genom entrén på Armémuseum och in på den vida gården. De passerade en kanon på vänster sida. Det knastrade under skorna när de gick över gruset. Det var 23 grader varmt och de hade lätt vind i ryggen.

– Anton Modin är för jävlig på att få folk att snacka. Det är det jag är rädd för. Den här lotsbåtsskepparen måste tystas, till varje pris. Jag vill att du kör telefonkontroll, TK, läser Modins mejl och om det behövs, även buggar honom. Snacka med FRA men var försiktig. Kom ihåg att Modin är proffs även om han är en spillra av sitt forna jag.

– Okej, hur många man får jag? sa Bob Lundin.

De gick in genom en sidodörr på den östra flygeln. Bob Lundin höll upp dörren för sin chef som klev in med bestämda kliv. Dörren gick sakta igen med ett klick.

– Du får tre gubbar. De är rejält erfarna killar. Det här får inte gå snett. Då kan det vara slut med inte bara den här avdelningen utan hela jävla landet.

De gick tysta trapporna upp och var inne på kontoret igen efter att ha tryckt koden på kodlåset. Det hade börjat klia igen i hårbotten på Loklinth under lunchen. Han kliade frenetiskt så att skinnflagor lossnade. Det var ofräscht.

Alldeles för mycket Modin den här förmiddagen förmodligen, tänkte Lundin och tittade åt ett annat håll. Mer än vad som var hälsosamt. Hur har det kunnat gå så fel med Anton Modin? Enligt akten värvade Loklinth honom personligen och övertalade sina överordnade att det kunde bli deras bäste agent någonsin. Modin var uppenbarligen av rätta virket.

Uppe på kontoret gick Loklinth in i arkivet. Ingången låg bakom ett skynke i kontoret och skyddades av en tjock ståldörr. Lundin följde efter med in. Det var ett avlångt rum med hyllor och mappar överallt. Det fanns ett bord med läslampa inkilat på golvet bland hyllorna. Loklinth tog fram en plomberad plåtlåda.

– Titta här, Lundin, vad vi har i våra gömmor.

Loklinth visade Lundin och lät honom känna på tyngden.

– Paul Olofson-ärendet, sa han. Den du!

Loklinth tog tillbaka plåtlådan och vickade på den. Mappar och saker som skramlade fanns uppenbarligen i den. Chris Loklinth blev rosa om kinderna, han slöt ögonen halvt och ord som fanns i munhålan kom inte över hans läppar. Det gick en ängel genom arkivet.

Kapitel 8

Grisslehamn, Stockholms norra skärgård, lördag 14 juni 2008

Anton Modin kunde se fransar av vågor som lekte på havsytan från cockpitfönstret. Över Östersjön drog en skarp ostlig bris. Han kisade spänt utmed horisontlinjen och lät sitt plan stiga så högt han vågade, in i kompakta moln för att inte synas med blotta ögat.

Flygplanet låg tungt och tryggt som en gås i luften; darrade till ibland då turbulensen och det karakteristiska skramlet som han kände igen, drog genom flygkroppen. Han checkade motorinstrumenten och vågade nästan andas ut. Spaningsflygningar som FRA beordrade var hemliga och piloterna skulle inte få understöd om de upptäcktes av fienden. Modin och den övriga besättningen delade farhågorna för upptäckt och granskade noga varje skiftning på himlen.

Det fixar sig, den här gången med!

De gick gott och väl utanför fiendens territorium. När som helst nu, skulle de vända hem över norra Östersjön. Kapten Modin kunde kosta på sig att skämta med färdmekaniker Nilson som var den nio man starka besättningens egen pessimist. Nilson var alltid nervös inför uppdrag utanför territorialgränsen men aldrig att han sa ett ord om det till de andra. Han längtade tillbaka till Bromma flygplats, där de startade, så snart han lämnat marken och skötte sin längtan snyggt, tyckte Modin, genom att endast sucka och då och då blunda en kort stund.

– Hörru! sa Modin. Dags och säga bye bye till Sovjet?

Nilson vände sig mot honom. Han hade en växande panik i ögonen. I samma ögonblick lade sig en skugga över dem. En tung mörk hand som väntade med att trycka till dem, en sadistisk jävel som vill ha skoj. Det var ett sovjetiskt jaktflyg. En MiG.

En automatkanon knattrade. Granaterna plöjde genom flygplanets plåt med skärande korta ljud som gav dem gåshud. Glas och splitter bildade moln och kaos. Planet tappade höjd. Modins besättning skrek i dödsångest, utom navigatören. På hans plats var det isande tyst. Modin drog i styrspaken och försökte räta upp planet som störtade mot havsytan.

I ögonvrån uppfattade han en grotesk dans. Nilsons armar och huvud ryckte i ett förfärande onaturligt spel. Musiken var kulor som träffade honom i strupen, i kinden och i skallen. Hans talorgan slets loss. Ryckningarna var nervspinn som kastade honom fram och tillbaka tills han livlös föll ihop i selen och blod färgade instrumentpanelen.

MiG:en tog ett varv. Modin jobbade med att räta upp flygplanet. Höjdrodret kärvade! Det rök från vänstra vingen. Kabinen började rökfyllas. Modin girade vänster. Flygplanets vänstra motor brann med gula lågor som slog ut genom svarta rökmoln. Planet sjönk snabbt.

Fienden var på honom igen.

En våg av granater gick rakt in i vingen och vidare in i den främre delen. Granatsplittren hoppade som ettriga svetslågor. De borrade sig in i konstruktionen och krasade sönder planet; in mot besättningen som fortfarande fanns kvar, in i deras hud och ben. Saker och ting skvätte omkring och någonting kletade, hett och fuktigt.

Modin fick för sig att det var blod. Röda rosor av gegga slog ut på rutan och instrumenten.

Varifrån kommer det? Det är bara jag här. Det är delar av mig! Herregud, var är jag träffad?

Men han kände ingen smärta. Det var Nilsons blod och hudfragment och hjärnsubstans.

Lever han än? Ja, kanske.

Nilson pepprades. Vasst splitter genomborrade honom som en dragkedja från huvudet till midjan. Sår vidgade sig alltmer. Blod strömmade ut. Det såg galet ut.

Hur mycket blod har han?

Nilson var där med händerna men handskarnas skinn förmådde inte stoppa blodflödet.

Flygmotorerna vrålade; brand och rök och skräckfyllda skrik fyllde Modins öron och synfält. Havsytan ryckte närmare. Hans plan skulle krascha. Det fientliga jaktflyget var överlägset.

– Modin, vad är det som händer?

Sa Nilson det? Är han inte död?

Modin blev tvungen att dra i honom. Slå honom bort från styrspaken.

Flygplanet blev okontrollerbart.

– Lämna flygplanet! Hoppa! Jump!

Anton Modin gav sina sista order. Någon hoppade. Vem? Hur många levde? En amerikan singlade ut genom bakdörren. Efter honom kom hans utrustning. Del efter del. Någon kastade ut saker.

Flygplanet slog i vattenytan med en fruktansvärd smäll. Modin bedövades av svärta och oväsen. Han kände blodsmak och inte en kota satt på rätt plats. Flygplanskroppen kanade och bökade på vattenytan och Modin tog spjärn och vrålade av smärta och fasa. Vatten trängde snabbt in i cockpit. Han tvingade sig att röra sig, inte låta det hända! Med ett dån i huvudet som stadigt växte fick han på sig en syrgasmask och lösgjorde sig från cockpit.

Han rullade ned i vattnet och sjönk. I djupet blev det tyst, äntligen. I en evighet lät han det ske. Vattnet var klart. Inte alls mörkt som han hade föreställt sig. Nedåt, det var vägen. Han följde sitt plan. Där fanns inga MiG-plan, inte kulorna, inte splittret som rev upp en i slamsor och dödade en.

Han sjönk hundra meter ned i havet, tusen meter. Tydligt hörde han sina hjärtslag. Samtidigt var han medveten om flygplanets dalande mot bottnen. Det störtade nedåt. Planets plåt krasade av trycket långt ned i havets djup. Sedan kom dunsen när flygplanet slog i botten. Det riste till en gång och blev sedan stilla.

En stor del av taket på cockpit var bortslitet men Modin brydde sig inte om det. Nej, verkligen inte, trots att han kunde se genom hela planet och ut på andra sidan genom öppningen.

Långt ovanför kom ett ljusfält emot honom, sakta och majestätiskt.

Jag är död, tänkte han. Jag måste vara död. Det går inte att överleva här nere.

Ljuset ovanför blev till konturerna av en Finlandsfärja. Det var ett haveri, liksom hans flygplan, insåg han vid anblicken av hålet i skrovet. Hon gick till botten med belysningen på, med människor ombord. Ljudlöst sjönk hon, lodrätt som en hiss, tills hon brakade ned alldeles intill på den dyiga botten. Hon hävde sig och gängade ned sig i bottengeggan och skapade sig plats i omgivningen med planet och Modin i sin syrgasmask.

Då upptäckte Modin att i fartygets hyttfönster, där det lyste fortfarande, fanns kvinnor och barn som viftade med armarna och ropade viktiga upplysningar till honom men han kunde inte höra vad. Modin blev genast uppjagad för att han inte kunde rädda dem. Sov han?! Hade hans hjärta blivit en sten?! Han måste rädda barnen och sin älskade. Att de dog var hans fel.

Min egen familj! Hur kan jag låta dem dö!

Febrilt sökte han med blicken efter Monica, dottern Ellinor och sonen Alexander. Ingenstans kunde han se dem. Desperat bankade han på fönstren! Men det var ingen där längre.

Han började snyfta.

– Anton! Anton Modin är du hemma?

Modin vaknade på skinnsoffan i sin sommarstuga i Stockholms norra skärgård. Han var klädd i bara kalsongerna under en ljusblå morgonrock. Bill Bergman bankade på dörren. Modin hörde kamraten gå runt på baksidan som vette mot viken.

Bergman tog de få stegen upp på den inglasade punschverandan. Han skulle inte ge sig. Han visste att han var hemma.

– Modin! Hallå!

Anton Modin kom på fötter bakom glasdörren och öppnade den.

– Fan, vad du ser ut, sa Bergman.

– Jag låg och sov.

– Är du bakfull?

– Ja. Kom in.

Anton Modins ögon var rynkiga och sömndruckna. Han luktade dagen efter. Pupillerna var små och omslöts av ögonvitor rödsprängda av spruckna blodkärl. Bill Bergman vände bort ansiktet.

– Helvete, Anton Modin, vi måste börja dyka igen. Du kan inte ligga här och tycka synd om dig själv. Det tar livet av dig.

– Vilket jävla liv?

Modin skakade. Drömmens fasor virvlade genom hans nerver och han slog sig ned i en korgstol och drog en filt över sig. Han var mager och kortsnaggad och såg ut som en lägerfånge från sidan.

Bill Bergman kommenterade inte vad han såg. Förfallet hade pågått för länge för att ord skulle ha verkan.

– Jag hade en jävligt läskig dröm. Det var en insikt om att saker hänger ihop. DC-3:an och Estonia. Fan, vad jag mår dåligt.

– Kom igen! sa Bergman. Lägg ned det där om Estonia. Det leder ingen vart. Koncentrera dig på ditt eget förbannade usla skitliv. Det är på tiden att du gör något av det.

– Det är ingen idé.

– Det är det alltid. Det är kul här ute.

Bergman tog den andra korgstolen och satte sig bredvid Anton Modin.

Modin beundrade Bergmans försök att hålla god min. Men han såg i spegeln varje morgon vad Bergman såg. Ett vrak som varit på snabbvisit i helvetet och därifrån hade han bara bittra minnen.

– Jag sätter på kaffe, sa Bergman bestämt och reste sig

upp. Sedan åker vi till hamnen och käkar frukost på Bageriet. Här, ta på dig.

Bergman slängde till Anton Modin ett par slitna jeans som hängt över en stol. Sedan försvann han in i köket. Modin hörde hur han slog på espressomaskinen och tog ut mjölk ur kylskåpet. Modin drog på sig jeansen under den ljusblå morgonrocken. Han hade tuppat av i soffan men kom inte ihåg när. Han var svettig i pannan och knastrig som sand i halsen.

– Fy fan, vad jag mår dåligt, Bergman. Så här jävla dåligt borde ingen människa få må.

Han lutade nacken bakåt mot ryggstödet och tittade i taket på verandan. Han såg ett påbörjat getingbo utan att reagera.

– Ryck upp dig, du är bara bakis. Hur mycket drack du i går?

– Det var en dyr sort. Fyllan borde inte märkas så här mycket. Men jag är slut. Du vet att det är skit. Från toppen till botten på bara några år. Jag är knäckt. Jag erkänner det.

Han fångade Bergmans blick. Den var vänlig men orolig. En kompisblick som upprörde honom! Modin fick bita ihop för att inte svära åt karln.

– Kicken från flygbolaget var droppen, morrade han. Det var allt jag hade kvar.

– Äh, lägg ägg, sa Bergman. Här, ta en latte. Vill du ha socker?

– Nej tack. Kan du ge miss Mona mat är du snäll, det finns i kylen. Kattmat luktar pyton! Jag pallar inte med det.

– Jag matar katten. Bara du tar dig samman.

Bergman gick in i köket igen. Katten som varit Ellinors

kelgris strök sig mot Bergmans ben och man hörde spinnandet. Modin och miss Mona, det var familjen Modin, tänkte Modin. Inte undra på att man ger upp.

De båda kamraterna sedan tjugotvå år satt en stund med varsin latte i handen och tittade ut över viken från den öppna punschverandan. Bill Bergman gillade Anton Modins hus. Han sa ofta det och Modin uppskattade det även om det bara handlade om att påminna honom om hur bra han ändå hade det.

Modin stirrade med öppen blick ut mot havet men längst inne i ögat hade han en svart orolig källa som när som helst kunde svämma över av hätsk bitterhet. Han hade tillsammans med sin fru börjat projektera huset när sonen Alexander föddes. Det hade varit något mankemang med Monicas äggstockar efter dottern Ellinors födelse, så Alexander kom som en gudagåva. Alexander skulle ha någonstans att leka på somrarna precis som Anton Modin själv hade haft när han var liten. I viken som anslöt till altandäcket på huset där de nu satt, skulle Alexander bada med sin syster Ellinor och sin pappa hade Modin planerat. Monica skulle lata sig på bryggan, bli brun och lysa mot dem med sitt leende och säga att de kunde komma tillbaka framåt kvällen allihop.

– Jag har det bra som jag har det med min bok.

Han hade haft en otrolig energi i sina ansträngningar att få den drömmen att bli verklighet och helt glömt bort sitt tidigare liv i nationens tjänst. Då huset var klart, efter flera års byggarbetsplatsstök, fick de en underbar sommar tillsammans. Anton, Monica och barnen. Det var den fantastiska sommaren 1994 med rekordvärme och brons i fotbolls-VM för Sverige. Sedan kom hösten 1994 och katastrofen.

– Sluta tänka bakåt, sa Bill Bergman som såg vännens

buttra min. Fokusera. Du har några år kvar och när du är slut talar jag om det för dig. Inte bara som din personlige coach, utan som din vän.

Han drack av kaffet.

Han är min livboj, tänkte Modin. Utan den skulle jag sjunka fort. Han undvek att se Bill Bergman i ögonen. Han kunde inte med det.

Anton Modin och Bill Bergman hade träffats när Modin var tjugotvå och Bergman två år yngre. De hade överlevt varandras sambor och fruar. Den tragiska obegripliga olyckan med Modins familj hade de hanterat utan att vänskapen krackelerat. Det hade blivit många långa sittningar på krogen. De hade nästan blivit som ett par. Det var i alla fall vad Ewa, Bergmans före detta, hade tyckt.

Numera var Bill Bergman singel. Han bodde i en vindsvåning på Bastugatan på Södermalm i Stockholm. Varannan helg tog han hand om sin åttaåriga dotter Astrid som han hade tillsammans med Ewa.

Bill Bergman var kortväxt, bara 170 centimeter. Men han hade ett förhållandevis litet huvud vilket gjorde att han såg mycket större och kraftigare ut än han egentligen var. På bild såg han riktigt bra ut.

Och förresten, tänkte Modin. Bilder är ändå det enda som finns kvar då man dör. Han fick ont i huvudet igen. Inte tänka så mycket.

Bergman klädde sig alltid väl och var mån om sitt yttre, lite pedant tyckte en del. Gärna märkeskläder för statusens skull och han körde en ny mörkgrå Lexus med all tänkbar utrustning. Han var uppväxt på Södermalm i Stockholm och utbildad marknadsekonom. Han arbetade på reklambyrån Plan 5 där han tjänade bra med pengar, mer än de flesta.

Det var i alla fall vad han uppgivit för Modin. Det var i dykningen de hade träffats under ett projekt som Modin drev inom SSI. Båda var redan då erfarna dykare.

Fascinationen för tyngdlösheten och kontinenterna under havens yta var vad Bergman brukade påminna honom om.

– Du som varit en atlet på 1,85, sa Bill Bergman, och haft en blick som kvinnor fastnat för borde inte förvandlas till en darrig rödögd alkis med en andedräkt som kunde få en flodhäst att må illa. Kom igen, vi åker till Bageriet. Jag kör.

Bill Bergman tog nycklarna till Modins Chevy Pickup som hängde i nyckelskåpet och drog på sig sin svarta skinnjacka av fiskarmodell.

– Okej, sa Modin. En fralla med ost! En med korv. Mer kaffe. Något svalkande.

De skrattade.

Kapitel 9

Grisslehamn, Stockholms norra skärgård, lördag 14 juni 2008

Anton Modins gamla ljusblå pickup hade en Big block 454 under motorhuven, det vill säga en 7,4 liters V8-motor och bullrade skönt när de körde längs en liten grusväg som snirklade in i hamnen. Klockan var halv tio på morgonen och det hade hunnit bli 18 grader varmt. Det var lördagen före midsommar. Mycket folk var i rörelse i det lilla fiskesamhället. Modin gnuggade sig i ögonen.

– Du bor på ett populärt ställe, sa Bergman.

De parkerade bilen utanför Bageriet, en röd fiskarstuga med vita knutar, lika populärt dagtid som The Rock, restaurangen vid hamnen, på kvällstid.

Det luktade hav och fisk nerifrån fiskehamnen hundra meter bort men när de klev in i bagarboden fanns enbart nybakade bullar att andas in. De laddade var sin bricka. Anton Modin var på gott humör och valde bord på uteserveringen. Det blev ett ytterbord i solen; bland ruljangsen av folk, alltså! Alltid en början!

De slog sig ned och Bergman påpekade att man kunde ha det sämre.

– Har du inte kommit över den där skiten ännu? sa Bergman.

Han hade en leverpastejsmörgås i munnen och ställde frågan ungefär som om han frågade hur mycket klockan var.

– Jo, familjen klarar jag mig utan. Det är sättet som det hände på som jag inte kan hantera. Jag kokar av ilska fortfarande och det äter upp mig inifrån. Jag vet inte hur jag ska förklara.

– Hänger du fortfarande upp dig på att det var något skumt med färjan?

– Ja.

Anton Modin tittade ned i juiceglaset som om han skämdes lite över svaret.

– Nämen hejsan, hejsan!

Båda vände sig om. Det var Harry Nuder, Anton Modins gamla barndomsvän som var lotsbåtsskeppare på Svartklubben. Han hade sina två jakthundar i band. Trion verkade ha avverkat morgonens språngmarsch. Nuders i vanliga fall runda, ovanligt uttryckslösa ansikte var rött och fuktigt. Hundarna spralliga.

– Får man slå sig ned?

– Javisst, gå runt staketet, sa Bill Bergman. Jag fixar fikat.

Anton Modin hängde med huvudet och tittade ned i bordet. Han hade på sig sina Ray-Ban-solglasögon. Ansiktet var blekt och slutet. Harry Nuder vecklade ihop sin långa kropp på en stol och stötte till Modin.

– Det var inte i går, Modin, sa han. Var har du hållit hus? Jag trodde ett tag att du nästan hade sålt huset.

– Mycket att göra bara.

– Det kan bli så ibland, sa Nuder på sitt sedvanliga vänliga men neutrala sätt.

Modin lockade på Nuders golden retriever som hette Albert. Han stoppade i honom bitar av en prickigkorvfralla. De kände varandra sedan länge. Hunden hade lekt med Alexander. Den andra hunden, en beagle som hette Elvis, lade sig ned i gruset och följde scenerierna på torget en stund. Gradvis sjönk nosen platt mot marken under bordet. Djuret fick en viss likhet med sin husse.

Nuder får sina hundar otroligt tillgivna, tänkte Modin och kliade Elvis under bordet.

Harry Nuder jagade på sina marker och fiskevatten i Grisslehamn och hundarna var hans ständiga ledsagare. De var hans familj. Nuders far hade gått bort två år tidigare och modern hade han dålig kontakt med. Han bodde ensam på gården, några kilometer utanför samhället. När han jobbade som lots brukade han ta med sig jyckarna ombord.

– Här kommer fikat, sa Bergman. Du vill väl ha några mackor? Den där är toppen.

Han pekade på leverpastejfrallan.

– Modin har haft det småjobbigt, log han menande. Vi jobbar på det. Han borde in på avgiftning, ha ha.

– Vilken härlig dag, hör ni, sa Harry Nuder.

– Ja, sa Bergman. Man borde komma igång med något vettigt före höststormarna.

– Modin, för helvete, sa Nuder och försökte se en reaktion bakom pilotglasögonen. Ska ni inte dra igång något dykprojekt igen? Ni två har hittat både ryska ubåtar och försvunna flygplan. Det finns väl mer att hitta?

Nuder tog en stor tugga.

– Äh, det känns som historia i dag, sa Modin med låg röst.

– Ni har väl dykgrejerna kvar?

– De ligger någonstans och rostar, sa Modin och tog en klunk nypressad apelsinjuice med is. Dykning är ett avslutat kapitel för mig.

– Nuder har rätt, Modin, sa Bergman. Vi borde börja dyka igen, letar rätt på något spännande vrak. Det kommer att göra dig gott. Ett riktigt anti-bitter-medel.

– Glöm det, jag vill vara så här. Det är mitt val.

Nuder betraktade Anton Modin länge från topp till tå. Sedan tittade han sig omkring. Hans besynnerligt trötta ögon stod på vid gavel. Bergman slutade tugga. Det låg något i luften. Nuder hade något att delge dem, det var tydligt. Modin flinade till och tog en tugga av leverpastejmackan.

– Vad tror ni om en sovjetisk miniubåt utanför Svartklubben? sa Nuder lättsamt som om han lagt märke till en ny grynna utanför Modins vik.

Bergman kunde inte dölja sin förtjusning då han uppfattade en förväntad reaktion hos Modin som sakta tuggade klart.

– Skämtar du? sa Modin.

– Ja, man skulle kunna tro det. Men det är sant. Det rör rikets säkerhet.

– Lägg av, vadå rikets säkerhet? sa Bill Bergman.

– Jag kan inte säga mer, sa Nuder med en lurig blick.

Han vände sig om efter en bil som sakta körde förbi och rynkade pannan.

– Vi ser på dig att du vet en hel del om det där, sa Bergman.

– Ja, kanske det.

– Miniubåt? sa Modin och drog ned sina Ray-Ban på näsan och riktade sin röda blick direkt mot Nuder.

– Om ni är seriöst intresserade kan jag hjälpa er. Incidenten har kommit i en annan dager nu.

Harry Nuder såg sig om över axeln. Han sänkte rösten och sa att han hade det från en säker källa.

– Vad menar du med ny dager? sa Bergman och sänkte även han sin röst till ett viskande.

– Jag menar att min tystnadsplikt har hävts. Jag har fått klartecken att berätta.

Harry Nuder såg länge efter en bil som körde förbi Bageriet samtidigt som Anton Modin lutade sig fram över bordet.

– Okej, vi lyssnar, sa Modin plötsligt mycket piggare.

Harry Nuder var lotsbåtsskepparen på Singö och inte sagoberättare. En stabil rospigg, men envis. 195 centimeter, 105 kilo minst, 44 år och stora kraftiga händer ärrade av hårt arbete. Blond kalufs, lite ovårdad men för övrigt ren och fräsch. Han gjorde inga utvikningar.

På 80-talet hade han blivit belagd med tystnadsplikt efter händelsen med ubåtsjakten, som officiellt kom av sig.

– Jag såg det hela i jobbet, sa han. Det hände!

Saken var den att han nyligen blivit kontaktad av ett av befälen som varit med ombord på HMS Landsort, nämligen von Arbin. Han var i dag moderat politiker. Han ville på ett smidigt sätt få upp miniubåten på agendan.

– Jag nämnde dig, Modin, sa Nuder. Det var då von Arbin gav sitt okej att berätta om ubåten. Det är nya tider nu, sa han.

– Menar du allvar? sa Bill Bergman med hög röst. Är det sant det du säger?

– Lugna dig, sa Anton Modin.

Det är nya tider nu. De banala orden inrymde en spänning som genomströmmat dem så snart Nuder hade satt sig vid bordet. Nuders ögon hade trängt genom Ray-Ban-solglasögonens svärta och han hade inte tänkt gå innan han levererat anbudet.

– Vi kan inte prata om det här nu, sa Bergman. Nuder, kom över till oss i kväll. Vi bjuder på middag.

– Lämna hundarna hemma, jag har miss Mona med mig, sa Modin.

Harry Nuders ögonlock sänktes till hälften. Han var nöjd. Han reste sig, kopplade vant sina två hundar och genade bort förbi staketet och ut på torget. Han vände sig inte om.

Kapitel 10

Grisslehamn, Stockholms norra skärgård, lördag 14 juni 2008

Modin och Bergman satt kvar en stund på kaféet i försommarvärmen. De utbytte blickar och jäste en smula i solen. Var de på banan igen? Modin andades förstulet i sin hand som om någon tänkte tvinga honom till alkoholtest och Bergman gjorde tummen upp. Utanför Bageriet hade några mammor med barn stannat till. De var klara med dagens tennislektioner och stod och dividerade om de skulle köpa en färsk franska till kaffet.

Bergman och Modin skulle precis resa sig när de hörde en bekant stämma. Det var Matti Svensson, en avdankad journalist som sommarbodde i Grisslehamn under föregivande att han skrev sina memoarer. Under sin glanstid på tidningen Dagbladet, var han känd för sin förmåga att lukta sig till nyheter.

– Dasvidanja, mina vänner, sa Svensson med ett klurigt leende.

– Hallå kamrat, sa Bill Bergman.

– Vad sitter ni och ljuger om?

Svensson log annars inte ofta och var sällan nykter. Nu

verkade han dock vara på ett strålande humör. Han hade suddat bort de tråkiga minnena av förtidspension vid 57 och anklagelserna om att vara för radikal.

– Du är mycket vänster, Svensson, hade hans kvinnliga, tjugo år yngre chef sagt till honom. Tiden har runnit ifrån dig. Jag beklagar men jag har en tidning att ta hand om.

Anton Modin hade alltid gillat Svensson, just för att han var rak och radikal. Bergman visste det. Svensson hade mer på fötterna när han snackade än bara känslor och slagord, och det var vad Modin tydligen uppskattade. För de hade helt skilda politiska åsikter men konstigt nog ändå mycket gemensamt. Exempelvis var de båda mot maktkorruption. Båda ville ha en förändring men de hade olika lösningar.

– Vad vill redaktören? sa Modin med ett leende till Matti Svensson.

– Ryktet går, ryktet går. Var hyggliga och berätta om ert nya projekt för en gammal polare. Jag såg att ni pratade med Harry Nuder.

– Vilket jävla rykte? Bill Bergman hajade till.

Visst, Grisslehamn är en liten by men vadå, tänkte han. Visste hela byn vad de tänkte på för fem sekunder sedan?

– Var har du hört det, på radiohuset?

Anton Modin var upprörd.

Radiohuset var deras gemensamma slang för den ryska ambassaden i Stockholm. Namnet kom av att de hade avlyssning i samtliga rum. Både Modin och Svensson hade varit där flera gånger, fast med helt olika uppdrag.

Tillsammans med Bergman hade Anton Modin haft en given plats på den ryske ambassadörens gästlista under några år. Anledningen var att de funnit en av ryssarnas försvunna ubåtar från andra världskriget, inte långt från

Grisslehamn, och för det blivit belönade med en sovjetisk medalj. Vad Svensson hade för kopplingar till ambassaden var höljt i dunkel men att relationerna var mycket goda stod klart, åtminstone var ryssarna alltid snälla i Svenssons artiklar.

– En liten fågel kvittrade att Nuder hade något mycket intressant att berätta om något i havsdjupet inte långt härifrån, sa Matti Svensson och det syntes att han krävde ett svar.

– Då har du hört fel, sa Modin kort och tittade bort mot mammorna som kom ut från Bageriet med påsar.

Bergman hade svårt för Matti Svensson när han förvandlades till scoopsökande murre. Blicken blev smal som ett streck och de hängiga kinderna stramade runt käkbenen. Han kom för nära, mentalt, och intervjuoffret fick en känsla av att han tänkte krypa under skinnet. Matti Svensson hade som journalist åkt dit för ofredande.

– Okej, då har jag väl fått fel information. Jag kommer att hålla hamnen under uppsikt den här sommaren.

Samtidigt som Svensson sa det, lade en fiskebåt till i hamnen. Hundratals fiskmåsar skränade omkring den. Gadden i Svenssons påståenden blev mindre vass, för de kunde inte annat än le i oväsendet.

– Ja tyvärr, vi har lagt av, sa Bergman. Vi krökar bara numera, som du.

Svensson blev sur. Hans humörskiften var ett problem. Man kunde inte lita på honom. Han var en oberäknelig person helt enkelt.

Matti Svensson vände på klacken utan att säga hej och gick bort mot sin gula cykel. Han trampade iväg mot sommarstugan som han hade ute vid klipporna på Skatudden. De såg hans rygg försvinna bland sommarflanörer.

– Jag förstår inte att du släpper honom så nära inpå dig, sa Bill Bergman.

– Äh, det är ett spel. Vi vet var vi har varandra. Det är som det kalla kriget. Ett nollsummespel. Jag tycker det är kul.

– Ni mäter bara pittar, sa Bergman.

– Ja, och? sa Modin.

– Det kan vara farligt. Det är det jag tänker på. Du vet inte vilka kontakter han har. Dessutom har han sin vassa penna. Vad har du att sätta emot det?

– Ingenting, Bill. Det är därför ingen kommer åt mig. När jag hade min familj eller en karriär att tänka på var det en helt annan sak. I dag är jag ”untouchable”. För jag är inte inne i någonting! Dessutom njuter jag av det.

– Du har miss Mona, din katt.

– Ja visst, där kan de komma åt mig. Men ryssarna har för dålig fantasi för att ge sig på husdjur. De har en annan mentalitet.

De reste sig och gick ut genom grinden i staketet och stegade mot Anton Modins pickup.

På andra sidan vägen i raden av parkerade bilar stod en svart Saab med två personer i. Bilen hade stått där hela den tid de varit på kaféet.

Kapitel 11

Grisslehamn, Stockholms norra skärgård, lördag 14 juni 2008

Harry Nuder torkade sig med handflatan i nacken och saktade in. Han hade gett järnet den sista halvtimmen av morgonrundan. Hundarna älskade den ensliga gångstigen runt byn. Där lubbade de lösa fram och tillbaka och enstaka bekanta som de tre mötte hade inga synpunkter på det.

Detta var frihet!

Gården som snart skulle dyka upp i blickfånget och korna och fåren som gick på bete gjorde honom till rospigg. Hans arv i fjärde led. Vid synen av allt detta skulle en värme sprida sig i bröstet och han skulle andas djupt. Det var detsamma varje dag.

I tankarna kunde han inte låta bli att jämföra sig med Bergman och Modin som troligen fortfarande satt kvar på fiket och åt för många kalorier. De hade båda haft sina chanser och på ett eller annat vis sumpat dem. De saknade rot i tillvaron.

Jag har ett jäkligt bra liv! tänkte han. Utrymme att göra vad jag vill med egen mark och jobbet som lotsbåtsskeppare som ger mig havet. Inga begränsningar numera med statliga hemligheter som det inte går att andas om. Ingen fru som begränsar mitt liv. Inga barn att ta hand om. Jag är fri.

Två röda lador och ett gulmålat boningshus från förra sekelskiftet kröp fram bakom en höjd. Mitt på gården fanns en förhöjning på vilken han hade placerat två gamla plogmaskiner och en uråldrig uppsättning lantbruksredskap. Han kunde inte se sitt lantbruksmuseum än men med blicken strök han över ladan där han hade sina fordon, däribland sin Willys jeep. Den andra ladan innehöll foder till djuren och ett spannmålslager. Det var där logdansen brukade äga rum i augustimörkret.

En lukt stack i näsan; en elak ettrig fara. Han började halvspringa. Brand och ladugård med spannmål var ingen bra kombination.

På gården stod en svart Saab med båda framdörrarna öppna. Längre bort, vid spannmålsladan, hade en man ringlat ut vattenslangen och siktade med vattenstrålen mot ladan. Det luktade starkt av brand och olycka.

Ladan var kvar men något hade brunnit, det var Nuder helt säker på.

– Brinner det?! ropade han.

Mannen fick full sprutt på strålen in genom luckan där spannmålen låg.

Det kommer att bli fuktskadat, tänkte Nuder.

– Akta spannmålen!

Albert morrade. Elvis blev vaksam och väntade på ordergivning av Nuder som hyschade åt hundarna och fick dem att stå stilla.

Mannen med slangen reagerade inte på Nuders ord.

Eller bortsåg han från dem? Vad var det frågan om?

Mannen öste metodiskt in vatten och något i hans kroppshållning sa Nuder att det var i onödan. Det var en äldre, för Nuder okänd man med ett så här på landet oväntat prydligt yttre. Han fokuserade på spannmålsinkastet med ett svårtytt leende i mungipan och låtsades inte om ägaren.

Leker han? tänkte Nuder och kände en tyngd i bröstet.

Det dök upp en man till. Han var identiskt klädd som den äldre, i grå kostymbyxor, blanka svarta lågskor och vit skjorta.

De var inte turister. Inga från de lokala myndigheterna.

De hade lagt av sig kavajerna i bilen och de utförde en räddningsaktion som Nuder kände var fel, så in i helvete fel.

– Det var en jävla tur att vi kom förbi, sa den äldre mannen. Det var nära att hela gården strök med, men vi har räddat det mesta åt dig. Det brann i hörnet där. Förmodligen självantändning.

Han pekade med en hand vars ådror såg ut som tunna blå bläckfiskarmar. Gesten tålde ingen motsägelse. Gubbens ord var lag, det stod helt klart när Nuder kastade en blick på den yngre mannen som hade bakåtkammat slickat hår, en fräck översittarblick trots öronen som stod rakt ut och ett försmädligt veck i mungipan.

Vilka var de?

– Spannmålen är fuktskadade, sa Nuder och ställde sig en aning bredbent på backen.

– Spannmålen? Du grabben, om det bara är spannmålen ska du vara lycklig. Sådana här byggnader brinner förbannat lätt. En liten gnista bara och ett livsverk går upp i rök.

Nuder iakttog männen med undertryckt ilska medan han visslade in hundarna och kopplade dem. Det här var inga räddare i nöden.

– Ilskna hundar, sa bläckfisken. I värsta fall får man avliva dem. Hundar ska lyda, inte göra som de vill.

– Strunta i hundarna, sa Nuder. Vad vill ni?

– Vill och vill? Vi kom bara förbi för att vidarebefordra en hälsning från din vän Hans von Arbin, moderatnissen i Sundbyberg. Han låter hälsa att du ska ta hand om dig och värna om din gård.

– Okej, nu är det gjort, sa Nuder. Nu kan ni gå.

– Harry Nuder, sa bläckfisken med släpig röst. Du lever ett bra liv här ute. Det är nära naturen, du har ett bra jobb på lotsstationen och du har lantgård vid sidan om och dina hundar. Även om det är ena folkilskna jävlar. Du är lyckligt lottad.

Nuder började fundera. Var de från militären eller säkerhetspolisen? De talade svenska och han begrep att de varken var utlänningar eller kopplade till en utländsk organisation.

Elvis skällde till och gjorde ett utfall. Nuder drog i kopplet.

– Håll tillbaka hunden, sa bläckfisken tydligt skärrad.

– Vad gör du av allt äckligt hundhår i huset? sa översittaren som höll sig snett bakom bläckfisken.

Har de varit inne i mitt hus? Hur länge har de varit här?

Nuder kände att knäna darrade. Han blev mer och mer uppjagad av de märkliga männen.

– Vad vill ni egentligen? sa han.

von Arbins namn stod för en miniubåt som gått under och Nuder hade varit med om den mest spännande natten i sitt då artonåriga liv. Hans tysthetslöfte till staten var upphävt. Han kunde göra vad han ville med sin vetskap, sitt vittnesmål. Men det var det de var ute efter!

Han höll båda hundkopplen i höger hand. Den vänstra handen hade han i byxfickan. Mycket lätt kunde han släppa hundarna på dem. Han kunde vrida halsen av bläckfisken som var en tunn kort gubbe. Översittaren skulle bli den verkliga matchen.

– Ta det lugnt, Harry Nuder. Som jag sa, vill vi bara hälsa från Hans von Arbin. Han säger att inget får komma ut om era affärer som inte ska komma ut. Vår uppgift är att framföra det. Även om vi i dag också har räddat din lada.

Nuder var säker på att männen tänt eld på ladan. Han ville ha bort dem från gården så fort som möjligt och innan han gjorde något dumt. Han var rasande. Han bet sig så hårt i underläppen att han kände blodsmak.

– von Arbin har sagt att det är okej att släppa på sekretessen angående det som hände 1982, sa Nuder och struntade i om han spelade dem i händerna.

– von Arbin har fel. Vi förutsätter att du tar till dig det. von Arbin är helt fel ute, farligt fel ute. Ta hand om gården nu. Det är en fin gård du har, även om jag har svårt för dina snoriga hundar.

De båda männen vände sig om unisont och gick utan brådska till bilen.

Nuder såg den svarta bilen försvinna bakom backkrönet. Det kom en solreflex i bakrutan samtidigt som han kände att benen fortfarande darrade.

Kapitel 12

Grisslehamn, Stockholms norra skärgård, lördag 14 juni 2008

Bill Bergman tog över ruljansen i köket. Han gjorde i ordning fyra gin och tonic med en limeskiva och fem isbitar i varje glas. När han steg ut på altanen omslöts han av dagens kvarvarande hetta som en varm filt. Kvällssolens strålar träffade punschverandan som vette västerut och han och Anton Modin slog sig ned i varsin korgstol och smuttade på drinkarna. Klockan var halv sju. De hade ännu inte börjat förbereda middagen.

– Vad skönt med ljusa kvällar så här års, sa Anton Modin samtidigt som han klappade miss Mona över ryggen.

Han försvann för ett ögonblick i tankarna.

– Kommer du ihåg när du och Ewa var här och vi snackade om att skaffa barn. Du och Ewa, jag och Monica. Det var sommaren 1989. Vi bodde i det gamla huset, kommer du ihåg det?

– Ja, men vill du verkligen snacka om det där nu? sa Bergman och såg eländig ut.

– Ja, varför inte? Det var den lyckligaste tiden i mitt liv. Allting flöt på och jobbet kändes meningsfullt på byrån.

Du och Ewa var lyckliga. Det var som om Estonia några år senare förstörde för oss alla. En förbannelse från högre makter.

– Det var en förbannelse, Modin. En stor jävla fet satan som kom och satte sig på taknocken och log. "Det är över nu", sa han och hånskrattade. "Välkommen till andra sidan, mina herrar."

Bergman talade med mörk stämma och levde sig in i teatern.

– Men vi fixade det, Bergman. Eller hur?

– Ja, vi gjorde det den gången. Tillsammans är vi starka... Nej nu börjar jag gråta, Modin. Ge mig en drink fort.

De drack ur sin första GT utan att prata mer. Tankarna på dåtiden räckte som sällskap för en stund.

– Du, tror du på det där med ubåten? sa Bill Bergman sedan.

Han satt med fötterna på en fotpall med blå dyna och började slappna av tack vare drinken.

– Ja, varför inte? Genom åren har jag lärt mig att ju otroligare historia någon berättar, desto större anledning att tro på den.

Anton Modin drevs upp ur stolen. Det otroliga är tilltalande i rätt dos. Varför skulle Nuder hitta på något som ingen kommer att tro på?

Anton Modin tog en stor klunk av drink nummer två och kände hur spriten värmde gott inombords. Han vände sig mot Bergman.

– Skål, drick upp din GT nu, innan den blir varm. Hon ligger där om Nuder säger det!

Bergman drack lite. Sedan gick han in i huset och fram till stereoanläggningen och stoppade i cd-skivan *Kungar-*

na från Broadway med Eldkvarn. En bortglömd pärla från 80-talet tyckte de båda.

– Vi har hittat en ubåt redan, ropade han till Modin på vägen tillbaka. Vi kommer hitta den här med. Det är jag säker på. Tänk, vilken puls när vi dyker ned till en rysk miniubåt! De finns ju inte, är hjärnspöken.

Bergman var tillbaka i sin korgstol och fortsatte:

– Jag minns hysterin på teve och radio under ubåtsjakten på 80-talet lika bra som midjekavajerna. Sedan – det snöpliga slutet. Det fanns inget, fast hela skärgården var ute och letade.

Modins ögon blev allvarsamma streck. Han ställde ned sin drink på det lilla bordet mellan korgstolarna.

– Varför tror du Svensson var så förbannat nyfiken i dag? sa han.

– Jag vet inte. Vad ska man tro?

– Moderaten i Sumpan har satt igång ett drev. Han vill ha bevis.

– Han vill ha oss. Nuder går hans ärenden. Är det vad du tror? sa Bergman.

– Ja, fast han vet inte om det själv. Han är moderatens *nyttiga idiot.*

– Då ska vi tänka på det. Jag tycker verkligen att vi ska göra det här, Modin. Det är precis vad vi behöver nu. Tajmingen är klockren.

Bill Bergman blundade. Kvällssolen var stark och sken rätt in i viken där den speglade sig i vattenytan.

– Det är helt klart frestande men det kan bokstavligen bli vår död, sa Anton Modin. Eftersom den inte hittats tidigare, ligger den djupt. Eftersom ubåten officiellt inte finns och inte har funnits ligger en vakthund begraven där och vi kan få gud vet vilka efter oss. Om jag dör spelar ingen roll, men du vill väl inte dö, Bergman?

– Varför inte? Någon gång ska man dö. En gammal ubåt från 80-talet kan väl inte vara så känsligt?

Bergman fortsatte att blunda

– Jo, jag tror det. DC-3:an hade skjutits ned av ryssarna på 50-talet. Omständigheterna kring den händelsen är fortfarande kvalificerat hemliga. Besättningens släktingar får inga svar. Det är inte klokt. Jag får inte berätta sanningen. Och jag vet, för att jag snubblade över den informationen när jag fortfarande var på SSI och förhörde ett vittne från estniska handelsflottan 1991. Han sa att han berättat det för ÖB:s adjutant och skulle vidarebefordra det. Fan vet vad som hände med den informationen. Den försvann säkert i någon byrålåda. Vad han sa var att besättningen som överlevde nedskjutningen togs till fånga. Han hade sett nedskjutningen och fartygen som plockade upp dem.

Modin skruvade på sig. Han tyckte inte om ämnet. Det gjorde honom upprörd varje gång DC-3:an kom på tal.

– De stackars jävlarna fick livstid i en rysk signalspaningsstation i Leningrad och tvingades lära ryssarna allt om signalspaning, fortsatte Modin. Ryssarnas behov av know-how på den tiden var stort. Svenskarna i DC-3-besättningen satt enligt uppgiftslämnaren med ett gäng amerikaner som också blivit nedskjutna.

Anton Modin tänkte på den amerikanske översten Clifton i Pentagon som han mejlat till och frågat om upplysningar tidigare på året. Översten låtsades som om det regnade. Han visste men ville inte delge Modin sin information. I alla fall inte via mejl. Han sa att "det får vi aldrig reda på". Precis som här, tänkte Modin och blev mer upprörd. Vem fan ska man lita på?

– Överste Clifton i Pentagon kanske hade rätt, sa han sedan högt. Vi kommer aldrig att få reda på hela sanningen om hur de dog eller vad ryssarna till slut gjorde med dem. Vet du förresten, Bergman, att av sextio nedskjutna amerikanska signalspanare över Sovjet mellan åren 1950 och 1956 har officiellt bara en överlevt och två kroppar återfunnits. Svaren på alla frågor finns i en amerikansk nedskjuten Privateer-kärra i vattnet någonstans söder om Gotland.

– Hur menar du? sa Bergman. Jag vet det mesta om DC-3:an men det här med Privateer låter intressant. Berätta.

– När DC-3:an försvunnit sa politikerna att om vi kunde finna planet så skulle vi kunna svara på vart besättningen tagit vägen. Sedan hittade man planet och vad hände?

– Ingenting, sa Bergman.

– Det fattades fyra gubbar i planet. Det kallar jag utrikes- och säkerhetspolitik *by fare*. Privateer-planet som var amerikanskt, sköts också ned på liknande sätt som vår DC-3:a och försvann i stort sett spårlöst i april 1950. Hittar man den utan besättning får man veta vad amerikansk utrikespolitik går för.

– Förmodligen samma skit och mörkläggning, sa Bergman. Det tror jag.

– Vi får se, sa Modin.

Han försökte njuta av solnedgången men var lite uppjagad. Han drack ett par klunkar av drinken.

– Det kalla kriget var en märklig period i vår historia, sa Bergman. Men vad har det här med miniubåten att göra? Sovjet finns ju inte längre.

– Det handlar om dagens politik, sa Modin.

Han tog en ny klunk och fortsatte att lägga ut texten.

– Vi ska inte få reda på att regeringen sitter i knäet på ryssarna och amerikanarna. Titta på UD, en serviceinrättning för stormakterna. UD spelar dubbelspel där de tar hänsyn till stormakternas behov och tycker att de gör det enda riktiga för Sverige. Dessutom super de som svin.

– Menar du allvar? sa Bill Bergman. Skål för UD förresten.

– Du vet det här lika bra som jag.

Anton Modin ställde ned sitt tomma glas på groggbordet. Bergman tog samtidigt lite popcorn ur den fina glasskålen på groggbordet. Han tappade några på golvet.

– Nu gör jag mig en ny drink, sa han. Ska du ha?

– Skulle statsministern trilskas, kommer stormakternas armada av agenter att börja motarbeta honom. Hjälper inte det som påtryckning, kommer de att ordna något som med säkerhet får honom avsatt eller i värsta fall tar man helt enkelt bort honom fysiskt.

– Vad menar du? Dödar man en statsminister?

Bergman talade högt från köket.

– Risken finns, titta på Paul Olofson. Han hade kanske börjat tappa greppet. Vad vet jag? Blev en fara för alla inblandade. En svensk statsminister vet vad som gäller den dagen han tar jobbet. UD informerar om rådande tradition. Det gäller att samarbeta och inte vara alltför obekväm mot stormakterna. Om du tänker efter, Bergman, när protesterade Sverige senast högljutt mot ett brott mot de mänskliga rättigheterna?

– Det var väl Paul Olofson?

Bergman var tillbaka och Modin sänkte rösten igen. Han tog emot glaset som Bergman hade med sig ut på verandan. Han tog direkt en stor klunk.

Anton Modins stora intresse sedan han slutat arbeta aktivt inom Byrån var historieforskning. Målet var att lära sig allt om det kalla kriget, både i Sverige och utomlands. Det fick ta sin tid hade han bestämt. Alltsedan han tvingats hålla tyst med de delar av sanningen om DC-3:ans öde som han och Bergman kommit fram till, hade behovet att förstå makthavarnas bevekelsegrunder för mörkläggningen växt. Det hade aldrig kommit till en ordväxling, eftersom han avsade sig kännedomen om vittnesmålet från Estland. I ett rum med dålig luft och fördragna gardiner var det en order som utdelats, inget mer med det. Bergman hade blivit vit i ansiktet men bitit ihop då han fick informationen. De hade sinsemellan inte talat om dykningarna ned till flygplanet. Det var inte som de andra dykningarna då de hittat ubåtar och andra vrak. Det var äventyr som de ventilerat både en och två gånger med glas i händerna framför en brasa, eller som nu på en altan genomströmmad av sommarluft.

Modin hade tillbringat många dagar i dammiga arkiv runt om i världen. Det avslöjande Nuder tänkte göra om den så kallade miniubåten väckte förväntan; det var som om några av de stora blad Modin inte vikt upp i hemliga arkiv, skulle slås upp av sig själva denna kväll.

Bergman vände ansiktet mot solnedgången och blundade igen. Han verkade tycka om att lyssna på Anton Modins spionhistorier. Modins redogörelser var ofta så initierade och sensationella att de flesta lyssnade. Ibland var det svårt att ta till sig dem helt och hållet.

– Hur kommer det sig att du vet mer än jag? sa Bergman utan att röra på huvudet.

– Kom igen, du vet vilka jag jobbade åt. Jag var underrättelseofficer och skyddade rikets säkerhet. Förresten är det fler än man tror som har koll på det här. Exempelvis en sån som Matti Svensson.

– Matti Svensson? Det fyllot. Varför skriver han inget i tidningen?

– Felet med Svensson och hans gelikar är att de tycker mer illa om USA än om Ryssland.

– Du skojar?

– Nej, tyvärr. De ser hellre ett ryskt inflytande i vårt land än ett amerikanskt. Matti Svensson hatar hamburgare, V8:or, silikonbröst och stora starka män med revolvrar, det är hans problem. Han föredrar diktatur framför frihet. Han var maoist redan innan han blev USA-hatare. Det säger allt.

– Tyckte han att Mao Tse-tung i Kina var bra? sa Bergman.

– Det var han inte ensam om. Han avgudade honom som många andra gjorde på 70-talet. Nu gör maoisterna avbön eller vänder andra kinden till. Sent-ska-du-vakna-Svensson är fortfarande maoist. Han tycker att Kuba är en förebild och att alla McDonald's ska brännas ned.

En gädda plaskade till i vasskanten alldeles nära. Värmen började släppa sitt tag och de båda männen rörde på sig i fåtöljerna. På håll såg det ut som om de talade om vädret.

Anton Modin lyfte glaset.

– Skål för miniubåtar. Fuck SSI och Moskva och Pentagon med för den delen. Nu kommer vi och tar er!

– Det var länge sedan jag såg dig glad, Modin.

– Du har rätt, det var länge sedan. Jag kanske äntligen är på väg upp ur det djupa svarta hålet.

Han fick något drömskt i blicken och var lite på örat men vad faan! Sommar.

– Skål för kungen och Gustav Vasa och drottning Kristina, den sista rakryggade regeringschef vi haft i det här landet. Fler kvinnor i rikets ledning vill vi ha. Skål, Bergman, min följeslagare.

– Då slipper vi sexfällorna och bordellaffärerna, skrattade Bergman och tömde hela sin gin och tonic i ett svep. Det här var ju gott! Jag vill ha mer.

– Hallå, är det någon hemma?

Harry Nuder stod där med en plastpåse i handen. Ljudlöst som ett rovdjur hade han kommit alldeles inpå dem utan att de hört ett knyst. Som för att förringa att han skrämt dem, då de ryggade tillbaka, låtsades han snubbla till och slog ut med handen.

– Värst vad ni verkar ha roligt, får man vara med?

– Sätt dig, det finns grogg till dig, sa Bill Bergman. Det finns i köket. Var just på väg att fylla på.

– Jag tog med färskt biffkött från gården.

Harry Nuder räckte fram påsen till Anton Modin.

– Gott, sa Modin, kör igång barbecuen, Bergman. Nu blir det fest.

De tre männen trivdes i varandras sällskap. Skratt steg från verandan mot himlen. När myggen slog till och de var mätta drog de sig inomhus till kaffe och avec.

Först då de var inomhus började Harry Nuder berätta historien om ubåtskriget utanför Singö i oktober 1982. Trots att Nuder inte var en god berättare återkallade han skickligt den fruktan som de inblandade känt under ubåtsjakten. Modin och Bergman föreställde sig fasan hos manskapet när havet mitt i natten kastade upp döda ryssar ur en av Sverige sänkt ubåt.

– Hon sjönk. Ryssar dog. Vi belades med tystnadsplikt.

Senare på kvällen, innan Nuder åkte, bjöd han hem dem till sig nästa dag.

– Jag har markerat på sjökorten den plats där jag tror sänkningen av ubåten skedde, sa Nuder med sin neutrala märkliga röst. Det hände. Var säkra på det! Nej, nu måste jag hem till mina älsklingar. De undrar säkert vart jag tagit vägen.

Modin och Bergman såg honom försvinna runt hörnet. De hörde hans cykel föra honom in i fukten som steg upp ur jorden.

– Modin, nu går vi och kollar i dykförrådet. Det här ska bli kul! Jo, kom nu.

Bill Bergman tog konjakskupan ur Anton Modins hand. Modin följde motvilligt med.

Sommarskymningen glänste mot de tre husen på tomten. Förutom huvudbyggnaden fanns en bastu med dusch och ytterligare ett hus, Sjöstugan, där ena halvan fungerade som gäststuga. Andra halvan var inredd som ett dykförråd med allehanda utrustning, bland annat en luftkompressor och en gasblandningsanläggning. Förrådet hade stått oanvänt i flera år och luften var rå som den blir då ingen andas den. Nedanför dykförrådet fanns en brygga och Modins lilla eka med en jättelik tvåtaktare.

Anton Modin lyckades få upp låset till gallerdörren innanför ytterdörren till förrådet. Han kunde inte minnas när han öppnade dörren senast.

I förrådet hängde andningsregulatorer i långa rader längs två väggar. Cyklop och grodfötter tillsammans med några dykdräkter hängde i taket och längs ena kortväggen stod fjorton luftflaskor. En del av dem var dubbelflaskor. På samtliga luftflaskor fanns reklam. När de varit som mest aktiva med dykningen hade de haft många sponsorer som försett dem med hela utrustningar.

Modin hade satt upp hyllor för troféer. På dem stod vrakdelar, bland annat en samling skeppsklockor och en champagneflaska från 1907, Heidsieck Monopole Gout Americain från champagnevraket *Jönköping* som de hade dykt på. Dessutom fanns rostiga delar av en APR-9, den superhemliga signalspaningsutrustningen på DC-3:an. Där fanns också fem hemliga sovjetiska och tyska ubåtskodböcker som de funnit i sjunkna ubåtar. De kallade avdelningen med hyllan på skoj för "Venona light".

– Den här gången ska vi inte ha några jävla sponsorer, sa Anton Modin. Dem skiter vi i. Den här gången dyker vi i skugglandet bortom sportdykning. "Beyond sportdiving", kommer du ihåg det, Bergman?

Bill Bergman kom ihåg. De kallade sin verksamhet för det, när de var på toppen av karriären. De skulle dyka bortom mänskliga lagar och gränser. Dyketablissemanget hade tyckt att de var fullständigt galna när de började dyka på allt större djup. De dök till slut djupare än vad någon trodde var möjligt med sina helt nya gasblandningar.

Det hade mörknat betydligt. En svart Saab rullade ned till huset med avstängd motor.

På avstånd hörde de som satt i bilen skrammel inifrån dykförrådet, ibland avbrutet av skrattsalvor från de två vännerna som grävde bland utrustningen. I bakluckan på bilen låg två blodiga overaller, skyddsglasögon och huvudskydd i en väl försluten plastpåse.

Den svarta Saaben startades utan att väcka de två dykarnas uppmärksamhet. Bilen rullade förbi dykförrådet på den mörka grusvägen. Det svaga sprättet av stenar gav ingen anledning till oro.

Kapitel 13

Säkerhetspolisen, Stockholm, söndag 15 juni 2008

Polisintendent Göran Filipson lät fingertopparna föra det mörka gråsprängda håret bakåt över vänstra tinningen medan han samlade tankarna inför mötet. Han var avdelningschef på den hemligaste delen av Säkerhetspolisen, SSG, sektionen för särskild granskning. Den hade skapats på 70-talet som en motvikt till militära IB och senare SSI. Gruppen hade som främsta målsättning att skydda rikets säkerhet men även att utöva kontroll över andra myndigheter som FRA, SSI och FMV. På 80-talet hade gruppen det officiella ansvaret för att skydda den svenska industrin från tekniksmugglare. De utövade sin kontroll med hjälp av amerikanska handelsagenter i svenska teknikföretag och Försvarets materielverk, FMV. Sverige riskerade ett teknikembargo av Reaganadministrationen i USA på grund av smugglingen i de omtalade Container-, Datasaab- och Asea-affärerna. SSG fick uppdraget att säkra den skärpta exportkontrollen över svenska företag. USA placerade två exportkontrollattachéer i Europa, en i Stockholm och en i Wien. Sverige stod på Pentagons lista över riskabla länder. Ett regelrätt handelskrig pågick i Stockholm under 80-talet. Det kulminerade den 27 februari 1986, då Sverige fick sin första exportkontrollag och öppnade upp för exempelvis nya robotar till stridsflygplanet Viggen. Exportkontrollagen skulle förhindra att amerikansk teknologi vidareexporterades till öststaterna. De amerikanska handelsagenterna, som samarbetade med SSG, använde sig av telefonavlyssning, buggning och övervakning. I underrättelsekriget deltog SSG, CIA, SSI och GRU. Officiellt medverkade inte Säkerhetspolisen till exportkontrollen eftersom det på ledningsnivå sades att det kunde se ut som om Säpo var ett redskap för den amerikanska regeringen. Istället sköttes verksamheten officiellt av Försvarets materielverk. Problemet med det hade, enligt Göran Filipson, varit att FMV var infiltrerat av GRU. Med andra ord: det fanns sovjetiska spioner på FMV.

Vi verkar utan att synas, tänkte Filipson, samtidigt som han såg åhörarna sakta strömma in i lokalen.

– Som ni alla vet ska vi diskutera ett uppkommet problem för rikets säkerhet, började Göran Filipson när samtliga hade satt sig ned och dörrarna stängts. Det förmodligen största problem vi stått inför, sedan den amerikanska exportkontrollen på 80-talet. Ni minns säkert den och vad den ställde till med.

Göran Filipson var till utseendet en dussinmänniska. Dessutom var han grå rakt igenom: hår, kostym, väst, ögon och ansiktsfärg så grått alltsammans att man knappt kunde fästa blicken på honom. Till och med koppen med kaffe han höll i handen var grå. Han var den äldste inom avdelningen och hade tänkt sig några sista lugna år före pensionen.

Han fortsatte utan att låta åhörarna ana någon aggression.

– Ni vet, liksom jag, att SSG har ett större inflytande över politiken i landet än vad många tror. Genom informella möten på detta sätt kan vi få våra krav och synpunkter tillgodosedda utan att det syns utåt. Sverige har styrts på samma sätt sedan länge. Vi kan gå ända tillbaka till adeln på 1600-talet som då styrde konungen precis som vi, Säkerhetspolisen och näringslivet, i dag påverkar regeringen. Jag sträcker mig inte längre än så. Nu gäller det att ro den här frågan i land.

Han steg fram till powerpoint-presentationen i den kyliga salen i Säkerhetspolisens södra flygel. Samlingssalens väggar pryddes av inramade löpsedlar från kvällstidningar över lyckade ingripanden i rikets intresse. De flesta inbjudna och några beordrade lyssnare satt på bekväma stolar runt bord av mörkt trä och med stålben. De var speciellt utvalda och betrodda säkerhetspoliser och livvakter. Två damer, dubbelt fler än för några år sedan, och tretton herrar från näringslivet deltog. De var samtliga diskret klädda i mörka kavajer. De hade kommit med bil vid olika tider till polishuset och obemärkta släppts in i garaget. De var samlade för att målmedvetet lösa det uppkomna problemet. De representerade det svenska näringslivet, som de själva såg som välfärdssamhällets kassako.

– Mina damer och herrar, sa polisintendent Göran Filipson. Mötet gäller våra, Sveriges och era finansiella intressen i Ryssland.

Göran Filipson harklade sig en aning, tog en klunk ur vattenglaset och fortsatte när han svalt vätskan.

– Det finns vatten om ni blir törstiga.

Han pekade. I bortre ändan av salen fanns ett bord med vit duk. På bordet stod glasflaskor med Ramlösa och ett fat med laxsnittar. Bredvid bordet knäppte en äldre man i vita gammalmodiga servitörskläder händerna bakom ryggen och blundade.

– Vi måste komma fram till ett gemensamt beslut i kväll, sa Filipson. Jag vet att frågan är mycket känslig men enligt den underrättelseinformation jag har från Tyskland tänker regeringen där frysa samarbetet med den ryske presidenten och om möjligt försöka stoppa energisamarbetet. Det beror på att det finns tecken som tyder på att presidenten kan ha ambitioner att skapa ett enat Europa som helt domineras av Ryssland. Den ryske presidenten, Popov, har byggt upp Ryssland i tätt samarbete med KGB och GRU. Den ryska planen innefattar en ny strategi för Europa. Våra underrättelseanalytiker tror att de redan är i full gång med att infiltrera EU på olika nivåer. Den demokrati som var på väg i öst och som vi alla hoppats på efter Berlinmurens fall, kan vara ett minne blott. Vi måste agera för att skydda våra investeringar innan det är för sent. Betydande inskränkningar, större än vad vi sett hittills av demokratiska och mänskliga rättigheter, kan ske inom en snar framtid. Det är möjligt att Ryssland och presidenten nu är beredda att ta nästa steg i denna strategi. Begränsningar i utlänningars investeringar i Ryssland har införts. Det är bara början. Det är i alla fall vad våra strateger tror.

– Varifrån kommer dessa uppgifter? sa en man i mörkgrå kostym.

– Jag har fått uppgifterna från min kontakt på MI6 i Storbritannien, sa Göran Filipson. Ni kommer alla ihåg Litvinenko, den mördade ryske FSB-officeren i London. Före sin död samarbetade han med MI6, den brittiska underrättelsetjänsten. Det är vad han berättade för dem. Dessutom kommer samma uppgifter från andra källor i Moskva, vilka jag inte får eller kan avslöja här. Vi måste bryta den ryska dominansen över våra västerländska investeringar innan det är för sent. Jag vet vad ni tänker och jag är också fullt medveten om att det här kan skapa oro i era affärsförbindelser.

Göran Filipson torkade sig i pannan med en vit näsduk. Han var alltid lika spänd då han mötte näringslivets representanter, även om han började bli van. Han kom från en annan samhällsklass, en för näringslivet okänd förort söder om Söder, och han körde Volvo V70 med minsta motorn.

Han fortsatte målmedvetet.

– Vi på Säkerhetspolisen, och även ni, missbedömde det nya Ryssland. Ni förblindades av affärsmöjligheterna som uppenbarade sig. Vi blev lockade i en fälla av svenska lobbyister. Vi misstänker nu att de var köpta eller utsatta för utpressning. Moderna spioner, om ni så vill. Nu måste vi rädda det som räddas kan, *vi måste oskadliggöra lobbyisterna.* Popov och hans underrättelsetjänster har infiltrerat vårt eget näringsliv. Det finns många i dag som sitter fast med aktier i exempelvis den ryska oljeindustrin. De måste ge utdelning. Liksom aktierna i våra etablerade företag i Ryssland. Bankerna sitter med osäkra krediter i miljardklassen. *Vi måste ge ryssarna något de vill ha i utbyte.*

En utvikning först.

Om vi inte agerar inom finanssektorn faller börserna i Ryssland och Kina när de når ekonomisk mättnad och tillväxten tappar fart. Öst och Mittens rike blir tvungna att stänga sina gränser för att stoppa utflödet av kapital och kompetens. Inflationen kan bli tresiffrig. Ni kan själva lista ut vad som då händer med era investeringar. De blir värdelösa. Det kan bli en upprepning av vad som hände med

Sovjetunionen i mitten av 1920-talet då Lenin dog och Stalin tog över. Stalin gjorde med hjälp av terror och isolationism Sovjetunionen till en totalitär stat igen efter en period av öppenhet. Vi står inför risken för ett nytt kallt krig i världen. I värsta fall ett tredje världskrig.

Filipson torkade sig i pannan igen. Näsduken började bli fuktig. Han undvek att se församlingen i ögonen utan tittade istället ned på sina anteckningar.

– Jag har en räddningsplan som jag tänkte redovisa för er här i dag, sa han sedan. Det här är en person som vi har bevakat en tid.

Han tryckte fram en bild på powerpoint-presentationen.

– Detta är en man i flygvapnets paraduniform. I dag är han 42 år. Under de senaste åren har han drabbats av personliga tragedier. Hans familj, fru och två barn, omkom när Estonia gick under. Här är en nytagen bild av honom. Ni ser att han blivit civil och nedgången.

Han gjorde en kort paus.

– Denne man har en kvalité som vi är intresserade av, sa han sedan med tydlig röst. Han ska bli ett av våra vapen. Vi ska utnyttja honom i eget intresse och helst utan hans vetskap. Personen på bilden, Filipson vände sig om och såg på powerpoint-presentationen igen, har förmågan att tänka och se helt abstrakt. Han är farlig för att han är okontrollerbar. Underrättelsetjänsten punktmarkerar individer med sådana profiler regelmässigt. De är inte så många. Den ryska FSB-agenten Litvinenko, som jag nämnde tidigare, hade en sådan profil och även schackvärldsmästaren Kasparov. Den svaga sidan hos människor med den här profilen är att de aldrig kompromissar, vilket gör dem besvärliga att hantera.

De är svåra att locka in i grupperingar. Det spelar ingen roll vad de erbjuds. Varken mutor eller hot fungerar.

Göran Filipson vände sig mot powerpoint-bilden på väggen, stannade så en stund med benen brett isär och händerna knäppta på ryggen. Han gungade omärkligt bakåt på hälarna för att utjämna trycket under fötterna.

– Åter till mannen på bilden. Hans stora intresse är att forska i arkiv. Han söker svar på de stora gåtorna som exempelvis DC-3:ans försvinnande, Olofsonmordet och Estonias förlisning. Han vill finna sanningen. Ja, han är naiv men det är just det vi ska utnyttja.

Göran Filipson vände sig om mot församlingen igen och såg på den bakersta raden av åhörare.

– Jag ser att ni gissat personens namn. Han heter Anton Modin.

Göran Filipson, som stått upp under föredragningen, satte sig nu ned i stolen som stod utdragen bakom honom. Han rättade till håret och lyfte upp ett dokument från mappen som han hade framför sig på bordet.

– Vi har sedan tidigare problem med SSI och chefen där, Chris Loklinth. Han har alltför många hållhakar på både er och oss. Jag gissar att han har något i sitt privata arkiv på samtliga här i församlingen. Problemet Chris Loklinth låter vi Anton Modin lösa. SSI måste neutraliseras. Ni i näringslivet och vi inom säkerhetstjänsten måste kunna agera självständigt.

Han lade ned dokumentet på bordet igen.

– När ryssarna får reda på att Anton Modin är vårt redskap kommer de att göra sig av med honom. Hur skyddar vi oss mot det? frågade den kvinnliga huvudägaren i Carlsonkoncernen, Amelia Carlsson.

– Det finns en risk att Modin blir oskadliggjord, sa Göran Filipson. Vi från vår sida ska göra allt för att skydda honom. Vi har honom under ständig övervakning. Det finns personer i hans närhet som vi har goda kontakter med. De får träda in när riskerna blir för stora. Vårt projekt kommer att finansieras genom vår gemensamma Gustav III-fond.

Filipson funderade ett slag på Gustav III-fonden. Fonden kom till i början på 1980-talet, genom stora bidrag från näringslivet. Pengarna disponerades av Carlsonstiftelsen och var öronmärkta för att bekämpa socialismen i landet, bland annat löntagarfonderna som Paul Olofsons regering förordade. Dessutom ville man göra tv och radio fria, som man sa. Avskaffa monopolen, åtminstone de statliga. Det fanns miljarder att hämta ur de statliga monopolen. Bara man släppte konkurrensen fri. Nu behövdes fonden igen. För att rädda det som räddas kunde av de stora investeringar som gjorts i öst.

– Jag tycker inte om det här, sa Amelia Carlson. Vi spelar med Modins liv utan att han vet om det.

– Vi har inga bättre förslag just nu, sa Göran Filipson. Jag föreslår att vi går till verket omgående. Det blir du, Amelia, som jag tänkte ska bli vår kontaktman med Modin. Han kommer att behöva finansiering. Du kommer att få mer information om det senare. Vi avbryter för middag nu.

Göran Filipson kände hunger för första gången på flera veckor. Ärendet han just avhandlat hade bekymrat honom en tid. Nu delade han bekymren med andra. Det lättade. Han blev sugen på hjortstek med gräddsås och kantareller. Det var vad köket planerat för kvällen.

Mörkret lade sig över polishuset på Kungsholmen i Stockholm medan en plan för att rädda Sveriges finanser sattes i verket.

Kapitel 14

Stockholms norra skärgård, söndag 15 juni 2008

Det var mer än bakfylla.

Harry Nuder mådde tjuvtjockt. Ögonen var igenmurade, halsen snustorr. Det gick inte att vakna. Men han måste! Han kravlade sig upp ur sängen och satte ned fötterna på golvet. Huvudet kändes stort som en badboll. När han släppte taget om sängkanten för att försiktigt känna med händerna på kinderna och skallen, blev han fuktig av äcklig svett.

Vad var det fråga om?

På vingliga ben tog han sig till toaletten. Han petade upp locket på toalettstolen. Ringen följde med. Utan att klara av att fälla ned den sjönk han ihop på porslinskanten och satt och pissade som en kärring. Det var obekvämt. Kanten skar in i baken. Men han måste sitta kvar ett tag. Framåtlutad djupandades han och undrade vad i helvete som höll på att hända.

Det föresvävade honom att han borde ringa någon. För det var något som inte stämde. Han anade en fara men förträngde den.

Ingen jävla noja nu!

Efter en evighet förmådde han förflytta sig till köket. På bordet låg en köksalmanacka som han bläddrat i föregående kväll, innan han gick till Anton Modin. Annars var det inte stökigt. Disk och pannor var undanstoppade. Mattan låg rak under bordet. Stolarna var på plats.

Vad hände i går? tänkte han. Flög jag rakt ned i sängen? Om jag var dyngrak borde det märkas på olåsta dörrar och kläder på golvet.

Bruset från spolningen på toaletten tonade bort. I tystnaden kröp huvudvärken på honom i ett förnyat angrepp. Pulsen bankade fram svett och nojan stod inte att hejda. Han kom att tänka på de mystiska männen från gårdagen, den iskalle typen och översittaren.

Nuder kisade ut genom fönstret.

Var var hundarna? Krafset på ytterdörren? Alberts och Elvis morgonskall?

En förnimmelse av främmande dofter, av smygande steg i hans hus gjorde honom utom sig. Var det någon där nu? Med en förskärare i handen kontrollerade han vartenda rum, varje skrymsle. Det var ingen där. Han andades ut och gick tillbaka till köket med kniven. Då såg han det. Stövlarna vid dörren till källaren var flyttade. De stod prydligt bredvid varandra men inte exakt där han ställt dem.

Fan, någon har varit här! Är de kvar?

Nuder öppnade källardörren med vänster hand och tände lampan. Han höll hårt i den kalla ledstången och gick försiktigt nedför trappan, steg för steg. Han kände de grova trappstegen genom sina fuktiga bara fotsulor. Det luktade unket och syrefattigt. Hans hjärta bultade och han lyssnade intensivt.

Källaren var modern, utan skrymslen. Dörren till tvättstugan stod halvöppen. Dagern som letade sig in genom de fyrkantiga fönstren gjorde luften ljust grå, nästan vit. Han puttade upp dörren med foten trots att han starkt kände att han nu var nära en katastrof. I den alltför mättade tystnaden spärrade han upp ögonen för att kunna ta in allting på en gång.

Albert hängde i taket. Hundens ögon var urkarvade och låg på golvet som två mörka kladdknyten. En krage av blod runt halsen bredde ut sig från en tunn tråd av stål som skurit sönder Alberts skinn.

Hunden var död. I döden var Alberts golden retrieveransikte godmodigt. Smärtan djuret fått utstå var utsuddad. Men Nuder blev knäsvag. Det här var riktat mot honom. Ingen nåd hade visats Albert. Det var budskapet.

Nuder tog ned Albert med raka armar. Det riste i musklerna men han tänkte inte ge de jävlarna ett skit nu.

Inte tappa Albert!

Nuder bar sitt djur uppför trappan och gick ut med det på gården. Elvis var inte i hundgården. Han lade ned Alberts kropp där och visslade.

Elvis kom inte.

– Vilka jävla svin, flämtade han.

Han kollade uthusen och garaget. Framför vedboden började han gråta och viskade: Elvis, Elvis. Han gläntade försiktigt på dörren. Elvis låg i en blodpöl. Han gnydde. Benen var avklippta vid knäleden.

Elvis sträva tunga orkade slicka Nuders fingertoppar; salta av tårar. Beaglens ögon var vita av lidande.

Harry Nuder var uppjagad.

Helt sinnessjukt, tänkte han.

Han visste inte vad han skulle ta sig till. Men hunden väntade. Harry Nuder samlade ihop sig och gick bort till den ena kortväggen och tog ned en yxa.

Anton Modin och Bill Bergman hittade Nuder på trappan. Han satt i pyjamasbyxor och T-shirt. Fläckar som såg ut som blod fanns på hans kläder och armar. Ansiktet var prickigt av stänk som han inte hade brytt sig om att torka bort. På marken låg en blodig yxa.

De blev inte rädda för Harry Nuder. Hans ansikte var mosigt av en förskräckelse som grep dem. Han satt lutad mot sin ytterdörr och hur länge han suttit där kunde de inte avgöra. Nuder var chockad. Men han kunde prata.

– De har dödat mina hundar.

– Vad säger du? Hur är det fatt, Nuder?

Anton Modin satte sig bredvid honom på trappan.

– De är döda!

– Var är hundarna? sa Bergman.

– Bakom huset. Jag var tvungen att själv... Elvis... Fy, fan!

Bill Bergman skyndade iväg runt husknuten. Han var snart tillbaka. Modin höjde hakan en aning men Bergman skakade på huvudet. Det var illa, verkligen illa!

– Kom, Harry, du måste tvätta av dig, sa Bergman och drog upp honom.

Harry gjorde sig fri från hans händer. Han gungade tungt fram och tillbaka på gräset.

– Hur kan någon vara så ond? sa han.

– Är du skadad? sa Anton Modin som rest sig och granskade sin vän.

– Jag snackade med er om ubåten. Det måste vara det. Tro inte att jag har en aning om vad det här betyder. Men jag är säker på att det gäller ubåten. Jag skulle ha låtit bli.

Anton Modin lät sin blick glida över omgivningen. Han blev noga med sina rörelser och ställde sig beskyddande framför Nuders kropp. Samtidigt såg han ut att vilja komma bort från den öppna platsen framför husets ingång. Bill Bergman fattade vad som var i görningen och försökte skynda på Nuder. Men han var en sten. Han gick inte att rubba.

– Har du haft inbrott? sa Modin.

– De hängde min stora hund i källaren.

– Det var som satan!

– Jag sov som en stock.

– De är proffs, ingen tvekan om det, sa Anton Modin samtidigt som han besiktigade låset på ytterdörren.

– Det var två killar. De var här igår. De tog sjökortet, sa Harry Nuder. Det är sjökortet det handlar om. De har inte lämnat några spår efter sig. Det är inga snorungar från Stockholm som röjt omkring här!

– Inte ett spår, säger du, sa Modin. Frågan är bara vilken sorts proffs det är? Jag gissar på svenskar. Ryssarna förstår inte det här med vår relation till husdjur. Jag gissar på byrån. De är tillräckligt mycket psykopater för att göra något av den här kalibern.

– Killarna i går var svenskar, sa Nuder. Hur kunde de gå in i huset utan att jag vaknade? Jag sover som Fantomen i vanliga fall, vaknar för minsta grej.

– De har använt gas, sa Modin. Har du ont i huvudet?

– Ja.

– De sprutar in gasen genom ventilationen, en springa i dörren eller ett fönster. Inte mycket, men det räcker för att en kille på 1,95 som du inte ska vakna.

Anton Modin berättade initierat samtidigt som han spanade över gården.

Harry Nuder bestämde sig för att inte fråga hur Modin visste hur det gått till. Han orkade inte med mer i dag, kände han.

– Jag måste polisanmäla det här, sa Nuder.

– Vänta med det, sa Anton Modin. Tänk på vilken uppståndelse det skulle bli här på byn. Rikspressen skulle hänga på. Mördade hundar säljer bra.

– De var inte snälla mot jyckarna, sa Nuder med en skrovlig, grov röst.

Han gned handflatorna mot pannan och dolde ögonen. Kamraterna vände sig diskret bort.

– Jo, jag vet, sa Modin. Men ett uppbåd journalister hit till ön skulle skada vår sökning efter ubåten. Alla kommer att förstå att det är något som inte stämmer. Du har normalt inga fiender här på ön. Media kommer att koppla det till mig och Bill Bergman. Vet du vad, jag fotograferar allt. Sedan behåller vi det som bevis längre fram när vi har något konkret att komma med, exempelvis en sovjetisk ubåt.

– Modin har en poäng där, sköt Bergman in.

– Du vet att de skyldiga ändå inte kommer att gripas, sa Modin. Det här är högt upp. Polisen skulle inte hitta några bevis. Kopplar vi det istället till fler händelser längre fram får vi trovärdighet.

– Ja, vi kan visa vilka metoder som används för att skydda rikets säkerhet, sa Bill Bergman. För det handlar om det, eller hur?

Harry Nuder gick motvilligt med på deras förslag. Han började skaka, sedan gråta. Gråten kom stötvis och Modin förstod med ens att Nuders hundar betydde lika mycket för honom som Monica och barnen hade gjort för honom själv. Han såg på Nuder med tårfyllda ögon. Han gick fram och kramade om honom hårt och då brast det även för Bergman som stod och höll i den blodiga yxan.

Modin och Bergman hjälpte Nuder att begrava Albert och Elvis på en solig plats på baksidan av huset. Modin snickrade till och med ihop ett träkors. Det blev en ceremoni. De tre vännerna ställde sig i en halvcirkel med nedböjda huvuden och iakttog graven. På korset hade Anton Modin karvat in *För rikets säkerhet.*

Kapitel 15

Polhemsgatan, Stockholm, måndag 16 juni 2008

Chefen för Säpos SSG, sektionen för särskild granskning, Göran Filipson, var känd för sina baktankar. Han såg skenbart ut som en enkel människa, lite dum faktiskt, men bakom fasaden lurade en av Säkerhetspolisens skarpaste hjärnor. Hans styrka, tyckte han själv, var just att andra underskattade honom. Det passade bra i det här jobbet.

– Slå dig ned, Modin. Du använder mjölk, va?

– Varför har du kallat på mig? sa Anton Modin rakt på sak.

Han väntade med att sätta sig på stolen som Göran Filipson dragit fram.

– Vi bör hålla kontakten, bara, sa Filipson och räckte över koppen. Det var ett tag sedan sist. Hur går det med dykningen? Du håller väl på än? Något nytt på gång?

Modin var misstänksam men insåg att det inte var någon idé att mörka. Filipson hade den där speciella blicken som sa mer än tusen bekräftelser på att de hade koll på honom. De slog sig ned mittemot varandra och smuttade på kaffet. Modin satte ned sin kopp och drog på munnen för att visa sin välvilja.

– Tja, vi funderar på att leta efter en sovjetisk miniubåt i Stockholms norra skärgård. Sannolikt sänktes en ubåt utanför Singö 1982. Vi hittar den om den ligger kvar.

– Jag tror att den gör det, sa Göran Filipson.

Anton Modin hajade till inför Filipsons lättsamma bekräftelse men låtsades som om det regnade.

Göran Filipson var 58 år. Han hade tjänstgjort på Säpo sedan Paul Olofsons tid på 1980-talet. Då hette hans chef Per Göran Näslund, som varit beryktad och fruktad inom kontraspionaget. P-G Näslund fick stå till svars för Ebbe Carlberg-affären 1987 då Säpo hade använt buggning, trots att det var förbjudet enligt svensk lag, i spaningar mot sovjetiska spioner. Statsminister Paul Olofson och regeringen kände till Säpos buggningar och gav sitt tysta medgivande till dem, *för rikets säkerhet*. Men när P-G Näslund blev obekväm, speciellt efter mordet på Paul Olofson, blev buggningarna det perfekta vapnet mot honom. P-G Näslund ville varken försvara Olofson-spanaren Hans Holmén eller Ebbe Carlbergs jakt på kurder som tänkta statsministermördare.

1988 tvingades P-G Näslund avgå. Det blev Filipsons fall framåt och uppåt, tänkte Anton Modin.

Göran Filipson rörde lugnt om i sin kaffekopp. Han var av den gamla skolan, eller fascistfalangen som vänsterpressen skrev. Filipson var av åsikten att spioner grep man inte, utan man skrämde bort dem. Filipson hade lärt sig det av erfarenhet. Därför hade spionmålen i Sverige varit få efter P-G Näslunds frånträde.

Han har haft sina äventyr, tänkte Modin och då speciellt i slutet av 1980-talet. Folk skulle bara veta. Efter pensioneringen hoppades han få ett eftertraktat jobb som konsult för något av landets stora företag med tjänstebil och dator. ”De behöver folk som jag”, hade han sagt till Modin vid en lunch. Flera av Filipsons föregångare hade gått rätt in i näringslivet, för att där fortsätta kampen mot socialisterna.

Anton Modin kände till det mesta om SSG. Det var en falang inom Säpo som hade stöd från CIA och MI6 trots att Säpo officiellt och på ledningsnivå inte samarbetade med dessa organisationer längre. Det var genom underhandskontakter som Anton Modin hade kommit in i SSG och en lågmäld vänskap med Filipson hade tagit sin början. SSG var polisens motsvarighet till militärens SSI och dess verksamhet var ytterst hemlig. Även dess kopplingar till den militära organisationen Nato.

Under en tid var Modin djupt inblandad och arbetade aktivt som SSG:s kontakt in i SSI, som Säpo ansåg var helt infiltrerat av GRU, den sovjetiska militära underrättelsetjänsten.

CIA mot GRU, flinade Modin inombords. Säpos SSG hjälpte CIA och militärens SSI samarbetade med GRU. Typiskt svensk politik. Fifty-fifty. Ingen fick lämnas utanför.

Modin insåg att preludierna var över då Filipson satte ned sin kopp på bordet och sköt undan den. Han ville ha sina beniga genomskinliga händer fria när han talade allvar. För han tänkte läcka. Vad och varför gav Modin tusan i.

– Det ligger med all sannolikhet en störsändare i området där ubåten kan finnas, sa han torrt. Överbefälhavaren stängde av hela området dagarna efter sänkningen 1982. Han förklarade mot alla bestämmelser området som övningsområde för att hålla obehöriga borta. Därefter lät han den sovjetiska marinen fritt leta efter sin förlorade farkost på svenskt vatten. Det landsattes till och med sovjetiska trupper på en av öarna norr om Singö, förmodligen för att rädda eventuella överlevande. Men det verkar som om de inte fann ubåten, därav den förmodade störsändare i området. Den stör ut sonaren som söker av botten.

– Hur går det till? sa Modin.

– Ingen aning men det funkar tydligen, sa Göran Filipson. Sannolikheten för upptäckt minskar med 90 procent. Den sonarbild man ser med störningen på, blir förvrängd. Det är svårt att skilja vrakträffen från ett botteneko.

– Stämmer det att vi plockade upp en ur besättningen? avbröt Modin.

– Kaffet är slut, sa Göran Filipson och reste sig upp.

Modin förstod piken, pusha inte, och reste sig. Han bytte ämne medan de gick mot utgången.

– Vem har i sådant fall lagt ut den där störsändaren vid ubåten?

– GRU, förmodligen. Vi tror att varken SSI eller ryssarna har den exakta positionen. En miniubåt är väldigt svår att lokalisera, har jag hört.

– Jo tack, jag vet, sa Anton Modin. Vad händer om vi hittar ubåten?

– Det blir ett jävla liv förstås. Akta dig för militära SSI bara. De kommer att göra allt för att stoppa er.

– Jag tror att jag har märkt det redan. Kan du ge mig en hint när det börjar bli allvar? Jag menar riktigt allvar.

– Jag ska försöka, sa Filipson. Sköt det snyggt. Se till att SSI inte tappar ansiktet.

Göran Filipson öppnade en ståldörr och släppte fram Anton Modin först.

– Det finns en order på SSI från Moskva att ubåten ska bli kvar där den ligger, varnade han. Om den dessutom ligger utanför svenskt vatten kan vi inte plocka upp den enligt internationell lag. Då är ubåten formellt ryskt territorium.

– Vad har Säpo för intressen i det här? sa Anton Modin.

– Det gamla vanliga. Om ni hittar den, vill jag veta det innan ni släpper nyheten.

– Okej, Säpo stöttar mig i det här? Har jag uppfattat saken rätt?

Modin öppnade ytterligare en dörr som var lite tyngre än den förra. Vårsolen bländade.

De blev stående utanför glasdörrarna. Modin såg längs raden av parkerade bilar på Polhemsgatan och ångrade att han betalt parkeringsavgift.

Här stod bara polisens bilar, här sprang inga lapplisor.

Han vände sig mot Filipson utan att säga något.

– Mycket kan dyka upp längs vägen, sa Filipson. Jag ger inga garantier.

– Jag behöver se Paul Olofsons personakt, sa Modin.

– Varför då? frågade Göran Filipson.

– Jag vill kolla ryktena om insiderjobb i ubåtsaffären.

– Jag ska se vad jag kan göra. Men jag tror det blir svårt. Han finns inte i det vanliga arkivet.

Filipson tystnade. Två unga, kortklippta, vältränade kvinnor i korta midjejackor och långbyxor gick förbi och han hälsade på dem med ett svagt leende, som fick hans bleka ansikte att spricka i två hälfter. Han blev sig mycket olik. Modin nickade också lite lätt. Han hade ingen aning om vilka de var.

– Jo, en sak till, Modin. Ta kontakt med en pensionerad byrådirektör på FRA. Han heter Gunnar Anderson och bor i Lidköpingstrakten. Han känner till många hemligheter. Försök få honom att snacka. Det kommer att löna sig, tro mig.

Dörren slog igen.

Göran Filipsons ansikte tunnades ut till ingenting genom det vattrade glaset då hans gestalt steg bakåt in i dunklet.

Kapitel 16

Sushibar Japanés, Mariatorget i Stockholm, torsdag 19 juni 2008

Bill Bergman satt vid sitt vanliga bord. Rullbandet förde runt sushi då Anton Modin dök upp med andan i halsen. Inom några minuter hade de två kamraterna plockat åt sig sushibitar och ordnat med tillbehör. De skålade i mineralvatten.

Anton Modin läckte en del från samtalet med Göran Filipson på Säpo. Bill hade rätt att få veta vad han gav sig in i.

– Avslöjade du våra planer rätt av, om miniubåten vid Singö? sa Bergman.

– Ja. Filipson vill ha ärliga svar. Det kommer att bli jobbigt för oss redan vid planeringen. Vi snackar om skyddsklass 4 på det här objektet. Jag fick veta att militären kommer att göra allt för att stoppa oss. Det kan till och med bli farligt. Men det har vi fattat. Någon vill oss illa.

– Någon dödar hundar, sa Bergman. Egentligen är det konstigt. Ubåten har legat där sedan 1980-talet. Vad är det som är så hemligt med den?

Anton Modin kunde inte sätta fingret på det. Men han visste, såklart.

De svenska medborgarna, eller skattebetalarna som det hette i medierna numera, hade invaggats i säkerhet under en period då ryssarna använde Sveriges territorium till att leka krig på. Eller hade ryssarna förberett sig på nästa stora krig? Detta var under det kalla kriget då Europa och Sverige varit en hårsmån från katastrof.

Modin orkade inte debattera världspolitiken med Bergman just nu. Han komprimerade informationen. Motståndet mot att ubåten skulle komma upp till ytan, förklarade han, berodde på att man fruktade följderna av en rad pinsamma omständigheter. Ubåten var förmodligen rysk. Den svenska marinen hade sänkt den. Ingen av parterna hade erkänt händelsen. Tyst diplomati rådde.

– Fyndet skulle kunna tvinga fram en hel del skelett ur dimmorna, fortsatte Modin. Ansvariga som fortfarande lever! Lobbygrupper hade till uppgift att förminska eller ge felaktig information om ubåtskränkningarna på 80-talet. De var framgångsrika då. Om det avslöjas att de lagt en ridå över sanningen skulle många behöva tvätta sin smutsiga byk i dag. Lobbyisterna utgjordes av undersökande journalister och opinionsbildare inom våra stora medier. De lade ett stort lock över Singöhändelsen genom att hävda att hundratals officerare och värnpliktiga hade inbillat sig ubåtarna. Mörkläggningen blev så effektiv att även de statliga utredningarna hängde på genom att säga samma sak. Vi talar om en av modern tids största mörkläggningar här i landet, Bergman. Medierna fick Svensson att tro att det var minkar, gamla skorvar eller vaktposteffekten. När den första ubåtsutredningen, 1983, visade på att ryssarna praktiskt taget stått i vår farstu, var det ingen som trodde på ubåtar längre.

– Vad är den verkliga orsaken till att vi inte får hitta ubåten? sa Bergman. Lever vi i en demokrati, eller gör vi det inte?

– Det vete fan. Man får aldrig veta hela sanningen. När vi hittade DC-3:an blev det panik i regeringskansliet. Vi fick medaljer för att hålla käft. Affären skulle dö ut så fort som möjligt så att den inte riskerade att passera ”tipping point”.

– ”Tipping point”?

– Det är en marknadsföringsterm om hur en succé uppnås. Om en bok eller film passerar ”tipping point” kan framgången bli hur stor som helst. Inga fler åtgärder behövs av marknadsföraren. Och mörkläggning blir omöjlig.

– Vi blev inte världsberömda och skitrika, sa Bergman. Det kommer jag ihåg.

– Jag har fattat att krafter var igång som hejdade mediedrevet i samband med DC-3-historien. Vi nådde aldrig ”tipping point” så att vittnen började snacka.

Bergman åt pedantiskt med pinnar. Han delade sushin i små bitar. Sedan tog han en bit i taget och tuggade eftertänksamt innan han svalde. Hela tiden hade han koll på hur mycket Modin åt. Bergman var en följsam kille i allt han gjorde. Han ville varken hamna på efterkälken eller vara färdig först.

Hundhistorien hade tagit på honom. Modin hade inte blivit förvånad om Bergman hade backat från ubåtsplanerna. Men hundmorden verkade tvärtom på Bergman. Han hade lugnt förklarat vid hundgraven att de jävla svinen dyrt skulle få betala för Elvis och Albert.

Han stod fast vid sina ord.

– Lite sjögräs, kanske?

Bergman sträckte fram en tallrik med slemgröna trådar

som åkt förbi på ett av rullbanden samtidigt som en vacker japanska serverade soppa, ingefära och wasabi.

Anton Modin tittade länge på japanskan som log försiktigt.

– Fan, Modin du borde skaffa dig en tjej. Vi borde båda skaffa oss det. Jag börjar bli trött på att leva ensam. Vi åker Finlandsbåt, vad tror du?

– Lägg av, inte Finlandsbåt. Men en flickvän saknar man ibland. Det måste jag erkänna.

Han såg drömskt på japanskans kolsvarta hår och fantiserade sig långt bort en stund. Till en klippa vid havet, stiltje och ett liggunderlag.

– Jag skiter i politiken, Modin, sa Bergman. Jag vill hitta ubåten för att det verkar kul. Dessutom ger jag inte efter för utpressning. Hur gör vi?

– Jag tar kontakt med Sture Hult, sa Anton Modin. Han kan fixa en sonar som söker efter små saker på mycket stora djup.

– Sture är bra, sa Bergman. Han hjälpte oss hitta den sovjetiska ubåten S7. Han är torr och analytisk men just en sådan person som kompletterar speciellt dig, Modin. Han blir perfekt.

– Jag gillar honom, sa Modin. Bara han fått ordning på sitt privatliv. Han är inte helt lätt att leva med. Glömmer bort sina barn på dagis och sånt. En originell typ. Han är rätt man för det här, ingen glappkäft. Vi måste hålla gruppen så tajt som möjligt. Annars går det inte. Den här gången är svårigheten inte att finna något utan att göra det fullständigt utan insyn. Vi är redan uppmärksammade.

De fortsatte att njuta av maten. Från att ha tagit favoriter blev valen självständigare och mer vågade. De smakade och gjorde uppskattningar med fingrarna i luften. Det där var en trea. Det är en fyra.

Restaurangen började tömmas på lunchgäster. Sorlet blev tunt och atmosfären mer angenäm. Anton Modin och Bill Bergman plockade med de sista sushibitarna. Anton Modin lyfte till sist av en pytteliten exklusiv efterrätt för 50 kronor från bandet, vansinnigt dyrt.

En kvinnlig röst överraskade dem.

– Är ni Anton Modin?

Det var en dam i 60-årsåldern. Hon mötte deras blickar utan att skynda på en reaktion. Hon tänkte inte låta sig avspisas.

– Jag är Modin, sa Anton Modin.

– Amelia Carlson, sa hon och sträckte fram handen först till Modin och sedan hälsade hon på Bergman. Får jag slå mig ned?

Hon satte sig bredvid Modin.

– För att börja det här på rätt sätt, sa hon, så visste jag att ni skulle vara här. Det är er favoritrestaurang, eller hur?

– Kanske det, sa Modin.

Han gillade inte när folk trängde sig på. Det lyste överklass om Amelia Carlson. Hon hade designade örhängen och halsband och en brun Mulberry-handväska som gick ton i ton med smyckenas stenar. Byxdressen var elegant i vinrött och till det hade hon blanka högklackade skor. Hon hade bra hållning och en rak bestämd näsa över diskret målade tunna läppar.

– Jag representerar en stiftelse som ger bidrag till forskning, välgörenhet och samhällsnyttiga aktiviteter, sa hon. Får jag komma med ett förslag? Eftersom jag vet att du, Modin, ni båda två, arbetar för det här landets bästa, det har jag hört från initierade kretsar, tänkte jag erbjuda mig att hjälpa till.

– Hur då? sa Bill Bergman.

– Jag är beredd att sponsra er verksamhet. Allt ni behöver. Det kan röra sig om utrustning eller resor, eller hur? Vad som helst, bara det rör Sverige och Sveriges bästa. I gengäld vill jag bli uppdaterad regelbundet om vad ni håller på med. Muntligt går bra, inga dokument och inga mejl. Inget som kan sparas eller spåras. Jag accepterar att ni hemlighåller vissa saker om det är i rikets intresse. Vad tycks, mina herrar?

Hon log svagt för att mildra det övertag hon fått över dem.

– Eh, betalar du personligen? stammade Bergman.

– Det blir genom Carlsonstiftelsen. Jag är ordförande där. Vi ska ordna så att det inte behövs någon redovisning för er del.

– Jag vet inte, sa Modin. Jag är inte till salu.

Han tyckte inte om överklassdamen. Hon var alltför mycket på, konstlad, oäkta.

– Jo, vi tar det, sa Bergman, åtminstone tar jag det. Kom igen Modin, vad har vi att förlora?

– Jag har låtit göra ett kreditkort åt dig, Anton Modin, sa Amelia Carlson och trollade fram en svart plastbit, Amex Centurion. Du får ansvara för det. Det finns ingen köpgräns på det. Använd det med förnuft.

Anton Modin tittade på det blanka kreditkortet på bordsskivan.

Amelia Carlson iakttog honom för att om möjligt urskilja en reaktion. Kreditkortet hade hon låtit tillverka efter instruktioner från Göran Filipson.

Hon betraktade Modin vars grop i hakan djupnade. Avvärjande böjde hon sig framåt och förklarade:

– Det är dags att vår gemensamma Gustav III-fond gör en insats för landet igen. Det här är första steget. Fundera ett tag medan jag går på damrummet. Förresten ska ni veta, båda två, att vi uppskattar det ni gör, mycket. Fortsätt kämpa.

Amelia Carlson gick.

– Vad fan gör vi nu? sa Anton Modin. Vem var det där?

– Det här betyder raka rör! Amelia är för helvete en av de rikaste i landet. Nu delar hon med sig.

Modin svepte med handen och kortet var borta.

– Vad har hänt med dig Modin? sa Bergman. Jag var säker på att du inte skulle ta emot kortet.

– Det kan vara bra att ha. Vad gör vi?

– Gör? flinade Bergman efter ett tag. Beställer in champagne förstås. Vilken jävla tur du har jämt.

– Sa du tur?

Modin tittade Bergman i ögonen och log skevt.

– Men vi är nära en sökexpedition nu, fortsatte han lågt. Mycket nära. Kom, jag vet ett dyrt ställe.

Amelia Carlson kom inte tillbaka.

Kapitel 17

Stockholms norra skärgård, fredag 20 juni 2008, midsommarafton

"Vi placerade en hemlig mikrofonlinje vid Melsten i slutet av september 1982 (en vecka före Hårsfjärdsincidenten). Anläggningen kom från Nato (Norge). Anläggningen var supermodern och vi kunde höra när en Gotlandsfärja lade ut från Visby vid gynnsamma förhållanden. Det gick att lyssna ända bort till Baltikum. Det hade enligt (namn borttaget) inte varit någon tvekan om att det var ubåtsljud som spelades in i början av oktober 1982. Både vi och analytikerna var bergsäkra." (Intervju med befälhavare vid minstationen Melsten 20 oktober 2008)

Anton Modin svängde in sin breda Chevy Pickup på gården hemma hos Harry Nuder. Modin och Bergman hoppade ur och tog ned en stor låda från flaket. Lådan var av plast, men otymplig och de bar den tillsammans bort till Nuders trappa.

Nuder öppnade dörren och mötte deras blickar och tillrop med nedböjt huvud. Det hade gått mindre än en vecka sedan den fruktansvärda händelsen med hundarna. Det syntes på honom vad han hade gått igenom. Håret stod åt alla håll och han hade en flera dagar gammal skäggstubb och ögonen var mörka och trötta. Han bar ett par slitna jeans som började bli skitiga på framsidan av låren och svarta träskor, på överkroppen en vit T-shirt.

Harry Nuder var inte helt nöjd med att Modin och Bergman dök upp hemma hos honom. Helst hade han inte velat se dem något mer den här sommaren. Han ville sörja i fred. Allt var deras fel, men det sa han inte högt.

– Hör ni, jag skulle uppskatta om ni inte kom hit på ett tag. Det är nog säkrast så. Jag är orolig för vad som kan hända mig.

– Ta det lugnt, Harry, sa Bill Bergman. Vi har en låda till dig här. Kolla!

– Till mig?

Harry Nuder tappade för ett ögonblick fattningen. Bergmans direkta sätt avväpnade honom. Han var inte van vid sådant. Ute i skärgården var folk mer försynta. Han gick nedför trappan och fram till lådan med en förvånad min.

– Jag trodde inte ni skulle vara ute över midsommar, muttrade han.

– Vi ändrade oss. Vi planerar en expedition och vi behöver din hjälp, Nuder.

– Jag vet inte om jag kan. Det känns inte bra det här. Inte bra alls. Helst vill jag vara i fred. Jag är ledsen och arg om vartannat.

Nuder verkade knäckt, tänkte Anton Modin men han låtsades inte om det utan log och pekade.

– Kolla i lådan Nuder. Du får dem.

Harry Nuder tittade in i en smal öppning på lådan. Längst

inne låg två hundvalpar. Valparna var av rasen flatcoated retriever. Den ena var svart, den andra brun.

Nuder tog upp båda valparna i famnen och såg med ens lite gladare ut.

– Vilka sötnosar, sa han.

– Vi köpte dem på vägen ut hit, på en hundkennel i Norrtälje, sa Bergman. Det är tydligen de bästa jakthundar man kan ha när man jagar and, dessutom väldigt sällskapliga enligt specifikationerna.

Bergman babblade på trots att han inte visste ett skit om hundar. Han var en bra försäljare, tänkte Modin. Han lät honom hållas. Bergman brukade fixa stämningen hur omöjligt det än kunde verka.

– Tack, ni är ändå bra vänner, sa Harry Nuder. Kom in.

Han gick före in i huset med en hund under varje arm och Modin och Bergman gick efter.

Nuder fixade med valparna en stund. De fick en korg att ligga i. Vattenskålar. En massa kliande under hakorna.

– Jaså, en expedition, sa Nuder med ryggen mot sina vänner. Det är vad ni tror?

Modin och Bergman slog sig ned vid köksbordet och flinade upp sig.

Men Nuder var allvarlig.

– Som ni vet är sjökortet över den aktuella platsen stulet, sa han och reste på sig och tog fram kaffekoppar.

Han hällde upp varmvatten i kopparna med pulverkaffe när han talade. Handen darrade lätt.

– Vi får klara oss utan det, sa Modin. Vi får lita till ditt minne och sedan koppla det till annan information som vi kan få fram. Hur mycket minns du?

– Det jag kommer ihåg är att det var alldeles intill territorialgränsen, strax innanför troligen. Jag har ett synminne av det, bara jag kunde gräva fram det ur skallen.

– Jag kan hämta ett nytt sjökort, sa Bergman. Jag har det i bilen.

Plötsligt var Nuders tungsinne som bortblåst.

– Okej!

Bergman stack iväg genom dörren och var tillbaka på nolltid. Nuder vecklade ut ett alldeles nytt sjökort och lät fingrarna glida utmed dess kanter.

– Jag känner mannen som ledde styrkorna, sa Nuder. Hans von Arbin, en riktig gåpåare. Han sa att det var viktigt att ubåten skulle sänkas långt från land så att ingen skulle se eller höra något, men samtidigt på svenskt vatten och så djupt som möjligt.

De två små valparna blev livliga. De hoppade runt i storstugan och hamnade snart i varsin ände av rummet och bekantade sig med sitt nya hem med hjälp av luktsinnet.

– Varför så djupt som möjligt? sa Bergman.

– Så att ingen skulle överleva ifall de skulle försöka sig på att lämna ubåten. Inga spår av sänkningen fick finnas kvar. Det viktigaste med operationen var enligt von Arbin att de skulle statuera ett exempel. De ville visa fienden och vår egen regering att den svenska marinen minsann sänkte fientliga ubåtar och att det fick vara slut på daltandet.

Harry Nuder lutade sig framåt och sörplade i sig det heta kaffet som fyllde koppen till brädden.

– De släppte en ubåt under Hårsfjärdsincidenten 1982, sa Bill Bergman. Jag gjorde värnplikten där. Befälen sa att en ubåt helt säkert släpptes ut den där oktobernatten. Den var skadad och hade sannolikt fått gå upp till ytan annars. De vågade inte hålla kvar den, enligt befälen där ute.

Anton Modin lade märke till Bill Bergmans allvar i sättet att uttrycka sig. Det hände inte så ofta. Modin log för sig själv.

– Jag vet, sa Anton Modin. Det har hänt flera gånger. Jag har sett flera vittnesmål om detta i SSI:s arkiv.

– Då så, sa Bergman.

– Okej, fortsatte Modin. Vi vet alltså att den ligger i närheten av 12-sjömilsgränsen. Har du någon aning om djupet, Nuder?

– Vet inte, men när jag vände om lotsbåten hade jag 96 meter på ekolodet. Jag tror att det är ännu djupare där de sjunkbombade, kanske 130 till 140 meter.

– Å fan, så himla djupt, sa Bergman och svalde.

– Kan du på ett ungefär peka ut riktningen? sa Modin.

– Inte här men om vi åker ut till lotsstationen kan jag på ett ungefär ge dig bäringen.

– Bra, då har vi ett avgränsat område, sa Modin. Vi har en begränsning i öst-västlig riktning. Det är territorialvattengränsen. Sedan har vi en begränsning i nord-syd. Det är din syftlinje från lotsstationen, Nuder. Som jag ser det återstår bara två problem. Det ena är djupet som är stort. Det andra är störsändaren.

– Störsändaren? sa Nuder.

– Glöm att jag sa det, Nuder, sa Modin.

– Har vi någon båt?

Bill Bergman kom in i diskussionen igen. Modin visste att hans starka sida var det praktiska.

– Vi behöver en båt som rymmer Sture Hults sökutrustning och gärna några kojplatser så att vi kan söka och dyka på natten.

– Ska ni dyka? sa Harry Nuder. Är det inte för djupt?

Nuder sträckte på sig och tittade först på Modin med ögonen uppspärrade, som alltid när han var upprörd, och sedan på Bergman.

– 140 meter!

– Jo, förmodligen, sa Anton Modin för att lugna Nuder.

– Lotsbåten är utesluten, sa Nuder. Den syns för mycket. Alla känner igen den.

– Jag tror på en gammal fiskebåt, sa Anton Modin. Då kan vi klä ut oss till fiskare. Det blir en bra täckmantel.

En vindpust svepte tag i den höga björken utanför det öppna fönstret. Det prasslade från tusentals små gröna blad med kanterna guldiga av en sol som inte tänkte gå ned på länge än. Det var midsommar. Det hade de nästan glömt.

– En fiskare med ny Lexus, sa Bill Bergman och skrattade. Det skulle se ut det.

– Nuder, kan du fixa en fiskeskuta? sa Anton Modin med ett leende. Tala om vad det kostar. Jag tar fram kortet.

– Menar du allvar?

– Ja, faktiskt. Fixa en båt till nästa helg. Oavsett vad det kostar. Muta en fiskare om det behövs, gärna med fiskeutrustning ombord.

– Var har ni fått pengar ifrån?

– Det är tyvärr hemligstämplat, sa Bill Bergman. Det rör rikets säkerhet.

Bergman och Modin såg på varandra och började sedan gapflabba. Nuder ryckte på axlarna. Kanske lika bra att inte vara inblandad.

– Okej, då är vi klara, sa Modin. En sista sak bara. Inget snack nu! Tänk på att Matti Svensson bor här i byn.

– Ses vi på The Rock ikväll, Nuder? sa Bergman.

– Jag tror det, bara jag vågar lämna de här sötnosarna.

Nuder tog upp de två retrievervalparna och lät dem krypa runt på sjökortet. Han klappade dem på huvudet.

– Jag kan behöva lite miljöombyte, sa han stilla.

– Ja, och sprit, sa Bergman.

Kapitel 18

The Rock i Grisslehamn, fredag 20 juni 2008, midsommarafton

Anton Modin och Bill Bergman åkte i Modins öppna träbåt. Den hade en 40-hästars Evinrudemotor från 1971 med styrpulpet. På håll blinkade neon, The Rock. Dit var de på väg. Grisslehamns restaurang och disco i 50-talsstuk.

Stället dominerade Grisslehamn, byggt i två våningar på stenkajen vid vattnet i hamnen. Byggmaterialet såg ut som drivved men var uttorkad kärnfuru från Ryssland. Det var exklusivt. Ägaren Joint, som egentligen hette Jovan Spiro, var sedan 1980-talet en etablerad affärsman från Stockholm. Han kom från Jugoslavien till Sverige som politisk flykting på 1970-talet och han hade investerat alldeles för mycket för att det skulle kunna vara vita pengar som han drev puben med. Enbart som en hobby, som han påstod.

Hur som helst. Hans anställda var vänner till honom. Det hela sköttes snyggt. Atmosfären var vänlig och det var alltid fullt.

Modin och Bergman var kändisar på bygden mycket på grund av Joints intresse för dykning, som han aldrig sysslat med själv. Joint opererade på det sättet; som en kamratlig förtrogen. Han underhöll nätverk både uppåt och nedåt i samhällsskikten.

Anton Modin var medveten om Joints kontakter i den undre världen och hans vänner inom maffian. Joints personakt på Säpo var buktig av hot, dråp, brott av ett slag som kunde ha fått vem som helst att bli mörkrädd. Man strulade inte med Joint! Han hade skapat gräddfiler att tuffa omkring i, och utan att folk riktigt fattade hur det gick till satt de på samma tåg.

The Rock hade i början kritiserats i lokalpressen men Joint lierade sig med den lokala mc-klubben Hell Riders Sweden som tillsammans med polisen höll god ordning på stället och Joint lät regelbundet Rotary använda lokalerna. I Rotaryklubben satt kommunalordförande och chefen för socialnämnden. Joint hade inte haft några problem med att förverkliga sina visioner. Han hade fått bygga ut bryggdäcket som gick över den gamla kajkanten och man kunde se vattnet mellan springorna där man satt och svalkade sig med sin Piña Colada eller White Russian.

Ungdomarna från stan och sommargästerna älskade The Rock. När de försvunnit för säsongen gick den lokala befolkning och yrkesfiskarna dit. The Rock var kult och satte den lilla byn Grisslehamn på sjökortet.

Gästerna skiter i Joints bakgrund, tänkte Modin, även om det skulle delas ut lappar med hans tryne på och *wanted* under det.

Modin lät blicken flyga över gästhamnen medan de närmade sig. Båtar guppade sida vid sida. Det såg trångt ut.

Det är midsommar, tänkte han som om han inte fattat det förrän nu. I år är jag inte utanför, utan mitt i firarsmeten.

Nyrakad, uppsvidad, törstig! Det ska bli trevligt med grabbarna, helt enkelt.

Bill Bergman tog fram en kikare och sa åt Modin att sakta ned farten.

– Tror du Joint är här i dag? sa Bergman.

– Huvudsaken är att fröken Monroe skött sig, sa Modin.

Fröken Monroe var Joints älskarinna. Härskarinna kanske, hur maktbalansen var i förhållandet visste inte Modin. Under vintersäsongen höll sig paret på Seychellerna. Under högsäsong var Monroe personalchef. Hon anställde sina väninnor från en strippklubb på Manhattan som servitriser.

Det osar verkligen "no no" om det paret, tänkte Modin, då han styrde in vid bryggan under restaurangen The Rock.

En hamnkapten i orange väst vinkade in dem och lät dem förtöja båten.

– Trevlig midsommar, sa han.

Modin kände att Joint gärna fick hålla sig på sitt kontor den här midsommarkvällen. Anton Modin hade alltid misstänkt att Joint visste mer om exempelvis Estonias undergång än han berättade. Modin mådde illa av sina misstankar.

Men ett var säkert. Joint gick många herrars ärenden.

Ett var mytbildningen om den ryska maffian; en lögn som började spridas redan på 90-talet genom vänligt sinnade journalister och författare i väst. Även i Sverige. Joint deltog i spridningen. Kanske var han tvingad liksom många affärs- och mediemänniskor som KGB hade hållhakar på.

Joint hade bjudit journalister och mediebevakare på rysk champagne och långa nätter på sin krog. När sedan oförklarliga olyckor, bortrövanden och mord inträffade runt om i Europa, sa man *ryska maffian* som om det var en realitet. Sanningen var att det inte existerade någon självständig maffia i det KGB-styrda Ryssland. Allt styrdes uppifrån. Och vittnesmål om KGB:s sanna verksamhet gavs av de ryska avhopparna Litvinenko och Golitsyn, men även den ryska journalisten Anna Politkovskaja skrev om det innan hon mördades i Moskva i oktober 2006.

Joints kamratskap var ensidigt vad gällde Modin. Fast Bill Bergman gillade Joint reservationslöst. Han är bäst, var Bergmans omdöme. Bergman älskade människor som själva styrde över sitt öde.

– I dag är det knökat på hamnplan, sa Bergman förtjust. Jag har aldrig sett så många bilar och motorcyklar här på samma gång. Det går bra för det här stället.

– Vi går upp, va? sa Anton Modin.

– Veranda med havsutsikt, sa Bergman. En bira i handen. Det är vad jag längtat efter hela dagen. Blir det nobben av servitriserna senare är det i alla fall varmt med både golvvärme och infravärme.

– Herregud, Bergman, du börjar bli gubbe.

De gick småskrattande uppför trappan och siktade på baren. Den imponerade längs ena kortväggen i äkta oljad mahogny. Bakom disken stod bartendern Kent E, i vitt förkläde och vit skjorta, och höjde vänligt ett ögonbryn när de kom.

Kent E var lång och smal med halvlångt solblekt hippiehår. Ansiktsdragen var markerade genom mörka veck vid näsvingarna och vid munnen. Ögonen stod ut men hans halvslutna ögonlock dolde det mesta av blicken. Kent E var Grisslehamnsbo året om. Han älskade platsen och hade lämnat Operabaren i Stockholm för baren med champagne från champagnelasten från 1907. Joint hade fått en flaska av Bergman och Modin som var de som dykt på vraket och säkrat lasten. Joint hade blivit överlycklig på sitt sydeuropeiska vis och köpt upp ett helt lager av de upphittade champagneflaskorna. Varje gång en flaska såldes, à 15 000 kronor, bjöds samtliga gäster på en billigare sort med etiketter som det stod Champagne Wreck Brut 1907 på. Det var populärt.

– Tjenare, dykarna, hälsade Kent E. Öl?

– Jepp. Var sin stor stark.

– Vår dykbutik är invigd, sa Kent E. Titta på den när ni går på muggen. Den ligger vägg i vägg, en trappa ned.

– Jag såg att det startat flera båtuthyrningsfirmor med guider i år, sa Bergman.

– Det är er förtjänst, se Kent E och räknade på fingrarna. Dykning, torskfiske, säljakt, vi har allting i hamnen nu. Från fiskeskutor, dykbåtar till moderna öppna sportfiskebåtar med stora amerikanska utombordare. Rekordet på torsk är en rackare på 38 kg.

Han pekade på ett inramat fotografi på väggen i baren. Där stod den stolte fiskaren med en torsk stor som ett tioårigt barn i famnen och log brett.

Bartendern Kent E satte ned två immiga glas på bardisken och lämnade dem.

Modin och Bergman skålade och lät blickarna svepa över den modernistiska men exklusiva inredningen. De var stamgäster och gillade att allt var fräscht. Från toaletterna till maten och drinkarna. Det genanta var att de ansågs som kulturpersonligheter i bygden. Det var Joints förtjänst. Han var deras trogna fan. De hade stående krita och betalade av notorna med antingen föredrag på höstkvällar eller genom att skänka dykbilder på DC-3:an eller andra vrak de lokaliserat. Bilderna satt på väggarna i restaurangen. De hade ett stambord längst in på däcket som övervåningen kallades, alldeles under en bild av lasten på det berömda champagnevraket.

– Även om Joint är en dryg jävel är han ett proffs när det gäller marknadsföring, sa Bergman belåtet.

Modin tänkte säga ”håll käften, Bergman”, stilla och lugnt, men fick inte chansen. Kent E var tillbaka.

– Ert bord är ledigt, varsågoda.

Han ledde båda till bordet och slog sig sedan ned bredvid dem.

– Jag har hört att ni har något stort på gång igen. Låt mig få bjuda på en Dry Martini.

Han viftade till sig en av servitriserna, Ellie. En yppig brunett med högklackade skor och rödvitrutig kort kjol.

– Yes, dear, sa hon och strök sig mot Kent E:s axel.

– Two Ice Martinis. No, make it three, darling.

Han log mot servitrisen Ellie på ett vänskapligt sätt och tittade förbi hennes mörka ögon och spefulla leende. Han hakade aldrig på. Det var hans sätt. Ingen retade sig på det.

Hon dunstade utan att leendet försvann ur ansiktet och en glimt av det fastnade i Modins ögonvrå. Jävlar vad snygg hon var.

– Vad har du hört? sa Bergman.

– En fågel viskade att ni har något stort på gång, större än något tidigare, sa Kent E. Joint vill veta vad det är.

– Varför då? sa Bill Bergman med ett barns förvåning i rösten.

– Då har ni alltså något på gång.

Kent E log brett och lutade sig framåt.

– Joint tror att han kan hjälpa er, sa han lågt men tydligt. Han har kontakter.

– Ja, i den undre världen, sa Anton Modin.

Han gillade inte alls det här. Hela bygden verkade veta om vad de skulle göra och ändå var det hela bara på idéstadiet.

– Joint vill att ni talar om när det är dags, sa Kent E utan att fastna med blicken i en kraftmätning. Han tror att ni kan behöva beskydd. Det är hans specialitet, lät han hälsa.

Klarspråket dämpade stämningen. Varken Modin eller Bergman var roade av tyglar. De var medvetna om de döda hundarnas betydelse även om de inte hade en aning om vilka som gjort det. Modin mindes också Säpochefen Filipsons unkna andedräkt.

Någon hade spritt ut ryktet. Denne någon var angelägen om en av två saker. Antingen att dykningen skulle komma igång eller att projektet skulle haverera innan det sjösattes. Vilket av dem var svårt att bedöma i nuläget.

Modin fick en förnimmelse av fara och ruskade på sig. Att det alltid måste bli så här. Det var bättre förr, tänkte han. Då kunde man jobba i fred. Åtminstone i början av projekten. Jävla skit!

Servitrisen Ellie med det blöta leendet och de välsvarvade benen kom med tre stora Ice Martinis. Det rök om brickan. I blåfärgad kolsyreis förvandlades drinken till Norra ishavet med ett isberg flytande i glaset.

Modin tittade på servitrisens urringning, samtidigt som han funderade på den märkliga händelseutvecklingen. Kanske var Joints stöd precis vad som behövdes. Till skillnad från tidigare projekt fanns det ingen anledning att ta några moraliska hänsyn denna gång. Sanningen om ubåten var tydligen fruktad. Okej, då! Upp i dagern med den!

Det hade inte varit svårt att ta emot kreditkortet från Amelia Carlson. Hon skulle få betala för sina bevekelsegrunder. Men det drabbade ingen fattig. Visst, det kunde tolkas som att han låtit sig köpas, men det var en del av spelet.

En plan började ta form i Modins huvud.

Pengar och beskydd, det verkar jag komma att behöva, tänkte han och kastade en blick på Bill Bergman. Han och de andra i projektet är mitt ansvar.

– All right. Kent E, vi är på g. Säg det till Joint.

Anton Modin höjde glaset och de skålade.

Kent E drog.

– Vilken kväll det här kan bli, sa Bill Bergman. Var är Harry Nuder?

– Han kommer där, sa Modin. Bara han inte kör över någon.

Nuders Willys Jeep rullade genom trängseln på hamnplan där det var fullt av folk runt en midsommarstång. Hembygdsföreningens musiker spelade, sommargäster drog hit och dit bland de fastboende, som höll sig till bänkar och på trottoaren, och en drös ägare till ett tjugotal Harley Davidson och några japanska bastarder som Honda och Yamaha. Nuder parkerade snett mot uteserveringen. Han hade på sig en mörkbrun cowboyhatt och vit jeansjacka med blänkande nitar. Han vinkade när han såg sina båda vänner. Till och med på avstånd syntes det hur märkt han var av sorgen efter sina hundar; det ungdomligt livliga var ersatt av en stel mask av kallsinnighet.

De tre vännerna beställde fish & chips på torsk med majonnäs, pommes frites och en kall Carlsberg. De lät maten tysta mun medan de spanade på servitriserna som fick sällskapen vid borden att tina upp.

Kapten Bob Lundin på SSI rattade en svart Saab in på hamnplan och krånglade sig in bland sjöbodarna. Han parkerade så att bilen inte syntes från The Rocks veranda. Bredvid honom satt en tillknäppt man i kostym. I baksätet trängdes en grov man i motorcykelkläder med en smärt ung blond tjej.

– Are you familiar with the plan now? sa Lundin med en blick i backspegeln.

Kapitel 19

The Rock i Grisslehamn, fredag 20 juni 2008, midsommarafton

– Yes, sa den unga tjejen samtidigt som hon drog det blonda tjocka håret bakåt. I know what to do.

Hon var av medellängd, vältränad och i tjugoårsåldern. När hon rörde sig kunde ingen av männen i bilen undgå att påverkas av hennes smala midja och markerade byst. Lundin vände sig om. Hon log snett mot honom och drog i den tajta vita tröjan i kashmir som hon hade på sig. Bröstvårtorna blev synliga. Hon visade upp dem för Lundin eftersom han beställt behålöst. För övrigt var hon klädd i slitna Levisjeans utan trosor, också beställt men det krävde han inte att få se. På fötterna hade hon en par mörkbruna matta stövlar med halvhög klack. Hon hade skarpa drag och såg mer ut att komma från USA eller Europa än Estland. Tjejen talade bra engelska med svag brytning.

– No more questions? sa Lundin och hängde kvar med ena armbågen över ryggstödet.

Mc-killen gjorde ett tecken på att han begrep varför han var där.

– Okay, we stay here if you need something and we will have you both in sight all the time, sa Lundin och växlade blickar med sin stumme vän där framme.

– Let's go now, sa flickan och putade med läpparna.

Det hade börjat fyllas på rejält med folk och samtliga bord på däcket var upptagna.

– Anton Modin!

Joint hade en farlig mans blick. Den borrade sig in i ens sinne och dök upp i ens mardrömmar. Men då han kom fram till deras bord log han översvallande och hade armarna utsträckta. Joint var drygt 180 centimeter lång och hade brunt tonat hår, det som fortfarande satt fast på skallen. Det andra var en tupé. Han hade kulmage men var för övrigt välbyggd.

Joint utstrålade självförtroende. Han var i 60-årsåldern och för kvällen klädd i vit tjock bomullsskjorta med fickor på bröstet och grönsvartrutiga golfbyxor. På fötterna hade han svarta träskor.

– Glad midsommar på er. Är allt till belåtenhet?

– Ja, kanonbra mat, sa Bill Bergman och ställde samtidigt ned ölglaset på bordet med en duns.

– Jag har en överraskning åt er i kväll, sa Joint. Ser ni musikutrustningen där framme på scen? Det är Europe. De går på runt midnatt. Ni vet, ta, ta, taa, taa. Ta, ta, ta, ta, ta. ”The final countdooown”. 80-talets största!

– 1986, sa Modin. Samma år som Sveriges statsminister Paul Olofson fimpades i Stockholm city. Båda sakerna blev historia.

– Åh, sa Joint och vände upp sina handflator. Du vet allting.

– Singeln såldes i tio miljoner exemplar och lp:n i åtta, sa Modin. När Europe slog igenom hade inte Sverige fri radio och tv. Det var en besynnerlig tid. Det måste verka hedenhös för de så kallade unga vuxna i dag.

– Vänta nu, sa Bergman. Hörde jag rätt? Tar du hit Europe på en midsommarafton? Vad tungt. Det kan inte vara billigt?

– Inte direkt, sa Joint. Men varför inte? Ska det vara drag så ska det. Ingenting bra är billigt här i världen, eller hur mina herrar? Ni är värda det. Dessutom har jag råd.

– Ja, just det, sa Modin. Men Europe, är inte det att ta i? Då blir det mycket mc-folk. Har ni förstärkt vakten?

– Jajamensan, sa Joint. Ingen jävel bråkar ikväll. Säg inget om Europe, det är en hemlig spelning. Vi vill inte ha hit hela bygden. Får jag bjuda på en omgång förresten. Okej, öl till alla?

Han knäppte med fingrarna och tio kalla Corona flasköl i en balja med is dök upp från baren. Tre var till grabbarna vid bordet, en till honom själv. Joint tog emot baljan och ställde ned den på bordet med en dov duns och skrattade högt och hjärtligt.

– Det verkar bli en bra kväll, sa han. Från det ena till det andra. Har Kent E talat med dig om mitt förslag, Modin?

– Ja.

– Vad tycker du?

– Det tål att tänka på. Jag hör av mig. Det är möjligt att vi någon gång kommer att behöva din hjälp.

– Bra, du vet att jag alltid ställer upp för dig, Modin. Glöm inte det. Skål.

Joint gick tillbaka mot baren samtidigt som han hälsade på folk till höger och vänster. De amerikanska servitriserna rörde sig snabbt och vant genom folkvimlet och hojtade några amerikanska fraser ibland, samtidigt som de singlade ut mat och dryck till gästerna.

Servitriserna ger verkligen The Rock en speciell atmosfär, tänkte Modin och kände en ilning i magen. Dekadent men ändå stilfullt. Ungefär som Titanics undergång.

Han tog en stor klunk av sin Corona och spanade runt.

En biffig typ med slaviskt utseende, mc-väst och mörka tatueringar på armarna hängde ensam i baren. Modin tyckte inte att han passade in. Han flirtade inte med servitriserna. Han rörde inte sin öl. Kent E fick ingen kontakt. Det var tydligt att midsommar inte var den killens grej.

– Jag måste pissa, sa Harry Nuder som hade hällt i sig sina tre öl och såg glad ut.

– Jag hakar på, sa Bergman.

De båda gick nedför trapporna och ut genom dörren. Toaletterna låg på nedre planet och nåddes från utsidan. Anton Modin njöt av solnedgången som värmde hans ansikte. Han blundade.

– Tere, Anton Modin, kas ma saan siia istuda?

Hej, kan jag slå mig ned? översatte Anton i huvudet och tittade upp.

– Eh, tere, sa Modin och såg in i ansiktet på en tjej som var alldeles för ung för en kille på fyrtiotvå och tvingade ögonen att stanna där och inte scanna hennes kropp. Are you Estonian?

– Yes, sa estniskan och fortsatte på engelska. Jag heter Maria. Jag är i Grisslehamn och dyker med några vänner.

– Vad kul, vad ska ni dyka på?

Han pekade på en stol och hon satte sig. Konversationen fortsatte på engelska eftersom Anton Modin visserligen förstod estniska bra men var sämre på att tala språket.

– Vi ska dyka ute vid Märket på Hesperus, vraket som ni hittade och skrev om i dyktidningen Immersed.

– Det blir ett kanondyk, jag lovar er, sa Anton Modin som redan gjort ett hundratal dyk på vraket.

Hesperus sjönk 1884 vid fyren Märket. Hon låg på 43 meters djup i klart vatten. Vrakplatsen låg på gränsen mellan Sverige och Finland mitt ute i Östersjön, 20 distansminuter ut från Grisslehamn. Han hade efter fyndet döpt vraket till ”sälarnas vrak” på grund av de många sälar som uppehöll sig där.

Han berättade det för Maria. Hennes blick flackade över restaurangborden men hittade honom igen.

– Anton Modin, du är en av de bästa dykarna i världen, sa hon med sjungande accent.

– Äh, sa Modin.

– Hur kommer det sig att du inte kunde rädda din familj på Estonia?

Anklagelsen kom som en blixt från klar himmel. Ett hugg i hans bröst! Han höll ut en hand för att få en sekunds andrum. Hon gav sig inte. Vad gjorde du? Hur tänkte du, gick hon på, med huvudet intill hans, en stickande andedräkt mot hans ansikte, ettriga anklagelser i hans öron. Orden borrade sig genom hans skira skyddsnät och hon slutade inte kräva svar. Inget hindrade henne, för väggarna bågnade och han kunde inte andas med bröstet fullt av stick.

För en sekund hade han lyckats glömma bort att han varit med ombord och att han kunde ha räddat barnen och Monica. Tusen gånger hade han försökt rannsaka sig själv och själva händelsen men med tankekraft drivit detaljerna långt bort till en annan dimension, där de skulle förintas till små smulor utan sammanhang. Senast för en stund sedan hade han nuddat vid Estonia i tankarna men tvingat sig att tänka att han lämnat det bakom sig. Och det var därför han hade stänkt på sig rakvatten och gurglat extra länge i dag. Den satans människan på stolen invid honom var hänsynslös. I hennes gröna ögon spelade en djävul som visste hans skuld. Det var han själv som hade föreslagit att de skulle åka med fartyget just den där natten. Den verkliga anledningen till deras resa fanns i botten av förträngningen. Han vägrade tänka på det. Men att han hade tagit livet av dem kom han aldrig undan.

– Vad har du med det att göra? sa Modin.

– Jag vet en hel del om dig, sa hon och lutade sig fram mot honom samtidigt som hon gav honom en lätt klapp på kinden. Jag hoppas att vi får tillfälle att prata mer i kväll. Jag måste gå till min kille nu.

Modin kände hur hennes fräckhet fick det att hetta i ansiktet.

– Var inte hon lite väl ung för herr Modin? sa Bill Bergman ironiskt.

– Äh, lägg av. Jag vill inte snacka om det. Hon var från Estland. Det var ett jävligt märkligt samtal bara.

Anton Modin tittade på Bergman med stora glansiga ögon. Han kände sig liten och sårbar.

Bergman märkte direkt att det hade hänt något men valde att inte fråga mer. Det var midsommar. Äntligen hade han fått Anton Modin på festhumör trots att det bara var gamle Harry Nuder, som såg ut som en sörjande sparris, och han själv som skulle fira. En estniska var den sista Modin behövde snacka med en sådan familjedag.

– Äh, nu tar vi in gravöl för dina hundar, Nuder, sa Bergman.

– Ja, det gör vi, sa Harry Nuder och böjde på ryggen så att han kom i samma nivå som Bergman. Ni ska veta att det märks att de inte finns längre.

– Vi ska dricka för de nya hundarna också! sa Bergman.

– Det ska vi, sa Nuder.

– Kent E! ropade Modin. Nio kalla Carlsberg, tack.

Klockan hade blivit halv ett. Lamporna på The Rock släcktes ned. Endast stearinljus lyste på borden. Sorlet blev förväntansfullt. Fem svartklädda personer smög upp på scenen i hörnet bredvid baren. Några spridda applåder hördes och en och annan busvissling. Ett knastrande förstärkarljud avslöjade en elgitarr som kopplades in i en gitarrförstärkare. En röst började räkna ned på engelska.

– Ten, nine, eight.

Det var fullt i lokalen. Ungefär tre hundra personer trängdes för att få en glimt av det som höll på att ske.

– Three, two, one. Ladies and gentlemen, let me introduce the greatest rockband in Sweden ever. Europe!

En fet explosion smällde av på scen. Lokalen fylldes av rök. Jubel steg upp mot taket som täcktes helt av röken. Mitt i oväsendet började en synthesizer ljuda. Ta ta taa taa, ta ta ta ta ta.

Scenljuset som för kvällen var uppdaterat, tändes och lyste upp lokalen i blått och gult. Ljudet, som alltid var bra på The Rock, var högt och kristallklart. Joint hade låtit specialbeställa ljudet för en miljon kronor och anläggningen var nästintill osynlig och inbyggd. Basen låg i golvet under gallerskydd och gjorde att lokalen vibrerade i takt med musiken.

– Vilket drag, skrek Bill Bergman i örat på Anton Modin som grimaserade med lock i vänster öra.

Stämningen var hög i lokalen. Gästerna levde ut sin entusiasm mellan låtarna. Rockbandet med sångaren, som var korthårigare än tidigare, sjöng som i fornstora dagar med en nasal och ljus röst och bandet var tajtare än någonsin. Armar uppsträckta framför scenen i flera lager. Värmen var fuktig. Det luktade svett. Två blonda tjejer satt på bredaxlade unga mäns axlar och sjöng med i refrängerna. The Rock gungade.

Bakom den onyktra publiken stod estniskan på en stol och iakttog Anton Modin och hans sällskap. Hon blandade sig med mängden när Modin reste sig.

– Jag måste gå på muggen, sa han.

Anton Modin trängde sig bakåt och ut genom dörren till det nedre planet. Han gick ostadigt nedför trapporna.

Det var fyra toaletter i rad varav de två närmaste var herrtoaletter. Modin gick in i den första och låste om sig. Långt bort kunde han höra ett gitarrsolo. Basen dunkade genom väggen. När han stod och vinglade med strålen skvalande i vattnet, bankade det på dörren.

– Ja, ja, ta det lugnt, sa Modin genom ett onyktert töcken.

Bankandet fortsatte. Anton Modin drog upp gylfen, vände sig om och öppnade.

– Hej!

Det var den estniska tjejen, Maria. Hon tryckte in Anton Modin på toaletten och låste snabbt dörren inifrån. Modin gjorde ingenting. Han kom sig inte för i sin berusning, och innerst inne ville han se vad som hände. Trots att hon var en barnrumpa, en som han egentligen inte ville ha så nära som hon var nu, började han flina och leta efter några ord som skulle fördröja vad fan det nu var som höll på att hända.

– Eh, du, Maria. Det är trevligare utanför toan.

Hon svarade inte. Hon drog upp sin vita kashmirtröja och drog ut ena armen. Brösten var nakna, runda och fylliga.

Han glodde, han kunde inte annat.

– Nej, Maria.

Hon drog ned sina jeans till mitten på låren. Hon hade inga trosor. Äntligen klickade det till i Anton Modins tröga hjärna. Det här var ingen invit, inte ens ett erbjudande. Maria exponerade sig utan ett leende. Kvinnokroppen var alabastervit med mörka märken på, blåmärken och rispor. Mellan benen var hon rakad med endast en sträng ljust hår kvar. Hon tog hans händer och tryckte dem mot sitt bröst och sitt underliv.

– Nej, det här är ingen bra idé alls, sa Modin och försökte tränga sig förbi henne.

Hon slängde upp armarna bakåt mot dörren. Var han än tog med händerna fanns hennes hud, och hennes påträngande iver tycktes göra luften i det trånga utrymmet tjock.

– Vad gör du? sa han. Nej, det här går inte.

Estniskan tog ett fast grepp om Modins testiklar, böjde sig ned och knäppte sedan upp gylfen på hans jeans. Anton började fumligt knäppa byxorna igen. Estniskan öppnade toalettdörren och knuffade ut Modin som vinglade till och klev ut på trädäcket utanför. Han knäppte de sista knapparna i gylfen och log för sig själv. Vilken jävla dragningskraft man fått på gamla dar, tänkte han när han återfått balansen. Han hann inte tänka mer innan det small till på näsan. Smärtan drog genom ansiktet som en isvind. Han varken hörde eller såg. Blod och salt smak och förfäran fick honom att krypa ihop. Nästa slag lyckades han halvt om halvt parera. Han såg på sin anfallare med dimmig blick. Det var den slaviske biffen i mc-väst.

– I'm gonna kill you, asshole, sa mannen och träffade honom i solar plexus.

Anton Modin föll ihop och tappade andan. Mannens

känga kom emot honom. Den gick inte att undvika. Modin såg den komma och snyftade till. Sparken träffade över näsbenet som gick rätt av. Hans huvud kastades först bakåt. Sedan föll hans tunga kropp framåt.

Det var det sista han mindes av överfallet.

Midsommarfirare såg slagsmålet och den halvnakna kvinnans förtvivlan och ett mörker kom över dem. Iakttagarna var en bit ifrån. Bland dem fanns några ur lokalbefolkningen. Bakom dem Matti Svensson, journalisten. Han stod helt stilla och iakttog. Han hade sin gamla slitna rock på sig.

De såg allihop att det var Anton Modin. De fick utan svårighet bilden klar för sig. Ilskan hos pojkvännen till en ung estniska som blivit våldtagen inne på herrtoaletten. Estniskan var hysterisk och så utom sig att hon inte verkade lägga märka till sin nakenhet. Den vita kroppen fladdrade omkring framför vittnena. De tog illa vid sig av hudens märken och rispor och att hon var helt övergiven.

Pojkvännen satt hopsjunken på marken med huvudet mellan händerna. Modin var den skyldige. Iakttagarna drog sina kläder tätare omkring sig och hatade honom.

Någon tog tag i estniskan. Hon hamnade bland några kvinnor. Hennes mascara blandades med tårar och de visste att hon inte skulle bli människa på länge.

De utsatta var inte svenskar. Ingen begrep sig på dem. De fick vittnenas sympatier, stackarna.

På andra sidan hamnplanen fotograferade Bob Lundin det hela med en kamera försedd med teleobjektiv.

Inifrån The Rock hördes bandet spela.

– Ca-a-arrie, Ca-a-arrie, things they change, my friend.

Kapitel 20

Norrtälje sjukhus, lördag 21 juni 2008

Bill Bergman och Harry Nuder kom på sjukbesök till hans säng på sal 17. Anton Modin såg på deras miner att han såg förskräcklig ut. Med ett bandage runt huvudet och ett annat över näsan vinner man ingen skönhetstävling. Ögonen var igenmurade. Det lilla vännerna såg i gliporna glänste rött och äckligt, ett mos som Anton Modin själv sett i spegeln.

– Hur är det? sa Bergman. Du ser pigg ut för att vara ur gängorna.

– Ha ha, aaj, mumlade Modin som knappt kunde röra käkarna.

– Säg inget, sa Nuder. Du får bara lyssna i dag för omväxlings skull.

– Vi tog med oss miss Mona, sa Bergman. Nuder tog henne under jackan.

Nuder steg fram till sängkanten och smusslade med något. Bergman hjälpte till. Katten hoppade direkt ur Bergmans famn och trippade ut på täcket.

Min lilla älskling, tänkte Modin och klappade miss Mona som kurrade och puffade på bandaget med huvudet.

– Polisen frågar efter dig, sa Bergman. De vill veta vad du gjorde med den där tjejen.

– Inget.

– Inget?

– Nej, just det. Inte ett skit. Det var en set-up.

– Säg det till polisen, sa Bergman. Din version borde ha stor trovärdighet trots det här.

Han höll upp Norrtälje Dagblads framsida. *Känd äventyrare misstänkt för våldtäkt.* Modin sträckte ut handen efter blaskan och skumläste artikeln genom sina sargade ögonspringor. Svedan över näsbenet tog fart och dunkade smärta genom huvudet, ilningar av illamående drog genom kroppen.

Det var för jävligt! Vem som helst som kände till honom kunde identifiera honom som våldtäktsmannen. Artikeln handlade generellt om våldet kring restaurang The Rock. Journalisten hade intervjuat två småtjejer som i detalj berättade om den machoaktiga atmosfär som rådde på stället och hur de ofta blivit antastade där. Men siktet var inställt på att krossa Modin genom att göra honom till en grov kvinnoskändare.

– Skit i de där barnungarna, sa Bergman. De är för unga för att ens ha varit på The Rock. Det är journalisten som borde luras in i en mörk gränd.

– Helvete, sa Modin. Hur kan Matti Svensson skriva så här? Jag trodde vi var kompisar.

Han kastade tidningen på golvet. Den gled iväg en bit och miss Mona kröp ihop i anfallsställning. Modin drog henne intill sig igen.

– Nu är det krig! sa han. Svensson har köpt hela set-upen. Försök att få reda på tjejens riktiga namn. Kolla kontokortsnotorna på The Rock och snacka med Joint. Vi måste ha tag i henne och hennes kille. Har hon polisanmält?

– Nej, inte än.

– Fan, att jag skulle råka ut för det här. Misstanken kommer att häfta fast, det kan ni skriva upp. Jag kommer att få ett förslag innan hon lämnar in sin anmälan till polisen. Det är jag säker på.

Anton Modin kände sig plötsligt instängd i bandagen. Pulsen ville ut genom handlederna och han undrade om kamraterna kunde se buktningarna. Han svettades kopiöst och rörde oroligt på sig i sängen.

– Fortsätt planera för ubåtssökningarna ni, sa han och andades djupt. De ska inte vinna!

– Anton Modin, sa Bergman allvarligt. Tycker du verkligen att det är värt det? Du och även vi kan få men för livet om vi fortsätter. Är det värt priset?

– Tyvärr tycker jag det. Du vet hur jag fungerar. Nu vill jag mer än någonsin fullfölja.

Anton Modin försökte sätta sig upp i sängen men gled ned. Han hade ingen styrsel i kroppen.

– Jag misstänkte det, sa Bergman.

– Om ni båda känner för att dra er ur kommer jag inte att hindra er. Jag har full förståelse för det.

– Jag fortsätter, sa Bergman.

– Det gör jag också, för Alberts och Elvis skull om inte annat, sa Harry Nuder.

Det var en högtidlig deklaration som gjorde Modin rörd. Harry Nuder var 44 år gammal och hade varit ungkarl i snart tio år efter ett par korta misslyckade förhållanden i snabb takt. Han hade gett upp tanken på tvåsamhet. Ingen kvinna matchade hans friluftsintressen, särskilt jakten, som han delat med andra män sedan han var tolv, men även hans krav på fullständig frihet. Bill Bergman och Anton Modin kände till att Nuder hade svårt att få kontakt med sina känslor vilket, enligt dem, ställde till det för honom i hans relationer med det motsatta könet. Trots att han var världens snällaste. Han fick nöja sig med hundar som sällskap och han älskade verkligen sina jyckar. Det var hämndens glöd som brann i hans trötta ögon när han satte upp en tumme i luften.

– För Alberts och Elvis skull, sa Bergman.

– Och Sveriges, sa Anton Modin och klappade miss Mona över ryggen.

Kapitel 21

Riddargatan, Stockholm, måndag 23 juni 2008

– Välkomna tillbaka, gentlemen. Har midsommarhelgen varit trevlig?

Chefen på SSI:s inrikesdetalj, Chris Loklinth, talade med skrovlig stämma till de tre herrarna som hade slagit sig ned runt hans bord i kontoret på militärens sektion för särskild inhämtning SSI, Lundin, Berner och Janson. Muskelknippena, som radat upp sig på bänken vid dubbeldörrarna i andra ändan av rummet, nonchalerade han.

Berner och Janson var som vanligt stumma. Båda hade handplockats från Säpo och kallades för förrädare bland sina gamla kollegor på polishuset. Deras bleka ansikten vändes mot den som talade sist utan att röja några åsikter eller svagheter. Bob Lundin däremot visade upp en räcka känslor varav sömndruckenhet var den mest anslående. Han tog djupa klunkar ur en kaffemugg som om koffeinets uppiggande verkan var en förutsättning för mötets genomförande.

Loklinth höjde ett ögonbryn mot sin assistent.

– Jaha, Lundin. Vad finns att rapportera?

– Man kan väl säga att det är tillfredsställande, sa Bob

Lundin och satte ned koppen. Modin har fått en läxa. Det blev lite blodigt men vi gjorde som du sa. Tyvärr hann Harry Nuder berätta om 82-X. Vi fick tag i hans sjökort. Nu blir det svårare för dem.

– Räcker det? sa Loklinth.

– Jag tror de förstår. Annars får vi ta i ännu mer.

Lundin nickade bort mot bänken och gruppen av grova män i kortsnaggade frisyrer. De tillhörde den speciellt upprättade specialstyrkan 08-AM. AM stod för Anton Modin. Lundin trivdes med action. Han gillade tanken på konsekvenserna av vartenda blåmärke på Modins kropp men än mer den tunga klumpen i bröstet på folk som fick sitt rykte förstört. Därför blev han lång i ansiktet då Chris Loklinth inte verkade nöjd.

– Personligen tycker jag att ni kunde ha tagit i ännu mer, sa Loklinth.

– En misstanke om våldtäkt är inte lätt att tvätta bort, sa Lundin. Allmänheten har ett elefantminne när det gäller en hjältes skandaler.

Loklinth började äta ett grönt äpple som legat i en plastskål på bordet. Krasandet av äppelköttet hördes i rummet. Han lät männen vänta, intill de sista resterna av kärnhuset.

– Har ni försökt att kompromettera Bill Bergman än? sa han sedan.

– Nej, skulle vi göra det?

– Det får räcka just nu. Kanske har de fattat galoppen, Modin och hans grupp.

– Tyvärr är de på g.

Lundin gjorde en telefonlur av handen och låtsades prata.

– Jaså, sa Loklinth och lutade sig framåt. Ni har fått ut något av telefonkontrollen?

– Ja, FRA kan man alltid lita på, sa Bob Lundin, och de snackar ohämmat i mobiltelefon. De planerar att starta sökoperationen om några veckor. Så fort Modin lämnat sjukhuset. Harry Nuder, båtföraren, har raggat upp en gammal fiskebåt som han just nu kör ned till Grisslehamn.

– Vi får ta tag i det där när vi vet exakt vad som kommer att ske. Har de fler medhjälpare?

– Ja, John Axman, en före detta militärdykare och polis som känner Modin från förr. Genom flyget tror jag. Han är homosexuell.

– Bra, det kan vi kanske utnyttja, sa Loklinth.

Lundin såg med ens piggare ut. Hans utstående öron rodnade och han lutade sig framåt och talade med ljus pojkaktig röst.

– Dessutom har de fått tag i en sonaroperatör från Uppsala, Sture Hult. Det är en skarp typ som vet vad han håller på med. Ska vi stoppa dem, var och en?

– Nej, lyssna nu. Jag måste veta hur långt de kommit i sin research. Enligt vår analys ska de inte kunna hitta 82-X. Inte en chans att de gör det. Men jag vill veta hur säkert objektet ligger ändå. Jag har fått en förfrågan om det från en utländsk marinattaché. Om de kommer för nära, får ni skrämma dem ordentligt. Tills vidare jobbar ni med övervakning av gruppen som nu alltså består av fem gubbar. Stämmer det?

Loklinth såg surt på Lundin.

– Ja, precis, sa Bob Lundin och hävde sig långsamt upp ur stolen.

Berner och Janson reste sig och höjde händerna i ett tyst adjö. De gled ut ur rummet följda av muskelknuttarna vilka rörde sig likt ett mörkt stråk av tvestjärtar.

Lundin tog Loklinth i hand. De utbytte några meningslösa

fraser och skildes. Chris Loklinth sa att han hade bråttom. Han rättade till tavlan med Karl XIII som hängde snett på väggen. Sedan gick han därifrån med energiska steg, något framåtlutad som om han var någon på spåren.

Lundin skyllde på att han skulle på toaletten och blev kvar i rummet. I själva verket måste han räta på ryggen och rulla med axlarna, för kroppen var motspänstig och han fick för sig att alltihop skulle låsa sig.

Det hade varit en lång helg för Bob Lundin. Det var inte hans grej längre att sitta still i en bil en hel natt. Han fick ryggont när han var ute på uppdrag och han tyckte synd om sig själv när det ilande onda tråcklade ihop ischiasnerven. En gammal handbollsskada, trodde han. När han kände att kotorna satt där de skulle kliade han sig i rumpan och djupandades. Sedan drack han den sista kalla skvätten i kaffemuggen.

82-X, tänkte han, var koden som SSI använde. Uppdrag 82 stod för årtalet. X betydde att uppdraget inte hade fått någon kodbokstav. Det betydde ett exceptionellt hemligt ärende.

Bob Lundin visslade belåtet när han lämnade Loklinths rum.

De skulle fanimej få vad de tålde, de envisa dykarjävlarna.

Kapitel 22

Stockholms norra skärgård, lördag 28 juni 2008

Fiskmåsar kastade huvudena bakåt och skränade ihållande i väntan på frukost. Sommarmorgonen vaknade sakta till liv i fiskesamhället Grisslehamn.

Då en moped kom dånande på högt varv lättade måsarna från stolpar och räcken. De började skrikande kretsa i luften. Mopedisten var tidningsbudet. Han bromsade in vid hotellet med morgontidningarna. Hotellet låg på en klippa längst ut vid hamninloppet och var byggt i New England-stil med träfasaderna målade i vitt och ljusblått.

Anton Modin och hans sökteam på fyra personer satt i hotellets matsal. De åt en ordentlig frukost bestående av ägg och bacon, havregrynsgröt, färska fullkornsfrallor, kaffe och färskpressad apelsinjuice.

Från havet närmade sig yrkesfiskarna hamnen med sina båtar efter nattens hårda arbete. Att fångsten var god kunde Anton Modin avläsa på båtarnas vattenlinje.

Torsk, flundra, strömming och en och annan ål säkerligen, tänkte han.

Han kände på plåstret som täckte det mesta av näsan. Blåtirorna och svullnaden gjorde att han inte såg alltför snygg ut. Han var fortfarande mörbultad och musklerna knöt sig i kramp om han inte mjukade upp sig då och då. Det var en bitter återkomst. Värst var att folk på byn tittade snett på honom. Matti Svenssons artikel i Norrtälje Dagblad hade alla läst. Han hade blåst honom på hans goda namn och rykte. Hans självförtroende sjönk.

Han kommer att ångra det, tänkte Modin ilsket samtidig som han ville skjuta hela händelsen ifrån sig. Jag har inte tid att tänka på det!

– Käka på, sa han och vände sig till sonarexperten Sture Hult.

– Allt vad jag orkar, sa Hult.

Hult var från Uppsala. Han var 48 år och hade begynnande kulmage, men han rörde sig lätt, nästan ljudlöst. Han hade checkat in på hotellet kvällen innan och fått ett rum med havsutsikt som Modin hade bokat. Utsikten kommenterade han inte men han sa att han sovit gott när Modin frågade hur natten varit. Hult var en tillbakadragen, allvarlig man som nu satt och tuggade på en färsk fralla samtidigt som han bläddrade i sina anteckningar. Han hade mörkblond kalufs och bar runda omoderna glasögon som dolde att han trots allt såg väldigt ung ut, nästan pojkaktig. Han var klädd i mörkblå skjorta och bruna manchesterbyxor av äldre modell. Privatlivet med frun på andra sidan jordklotet och pendlande barn var ett stort kaos men han började vänja sig. Modins uppgift var en lisa för honom. Det tekniska hade han full kontroll över. Hårdvaran var på plats.

Sture Hult hade bilen fullastad med nybyggd sökutrustning, specialbyggd för det här tillfället.

Anton Modin hade kontaktat honom och beställt allt som kunde tänkas behövas för denna expedition och betalat bra. Hult hade på några veckor konstruerat en alldeles ny sonarfisk, den apparat som man drog efter båten och som såg ut som en liten torped. Det var den som sände ut signalerna som visade bottenkonturen på en dataskärm i sökfartyget.

– Den nya sonarfisken söker på 900 kHz och ger en fantastisk upplösning, förklarade Hult och vek upp ett dubbeluppslag i sin anteckningsbok och visade grabbarna.

– Häftigt, sa Nuder.

Tidigare sonarer som Modin och Bergman arbetat med hade legat på mellan 150 och 500 kHz.

– Nackdelen med så hög frekvens som 900, fortsatte Hult utan att ändra röstläge, är att sonarens räckvidd är begränsad.

Modin förklarade att de hade valt utrustningen för att han var säker på att ubåten inte skulle gå att finna på annat sätt än genom att söka med uteslutningsmetoden. Med lite tur hoppades han finna området där den misstänkta störningen fanns. Därför hade han med Stures hjälp valt den högre känsligheten på sonaren. Det var störutrustningen i sig som skulle leda dem till rätt område.

– Det är i alla fall min plan, sa Modin.

Det han lät bli att nämna var att han inte hade en aning om ifall planen skulle fungera i praktiken.

– "Trial and error" är en vanlig metod, sa Bergman lättsamt.

– Kreativitet och ett gott självförtroende är de grundegenskaper som behövs och även en del tur, sa Modin.

– Det är min stil, sa John Axman och kom att tänka på Andrées luftfärd.

Axman var den femte mannen. Lång, vältränad, mörkhårig, 38 år och därmed yngst i gruppen. Hans kortklippta frisyr fick många att tänka på militär eller polis. Anton Modin och John Axman hade varit kollegor i flyget. Bergman brukade avundsjukt säga att Axman liknade skådisen Brad Pitt.

Axman hade varit professionell helikopterpilot tidigare. Nu arbetade han inom polisen som dataexpert med fokus på pedofilligor och grov organiserad brottslighet. Han hade en bakgrund som dykare inom marinen under 80-talet. Han var välklädd i kakifärgade bomullsbyxor och bar en vit märkes-T-shirt och över det en brun linnekavaj. På fötterna hade han ett par gymnastikskor i vitt tyg med kraftig gulbrun gummisula. Axman hade ett varmt, lite försiktigt leende och intelligent blick.

Han är en bra vän, tänkte Modin när han såg på Axmans profil.

Axman hade nyss kommit till hotellet. Han lät de andra grabbarna sköta snacket, för han hade nog med att kväva gäspningar.

Jag skulle ha kommit i går som Hult, tänkte han och petade i äggröran på sin tallrik. Men det hade inte funkat med vännen, som han redan saknade och som låg i sängen och sov då han lämnat lägenheten i Hägernäs.

– John Axman var med om att identifiera de numera så berömda bottenspåren efter sovjetiska miniubåtar på 1980-talet, sa Anton Modin för att presentera Axman för de andra. Kan du inte berätta för grabbarna?

John Axman lade ned sin gaffel.

– Det var en ganska spännande historia, sa han med en mörk trevlig stämma som genast fick de andra på gott humör. Spåren hade lokaliserats av den svenska marinen syd om Landsort i maj 1988. Jag har kollat upp det i min dykdagbok på Modins inrådan. Samtliga personer som var inblandade i dykningarna blev sedan belagda med livslång tystnadsplikt. Ni vet, med hänsyn till rikets säkerhet. Vi blev informerade om läget och tystnadsplikten innan vi gick i vattnet.

Axman lutade sig bakåt på stolen och smålog med en aning högre ansiktsfärg än nyss.

– Jag var bara 18 år gammal och förstod inte riktigt vad det var som hände. Men på senare tid har jag valt att bryta löftet om tystnad. Den förste jag berättade om spåren på havsbotten för var Modin. Jag upplevde ubåtsjakten 1988 och har tänkt mycket på det under åren som gått, att fakta mörkades i ubåtsutredningarna som gjorts och görs.

– Arton bast och rakt in i händelsernas centrum, sa Bill Bergman. Hur gick det till?

– Vi dök ned på 15 meters djup och fotograferade och mätte spåren som var knivskarpa och helt omöjliga att förväxla med exempelvis ankarspår. Men mörkläggningen startade direkt och fortsatte med ubåtsutredningen av Rolf Ermenius. Han var enmansutredare år 2002. Typiskt nog kom han fram till att det förmodligen var ankarspår i alla fall. Ermenius hade några kufiska experter till hjälp för att komma fram till detta, gissningsvis med kopplingar till underrättelsetjänsten.

– Menar du allvar? sa Bill Bergman.

– Ja, tyvärr gör jag det, sa Axman. Det är svårt att anklaga Ermenius för mygel så där rakt av. Jag tror att han varit utsatt för en komplott av u-tjänsten. Spåren på havsbottnen som Ermenius tittade på 2002 i sin enmansutredning kan inte ha varit desamma som jag och mina dykkollegor såg och fotograferade 1988. Spåren vi såg utgick från ett bottenkölspår med skarpa kanter. Sannolikt efter en större miniubåt. Kölspåret fann vi bredvid en stenformation på botten. Det stora kölspåret var drygt 23 meter långt vilket betyder att ubåten måste ha varit några meter längre, kanske 27 till 30 meter. Men det fanns även två mindre spår. De var drygt en halvmeter breda och låg tätt placerade och det såg ut som om något hade tuggat sig fram på botten. Ungefär som larvspåren efter en liten grävmaskin.

– Vart ledde spåren? sa Sture Hult.

– De fortsatte en bit bort från kölspåret och in mot land, för att sedan försvinna. Vi antog att miniubåtarna stigit upp från botten för att fortsätta köra med propeller. Ryssarna hade i början på 1980-talet problem med att stabilisera små ubåtar på grunt vatten. Det var stor risk att de flöt upp som korkar.

– Har ingen berättat det här för Ermenius och dem som satte upp riktlinjerna för hans utredning? sa Bill Bergman som nu hade blivit upprörd.

– Jag har inte gjort det i alla fall, sa John Axman och stoppade in en prinskorv i munnen. Ingen har frågat oss dykare. Det är faktiskt mysko. Jag har aldrig sett bilderna på spåren sedan den dagen, om jag tänker efter.

– Man kan tycka att de borde vilja visa spåren som bevis, sa Bergman.

– Min uppfattning när det gäller enmansutredningar är klar, sa Anton Modin tjurigt. Politikerna vill dölja något. Varför ska man annars använda bara en utredare? Man tillsatte en enmansutredning även när det gällde den påstådda militärsmugglingen på Estonia, om ni kommer ihåg.

– Skit samma, sa Bill Bergman. Vi ska hitta både spåren och själva vraket av en miniubåt och visa upp den för svenska folket. Sedan blir det kul att se Ermenius min.

– Kalsonger ned beordras, sa Bergman.

Alla log, till och med Sture Hult.

Kapitel 23

Stockholms norra skärgård, söndag 29 juni 2008, klockan 02.00

Det var stjärnklart. Modin och hans grupp rörde sig tyst fram och tillbaka med prylarna på kajen. De lastade i utrustningen i fiskeskutan som Nuder ordnat och fyllde byssan med proviant och drycker. Dykutrustning för två dykare bestod av fyra dubbelflaskor fyllda med Trimix. De var blandade för att kunna dyka ned till 130 meters djup om det behövdes. Betydligt djupare än någon av dem dykt tidigare men på det djup som Modin beräknat att ubåten kunde ligga.

Fiskefartyget var utrustat med en GPS med kartplotter av senaste modell och ett ekolod. Dessutom fanns det en radar att navigera med i mörker eller ifall det skulle bli dåligt väder. Harry Nuder var skeppare. Han hade tagit med sig ett av sina jaktgevär, ett med kikarsikte. Bara ifall att.

Modin log uppskattande mot honom och bredde ut sitt nya sjökort där han markerat sökområdet.

– Vi hann, sa han belåtet. Det finns ett tidsfönster på bara två timmar att spela på så här års.

Sommarmörkret var lika med avfärd. Modin hade planerat genomförandet av lastningen i mörker för att de skulle kunna kasta loss och vara utom synhåll innan det ljusnade igen.

– Nu går vi, sa Nuder.

Det var en fin natt och vindstilla. En mörkröd himmel bildade kuliss i norr där solen just nu lyste någonstans under horisonten mot de tunna molnslöjorna på hög höjd. Modin iakttog Harry Nuders vana sjömanskap samtidigt som han kände en välbekant spänning i kroppen. Nuder manövrerade ut fiskebåten från kajen och satte genast kurs ut mot territorialvattengränsen.

Samtidigt i Grisslehamn hade en bil smugit ned i hamnen med mörka lyktor. Det var den svarta Saaben. Fönstret vevades ned. Matti Svensson cyklade fram till bilen och steg av. Han flåsade och var klädd i pyjamas med sin slitna överrock utanpå. Med ena handen höll han i cykeln medan han med den andra tog stöd mot biltaket. Han böjde sig ned mot den nedvevade bilrutan.

I bilen satt Bob Lundin från SSI.

Kapitel 24

Stockholms norra skärgård, söndag 29 juni 2008, klockan 06.00

De hade kommit en bit ut till havs.

Medan Sture Hult och John Axman kontrollerade utrustningen i skutans buk, studerade Anton Modin och Bill Bergman tillsammans med Harry Nuder sjökorten på bryggan. De tog ut enslinjer från Svartklubbens lotsstation mot platsen där Nuder bedömde att sjunkbombsfällningen skedde hösten 1982.

Nuder kom ihåg informationen som han vidarebefordrat från Hans von Arbin, mannen som beordrade sjunkbombsfällningen. Under den nattens manöver bevittnade unge Nuder sin första och enda krigsskådeplats. Han hade varit skärrad ända in i märgen. Varje ord som yttrades hade han memorerat eftersom han begrep att det skrevs historia därute på det mörka vattnet. Och han var en av de få utvalda som fick höra vad som hänt. Enslinjerna gav ett sökområde som var fem nautiska mil brett i nord-sydlig riktning.

Eftersom Anton Modin var en van sjöman och visste att en nautisk mil eller distansminut är 1 852 meter, valde han 2,5 nautiska mil i öst-västlig utbredning.

– En mil innanför territorialvattengränsen och 1,5 utanför, sa han. Eller hur?

Bergman höll med.

– von Arbin, sa Harry Nuder, berättade att hans mål var att sänka ubåten precis utanför svenskt vatten men ändå så nära att det skulle vara svårt för ryssarna att göra en räddningsoperation utan att kränka eller hota svenskt territorium.

Han pekade på platsen på sjökortet som låg framför honom på bordet.

– Jag kan tänka mig att von Arbin räknade med att den svenska marinen skulle låta bli att söka efter ubåten utanför svenskt territorium, sa Anton Modin. Internationell lag förbjuder Sverige att röra ett utländskt statsfartyg på internationellt vatten.

Modin såg långt ut mot horisonten medan Bergman och Nuder hängde över sjökortet djupt koncentrerade.

– Kolla in här nu, sa Bergman. Jag har lagt in lite felmarginal och kommit fram till ett sökområde som är tio gånger 2,5 nautiska mil. Med en sökbredd på 100 meter mellan varje sökstråk och med 4 knops fart kommer sökningen att ta 141 timmar i anspråk eller sex dygns nonstopkörning, förutsatt att vädret är bra.

– Det bör vi hinna, sa Harry Nuder. Det ska bli fint väder hela veckan. Ett högtryck med lugnt väder är i antågande.

– Bara vi är i rätt område, sa Bergman.

– I von Arbins redogörelse finns upplysningen att djupet där sjunkbomberna fälldes var 138 meter, sa Modin halvt bortvänd. Det djupet avgränsar området.

Anton Modin kände sig nöjd. Förberedelserna var noggranna. Underlaget för sökningarna var det bästa tänkbara. Problemet var störsändaren som skulle finnas i området.

Den visste han ännu inte hur de skulle komma runt, men det sa han inte till Nuder och Bergman.

Dagen kom gnistrande i blått och klarhet. Skyar av pärlskum gled över bogen. Klockan blev halv åtta. Nuder saktade ned farten. De var framme vid sökområdet. Dieselmotorn gick ned i varv. Några fiskmåsar kretsade kring masten.

– Modin! Du har telefon.

John Axman kom in genom dörren till bryggan med Modins mobiltelefon i handen.

– Ja, Modin, sa Anton Modin.

– Hej, du. Det är Matti Svensson.

– Vad vill du?

– Jag har precis fått höra att det kommit in en anmälan mot dig. Den estniska tjejen anmäler dig för våldtäkt och misshandel. Har du några kommentarer?

– Jag är oskyldig.

– Vi kommer att gå ut med det i lokalpressen i morgon, sa Matti Svensson. Jag vill att du kommenterar hennes anmälan bättre än med den där sagan om att du är oskyldig. För din egen skull, Modin. Det ser inte så lovande ut för din del.

– Jävla Svensson, flämtade Anton Modin och kopplade ned samtalet.

Det här var värre än att få ordentligt med stryk, tänkte han. Psykisk terror var något nytt för att komma från SSI och liknade mer sovjetiska KGB-metoder.

Det kan vara Chris Loklinth, min gamla chef, som ligger bakom det här, kom Modin på. Hur ska jag kunna skaffa bevis för att han jävlas med mig?

– Vad handlade det där om? sa Bergman.

– Personliga problem på gång. Strunt i det, ni. Nu kör vi vidare.

– Sonaren är i, sa Nuder med sin trygga stämma.

– Då kallar jag upp Sture till bryggan, sa Modin och ropade ned i byssan.

Djupet låg på mellan 90 och 144 meter och botten, som bestod av sand och sten, var svagt kuperad. Sonarfisken skulle ligga mellan sju och tolv meter över botten för optimal sökning enligt Sture Hults instruktioner. Låg den för djupt, riskerade de att köra den i botten och förstöra den dyra utrustningen. Låg den för högt fanns risken att de missade objektet. Speciellt om det var ett litet mål.

Sture Hult kom upp.

– Nu ska vi se om det funkar, sa han.

– Du har väl varit med förr? sa Bergman.

Normalt var Sture Hult forskare på Uppsala universitet. Sonarteknik och vraksökning var hans hobby. Han brukade hinna med något sökprojekt varje sommarsemester och hade tidigare bara fått drömma om att kunna köpa grejerna som fanns ombord nu.

– Modin har skaffat generösa sponsorer den här gången, sa Bergman. Det är Carlsonstiftelsen.

– Jag vet, sa Hult. När jag hörde talas om dem, tvekade jag inte att säga ja och att bygga utrustningen. Du kan inte ana hur det känns att aldrig ha några pengar. Att aldrig få fria händer! Om jag bara hade haft lite mer tid också.

Hult som hittills inte låtit sig dras med i gruppens interna skämt var nu ivrig och såg nöjd ut. Han gnuggade sina handflator mot varandra och talade intensivt med låg röst. Kamraterna kunde inte undgå att känna hans förtjusning över både utmaningen och inspirationen med vilken han skruvat ihop de här grejerna.

– Vi har 500 meter tunn fiberkabel på en enda kabellinda, sa Modin som lyssnat med ett halvt öra. Bara den hade kostat hundra tusen.

Sture Hult myste och ställde sig bredvid Harry Nuder på den trånga bryggan och började sitt jobb.

Harry Nuder körde båten. Samtidigt följde han vad som hände sonarfisken på skärm nummer ett och höll ett öga på skärm två som visade utslag av metall från magnetometern. Hult loggade dem på dubbla hårddiskar liksom all annan data som uppfångades av de två utrustningarna.

– Känns det okej, Hult? sa Nuder och kastade en blick åt sidan på vetenskapsmannen.

– Ja, absolut. Jag är nöjd som får syssla med det jag älskar.

Sture Hult hade klart för sig att sökobjektet var ca tio meter långt och tre meter högt. Han kunde inte slita sig från bryggan utan stod vid skärmarna mer eller mindre tio timmar i ett sträck. För sökandet tog sin tid. Manskapet sov i skift. Det vackra vädret höll i sig. Solen gick ned i en purpurröd gryta. Natten som följde blev stjärnklar.

Nästa förmiddag stod Hult på sin post och begrundade resultaten på skärmarna. Han tittade på kartplottern och såg att de redan sökt av en tredjedel av området, vilket var klart godkänt med tanke på den tid som de hållit på. Det han märkt under de senaste timmarna var att bottnen var ovanligt jämn. Han började med att gå igenom utrustningen för att se om det var någon kabel eller kontakt som inte satt som den skulle.

Något är konstigt med signalerna, tänkte Sture Hult.

Han hämtade sin lunch till bryggan och började knapra på en smörgås. Än hade han inte en tanke på att berätta om sina misstankar för Anton Modin eller de andra. Men konstigt var det.

Kapitel 25

Stockholms norra skärgård, Norrtälje polisstation, onsdag 2 juli 2008

Kriminalassistent Wilhelm Aronson på Norrtäljepolisen arbetade koncentrerat. Han vände och vred på vittnesutsagorna och bilderna som tagits på brottsplatsen och på brottsoffret. Inom kåren var han ansedd som noggrann, det visste han, och i det här fallet fick det inte finnas en skugga av ett tvivel. Slutligen renskrev han rapporten om en misstänkt våldtäkt och misshandel i Grisslehamn vid 00.30-tiden på midsommardagen. Våldtäkten påstods ha ägt rum på restaurang The Rock i Grisslehamn. Målsägande var en 20-årig estniska. Hon var i Sverige på två veckors dyksemester tillsammans med sin pojkvän. Den unga kvinnan var utbildad jurist och arbetade på det estniska justitieministeriet. Olga Kuristjeva var hennes riktiga namn, ursprungligen ryska men hade estniskt medborgarskap. Hennes far Vladimir Kuristjeva hade varit officer på den före detta sovjetiska marinbasen Paldiski några mil sydväst om Estlands huvudstad Tallinn. Hennes mor Tatjana var bibliotekarie i Tallinn och hade en motsvarande fil. kand. i historia. Olga berättade att en man som hon namngav, Anton Modin, under kvällen hade försökt ragga upp henne och trots hennes ointresse fortsatt att antasta henne. Modin hade använt sin estniska bakgrund och sina språkkunskaper för att göra sig intressant för Olga vilket hade misslyckats. Anton Modin, som var en känd dykare och äventyrare, hade hon kunnat peka ut med säkerhet eftersom hon hade känt igen honom från flera internationella dyktidningar som hon läst. Hon hade tyckt att det hela var pinsamt och jobbigt då hon såg upp till Modin som yrkesman. Anton Modin hade dessutom blivit mer och mer berusad under kvällens gång. När Olga vid 00.30-tiden skulle besöka toaletten som på The Rock var belägen på utsidan av restaurangen en trappa ned, fanns det nästan inga människor där. Ett rockband hade börjat spela i restaurangen då hon gick in på toaletten och gjorde sina behov. Plötsligt bankade det kraftigt på dörren. Hon trodde att det var vakterna. Eftersom hon var klar öppnade hon dörren. Hon blev då inknuffad igen på toaletten av Anton Modin. Han låste dörren inifrån. Han trängde sig på henne och drog av henne jeansen. Målsäganden hade gjort kraftigt motstånd och på så sätt fått skador såsom rivmärken och blåmärken på armarna och ryggen. Dessutom hade hon mottagit några kraftiga slag i ansiktet och på huvudet.

Bilder på skadorna, tagna på Norrtälje polisstation, bifogas anmälan, skrev Aronson.

Anton Modin hade fullbordat våldtäkten genom att trycka ned målsäganden över toalettstolen och tränga in i henne bakifrån. Under tiden stod hennes pojkvän Pietr Pavlowich utanför toaletterna och undrade vart Olga tagit vägen. När Anton Modin kom ut, grep han tag i honom. Modin hade gjort våldsamt motstånd. Pavlowich, som i det civila var polis, hade då blivit tvungen att oskadliggöra den misstänkte gärningsmannen med några välriktade slag.

Pavlowichs vittnesmål bifogas anmälan, skrev Aronson och lutade sig tillbaka i stolen.

Vilket jävla svin han är, Anton Modin, och hårt bakifrån, stackars lilla flicka. Ett solklart fall för en gångs skull, tänkte han och läste igenom rapporten igen. Våldtäktsmål kunde vara knepiga. Oftast var det bevisföringen som var svag och många förundersökningar fick läggas ned på grund av att ord stod mot ord. Som tur var fanns denna gång huvudvittnet Pavlowich. Dessutom hade en välkänd journalist, Matti Svensson, intygat att han sett Anton Modin komma ut från toaletten tillsammans med estniskan och sedan göra kraftigt motstånd när hennes pojkvän försökt gripa honom.

Dessvärre såg det ut som om Modin kunde få några år på Norrtäljeanstalten, tänkte Aronson.

Han tillhörde inte Modins beundrare som många andra på orten. Han hade sett dem som nått framgångar spåra ur när karriären höll på att ta slut. När detta faktum kombinerades med alkohol, då kunde vad som helst hända. Det låg i deras personligheter. Alla hade vi våra svaga punkter, även kändisar som Anton Modin.

Aronson fantiserade en stund kring våldtäkten och märkte hur han blev upphetsad. Han reste sig från skrivbordet och vek ihop mappen. Han gick fundersam fram och tillbaka i rummet.

Både Olga Kuristjeva och Pietr Pavlowich hade varit svåra att avläsa under förhören. Ansiktena var vitbleka och egendomligt slutna. Det blev nästan omöjligt att tolka stelheten i deras tal och kroppsrörelser. Aronson mindes väl känslokylan som strömmat från paret och hur han instinktivt undvikit att gräva mer i utredningen än nödvändigt för rapportens skull.

Äh, fy fan! Det måste hålla nu.

– Palm, ta med dig en man och åk till Grisslehamn, sa kriminalassistent Wilhelm Aronson. Ta in Anton Modin. Ja, den kände dykaren. Jag har försökt att ringa honom men får inget svar. Han är sommarboende.

Palm, som kommunicerade via ryckningar med ögonen eller andra kroppsdelar hellre än öppnade sin sneda mun, gjorde ett uppfordrande tecken till kollegan Grönberg. De gick mot dörren.

– Glöm inte att handklova honom, sa Aronson till deras ryggar. Han kan vara farlig.

Wilhelm Aronson grep telefonluren. Han slog ned blicken som om han försökte minnas numret. Sedan slog han det utan brådska på knapparna. Den sista siffran också.

En röst svarade i andra ändan.

Aronson såg sig omkring i lokalen; en studie i opersonligt kaos av pärmar, mappar, fall som rymde människoöden som han inte kunde solidarisera sig med längre. Kollegornas bord med torkade blommor vars blad föll och följde med i utredningars pappershögar överallt och Bomans tvillingar i en ram som haltade. Det kyffiga pentryt där en halv kanelkrans låg och blev torr. Utanför startade en polisbil. Den rullade in i hans synfält. En hinna lade sig över alltsammans och hans röst blev en oktav mörkare.

– De är på väg. Om en timme griper de honom. Glöm inte att ta med en fotograf. Ja, det går bra att betala in det på min frus konto. Tack, hej.

Han stoppade ned sin slitna mobiltelefon i bakfickan.

Kapitel 26

Stockholms norra skärgård, havet utanför Singö, onsdag 2 juli 2008

– Det kan vara fel på utrustningen, Modin. I så fall hittar jag inte felet.

Sture Hult var konfunderad av den jämna botten. Det fanns varken stenar eller skräp som borde ha legat där, förklarade han.

– Det låter allvarligt, sa Modin. Felet har troligen en orsak som du inte vet om.

Modin förklarade att sökningarna gick enligt planen men att det kunde finnas en störsändare i området.

– En störsändare? sa Hult och blängde till. Det säger du nu. Det förändrar allt. Hur ska vi avläsa skärmarna, hur ska vi tolka resultaten? Jag blir galen på dig.

Hult dolde inte hur störd han var. Modin kunde förstå det och sa att han inte velat utsätta sina medarbetare för samtliga detaljer runt sökningen.

– Stora delar av det här är hemligstämplat, sa han.

Hult sa att han insåg att det var ett extremt projekt men att han kände sig lurad. Modin hade åsidosatt hans kunnande, hans roll i det förbannade projektet.

– Jag är ledsen, sa Anton Modin.

– Okej, sa Hult och försökte att inte tappa humöret. Om jag var sökledare hade jag kanske hållit inne med informationen som du gjort och gör. Kanske.

Modin nickade.

– Hur gör vi bäst nu? sa han.

– Jag tror att vi ska köra varannan linje istället, sa Hult kort. Då kommer vi att upptäcka var störningen slutar.

– Då kommer vi snabbare att ringa in området där störsändarna ligger, menar du.

– Absolut, sa Hult. Det är ingen mening med att söka på vanligt sätt eftersom vi ändå inte kommer att hitta något.

Sökandet utefter varannan linje visade sig vara ett genidrag. De avverkade delar av sökområdet på halva den beräknade tiden. De var plötsligt tre dagar före tidsplanen. För att lätta upp stämningen som blivit tjock av outtalade frågor bestämde Anton Modin att de skulle bryta enformigheten och åka in till Grisslehamn.

Nuder, Bergman och Axman tyckte att det var en god idé. Särskilt Bergman förordade en trevlig kväll på landbacken.

– Vi behöver lära känna varandra bättre i teamet, sa han. Dessutom behövs tid att lära känna Anton Modins sätt att arbeta.

– Ja, jag kunde behöva en lektion i det, muttrade Hult.

– Vad ska man lära sig om det? sa Modin och såg dum ut.

– Vad jag borde ha vetat från början, gruffade Hult.

– Häng med mig, Hult, sa Bergman. Låt Modin vara tills polletten trillat ned.

Bergman och Hult tog en öl i fören. Bergman berättade

för honom hur Modins sätt att arbeta gjort honom galen många gånger. Snart hördes ett skratt. Nuder och Axman begrep att krisen var över och skickade ut Modin med nya öl.

– Ett fartyg klockan 12, rakt förut, skrek Bergman. Det närmar sig.

Bergman blev instinktivt orolig. Det ser inte bra ut, tänkte han. Bergman var på helspänn. Han hade varit det under sökningen, för han befarade hela tiden det värsta. Speciellt efter tragedin med Nuders hundar anade han oråd. Och något började krypa i honom på ett obehagligt sätt när han såg det stora mörka fartyget närma sig i hög fart. Det stod ett svall i fören av vitt skum som syntes på håll på det lugna havet.

– Det går åt helvete, sa Bergman.

– Äh, ta det lugnt Bergman, sa Modin. Säkert bara kustbevakningen som ska kolla vad vi gör.

Det mörka fartyget var så nära nu att de kunde se att det var mörkblått och rostigt. Det hade flera master på taket men ingen människa syntes ombord. Rutorna på bryggan var mörkt tonade och omöjliga att se igenom. Fartyget höll stadig kurs och fart. Problemet var att det var på kollisionskurs. Nuder såg det och började förbereda sig för en undanmanöver. Deras eget fartyg gick bara i 8 knop vilket gjorde det hela vanskligare. Vad är de ute efter? tänkte han. Jävla galningar.

Även Modin började ana oråd och gav en order.

– Ta upp sonarfisken fort!

Axman och Hult började veva in. De var bara hundra meter från kollision. Bergman gick in på bryggan till Nuder och Modin.

– Vad fan gör vi, Nuder? Det går åt helvete!

Bergman tog tag i instrumentpanelen med båda händerna. Han stirrade stelt mot fartyget på kollisionskurs.

– Han väjer snart, sa Nuder med överdrivet hög röst. Det är vi som har företräde. Vi kommer från höger.

Nuder började sakta väja åt styrbord. Det andra fartyget svängde med. Det såg inte bra ut.

– Han väjer! Han måste väja! Vi kommer från höger, nästan skrek Nuder och kände hur det hettade i kinderna.

Nuder tog VHF-radion och anropade.

– Fiskebåten Albin på Ålands hav anropar okänt fartyg på kollisionskurs. Identifiera er!

Det kom inget svar. Han upprepade proceduren. Fortfarande inget svar.

– Fan, skrek Nuder.

– Det är kört, håll i er, ropade Anton Modin. Håll i för helvete!

Det okända fartyget rände rätt in i fiskebåtens babordssida. Smällen var bedövande. Fönstret på bryggan sprack i tusen bitar och en tryckvåg fortplantade sig inne i skrovet på fiskebåten. Männen ombord kastades omkring som dockor. Nuder flög över instrumentpanelen. Han slog upp ett sår i huvudet och blod strömmade ut. Anton Modin fick en smäll av golvet i ryggen och han hyperventilerade sittande på golvet med fötterna mot navigationsstolen. Fiskebåten krängde våldsamt åt babord. Ratten snurrade okontrollerat. Bill Bergman kravlade svärande omkring och var den förste som reste sig. Han fick en skymt av det attackerande fartyget. Det såg öde och övergivet ut. Vilka jävla dårar, tänkte han. Vilka är det? Byrån?

– Vi tar in vatten, skrek Sture Hult. Jag kollar.

Han kastade sig ned i byssan och stack nästan med detsamma upp sitt huvud.

– Vi har ett hål i sidan. Vad händer?

Hult höll sig om vänstra överarmen och grimaserade.

– Vet inte, sa Nuder lågt medan en blekhet kröp över hans ansikte och skrämde de andra. Ta över, Modin! Sväng mot Grisslehamn. Där kan vi få skydd på grundare vatten.

Modin slängde sig på ratten och styrde fartyget i en kraftig högersväng mot land. Det krängde våldsamt och det kändes ett tag som om hon skulle välta. Modin lyckades stabilisera fartyget och med svag lutning åt babord försökte han hålla en rak kurs mot hamnen som låg fem distansminuter bort.

– Hjälp Nuder, Axman, sa han och inledde en kärv ordergivning. Ta fram första hjälpen. Lägg om hans sår. Hult, gå ned i byssan igen och se efter hur mycket vatten vi tar in. Försök att hitta något att täta hålet med.

– Fartyget kommer tillbaka, sa Bergman uppgivet.

Det stora fartyget med tonade bryggfönster hade lovat runt och kom emot dem igen i samma höga fart. Det närmade sig bakifrån. Modin bedömde att det höll cirka 15 knops fart. Det skulle snart vara ikapp.

– Vad gör vi? sa Bergman med stela uppspärrade ögon. Det kommer att sänka oss!

Fiskebåtens dieselmotor dånade. Den gick på maxvarv. Modin höll handen hårt om reglaget och tryckte det krampaktigt framåt så långt det gick, ända i botten.

Det rostiga fartyget var tjugo meter bakom dem och närmade sig snabbt. Det var en mardröm. Tio meter. Fem. Fartygets spets törnade in i aktern. Smällen fick Modin att falla baklänges i väggen. Han slog i huvudet och nacken hårt och ett illamående steg i strupen. Darrningar gick genom båtskrovet. Skärande ljud av skrov som rämnade plågade öronen. Modin tyckte att han föll fritt, durken var inte där den skulle. Han grep omkring sig och kom på fötter. Det okända fartyget tryckte på bakifrån. Fiskebåten var nära att kapsejsa. Hon låg på sidan och sköts framåt av det större och starkare fartyget. Det forsade in vatten på däcket.

Slutet är här, tänkte Bergman och höll i sig krampaktigt i instrumentpanelen. Han kunde inte ropa fast munnen var öppen och något som kändes som ord proppade igen halsen.

– Flytta på er!

Nuder kom upp på bryggan. Han hade ett bandage över pannan. Det lyste vitt och rött. Han hade blod på tröjan. Han höll sitt jaktgevär med båda händerna. Han tog stöd med höger axel mot dörrposten på styrbord sida och siktade. Pipan på geväret gungade upp och ned.

Det går inte att skjuta så där, tänkte Bergman.

Nuder sköt tre snabba skott i en följd. De träffade samtliga det tonade glaset på bryggan. Glasbitar yrde. Det okända fartygets motorer morrade till och skrovet väjde åt sidan. Det avlägsnade sig snabbt åt styrbord och visade akterskummet.

– Vilken jävla fullträff, Nuder, skrek Bergman. Där fick ni era jävla dårar, förbannade galningar. Fuck you, asshole!

Han reste sig upp med långfingret i luften.

– Ta det lugnt, Bergman. Det är över nu.

Det var Axman som kom fram och tog tag om Bergmans axlar.

– Schhhh, ta det lugnt, sa han med en lugn stämma. Det där får dem nog på andra tankar. Bara ingen blev träffad.

– Jag hoppas de dog, sa Bergman som var uppe i varv ordentligt.

Kapitel 27

Stockholms norra skärgård, Grisslehamn, onsdag 2 juli 2008

Solen höll på att gå ned i nordväst när de gled in i Grisslehamn. Skenet var orangevitt. Det pressade tårar ur ögonen på dem. De var utmattade av överfallet och hade skador som smakade blod och salt och dunkade i kroppen. Hamnen och The Rock skymtade som svarta skuggor. Modin kisade mot verandan och såg att det var fullt med folk. Beach Boys *Good vibrations* hördes inifrån restaurangen. Men sorlet från restauranggästerna överröstade närapå musiken. Det var en varm sommarkväll, vilket borde kännas som en avslappnande förlängning av dagshettan som bitit huden röd och brun. Det var befriande med den sorglösa verkligheten, samtidigt chockerande. Det var tyst ombord när den skadade fiskebåten med babords slagsida sakta gled in i hamnen.

Nuder styrde fartyget, fortfarande med bandaget runt huvudet. De övriga satt på däck, alltjämt med hjärtat i halsgropen och kände på livet genom huden som hettade i mötet med den svala kvällsluften. Små ljuvligt välkända ljud samlade de, var och en. Glas klirrade på restaurangen. Några skratt. En motorcykel drog på gas med raka knattrande avgasrör. Ett nyförälskat par höll om varandra sittande på kajen med var sitt glas vin.

När de närmade sig båtplatsen där skutan skulle lägga till, på andra sidan hamnen, såg Anton Modin en polisbil. Den stod parkerad alldeles vid kajen. En ilning av olust drog längs ryggraden. Han lät blicken glida vidare över hustaken och längre bort till Bageriet som han skymtade siluetten av. Det gäller inte mig, tänkte han trots en ond aning som växte. Han höll kvar tanken då två uniformerade poliser klev ur bilen samtidigt som båten slog mot kajkanten.

Den ene polisen var polisassistent Palm. Honom kände han igen på hans eldröda hår och ryckiga gång. Palm tog emot tampen och knöt fast i fören. I aktern hoppade Bill Bergman i land och knöt fast.

– Anton Modin, finns han ombord?

Polisman Palm talade med hög röst adresserad till fiskebåtens styrhytt där Harry Nuder precis slagit av dieselmotorn. Bredvid Palm ställde sig en kvinnlig polis med breda axlar. Hennes blekgrå blick krokade fast i Bergman, som inte rörde sig ur fläcken.

– Vad har ni råkat ut för, en storm? sa den kvinnliga polisen.

Modin såg att folk på The Rocks veranda började titta åt deras håll. Magen drog ihop sig. Ett polisingripande hade han inte väntat sig. Han kände relingens rost som små klumpar när fingrarna hårt grep tag om den. Lukten av hav stack i näsan. En mås klagan skar genom sorlet, musiken och ljudet av polismaktens knarrande skinnjackor. Finkade de honom? Det var inte klokt.

– Ja, jag är här, sa Modin.

– Polisassistent Palm och jag har fått uppdraget att hämta in dig till station för förhör angående en misstänkt våldtäkt på midsommarafton, sa den kvinnliga polisen. Vill du vara vänlig och kliva av båten.

Hon pekade mot polisbilen. Det var inget skämt. Det var inte inbillning.

Anton Modin blev generad för blickarna. Han borde ha vetat bättre än att komma tillbaka. Han tvingade sig att verka oberörd och överlägsen. Det var i förhoppning om att göra inte bara poliserna osäkra, utan också åskådarna, de stirrande fånen. Kamma hem några futtiga poäng! Utan ett ord tog han sin väska och jacka och hoppade i land.

– Ska det där verkligen vara nödvändigt? sa han grötigt när de bojade honom på ryggen.

Utan att svara satte hon handen skyddande på hans hjässa när han böjde sig för att kliva in i polisbilens baksäte. Fast beröringen var lätt fick han en våldsam huvudvärk. Han ville spy. Genom bilfönstret såg han Bill Bergman teckna *jag ringer en advokat.* De andra stod som förstenade ombord utan att ingripa.

Vad kan de göra, förresten? tänkte Modin uppgivet. Protester är meningslösa. Det här kan bli riktigt, riktigt obehagligt.

Kapitel 28

Stockholm, Bastugatan 21, fredag 4 juli 2008, klockan 10.00

Bill Bergman trugade på sin dotter Astrid frukost. Hon ville bara dricka varm O'boy. Bill tyckte att det var alldeles för lite för en tjej i nioårsåldern. Han hade bytt ut mellanmjölken mot gammaldags mjölk som var fetare. Det var en liten seger i frukostkriget.

Far och dotter log mot varandra.

Hon vann för det mesta och de trivdes med det. De satt mittemot varandra vid ett vitt fyrkantigt bord på antika stolar med höga ryggstöd och kunde när de ville kasta sina blickar ut över Stockholm genom de stora fönstren. Utsikten var enastående. Riddarfjärdens vatten glittrade. På Kungsholmssidan mittemot låg Stadshuset och de tre guldkronorna överst på tornet brann i morgonsolen.

Köket var på femton kvadratmeter men hade kontakt med vardagsrummet i en öppen planlösning. Lägenheten var på 89 kvm i 1930-talsfunkis. Bergman hade köpt den för 3,4 miljoner. Han hade belånat den för tre miljoner men räknade med ett dagspris på fem. Han förlorade sig i funderingar på sin ekonomi, vilket var ett av hans stora intressen, och väcktes av att Astrid knackade på hans assiett med en smörkniv.

– Pappa! Vad hände i Grisslehamn med Anton? Det där som mamma berättade om.

– Det var ett misstag, Astrid. Inget att bry sig om. Anton blev tvungen att åka in till polisstationen för att prata med en polis. Han är hemma igen. Han kommer hit om en stund, förresten.

– Mamma säger att ni håller på med något farligt. Du har slagit dig.

– Blåmärken ser värre ut än de är.

– Hon tror att polisen ska ta dig med.

– Det är lugnt. Drick upp din choklad nu. Sedan tar du fiskoljan och vitaminerna som vi tummat på.

Astrid gjorde en grimas men nickade.

Hemma hos mig är det noga, tänkte Bill Bergman. Det vet hon. Omega-3 fiskolja och multivitaminer från Apoteket är vad som gäller. Ewa struntar i det. Det är jag säker på.

Det var en högtid numera att vara med Astrid. Pappa på riktigt blev han enbart varannan helg och i veckorna lite då och då när Ewa var iväg på någon resa eller fest, som den här helgen. I dag var det fest. Astrid skulle egentligen ha varit med mormor men eftersom Bergman kommit hem tre dagar tidigare efter sökexpeditionen hade han varit och hämtat henne kvällen innan. Astrid hade ett eget rum som var målat i skärt och fyllt med dockor. Bergman var noga med att städa Astrids rum. Han förstod att det var en del av terapin han behövde de dagar Astrid inte var hos honom.

Bergman tänkte tillbaka på förhållandet med Ewa. Han hade blivit störtförälskad. De hade verkligen gillat varandra och fungerat bra tillsammans. Men han hade strulat till det.

Han hade släppt taget om henne för att han varit en idiot och felprioriterat. Det blev en odramatisk skilsmässa mest för att Bergman insett att det var hans eget fel. Det uppenbara var att Ewa hade varit otrogen med en kollega på jobbet. Det underliggande var att Bergman inte hade funnits till för henne under Astrids småbarnsår utan ägnat sig åt Anton Modins kris. De åren hade han, förutom dykprojekten med Modin, satsat hårt på sitt arbete på reklambyrån Plan 5.

När larmsignalerna från Ewa började ljuda hade han inte reagerat. För sent hade han upptäckt hennes definitiva krav på hans delaktighet i familjelivet och känt hennes kalla misstro mot hans förklaringar. De försökte laga äktenskapet med en dyr semester på Seychellerna och några kärleksweekends på olika märkliga spa-anläggningar med kärlekstrubbel som specialitet. Ingenting hjälpte. För Bergman hade släppt taget om Ewa. Inte för han ville det, utan för att han saknade förmåga att hålla henne kvar.

Deras dotter Astrid var nu hans livlina till ett normalt svenssonliv. Han höll i livlinan så gott han kunde. Han tyckte synd om sig själv, särskilt när Astrid var med Ewa. Han älskade sin dotter. Mer nu än då de levde ihop som en familj, kunde han känna. Det var som om tiden tidigare aldrig räckt till för att ta hand om henne.

Alla människor borde få gå igenom en skilsmässa, tänkte Bergman, bara för att lära sig lite om sig själva och om vad som är högsta prioritet i livet. Det är lätt att snöa in på jobb och annat och bara skjuta allting på framtiden tills det är för sent att vända på skutan.

– Pappa, kan jag få köpa en tidning i dag? Snälla!

Bill Bergman skulle precis svara, då det ringde på dörren. Det var Anton Modin. Han var skrynklig och förde med sig en doft av rost och källare. Han kramade Astrid och busade lite. Men far och dotter kunde inte undgå att se de bekymrade vecken i hans panna.

– Hur är det, Modin? sa Bergman och tog fram frukost.

– Inget vidare. Jag är fri, alltid något.

– Vad hände på stationen? Vad hade de att komma med?

Anton Modin gjorde ett tecken mot Astrid. Bill Bergman vände sig mot henne.

– Du kan titta på tv en stund, Astrid, sa han. Sen går vi ut och köper en tidning.

Flickan gick. När de hörde teveljudet berättade Modin.

– De har bilder på den där estniska tjejen. Det ser ut som om en lastbil kört över henne. Jävla galningar, de har misshandlat henne för att lägga skulden på mig. Kan du fatta det?

– Lägg av!

– De har ett solklart fall, tycker kriminalassistent Wilhelm Aronson på Norrtäljepolisen. Det var knappt att han släppte iväg mig. Advokaten fixade ut mig. Den där jävla ryssen som slog ned mig går helt fri. Självförsvar, sa åklagaren.

– Vad betyder det här, Modin?

– Det är ett jobb av SSI. De har satt byrån på det.

– Vad händer nu? sa Bergman. Tror du att hon tar tillbaka anmälan om vi lägger ned sökningarna efter ubåten?

– Det är vad det hela handlar om. Jag kan läsa budskapet klart och tydligt.

– Då lägger vi ned. Du riskerar fem år på kåken för det här.

– Ja, antagligen, sa Anton Modin.

– Hur förmedlar vi det till SSI?

– Det räcker förmodligen med att berätta det direkt för Matti Svensson.

– Bra! Du har alltså redan kastat in handduken. Men är Svensson verkligen…

– Svensson är en jävla murvel i maskopi med grabbarna på byrån. Jag känner stanken lång väg. Han var på plats med kamera. Det säger en hel del om planeringen. Jag bara undrar hur byrån kan vara så välunderrättad om var vi är och vad vi gör. Vi kanske är avlyssnade.

Anton Modin strök med händerna över ansiktet där plåstret över näsan var smutsigt och skrubbsår ömmade och sa att det var mer.

– De har sänkt vår båt i natt med all utrustning ombord.

– Nej, inte båten, sa Bergman och svalde. Vad händer nu?

– Det SSI och ryssarna vill. Ingenting. Sture Hult har vittnat om att det kommer att ta hela sommaren att skaffa nya grejer. Det blir väl en liten notis i Svenssons blaska. Synd på så fin utrustning, allting är förstört.

– Jäklar också, sa Bergman beklagande till sin vän. Vi som var på gång. Nu är det slut, vare sig vi vill det eller inte. Det är för farligt.

Anton Modins blå ögon glittrade till. Han ryckte på axlarna och lyfte på händerna som italienare gör som inte tänker anpassa sig till omständigheterna.

– Jag och Sture Hult hade en plan för hur vi skulle ringa in området för störningen. Jag tror att vi hade hittat den. Störningen bevisar också att det verkligen ligger något på botten.

– Lägg ned! Det är inte värt det. Vi har förlorat, det är bara att inse det. Gubbarna på SSI är inte att leka med.

– Jag vet, sa Modin allvarligt. Därför måste sökningen ske i två led. Först måste vi komma åt byrån, alltså SSI:s inrikesdetalj. Jag måste hitta en bakdörr. Sedan kan vi fortsätta söka i havet, ostörda.

– En bakdörr? Hur menar du?

– Vi måste angripa byrån där det gör som mest ont, sa Modin med skärpa i rösten. Använda deras egna metoder. Det är vad de minst förväntar sig.

– Hur då?

– Vi ska anfalla Sverige, vårt eget land, sa Modin.

– Vad menar du nu?

– Vi måste skada Sverige för att kunna komma åt byrån, sa Modin med en iskall svart blick. Vi ska vända opinionen mot SSI, visa att SSI skadar Sverige mer än skyddar det. Vi ska hänga ut dem på stora torget!

Bill Bergman hade aldrig sett sin vän så upprörd. Modin var bestämd och rätade på ryggen som att nu fick det fan i mig vara slut på mjäkigheten. Den där rätningen av Modins kotpelare gjorde Bergman synnerligen obehaglig till mods.

– Anton Modin, är det här verkligen så klokt? sa Bergman och betonade varje ord. Jag är orolig. SSI har allt på sin sida, även rättssystemet. Det kommer aldrig att gå.

– Jo, det finns ett sätt att komma åt dem. Ett enda sätt och jag har nyckeln. Jag tror jag fick den av Filipson på Säpo. Han nämnde en man som bor i Lidköping och som jag måste åka och träffa. Jag hör av mig om några dagar. Åk ut till Grisslehamn och tala med Matti Svensson så länge. Berätta att vi gett upp. Säg att jag ligger utslagen hemma i lägenheten på Götgatan och käkar psykofarmaka. Du kan låna mitt hus i några dagar. Jag kommer dit när jag är klar med det här.

Anton Modin sa snabbt hej, skyndade förbi teven, kramade Astrid hårt och lämnade sedan lägenheten.

Fan, att man ska känna den där galningen, tänkte Bergman, samtidigt som han vred om låsvredet på ytterdörren. Det går över styr. Det gör det verkligen. Jag har en dotter att tänka på, det har inte Modin.

Kapitel 29

Södermalm, Stockholm, fredag 4 juli 2008, klockan 12.00

Anton Modin klev ut på Bastugatan på Söder. Han möttes av utsikten över Riddarfjärden där vinden inbjudande rufsade vattenytan. Ja, ja, tänkte han. Jag ska ta reda på havets djupaste hemligheter, tro inte annat. Luften var relativt klar och ren på Söders höjder och han harklade sig och kände ingen blodsmak för första gången på ett dygn.

Som han brukade när han hälsat på Bergman tog han sig tid att gå över gatan och steg in genom trädörren till Ivar Lo-parken på Mariaberget, en fyrkant som från Stadshuset sett svävade ovanför Riddarfjärden. Han satte sig på en parkbänk och njöt en stund av utsikten och lyssnade på småfåglarnas bjäbb.

Här någonstans är hjärtat av Stockholm, tänkte han. Den historiska nollpunkten. Han blundade och kopplade bort tankarna. Han ville vara fräsch när han mötte Filipson. Det var ett avgörande möte i hans nya plan.

Han gick tillbaka till Bastugatan och sin parkerade bil, utan p-böter. Han tänkte på vad han skulle fråga Göran Filipson. Han hade stämt träff med Säpochefen med kort varsel. Det fanns några kompletterande frågor att ställa. Mötesplatsen var korvmojen på Medborgarplatsen. Modin räknade med en körtid dit på högst fem minuter. Mitt på dagen och mitt i sommaren var det behagligt att köra i Stockholms innerstad. Det rullade på. Endast något trafikljus och sedan ned på Torkel Knutssonsgatan söderut. Vänster på Högbergsgatan, över Söderledstunneln och sedan höger på Götgatan nedför backen och fram till Medborgarplatsen. Korvmojen låg på vänster sida.

På 80-talet, mindes Anton Modin, var det ett vattenhål på vägen hem från en rockkonsert med Depeche Mode på rockklubben Ritz. Nu skulle han inte roa sig. Han skulle tala om rikets säkerhet med Säpointendent Göran Filipson över en tunnbrödsrulle med räksallad och en Pucko.

Han gjorde en olaglig U-sväng över heldraget och parkerade bilen utanför korvmojen.

– Hej Modin, vad ska du ha? sa Göran Filipson med plånboken uppslagen i vänster hand.

Filipson var klädd i en midjekort skinnjacka av diffus färg och bleka jeans och flöt in i mängden som en sill bland sillar.

De beställde. Filipson betalade. Med lunchen i händerna gick de sakta till parken bakom korvmojen och satte sig på stentrappan som ledde ned till en gräsmatta. Filipson spillde genast räksallad på byxbenet.

– Jäklar vad det kladdar, sa han och torkade upp med en liten vit pappersservett.

Framför dem på gruset i parken, spelade fyra pojkar fotboll mot ett mål. De verkade ta spelet på allvar och skrek åt varandra då och då. Anton Modin åt sin tunnbrödsrulle och iakttog spelet.

– Hur är det Modin, går de hårt åt dig? sa Göran Filipson och torkade sig om munnen med den lilla pappersservetten utan att ta ögonen från pojkarna.

Modin överraskades av frågan eller snarare tonen i Filipsons röst vilken röjde en gnutta medömkan. Som tur var fick en av pojkarna en fullträff och bollen seglade in i målet i en vid båge över de andra. Han skrek rakt ut i glädje och sprang ett ärevarv med höjda armar och Modin fick tid att välja ord.

– Det är halvbra, om jag ska vara ärlig. Vi har stött på rejält motstånd, mer än jag räknade med.

– Jo, jag har förstått det. Du är inne och rotar i SSI:s hemligaste gömmor. De kommer att göra allt för att stoppa dig. Det förstår man bara genom att se på dig. Kan du andas genom den där näsan?

Spelet var igång igen och den kortaste pojken blev fälld av en motståndare. Han föll rakt ned i gruset och slog i hakan.

– Jag har en plan och den bygger på att din källa, Gunnar Anderson på FRA, snackar, sa Modin och nonchalerade leende anspelningen på skadorna.

Med sin plastgaffel grävde han fram potatismos som började synas under all räksallad.

– Utmärkt. Vi tror att Gunnar Anderson kan vara just den hjälp du behöver, Modin. Han kan vara en av de största gåtor vi jobbat med inom Säkerhetspolisen det senaste decenniet, nämligen Mr X.

– Mr X, sa Modin. Du menar knarkhandlaren på 70-talet i Stockholm?

– Nej, inte han. Den här Mr X var medhjälpare till spionen Stig Wennerström. Spionen som greps i juni 1963 efter mer än femton års spaning av oss.

– En GRU-spion, alltså?

– Ja, just det. En av de värsta, misstänker vi. Vi tror att Mr X stod över Wennerström och följaktligen hade en högre och känsligare position. Vi misstänker FRA eller underrättelsetjänsten. Mr X skötte sannolikt Wennerströms radiokontakter med Moskva. Wennerström var en novis på teknik och vi vet att han inte fick någon ordning på sin egen radio. Någon måste ha hjälpt honom. Någon med avancerade kunskaper i radioteknik och en kortvågsanläggning, gömd på något lämpligt ställe.

– Borde inte Mr X vara död vid det här laget, med tanke på att det var så länge sedan? sa Anton Modin.

– Inte om det är Anderson. Då lever han i högsta grad. Problemet är att vi tror att SSI har koll på Mr X och skyddar honom. Därför har han aldrig avslöjats. Vi misstänker att Mr X är del i en spionring på FRA. Men vi vet inte om det är just Gunnar Anderson. Det finns fler på vår lista.

– Skämtar du, Göran?

– Nej, tyvärr inte. Det kan vara så illa.

– Du menar en spionring som *Cambridge five* i Oxford, där den berömde spionen Kim Philby ingick? sa Modin.

– Ja, en svensk *Cambridge five*.

– En svensk *FRA five*. Sanslöst.

Nu var fotbollsspelet igång igen, tårar torkade och vänskapliga klappar på pojkens rygg. Ett skott strax utanför, neeej skit också!

En svart Saab gled långsamt förbi på Götgatan söderut och stannade strax bakom Modins bil. Bilen hade svarttonade rutor.

– SSI är här, sa Filipson som hade ögon i nacken och genast lade märke till bilen.

– Hur vet du det?

– Jag känner igen deras bilar, sa Filipson. Vi har dem på fotografier uppe hos oss. Kom, vi går.

De gick mot trappan i norra änden av parken. Trappan ledde upp till Kapellgränd. Däruppe svängde de åt vänster och gick Östgötagatan norrut till Mosebacke torg. När de passerade Södra teatern vände sig Filipson om och såg att de var förföljda.

– Vi går upp på terrassen, sa han.

De gick uppför trapporna vid Mosebacke Etablissement och fortsatte österut längs grusgången på uteserveringen ovanför Katarinavägen och Stadsgårdskajen. De såg nöjesfältet Gröna Lund på andra sidan fjärden.

– Vad innebär det för FRA? Jag menar, om de har varit infiltrerade av GRU?

– En hel del, är jag rädd för, sa Filipson. De är i så fall fortfarande infiltrerade. Vi har i alla fall aldrig plockat någon på FRA. De har sin egen säkerhetstjänst. Det är möjligt att de löst problemet "in house", så att säga, med hjälp av SSI. Men fan vet?

Göran Filipson vände sig om igen.

– Vi har besök, ser det ut som, sa han.

Anton Modin vände sig om och såg två män i beiga rockar stanna och småprata. Den ene tände en cigarett.

– Kom, sa Göran Filipson. Vi fortsätter en bit.

De gick vidare på grusgången och kom fram till Fiskargatan. Filipson öppnade centrallåset på sin röda Saab som han parkerat på Fiskargatan och de steg in i bilen. I backspegeln såg Filipson de två männen springa åt andra hållet.

Han körde höger på Svartensgatan.

– Jag har lite material till dig, Modin.

Filipson tog fram en gulbrun mapp ur handskfacket samtidigt som han styrde med vänster hand.

– Det här är X-ärendet. All information vi har om Mr X. Läs igenom den innan du träffar Anderson så att du har mer kött på benen.

Anton Modin tog emot X-ärendet och slog upp mappen när de närmade sig Götgatan. Han började läsa första sidan.

X-ärendet, kvalificerat hemlig undersökning om möjliga medhjälpare till Wennerström inom underrättelsetjänsten och FRA.

Modin läste i mappen om en Karin Rosén som varit hemhjälp hos den gripne spionen Stig Wennerström. Hon hade för Säpochefen Otto Danielsson berättat att det regelbundet en gång i veckan, vanligtvis måndagar eller onsdagar, kommit en man hem till Wennerströms hus i Djursholm. Han kom alltid på förmiddagarna då både Wennerström och hans fru inte var hemma. Han gick in med egen nyckel i huset och sedan försvann han in i en skrubb, där det fanns ett låst plåtskåp. Han låste upp skåpet och låste det igen, hörde Karin Rosén. Sedan avlägsnade han sig snabbt. Hon gissade att han lämnade eller hämtade något material i skåpet. Mannen hade aldrig hälsat på Karin Rosén och han tog aldrig av sig skorna. Han hade ett par svarta lågskor med gummisulor, som i storlek och mönster helt liknade Wennerströms skor från flygvapnet. Mr X hade för vana att klafsa in med våta skor och Karin Rosén hade haft många tillfällen att se skoavtrycken. Det fanns en bild på skoavtrycket. Modin tog ut bilden och lade den under mappen.

– Den här lånar jag, sa han.

Mr X kom i bil och parkerade den på den obebyggda

tomten bredvid Wennerströms villa i Djursholm. Bilen var grå och av en gammal modell med en kaross som sluttade baktill och ofta var smutsig. Hon kände inte igen märket på bilen. X såg svensk ut med rågblont bakåtkammat hår utan bena, insmort med någon slags hårpomada. Han bar sporthatt och solglasögon på sommaren. Han var ungefär 40 år gammal när det begav sig år 1959. Längden var cirka 180 centimeter och kroppsbyggnaden normal. Han hade rödblommig ansiktsfärg och blå ögon. Han var på något vis en kopia av Wennerström. Han bar oftast en mörkblå trenchcoat av militärmodell och svart smal slips till vit skjorta. Rosén berättade att X hade ont någonstans. Det var något i hans gång och hållning som tydde på värk eller sjukdom. Men det kanske mest karakteristiska var den stora gluggen mellan framtänderna.

Anton Modin slutade läsa och tänkte tillbaka på tiden för Wennerströms spioneri. Han såg framför sig, likt en svartvit film, ett slottsliknande hus i det fashionabla Djursholm utanför Stockholm. 50-talskläderna, sättet som de talade på vid den tiden, välartikulerat och övertydligt. I alla fall inbillade han sig att det var så. Han tyckte det var fascinerande.

Till sist läste han något som fick honom att reagera.

Karin Rosén hade misstänkt att mannen var officer och att det i så fall kunde vara farligt att utpeka en sådan. En gång hade hon hört Wennerström och Mr X bråka och då hade Wennerström sagt *det tycker jag är ett jävla sätt*.

Han talade svenska, en svensk officer, tänkte Modin. Mr X var helt säkert officer, kanske i flygvapnet som överste Wennerström, Sveriges största spion genom tiderna. Den största som fångats åtminstone, tänkte Anton Modin och kände rysningar.

Göran Filipson körde runt i kvarteren på Södermalm medan Modin läste. Han ville ha tillbaka sin hemliga akt efteråt. Det var originalet. De två SSI-förföljarna var sedan länge försvunna. Filipson saktade ned och stannade bakom Modins bil på Götgatan.

Modin läste att Karin Rosén förevisats 1 300 fotografier på möjliga Mr X, varav 800 var svenska officerare! Hon hade varit osäker, Mr X hade varit noga med att vända bort sitt ansikte, men kommit fram till några stycken. De var alla lika Wennerström och alla lika varandra.

Det var som fan, tänkte Modin och slog upp sista sidan och såg namn på misstänkta Mr X. Under Gunnar Anderssons namn läste han: general Sven Olsén, SSI-chef Birger Elsén, general Bo Wester och byråchef Nils Nilson, chefen för signalspaningen hos FRA.

Kapitel 30

Lidköping, fredag 4 juli 2008, klockan 18.00

Anton Modin svängde av till höger från vägen några mil före Läckö slott. Färden gick på en smal asfalterad väg till gården där Gunnar Anderson bodde.

Filipsons sätt att läcka information var diskret. Han gav inga ledtrådar. Det var knappt Modin från början uppfattat Gunnar Andersons namn som väsentligt. Sedan hade han fått läsa X-ärendet. Kanske det hemligaste spionärendet i det svenska kontraspionagets historia. Svårt att tänka sig något värre, tänkte Modin. En spionring inom underrättelsetjänsten och FRA. Snacka om att infiltrera ett land fullständigt. De två känsligaste avdelningarna inom det svenska totalförsvaret!

Han funderade en stund på vems uppdrag Filipson läckt informationen. Knappast regeringens. Gunnar Anderson hörde ihop med Försvarets radioanstalt FRA och Modins känsla var att Andersons erfarenheter kunde användas som ammunition mot Sektionen för särskild inhämtning, Chris Loklinths avdelning.

SSI bestod inte enbart av militärer utan också av civilanställda som var handplockad personal från Säpo och personer med rätt politisk bakgrund. Förhållandet var en tredjedel militärer, en tredjedel poliser och den sista tredjedelen bestod av civila. Dess största uppdragsgivare var regeringen. Förmodligen hade SSI direktlinje till statsministern, gissade Modin samtidigt som han såg gården han skulle till på vänster sida. Vilken kategori Gunnar Anderson tillhört återstod att se.

Andersons gård och boningshus låg strategiskt på en kulle med ett berg och tät skog bakom och öppna fält framför. Här vore det svårt att smyga sig på utan att bli sedd inifrån huset, tänkte Modin och stängde av motorn. Han vände sig om för att se om någon följde efter.

Inte en själ!

Han kände sig nöjd och öppnade bildörren men satt kvar och väntade. Han drog in den rena luften genom sin ömma näsa. Det luktade skog och gröna ängar.

Huset såg ut att vara från 1800-talet med vit lockpanel och vinröda fönsterbågar. Fönsterfodren var målade i samma kulör som väggpanelen. På taket låg det gamla lertegelpannor och huset hade en skorsten i rött tegel. Han såg att husets underhåll var eftersatt.

Anderson börjar bli gammal, tänkte han då dörren öppnades. Det var en gråhårig man i 80-årsåldern som kom ut på farstukvisten. Mannen gav ett snobbigt och fåfängt intryck, för runt halsen hade han en elegant blå scarf vilken fångade betraktarens öga direkt. Han var även för övrigt välklädd i en vit tröja med stora blå rutor och en halvlång mörkblå vindjacka med ljusgröna inslag. Han passade inte riktigt in i den för övrigt lantliga omgivningen med sitt världsvana sätt.

Modin uppfattade mannens längd till dryga 180 centimeter, men eftersom han gick framåtböjd såg han kortare ut. Modin lade märke till hans skarpa misstänksamma blick, käppen som han hade i vänster hand och hältan. Han tänkte att mannen mycket väl kunde ha gett samma intryck av viril vaksamhet på 50-talet då han med egen nyckel hade nonchalerat städerskan i Wennerströms hus.

Modin stängde igen bildörren försiktigt och mötte mannens frågande blick.

– Gunnar Anderson? sa Anton Modin.

– Ja, det är jag. Vem är du?

– Jag heter Anton Modin. Jag skulle vilja ställa några frågor om DC-3:an. Har du tid?

– Jaså, Modin. Jag har läst en del om dig. Jag trodde nog att du skulle komma förbi en dag men inte att det skulle ta så här lång tid.

– Hur menar du då? sa Modin förvånat.

– Jag arbetade med DC-3-flygningarna och var den som tog hand om undersökningen på flygstaben efter nedskjutningen. Du borde ha sökt upp mig tidigare.

– En viss Chris Loklinth på SSI har sagt att du inte hade något att tillföra utredningen om DC-3:an, sa Anton Modin syrligt. Stämmer det?

– Chris Loklinth var här för inte så länge sedan. Kom med in. Jag bjuder på kaffe.

Anton Modin följde med in genom hallen till köket där Anderson började rumstera om med en kaffekittel och en bricka.

– Gå vidare du, sa han och pekade.

Modin fortsatte genom ett matrum och satte sig i soffan i storstugan. Inredningen var genuint femtiotal. Det var murrigt men ändå charmigt. Tavlor täckte i stort sett all väggyta och på golvet låg hemvävda trasmattor. På dem stod spretiga 50-talsmöbler, de flesta täckta med olika tyger och överkast. Det luktade svagt av mögel. Mitt i rummet stod ett runt bord med en virkad duk och en lampa med vit veckad lampskärm som börjat gulna. Det märkliga med lampan, tyckte Modin, var att den hade en rörelsedetektor kopplad till sig som tände den när han kom in i rummet. Rörelsedetektorn passade inte riktigt in i den för övrigt omoderna miljön. Det gjorde däremot en kommunikationsradioutrustning som var det mest iögonfallande i rummet. Den såg ut att delvis vara från 50-talet. Radioapparaterna stod staplade på varandra med mossgröna matta paneler och knappar och vred i bakelit blandat med blank metall.

– Vad är det här för utrustning, Gunnar? sa Modin till Anderson som kom med en kaffebricka.

– Det är en radiokommunikationsutrustning som jag köpte i Kalifornien i slutet av 50-talet. Jag var på besök där och en kille sa att han visste vad jag behövde. Vi gick till en affär. Han pekade ut utrustningen för mig. Det var bara det att han inte tänkte på att Sverige inte var med i Nato. Det blev problem med att få den inskeppad till Sverige. Det slutade med att jag fick åka och hämta utrustningen i Danmark. Den var väldigt modern på sin tid.

Gunnar Anderson satte ned brickan och gick fram till utrustningen och klappade ömt den översta enheten.

– Det var alltså en amerikansk militär som sa att du skulle köpa den här kommunikationsutrustningen och ta med den hem, sa Anton Modin.

Modin tänkte att det verkade lovande. Nu gällde det bara att ta reda på vad Gunnar Anderson skulle ha utrustningen till i början av det kalla kriget.

– När du var över där i Kalifornien på 50-talet, var det i tjänsten?

– Får jag fråga varför du är så frågvis, sa Gunnar Anderson i en skarp ton som fick Modin att haja till.

Ingen vanlig snäll farbror, tänkte Modin med en rysning. Han gissade att det hade att göra med att USA:s inblandning i inköpet av radioutrustningen varit känsligt. Han bestämde sig för att sluta fråga om radion.

– Äh, jag är bara nyfiken. Får jag spela in vad du säger?

– Inte mig emot.

Anton Modin tog fram sin videokamera i DV-format.

– Jag har för vana att spela in mina intervjuer, sa han. Dels för mitt eget minnes skull, dels för att kunna belägga det som sägs.

– Du vill väl ha kaffe? sa Anderson och hällde upp i blommiga koppar.

– Gärna. Kan du berätta lite om dig själv och din bakgrund, Gunnar?

– Visst. Jag började min karriär som militär strax före andra världskriget. Jag tjänstgjorde bland annat på flottiljen F7 i Såtenäs utanför Lidköping. Där träffade jag faktiskt Stig Wennerström och hans flygarkollegor. Vi såg upp till dem. Jag utbildade dem i pistolskytte. Det var fina pojkar. Även Wennerström som senare visade sig vara en skithög och förrädare av stora mått.

– Var hamnade du efter kriget?

– Jag kom till underrättelsetjänsten i slutet av 40-talet. Jag var den första flygvapenofficer som fick en tjänstgöringsorder där. Det stod att jag var placerad inom underrättelsetjänsten. Jag tyckte det var lite roligt. En högre officer tog mig under sina vingars skugga. Han hette Gösta Stegnér.

Sedan hamnade jag på flygstaben i Stockholm. Där blev jag så småningom sambandsofficer mellan flygvapnet och FRA. Jag arbetade på något som hette E4-stab som underrättelseofficer.

– Fick du höra om DC-3:an då?

– Ja, jag befann mig faktiskt på Cefyl, centrala flygledningen som låg på flygstaben, precis när DC-3:an blev nedskjuten.

– Visste ni var någonstans DC-3:an blev nedskjuten?

– Inte med en gång. När vi efter några dagar sammanställt signalspaningsresultaten kunde vi rekonstruera flygvägen. Vi skickade ut ett fartyg och hittade en oljefläck och vrakdelar på platsen. Det var för djupt för att dyka då. Därför hemligstämplades positionen.

– Vänta nu. Du säger att redan några dagar efter ryssarnas nedskjutning av DC-3:an den 13 juni 1952 visste den svenska underrättelsetjänsten exakt var planet låg, sa Anton Modin med förfäran.

– Ja, det gjorde vi.

Modin blev irriterad och rörde om i kaffet med en sked.

– Hade ni någon aning om varför DC-3:an blev nedskjuten? sa han efter ett tag.

– Den allmänna åsikten var att det berodde på den sovjetiska marinövningen i samma område. Men det låg nog mer bakom, även om övningen med all säkerhet bidrog. Det var mycket politik på den tiden, ska du veta. USA mot Sovjet. Sverige kom ofta i kläm.

– Hur menar du då? sa Anton Modin.

– Vi hade egentligen inte mycket att sätta emot när de två stormakterna började spela sitt spel. Svenskarna blev statister i det spelet. Svenska politiker och svensk militärledning försökte dölja för svenska folket att vi var i händerna på stormakterna. Den där mörkläggningen fortsatte sedan under hela min karriär som underrättelseofficer.

– Du hamnade senare på Försvarets radioanstalt, eller hur?

Anton Modin chansade med ett påstående och hoppades att det skulle fästa.

– Jag blev byrådirektör på FRA och blev kvar ända till min pension på hösten 1982.

Hösten 1982, tänkte Anton Modin. Det var då som miniubåten sänktes. Anderson kanske vet något om det? Jag måste försöka ta det lugnt och bärga mig lite. Ta hem en sak i taget.

– Vad hade du med Stig Wennerström att göra?

– Nu frågar du för mycket, sa Gunnar Anderson med ett finurligt leende på läpparna. Vill du sova över här förresten? Jag har gott om plats. Lite sällskap skadar aldrig.

Anton Modin blev paff. Hans spontana reaktion var att säga nej men han kände att han hade fått upp ett spår. Han kunde inte rationellt förklara känslan men han visste erfarenhetsmässigt att han borde följa den. Han svarade ja tack utan att tveka.

– Jag har med mig en flaska whisky om du vill ha, sa Modin. Ta fram glas så häller jag upp.

Anton Modin rotade fram whiskyflaskan ur väskan. Gunnar Anderson tog fram två dricksglas. Glasen var av 50-talsmodell och lite dammiga.

Solen låg och tippade vid horisonten. Några myggor flög planlöst omkring i rummet. De blev guldfärgade genom vätskan i glaset då Modin höjde det i de sneda solstrålarna.

Kapitel 31

Stockholms norra skärgård, lördag 5 juli 2008

Bill Bergman hade samlat sökgruppen i Anton Modins sommarstuga. Det var Harry Nuder, Sture Hult och John Axman.

John Axman som var den senaste in i gruppen men kanske den som känt Anton Modin längst tid, iakttog de andra. De satt runt det stora vita träbordet på glasverandan med utsikt över viken. Sture Hult plockade med sin laptop. Harry Nuder kikade intensivt på ett par svanar som sakta simmade in mot stranden. De stack envetet ned sina långa vita halsar under den grönblå vattenytan och såg ut som två vita bojar på håll.

– Okej, läget är så här, sa Bergman. Anton Modin har gett sig iväg på ett eget fälttåg. Jag är faktiskt orolig. Inte bara för honom utan också för oss andra. Modin ger upp sökningen för tillfället. Problemet är att jag inte vet vad han tänker just nu. Han verkar gå på ren instinkt. Då kan vad som helst hända. Sture, hur har det gått med sökutrustningen. Är allt borta?

– All utrustning är förstörd förutom sonarfisken. Även om vi bärgar utrustningen är den körd. Hårddiskarna med sökdata har jag däremot här i min laptop. Jag gjorde en säkerhetskopia innan vi lämnade båten i onsdags.

– Bra, sa Bergman. Då föreslår jag att du analyserar materialet och presenterar det för oss inom en vecka. Under förutsättning att Modin är tillbaka då.

– Vad håller han på med? sa Axman.

– Han har planer på att komma åt SSI, sa Bergman. Det är de som är ute efter honom, efter oss allihop. De vill stoppa våra sökningar.

– Sektionen för särskild inhämtning! sa Hult förbluffad. Är det sant!

– Jag kan lika gärna berätta det nu, sa Bergman. Modin har jobbat på SSI tidigare. Han har kunskaper som han inte får använda sig av. Det blir ett krig dem emellan. Men vi är alla i riskzonen. Om det inte går att stoppa Modin kommer de kanske att ge sig på någon av oss andra.

– Varför får vi inte söka efter miniubåten? sa Hult. För det är väl dags att vi talar klarspråk inom gruppen nu?

– Därför att den förmodligen är sovjetisk. Den sänktes 1982 av några enheter i den svenska marinen men sedan tystades det hela ned. Grejen är att den inte finns officiellt. Händelsen har inte inträffat. Det är högsta sekretessklass på det. Total mörkläggning.

Bergman tystnade några sekunder för att avvakta reaktioner.

– Nu vet ni det. Jag föreslår att vi alla spelar med i Modins och vårt misslyckande. För att överleva.

– Ni visste att det var en sovjetisk ubåt från början, sa Hult.

– Vi kom för nära, sa Bergman.

Nuder visslade till. De begrundade det en stund.

– Jag föreslår att vi berättar för våra nära och kära att expeditionen varit misslyckad, sa Bergman. Att vi har lagt ned sökningarna. Och jag ber er, inte ett ord om vad det är vi konkret har letat efter.

Natten sänkte sig över viken och ljuset tonade sakta ut. Sökteamets medlemmar kunde inte hjälpa att de som en man spanade ut över vattnet.

Hur nära? tänkte de.

– Vi måste avvakta och se vad Modin kommer hem med, sa Bill Bergman med låg röst. Modin körde söderut och lovade att vara tillbaka om några dagar.

– Får jag komma med ett förslag? sa John Axman.

Han var lika förvånad som de andra över den sensationella uppgiften och fick rysningar av möjligheten att finna en sovjetisk miniubåt.

– Om du ger mig ett namn på någon ledande figur på SSI som har med det här att göra, Bergman, kanske jag kan hjälpa till, sa han.

– Hur menar du?

– Som ni vet arbetar jag på polisens IT-brottsgrupp. Mitt jobb är att knäcka hårddiskar och läsa brottslingars e-mejl. Jag skulle kanske kunna göra en insats här. Ge mig bara ett namn. Jag ska se vad jag kan hitta.

– Han heter Chris Loklinth. Det är allt jag vet. Jag föreslår att vi ägnar oss åt våra vanliga jobb en tid framöver. Det här blir sista mötet som vi håller öppet i gruppen. Vi måste skydda Modin till varje pris.

Bergman högg tag i Axman.

– Har du någon möjlighet att ordna anonyma IP-adresser till oss?

– Inga problem. Det tar några dagar att lägga upp en anonym server. Jag hör av mig när det är klart.

– Bra. Då väntar vi med att kommunicera med varandra tills det är klart. Jag tror att vi ska låta bli telefonerna också. För säkerhets skull. Eller vad säger du, Nuder?

– Jag är på, är det så ni säger uppe i Stockholm? sa Nuder med låg balanserad röst. Jag har en gås oplockad med den där Loklinth om det är han som sänkt vår båt. Dödade han mina hundar också? Jag åker hem och tar hand om hundvalparna och gården i avvaktan på vad Modin kommer fram till. Men SSI har inte rätt att stoppa vår sökning. SSI må skydda Sverige men inte till varje pris. Jag tror att Gud kommer att ge oss rätt i slutänden. Jag känner det härinne i bröstet, grabbar.

– Inte visste jag att du var religiös, Nuder, sa Bergman och log ett varmt leende mot de övriga.

En för alla, alla för en, tänkte Bergman och insåg att det var för töntigt för att säga högt.

John Axman satt med sina tre nyvunna vänner vid bordet. Till och med Nuder verkade för en gångs skull avspänd, tänkte Axman. Han märkte att Nuder undvek honom, framförallt undvek han kroppskontakt. Nuder var en traditionalist. Det skulle ta tid för dem att vänja sig vid hans läggning. Axman visste det av erfarenhet men han gillade Nuder. Han var ett naturbarn. Det fick ta den tid som krävdes.

De samtalade om allt möjligt samtidigt som de åt stekt abborre. Reträttvägarna var avskurna i och med att de lämnade detta möte och fortsatte med sökningarna efter ubåten. Kriget hade bara börjat.

Kapitel 32

Lidköping, fredag 4 juli 2008

– Ta lite mer, Gunnar, sa Anton Modin och fyllde upp Gunnar Andersons glas till brädden. Det här är fina grejer.

Den förre byrådirektören på FRA var avslappnad. Anton Modin såg på honom att han inte längre var på sin vakt på samma sätt som tidigare. De hade suttit hela kvällen och talat om hur det varit förr i tiden inom underrättelsetjänsten och kommit in på flera olika spår. DV-kameran var avstängd sedan länge. Modin kände att han skulle få svårt att sammanfatta allting i morgon. Speciellt som han själv började bli rund under fötterna. Han tog kameran i händerna och mixtrade med den. En fluga dunkade surrande på fönsterrutan bakom honom.

– Gunnar, berätta om Chris Loklinth. Vad har du för relation till honom?

– Chris Loklinth brukar komma hit då och då för att se hur jag mår. Han vet att jag vet. Det gör att han måste hålla mig under uppsikt.

– Vet vad då, Gunnar?

– Det mesta om Loklinths insyn i rikets hemligheter. Han

har ärvt problem efter sina föregångare inom den militära underrättelsetjänsten. Loklinth arbetade på inrikesdelen på SSI redan på min tid. Han fick spionerna på sitt bord efter Bertulf Lundin, chefen på SSI, som i sin tur hade ärvt problemet av Birger Elsén, förre IB-chefen.

– Kände statsminister Paul Olofson och SSI-chefen Birger Elsén varandra? sa Anton Modin.

– Ja, men inte officiellt. Det var ett tjuv- och rackarspel. Birger Elsén och Paul Olofson sökte in samtidigt till underrättelsetjänsten 1953. De började där båda två i september det året, om jag minns rätt. Jag träffade dem ibland. De två låg bakom bildandet av IB som senare blev SSI.

– Menar du allvar? sa Anton Modin och lutade sig framåt. Var Paul Olofson med och bildade det hemligaste vi har, SSI? Sveriges eget KGB.

– Ja, suckade Anderson. Det var de två. De fick hjälp av Bo Wester som var chef för inrikesavdelningen på underrättelsetjänsten. Det var där problemen började.

– Hur då?

– De trodde att de samarbetade med CIA till att börja med, speciellt Paul Olofson. Han var en riktig högerkille. Han gick klädd i Östermalmssvidar och blanka skor till en början. Sedan bytte han stil över en natt och började klä sig i arbetarkläder. Du vet, utan strumpor, rutiga skjortor och sandaler och sådant. Därför kallade vi honom för Skit-Olle på underrättelsetjänsten. Olofson, som jag minns honom, var en streber och karriärist. Ett proffs om du så vill. Han vätte fingret, kollade vartåt det blåste och åkte sedan med. Gärna i första vagnen.

– Skit-Olle! När var det?

– I mitten av 50-talet. Jag tror att han var hos oss på

underrättelsetjänsten officiellt till 1955. Därefter började han jobba för regeringen och kom förbi lite då och då. Många blev värvade av Sovjet under den tiden.

– Hur var era relationer med jänkarna?

– Vi hade väldigt stor respekt för amerikanarna. De bjöd in oss från underrättelsetjänsten och FRA till olika tillställningar. Oftast hemma i deras egna lägenheter i Stockholm. CIA-legenden William Colby höll till i Stockholm vid den här tiden i början av 1950-talet. Han byggde upp en slags motståndsrörelse, frågade om allt möjligt och tyckte att vi var en bra språngbräda. Själva hade de mycket svårt att få kontakt med ryssar i Stockholm. Vi trodde i flera år att det var okej att läcka försvarshemligheter som att vi inte skulle utveckla egna kärnvapen och liknande. Det var sanktionerat av vår egen regering. Men sedan visade det sig att amerikanarna i Stockholm själva var infiltrerade av KGB och GRU. Då var det för sent. Vi och hela underrättelsetjänsten satt fast i smeten, tillsammans med kontakter som vi inte visste om de var vän eller fiende. Och jag tror regeringen och framförallt Paul Olofson tyckte att det var bra.

– Lägg av, Gunnar. Var den amerikanska ambassaden i Stockholm infiltrerad av KGB? Du måste skämta?

– Nej, tyvärr gör jag inte det, sa Gunnar Anderson med tyngd i rösten som om berusningen släppt. Du måste förstå en sak. Det blev som ett stort kompisgäng, där det ingick både militärer och civila. Även en hel del grant kvinnfolk och homosexuella. De som inte var på sin vakt blev lurade i fällan helt enkelt. Det var många homosexuella diplomater och militärer som sökte utlandstjänst på den tiden. Det var inte accepterat att vara öppet homosexuell i USA. Inte här heller för den delen. Det var till och med förbjudet att vara det i Sverige på 40-talet. Det fanns något som hette sedlighetsroteln inom polisen och deras huvuduppgift var att stävja de homosexuella. För en amerikansk diplomat eller underrättelseofficer var Sverige väldigt långt bort. De kunde vara i fred. Det fanns många udda typer på den amerikanska ambassaden på den tiden. Vin, kvinnor och sång, du vet, och några unga pojkar som dessert. Om det var soligt och varmt och man var kåt, kanske det inte var så noga med rikets säkerhet.

Anton Modin tömde sitt glas och bestämde sig för att tala ut.

– Du ska veta en sak, Gunnar. Jag har själv varit där en gång och svajat i spioneriets gränstrakter. Ryssarna är mästerliga på att luras och inleda en i frestelse.

Det var av taktiska men även personliga, rent terapeutiska skäl som Modin ville berätta för sin kollega i underrättelsebranschen. Han såg upp till Gunnar Anderson, som hade arbetat för inte bara Paul Olofson, utan även Birger Elsén och Bo Wester. De var legender inom svensk underrättelsetjänst, i alla fall utifrån sett. Sanningen var som alltid något helt annat, och Anton Modin – om någon – visste det. Sanningen, i betydelsen vad som verkligen hände, kunde han inte berätta ens för sin bäste vän, Bill Bergman, för inte ens han skulle förstå det här på rätt sätt.

– Gunnar, jag vet inte vad din roll var i det hela och hur du vet allt det här. Jag tänker heller inte pressa dig, utan istället berätta min egen historia.

– Låt höra, min vän, sa Gunnar Anderson och lade händerna i kors över magen och lutade sig bakåt.

– Jag började på SSI när jag var 18 år. Kan du fatta det, Gunnar? Bara 18 år gammal och utan en pappa som kunde hålla reda på mig. Han dog när jag var 12. Jag var ensam och utan riktning i livet när man som bäst behöver det. Jag fick min hjärna manipulerad av kufar i försvaret som saknade moral, redan innan jag blivit vuxen. Jag var en barnsoldat som tappade all respekt för samhället och våra ledare. Det jag fick se inom underrättelsetjänsten var värre än alla Hollywoodfilmer tillsammans. All jävla skit vi dokumenterade och sedan använde i utpressningssyfte.

Anton Modin tystnade som om han tänkte på det han gjort.

– Fortsätt, sa Gunnar Anderson.

– Jag fick reda på att världen styrs av underrättelsetjänsterna, framförallt CIA och KGB. Att inget pris är för högt för att skydda den sanningen. Jag kommer så väl ihåg hur jag inte längre kunde läsa tidningarna eller titta på nyheterna på tv. För mig var det teater. Jag visste nämligen att massor av det som sades inte hade någon relevans. Händelser och fakta var förutbestämda långt innan de kom ut i media. Fan, vad desillusionerad jag blev, Gunnar, och fortfarande är. Det är samma skit i dag, ska du veta.

Anton Modin sträckte sig efter whiskyflaskan och hällde upp rejält och fortsatte:

– I Estoniaolyckan 1994 förlorade jag min familj. Det var min fru och mina barn som hållit mig uppe trots all skit jag sett och allt skitjobb jag fått göra åt den där förbannade Loklinth. Han fullständigt hjärntvättade mig. Jag tror till och med att han låg bakom det som hände min familj, den jäveln. Han klev in och tog över min fars roll. Vem fan tror han att han är?

Anton Modin började gråta.

– Vad gjorde du, Modin?

– Jag gick över till ryssarna. I alla fall var det mycket nära att det blev så. De tog emot mig med öppna armar som om de visste att jag var en spillra. De gav mig modet tillbaka. De lät mig hitta en sovjetisk ubåt. För det fick jag en sovjetisk krigsutmärkelse som jag inte vågade visa för någon. Jag skämdes mitt i berömmelsen. Jag hoppades att min far inte såg mig från himlen. Vi kommer från Estland. Pappa flydde från ryssarna under andra världskriget. Han hatade ryssarna över allt annat. Inom mig rådde fullständigt kaos. Jag kunde inte skilja på rätt eller fel, inte svart eller vitt. Loklinths fraterniserande med sovjeterna hade gjort mina begrepp till en grå jävla sörja. Det var Säpo som räddade mig till slut. En gammal erfaren kommissarie, Filipson, fiskade upp mig. Jag är skyldig honom ett stort tack för det. Han planterade desinformation hos ryssarna om att jag var dubbelagent. Jag blev genast kall som is för dem. De bröt kontakten. Alla inbjudningar till ambassaden slutade plötsligt att komma. Jag fick inga julkort från ambassadören längre. Men jag kom upp till ytan igen och började ta tag i mitt liv. Mycket tack vare min bäste vän Bill Bergman.

– Anton Modin, får jag fråga dig en personlig sak?

– Ja visst, kom igen.

– Varför gör du det här? Vad är du ute efter? Du vet att det inte är helt ofarligt.

Anton Modin funderade ett tag och svarade:

– Jag ska hämnas min familj. Min fru Monica och mina två barn Ellinor och Alexander. Du är den förste som jag berättar det här för. De ligger och ruttnar på det satans Estonia just nu. Rost blandat med mänsklig vävnad, 80 meter under ytan. Jag skulle vilja hålla min son i famnen en sista gång om det så bara är en dödskalle eller benpipa kvar av honom. Han behöver mig. Jag kan dyka där i sömnen men är förhindrad av svensk lag. Allt bara för att skydda rikets säkerhet. Fy fan, jag mår illa, Gunnar. Ge mig en ledtråd. Hjälp mig att komma vidare.

Han tystnade.

– Underrättelsearbete är ett märkligt fenomen, sa Gunnar Anderson i en skarp ton som Modin inte hört tidigare och han verkade med ens flera år yngre. Han har återvänt till sitt tidigare liv, tänkte Anton Modin. Ja jävlar! Modin såg att det gnistrade igen i Gunnar Andersons blick och han såg bestämd och lycklig ut. Om det var spriten eller han själv som öppnat honom, visste han inte och det spelade ingen roll.

– Gunnar, berätta nu! Vad fan var det ni höll på med? Berätta om Wennerström.

– Jag arbetade åt amerikanarna, sa Gunnar Anderson med en lugn och samlad röst. I alla fall trodde jag själv det från början. Men jag arbetade i själva verket åt GRU. De värvade mig under falsk flagg. Min kontaktman på den amerikanska ambassaden, Harold, var nämligen dubbelagent för GRU. Jag tror att flera på amerikanska ambassaden var det, ända upp i ledningen. CIA läckte som ett såll på den tiden. De var liksom vi fullständigt penetrerade av sovjetisk underrättelsetjänst.

Gunnar tystnade som om han tänkte efter hur långt han kunde gå. Hur mycket han vågade berätta. Han tittade länge på sitt glas och fyllde det sedan. Han spillde lite på duken.

– Det var som när nazisterna var som starkast i slutet av 30-talet. Jag är ledsen att säga det, men då spelade vi på den planhalvan. Många av oss var nazister under andra världskriget för att sedan byta sida och stödja Komintern när den slagit ned Hitler. Vi följde den starkaste ledaren som lättledda lamm. Men när insikten slog till, tog det hårt på psyket. Jag gick på lugnande tabletter och drack för mycket, speciellt i slutet av min karriär. Det var helt enkelt svårt att klara av självbedrägeriet. Jag började förakta mig själv samtidigt som min omgivning såg upp till mig, inte minst på FRA där jag mer eller mindre ansågs som ett geni. Jag hade information från båda sidor. Det var optimalt ur ett underrättelseperspektiv.

Gunnar Anderson tystnade och såg ned på sina händer. Han gned sin vänstra hands översida som om den hade domnat.

– Vilket jävla dubbelliv, Gunnar. Hur orkade ni med det?

– Du vet att Wennerström bröt ihop flera gånger, sa Gunnar Anderson. Några vårdades på psyket ibland när det rann över för dem. Men vi inom den innersta kretsen kom alltid tillbaka. Vi hade stort stöd av gruppen som blev ganska stor med åren. Ingen fick vika sig. Då kunde bubblan brista. Det fick inte hända. När Wennerström greps, smugglade jag in sömntabletter till honom på fängelset. Det var på hösten 1963, tror jag. Vi hoppades att han skulle göra det enda rätta: svälja och ta livet av sig. Han var hårt pressad av förhörsledarna. Vi oroade oss för att han skulle bryta ihop och avslöja allt. Det fick inte hända. ÖB satte en hemlig grupp på honom för avprogrammering. Gruppen kallade sig AgW2. De skulle bryta ned Wennerström. Det var förbjudet i Sverige med psykisk tortyr. Han blev en grönsak efter den behandlingen. Vi hade en av våra egna killar i AgW2. Vi visste vad han läckte.

– Var ni tvungna att döda Wennerström för att skydda er själva? sluddrade Modin.

Han halvlåg i stolen. Han var full och höll på att somna.

– Döda de svaga elementen.

– Ja, vi dödade våra vänner, sa Gunnar Anderson med sorg i rösten. Jag kommer aldrig att glömma det, aldrig. Vi var oroliga för att allt skulle spricka. Tänk dig konsekvenserna om Wennerström börjat snacka. Då pratar vi om *rikets säkerhet*. Nu gick det ändå bra, tack vare vår man på insidan. Därför fick Wennerström vara ifred. Men han kom aldrig tillbaka efter behandlingen han fick.

Det kom inget svar från Anton Modin. Han hade somnat på sofflocket. Gunnar Anderson reste sig sakta. Han gick upp till sitt sovrum på ostadiga ben. Där somnade han inom en minut.

De båda männen, en yngre och en äldre, sov djupt. Det ångade av sprit från dem och myggorna höll sig undan.

Kapitel 33

Stockholms norra skärgård, lördag 5 juli 2008

John Axman sov över i Modins hus. Han och Bill Bergman bestämde sig för att äta frukost på Bageriet i Grisslehamn på vägen till Stockholm. De packade ihop sina pinaler, låste huset och körde ned till torget. Sture Hult hade åkt redan på fredagskvällen och Harry Nuder hade sovit hemma hos sig.

– Tror du att du kan komma åt Loklinth på SSI? sa Bill Bergman och bet i sin fralla med ost.

– Det beror på. Alla har svagheter, även Loklinth. Det är bara att lista ut vilka de är. Jag vet vilket datanät de ligger på. Jag fick reda på det av en slump när vi gjorde en grej på en mc-klubb. De hade något ihop med SSI men vi fick aldrig avsluta det spåret. Riksåklagaren kom emellan.

– Hur menar du?

– Vi hade fått upp ett riktigt hett spår. Ett scoop trodde vi själva, när vi märkte att det fanns en mängd mejlkorrespondens mellan ett av SSI:s skenföretag och en jugoslav vid namn Jovan med anknytning till den jugoslaviska maffian i Sverige. Vi hann se att de betalat ut pengar till honom via en konsultfirma i Luxemburg då vår chef beslutade att ta ärendet vidare till riksåklagaren. Vi behövde stöd uppifrån, tyckte chefen. Vi riskerade att bli avslöjade för dataintrång på SSI. SSI har duktiga datakillar de också. Förr eller senare hade de märkt att vi var inne i deras system.

– Hur i helskotta kunde ni ta er in på SSI:s server? sa Bill Bergman.

Axman lade roat märke till Bergmans röda kinder och stora ögon. Han fick lust att klappa honom på huvudet men avstod.

– Vi är poliser, sa han. Vi kan alltid gå in via knutpunkterna på telenäten lokalt. Vi får hjälp med det av Televerkets folk. Med lite tur kommer vi också in via nätet men det tar lite längre tid.

– Hur lång tid då?

– Ibland, om vi får resurser, kan vi hålla på upp till ett par månader för att kapa en dator. Då gör vi det via uppkopplingen till Internet, förutsatt att de ligger uppkopplade. Men det är resurskrävande. Speciellt om det finns en uppdaterad brandvägg som de flesta datorer har i dag. Till skillnad från för några år sedan ingår brandvägg i operativsystemen i dag. Det gäller att inte bli loggad av brandväggsprogrammet, för då kan vi avslöjas. Det går vanligtvis bra. Man får gå varligt fram. Mejlen läser vi direkt hos leverantörerna om det är bråttom. Vi har tillsammans med Säpo kontaktpersoner hos i stort sett samtliga svenska Internetleverantörer. Då ska vi helst ha ett domstolsbeslut med oss. Enligt lagen ska misstanken ligga på två år på straffskalan. Men vi kan i nödfall använda oss av FRA om det måste ske mer diskret.

Axman såg att han växte i Bergmans ögon.

Han fattar att jag vet vad jag talar om, tänkte han. Det här kunde han inte drömma om. Han bleknar ju nästan.

– Hur kan du gå in utan att lämna spår efter dig? sa Bergman. Om du går in på SSI till exempel.

– Det är det knepiga. SSI mutar folk när de gör dataintrång på företag. Eller så kör de med den gamla klassikern *för rikets säkerhet*. Då är det få som protesterar. Det kan inte vi på den vanliga polisen göra. Vi försöker hitta andra vägar. Trådlöst bredband är vårt passerkort. Då gäller det att hitta målpersonerna på deras trådlösa nätverk. Vi måste tyvärr finnas på plats rent fysiskt.

– Hur då menar du?

– Vi åker ut i en skåpbil med lite utrustning och tillbringar några dygn utanför deras hem eller var de nu håller hus.

– Du menar på fullt allvar att du skulle kunna kapa Loklinths privata laptop?

– Ja, sa Axman med ett leende. Sedan måste jag kanske lämna landet och plastikoperera mig. Nu hämtar jag mer fika. Ska du ha?

Bergman nickade och räckte över sin mugg.

– Helvete, Axman, sa han när John kom tillbaka. Du är ett geni. När kan du börja?

– Så snart som möjligt. Jag har precis börjat min semester. Det här är bland det roligaste jag vet. Efter att flyga helikopter, förstås.

– Började du flyga vanliga plan först?

– Jag började egentligen aldrig. Jag gick som elev för Anton Modin på Bromma flygplats där han tjänstgjorde ett tag som fluglärare. Det var då vi lärde känna varandra. Det gick bra för mig men sedan fanns det inga pilotjobb när jag var klar med utbildningen hösten 2001. Du vet ”nine eleven” och två stora jävla skyskrapor som föll samman som korthus. Jag vidareutbildade mig istället till helikopterpilot och flög ett tag för en helikopterfirma på Barkarby. Tiderna blev sämre där också. Jag gick tillbaka till mitt polisjobb. Jag fick erbjudandet att börja vid polisens nya IT-brottsgrupp. Där fick jag en väldigt bra utbildning under några år. Bättre betalt än jag haft tidigare. Jag blev kvar där. Det var kul dessutom. Du anar inte vad folk har i sina datorer.

– Du vet väl att du kan få sparken om de kommer på dig med ett dataintrång på SSI?

– Självklart! Jag oroar mig inte. Det finns gott om välbetalda jobb för en sådan som jag på den öppna marknaden.

Det kom två unga tjejer på cykel. Håret fladdrade. Benen och armarna var bara och sommarbruna. Båda hade onormalt stor byst. Solglasögonen vändes mot bordet där de satt.

– Fan, Axman, jag trodde du var bög, sa Bergman.

– Jo. Men de var så söta.

Kapitel 34

Lidköping, lördag 5 juli 2008, klockan 07.00

"ÖB redogör för ett möte med statsministern där han går igenom bottenundersökningarna från Hårsfjärden. Man har sett flera kölspår i områden där det tidigare funnits ubåtsindikationer. Utifrån dessa kölspår utgår det larvspår från mindre bandfordon. Analysen säger att den stora ubåten haft med sig de mindre fordonen som kunnat lösgöras från den större och göra turer på botten. Djupet på platserna har varierat mellan 30 och 40 meter. Bl.a. har de besökt marinens hydrofonbojar på botten. Spåren leder direkt fram till och sedan rakt från bojarna. Det finns också märken i stenar på botten efter larvbanden. De bottengående fordonen kan också flyta över botten och har sannolikt propeller som visat sig i bottenmärkena. På ett ställe har det hittats ett okänt metallföremål. Inga uppgifter om nationalitet ännu. Materialet förevisades Olof Palme på sjökort och skisser. ÖB anser att detta är det slutliga beviset för undervattensaktivitet i området. ÖB menar att man från NATO:s sida kommer att peka ut Sovjet som den skyldige vilket han meddelar Palme. ÖB skriver: 'Svensk allmänhet skulle möjligen kunna

tro att vi dolde upptäckter som stärkte misstankarna om sovjetisk materiel.' "

(Överbefälhavarens hemliga dagbok 14 december 1982)

En ekorre hoppade ned från tallen som lutade sig över det gamla dasset. Ekorren skuttade över gårdsplanen och tittade upp mot ett öppet fönster. Inifrån huset hördes sjöväderrapporten på låg volym. Ekorren hoppade upp på fönsterkarmen, viftade lite på svansen och blickade med sina pepparkornsögon in i rummet.

De två männen satt tysta vid köksbordet och undvek att se på varandra. De var trötta men kände ändå lättnad. De hade kvällen innan samtalat helt öppenhjärtigt och nu skämdes de båda och ingen ville ta upp ämnet igen.

Det luktade nybryggt kaffe när Gunnar Anderson hällde upp åt Modin. Han hade dukat med Mariekex och några skivor torrt vitt bröd. Det stod en halvtom apelsinmarmeladburk bredvid brödet på bordet. Anton Modin drack bara kaffet och tittade ut genom fönstret och upptäckte skuggan av en ekorre. Det var en vacker sommarmorgon. Han hörde intensiv fågelsång och funderade på om han ändå inte skulle ta det lugnt för en gångs skull. Kanske åka ut till sommarstället i Grisslehamn. Låta saker komma i fas. Läsa en deckare på bryggan. Vara som vanligt folk.

– Tack Modin, för i går menar jag. Du fick mig att hitta tillbaka till mitt gamla, riktiga jag på både gott och ont.

– Hur menar du? sa Anton Modin och tog en klunk kaffe.

– Det var inte fel att lufta min stora livslögn. Det känns som om ett ok lyfts från mina axlar i dag. Du ville ha information om Chris Loklinth.

– Ja.

– Chris Loklinth har samarbetat med GRU. Du ska kolla upp Loklinths bakgrund.

– Äh lägg av, Gunnar. Du menar att du själv var sovjetisk spion?

– Ja, tyvärr blev det så. Jag hade ingen möjlighet att komma ur det hela.

Gunnar Anderson tänkte efter.

– Det är inte säkert att Loklinth är den han uppger sig för att vara. Kolla med Nils Nilson på FRA. Han vet allt om det här.

– Okej, sa Modin och antecknade namnet i sin anteckningsbok.

– Jag fortsatte min spionverksamhet för GRU även efter min pensionering. Då var jag enbart radiooperatör. Jag hade kvar utrustningen här. Det var praktiskt att jag fortsatte.

– Vilka fler var med i spionringen på FRA? frågade Anton Modin.

– Jag ska försöka samla ihop material åt dig. Du får komma hit igen. Då ska jag ge dig något som kommer att hjälpa dig att få din hämnd eller upprättelse eller vad du nu vill kalla det.

Gunnar Anderson log flera gånger.

Han ser yngre och friskare ut än när jag kom, tänkte Anton Modin. Han kommer att få några fina sista år här på gården, när han äntligen fått berätta.

– Chris Loklinth vaktar mig och de andra i spionnätet, åtminstone dem som var inom underrättelsetjänsten, sa Gunnar Anderson. Strax innan jag gick i pension i mitten av 80-talet, kom det underrättelseinformation till Sverige från Ronald Reagans USA. De hade bestämt sig för att göra rent hus en gång för alla. Det blev mycket turbulent inom

Europas underrättelsetjänster när CIA drog igång sin operation. Chris Loklinth var den som fick uppdraget att rensa upp i Sverige. FRA hade fått exklusiv information från NSA som var deras motsvarighet i USA. Det fanns en lista med namn. Han åkte runt och förhörde oss som fanns på listan. Det var en sovjetisk dubbelagent som avslöjats. Han hade flytt till väst för att undvika arkebusering i Moskva. Nu kunde man avslöja hans informationer om infiltreringen i väst. Han hade i hemlighet jobbat åt MI6 i Storbritannien, samtidigt som han var en av KGB:s högsta gubbar i London.

Gunnar Anderson såg Anton Modin rätt i ögonen och fortsatte:

– Istället för att rensa upp, tystade man ned allt. Loklinth var nämligen själv inblandad. Det blev några olycksfall i arbetet, folk ville snacka. Några fick offras men Loklinth gick fri.

– Vet du varifrån informationen kom ursprungligen, jag menar om spionerna? Det fanns väl fler källor?

– Från amerikanska dubbelagenter. CIA var mycket aggressivt vid den här tiden i början av 80-talet. De hade egna spioner högt upp i Kreml och NSA utförde framgångsrik avkryptering av sovjetiska radiosändningar. Vi fruktade alla att ett storkrig var på gång mellan USA och Sovjet. KGB drog samtidigt igång sin kontraoperation med namnet RYAN, *raketno-yadernoe napadenie*, vilket betyder kärnvapenattack på ryska. Den gick ut på att alla KGB- och GRU-agenter i utlandet tillsammans skulle medverka i en gemensam internationell underrättelseoperation. Den första i sitt slag, där KGB och GRU fick lov att samarbeta. Det visar på hur allvarligt Kreml såg på hotet från USA. Operationen gick ut på att samla underrättelseinformation om ett förestående kärnvapenanfall mot Sovjet. Beslutet om denna operation togs 1981 på en hemlig KGB-konferens av KGB-chefen själv, Jurij Andropov. Flera gånger under de här åren sattes den sovjetiska krigsmakten i högsta beredskap. Enligt Andropov hade aldrig krigsrisken varit högre och krigsförberedelser skulle inledas.

Gunnar Anderson tog en klunk kaffe och vände sig oroligt om åt båda hållen. Sedan fortsatte han i ett nästan viskande tonläge, som om någon därute avlyssnade honom.

Modin tänkte *paranoia* men insåg att det var en yrkesskada. Han hade själv fått en dos av det. Paranoian.

– Andropov mot Reagan, tänk dig det. Vi var alla livrädda. Ryssarna gick till läge rött, högsta beredskapsgrad. Det var allvar den gången, Modin.

Han höjde rösten.

– Några ubåtar mer eller mindre i den svenska skärgården struntade vi fullständigt i på FRA. Vi skulle bevara världsfreden. Det var viktigare. Förstår du?

– När var det här? sa Modin som nu började vakna till liv, även om han inte förstod allt vad Gunnar Anderson berättade.

– 1981 till -82 som jag sa. Beslutet om RYAN togs i maj 1981 men sedan blir det förstås en startsträcka på en så här pass stor operation.

– Det var hösten 1981 som U-137 gick på grund i Karlskrona. 1982 drog ubåtskränkningarna i Hårsfjärden och Stockholms inre skärgård igång, eller hur?

– Ja. Det ingick sannolikt i förberedelserna.

– Kan du inte berätta för mig om ubåtskränkningarna, Gunnar. Nu börjar det tangera nutid och det som intresserar mig.

– Jag vet inte.

Gunnar Anderson pillade lite med sin tesked innan han lade tillbaka den på fatet.

– Du ska veta, Modin, att det här fortfarande är högaktuellt och en pågående operation från rysk sida. Det är alltjämt kvalificerat hemligt.

– Lägg av, Gunnar, berätta.

– Du säger själv att du kommer ihåg U-137:s grundstötning hösten 1981. Det hände även fler incidenter som aldrig kom ut i offentligheten. Bland annat en polsk ubåt som fick tornet bortsprängt vid Huvudskär i Stockholms skärgård ungefär vid samma tid. Ryssarna tog större och större risker speciellt efter att den socialdemokratiska regeringen kommit till makten här, hösten 1982. De visste att den regeringen inte skulle begära hjälp från USA. Det hade Olofson nämligen lovat.

– Fan, Gunnar, du har rätt. Enligt min Säpokontakt förbjöd Olofson uttryckligen Säpo att samarbeta med CIA. Men enligt samme kontaktman var det inga problem att samarbeta med KGB och GRU. Det till och med uppmuntrades. Helt sjukt. De bröt livlinan till USA. Vi stod ensamma.

– Så var det ända tills Olofson mördades 1986, betänk det. Och föreställ dig vår och min situation på FRA, sa Anderson. Vad skulle vi göra? Vi lydde bara order.

– Vad hade ryssarna i den svenska skärgården att göra?

– De behövde kunna utlokalisera sina kärnvapenubåtar eftersom det rådde krigsberedskap. I och med operation RYAN ville man undvika att ha sin strategiska ubåtsflotta liggande i sovjetiska Östersjöhamnar som Kaliningrad, Kronstadt och Paldiski i Estland. Därför krävdes förberedelser för detta. Sedan var inte amerikanarna helt passiva heller för den delen.

– Jag visste inte att det fanns strategiska ubåtar i Östersjön, sa Modin förvånat.

– Ryssarna hade ombaserat sina GOLF 2-ubåtar, sex stycken tror jag det var, till Östersjön i hemlighet. Men också de nya supertysta attackubåtarna KILO fanns där för att skydda GOLF 2-ubåtarna. Meningen var att dessa ubåtar skulle kunna ligga utgrupperade ifall det kom ett anfall från USA. Man räknade då med att de första mål som skulle slås ut var just de sovjetiska Östersjöhamnarna.

– Så de baserade sina GOLF 2 i den svenska skärgården, smart. Varför kunde de inte bara gå ut i Östersjön? Där skulle de vara skyddade.

– För att amerikanarna hade avlyssning i Östersjön, så kallade SOSUS-system som hörde de relativt bullriga GOLF 2-ubåtarna. De behövde ligga still där de inte hördes och långt inne i den svenska skärgården var perfekt. Därifrån skulle de i undervattensläge kunna skjuta sina kärnvapenbestyckade robotar mot i stort sett samtliga europeiska städer. Och det ifrån ett neutralt land. Nato skulle bli förvirrat och inte riktigt veta var robotarna kom ifrån. Det hade varit svårt för Nato att bomba hela den svenska skärgården med kärnvapen så att säga slumpvis.

– Jaha. Därför var ett läge så långt in som möjligt på kusten bra, sa Modin. Gärna nära storstäder som i Hårsfjärden. Men fanns det inte SOSUS-avlyssning i Sverige?

– Just det, mitt i prick, sa Gunnar Anderson. Du vet väl att vi släppte en miniubåt i Hårsfjärden. Vi hade fångat den men den släpptes ut på högsta militärledningens order natten den 14 oktober 1982.

– Hur vet du det, Gunnar?

– Vi var där med FRA. Vi skulle lägga en elektronisk

sköld över hela Hårsfjärden när de plockade upp ubåten. De skulle inte kunna kommunicera med Kaliningrad och tillkalla hjälp. Allt var förberett men operationen blåstes av i sista stund. Kustjägare flögs hem och fartyg låg kvar i hamn. Där var det riktigt nära ska du veta. Riktigt nära.

– Lägg av, sa Modin. Fy fan vilken grej det hade varit för pressen.

– Ja och tänk dig vilken skandal. Det var nog det man ville undvika. Vi på FRA hade embarkerats i lastrummet på ett av kustbevakningens fartyg, TV-04. Men allt gick åt skogen när de släppte ubåten. Förmodligen på Olofsons order. Vi kunde avlyssna ryssarnas kodade sändningar. Vi hade engelsmän som hjälpte oss med det.

– Visste ni vilken nationalitet det var på ubåten?

– Den kommunicerade med basen i Baltijsk i Kaliningrad på komprimerat krypto, alltså mycket snabba komprimerade sändningar som inte gick att avlyssna. Vi såg bara genom automatisk pejling i vilken riktning sändningen gick. Sedan krysspejlade vi den för att se var den kom ifrån mer exakt. Vi kom fram till att det var GRU som opererade i Hårsfjärden. Ubåtarna hade Baltijsk som hemmahamn och det var med den de kommunicerade. Tyvärr kunde ÖB inte gå ut med den informationen till pressen eftersom GCHQ i England var inblandade. Du vet, med hänsyn till främmande makt. Men statsminister Olofson fick på order av ÖB se allt material och blev imponerad. Han visste att ubåtarna kom från Warszawapakten.

– Otroligt intressant. Man baxnar.

– Nu orkar jag inte mer helt enkelt. Du behöver också vila.

Anton Modin kramade om Gunnar Anderson och tog sin

väska och gick ut på gårdsplanen till bilen. Det var en härlig förmiddag med krispig klar luft. Han hostade till och fick snor i näsan. Medan han snöt sig funderade han på det som Gunnar Anderson sagt om Hårsfjärden 1982 och insåg att det var värt att titta lite närmare på det i framtiden.

Han kastade in väskan i baksätet och satte sig i bilen.

Vilken soppa! Tror fan att det är kvalhemligt, tänkte Modin och gasade lite för att få bilen i rörelse.

I backspegeln såg han en mycket piggare Gunnar Anderson än den han hade mött kvällen innan. Han vinkade glatt när Anton Modin styrde bilen på den smala grusvägen som ledde ut till den stora vägen.

Modin såg hur Anderson tittade sig omkring innan han gick in. Det var vanans makt, en gång åt vartdera hållet.

Kapitel 35

Riddargatan Stockholm, måndag 7 juli 2008

Chris Loklinth satt och sorterade dokumenten i Anton Modins personakt. Han hade precis skrivit klart rapporten från förra veckans lyckade operationer. Det var dels anmälan mot Modin från estniskan, dels sänkningen av fiskefartyget.

Det här borde räcka för att kyla ned honom ett tag, tänkte han. Anton Modin lekte med elden. Han skulle nu kasta in det sista eldklotet i Modins verksamhet. Blev han inte tillräckligt bränd av det var nästa steg att grilla den jäveln till aska.

Loklinth kunde inte släppa fotografierna på estniskan med blicken. Hennes skador var uppseendeväckande grova. Fotografierna hade kommit med bud från kontakten på den ryska ambassaden i Stockholm. En ryss med svensk identitet, en så kallad illegalist.

Tänk att de spöar upp en ung tjej bara för att hjälpa oss på traven! tänkte han med beundran. Det kallar jag proffs. Tänk om vi hade haft mer folk av deras kaliber här på byrån! Vad mycket lättare mitt arbete hade varit då.

– Lundin, kom hit. Jag behöver prata med dig, sa han.

– Vad gäller det? sa Bob Lundin som tittade in genom dörren.

– Jag tänkte börja med att gratulera dig och ditt team för det ni gjorde förra veckan. Jag vill nu att vi tar nästa steg.

– Modin är slut, sa Lundin. Han kommer att ligga lågt. Vi har full koll genom avlyssningen. Du kan vara lugn.

– Tills vidare, ja. Jag vill säkra upp ändå. Jag litar inte på Modin. Han är galen. Jag vill att vi tar hans vän Bill Bergman. Sätt in resurser mot honom. Det kommer att skada Anton Modin mer än vad du tror. Han är nämligen blödig. Det är en svaghet hos honom som vi ska utnyttja.

– Okej, men är det verkligen nödvändigt att ta Bergman?

– Ifrågasätt inte mitt omdöme, Lundin. Gör aldrig det! Jag vet vad jag håller på med. Aktivera planen mot Bergman nu.

Chris Loklinth viftade bort Lundin. Sedan reste han sig upp och gick på toaletten. När han satt där och tänkte kunde han inte låta bli att känna sig lite tillfreds. Han hade äntligen kopplat greppet på Modin. Om bara Modin hade gjort som han blivit tillsagd från början, hade det här aldrig behövt ske. Han har sig själv att skylla, tänkte Loklinth.

Han myste för sig själv samtidigt som han kände att det började lukta riktigt illa från toalettstolen.

Den där jävla rödlöken i salladen på lunchen, tänkte han och drog ut papper ur toalettpappershållaren.

Kapitel 36

Östersjön, lördag 12 juli 2008

Rotorbladens dunk låg som ett flaxande paraply över dem och skänkte frihetskänslor. Klockan var fem på morgonen. Sömniga öar. Skärgårdens vattenspeglar glänste. Några få fritidsbåtar rörde sig som sniglar på glas. Inget som oroade. Inga ögon som registrerade dem. Anton Modin och Bill Bergman kommunicerade via headseten med John Axman vid spakarna. De skämtade och hade trevligt.

Axman styrde helikoptern i en vid sväng åt vänster och fann kursen mot Stockholms yttre skärgård. De tog rutten innanför Ljusterö och Yxlan, förbi Furusund och Kapellskär och i stort sett rakt över Arholma. Sedan ut över öppet hav. Målet var Märkets fyr i Ålands hav, 20 nautiska mil från Grisslehamn. John Axman flög på lägsta höjd för att inte synas på flygledningsradarn och med hög fart. Han synade horisontlinjen och överlät snacket till de andra.

Anton Modin var på utmärkt humör. Han berättade om sin blöta kväll i skogen utanför Lidköping. Det var uppseendeväckande detaljer han fått fram även om Axman förstod att Modin inte avslöjade allting som Gunnar Anderson berättat.

– Det syns ett ljus i tunneln igen efter allt som hänt, sa Modin belåtet till färdkamraterna utan att direkt delge dem det bästa.

I hans huvud hade det börjat utkristalliseras en plan på hur han skulle komma åt Loklinth.

Märkets fyr blev synlig. Klippan stack upp som en ärrad armbåge ur havet. Fyrhuset var vitt och rött i breda tvärgående fält. Från fyren var det fri sikt åt alla håll. Inget land fanns inom 10 nautiska mil. I god tid kunde man se om ett fartyg var på väg dit ut.

John Axman lät helikoptern kretsa runt den obebodda klippan. Fyren var nedlagd. Han spanade efter huset bredvid fyrtornet. Det var öppet året om. Vem som helst kunde söka skydd där för väder och vind. Ingen kom ut och satte handen som skydd för ögonen för att se vem som var på inflygning. De skulle bli ensamma.

Axman satte ned helikoptern på en jämn klipphäll.

Med gemensamma krafter lastade de ur sovsäckar och förnödenheter. Det var Bullens pilsnerkorv och flak med TT-mellanöl som stuvades in i huset. Sedan väntade de. De slog sig ned på en klippavsats fem meter över havet mot öster där solen redan värmde ordentligt. John Axman iakttog hur de andra två dinglade med benen utför klippkanten.

Han var inte klar över om han kommit in i gänget, som kunde vara ganska grabbigt emellanåt. Det fanns en självironi i Anton Modins och Bill Bergmans livsstil som attraherade honom. De tog inte sig själva på dödligt allvar. Det var som en lek alltihop. Även om det drog ihop sig eller till och med blev livsfarligt.

De hymlar inte, tänkte han. Harry Nuder, som var på väg till Märket med Sture Hult, var det egentligen inget problem med heller. Han hade en till synes enkel och tydlig personlighet och Axman visste var han hade honom. Även om han inte var säker på om Nuder fixade att han var gay. Nuder undvek ämnet kategoriskt. Varför prata om det, förresten? Det som håller ihop gruppen är vår gemensamma ambition att hitta en miniubåt.

Axman hällde upp tre muggar kaffe och langade ut dem. Han var trött på skitsnack i ämnet det-som-inte-var-ryska-ubåtar-i-skärgården som avhandlats speciellt i kvällspressen det senaste året. Det var allt från minkar och hjärnspöken till att det skulle ha varit amerikanska ubåtar som härjade i de svenska vattnen. Desinformationen hade fått ett uppsving på sistone. Det kan väl ändå inte vara för vår skull, tänkte han.

– Hör ni grabbar, sa Bill Bergman. Det känns overkligt men om det här föreställer krig, kan det gott få fortsätta i evighet.

– Ska vi bada före eller efter kriget? sa John Axman.

– Är du inte klok, sa Bergman. Det kan inte vara mer än 17 grader i vattnet här ute.

– Inte utan våtdräkt, sa Anton Modin.

– Äh, lägg av, era fjollor, sa John Axman och drog av sig tröjan och jeansen.

Han hade ett par snygga vita badshorts under och en jämn solbränna.

– Du är jävligt vältränad, Axman, för att vara snart 40, sa Bergman och skrattade.

– Nu hoppar vi i! Sisten i får städa huset.

John Axman dök i från klippan. Det var djupt ända in till branten. Trettio meter rakt ned. Modin var ur kläderna på nolltid. Han trippade på stupkanten och mätte det kommande hoppet med ögonen. Bill Bergman hann inte få av sig kläderna utan dök i med allting utom telefonen och plånboken som han kastade på klipphällen. Han kom tack vare det före Anton Modin som svor högt.

– Det är ganska skönt när man väl kommit i, tjöt Bergman.

Han försvann under vattnet med benen rakt upp. När han kom upp igen flöt han på magen och låtsades som om han trivdes i iskylan.

– Jag ser vraket efter Hesperus där nere, sa han.

– Aah, frustade Modin. Det är på grund av Hesperus som fyren byggdes här 1884. Hon sjönk under en blåsig vinterstorm.

– I dag är det bra sikt, följ mig, sa Bergman.

Han dök. De två andra följde efter. De tre erfarna dykarna hade kontakt med varandra när de simmade nedåt.

Vattnet i Östersjön var grönt om det var bra sikt som den här dagen. Färgen berodde på sikten i vattnet. Ju klarare vatten desto blåare var det i världshaven. Men i Östersjön var vattnet grönt.

Det är verkligen bra sikt, tänkte Axman. Säkert 25 meter. Det är bra botten här ute, mitt i Ålands hav, mestadels sjögräs och stenar. Ett av få ställen som inte har död botten.

Långt under dem låg vraket efter Hesperus. Axman såg ett mörkt föremål på vrakets sargade däck och funderade på om han skulle ge de andra prov vad han kunde. Visa dem ännu en sida av sig själv. Han fortsatte nedåt medan Modin och Bergman stannade på 20 meters djup för att vända uppåt igen.

När Modin och Bergman nådde ytan och flåsade tungt, tog det en hel minut innan Axman kom upp.

– Vart tog du vägen? sa Bergman.

– Jag trodde vi skulle vrakdyka, sa John Axman och andades djupt några gånger. Tog luften slut eller?

– Du är otrolig, Axman, sa Modin.

– Aj då! Jag har kanske glömt berätta att jag var marinens bäste undervattenssimmare på den tiden jag låg i marinen. Hesperus akter var fin och ligger på åtminstone trettiofem meters djup. Har ni tappat den här?

Han visade en repstump som legat på vraket.

– Starkt, Axman, sa Bergman.

– Kom, jag vill se Modin städa vårt hus, sa Axman.

Han simmade bort mot klippkanten och en avsats där det gick att kliva upp.

Vid halvtiotiden på förmiddagen var det tjugo grader varmt. Sjöbrisen hade ännu inte börjat friska i. Anton Modin hade satt på sig solglasögonen och dragit på sig en blå tröja och vita shorts med mörkblå revärer. Han var barfota.

– De bör komma snart, sa han. Harry Nuder kör vår nya båt.

– Vad kan det vara? sa Bergman. En liten aluminiumbåt?

– Det är en överraskning, sa Anton Modin och log finurligt.

– Vad tror du, Modin? Vilka är det som betalar räkningarna? Knappast en stiftelse, va?

– Med all säkerhet är det näringslivet på något sätt. Det handlar för deras del om att göra en investering. En investering som förhoppningsvis ska löna sig på sikt och helikopter är smidigt om man har råd.

– Helikopterdyk, sa Bergman, det är min stil.

– En båt är på ingång, sa John Axman. Skummet yr från aktern och sidorna.

Han såg i kikaren mot Understens fyr i nordväst. Nuder och Hult borde komma därifrån om de åkt från Öregrund.

Synen var märklig, åtminstone i svenska vatten. Axman hade bara sett något liknande i amerikanska båttidningar. Nuder rattade en 34 fots mörkgrå gummibåt eller "rib" som de kallades.

När ribbåten kom närmare gick det inte att ta miste på att Nuder var i sitt esse. Han log brett bakom den stora vindrutan mitt på båten. Hans ljusa hår fladdrade. Bredvid honom satt en hopkrupen Sture Hult med en blå keps neddragen djupt i pannan. På akterspegeln satt tre stora utombordare. Det vrålade om dem när de närmade sig med uppskattningsvis 75 knops fart.

– Vilket jävla as, sa Bill Bergman och skrattade högt. Tio meter, va! Kan man verkligen köpa en sån där med kontokort?

– Det handlar om rikets säkerhet, sa Anton Modin och skrattade han också.

När han beställt båten genom Nuder, hade han bara gett två specifikationer, berättade han för Axman. Den skulle gå att dyka ifrån med fyra dykare. Den skulle gå fortare än polis- och militärbåtarna som fanns i landet.

Modin höll belåtet upp båda tummarna åt aset som gick som en raket i vattnet och även åt Harry Nuders nöjda min.

– Vad tycks? skrek Nuder när han kom i land. Ingen jävel kommer att visa akterspegeln åt den här. Tre Yamaha V8:or på 350 kusar styck, stålpropellrar, ekolod med dubbla frekvenser, dubbla GPS, kartplotter och radar. Minst 70 knop utlovas och det finns kylskåp ombord.

– Får man fråga vad den kostade? sa John Axman.

– 1,4 miljoner, sa Anton Modin. Vi får sälja den när vi är färdiga.

– Jag har med radarn, sa Sture Hult på sitt försynta vis.

– Då är vi igång igen, sa Modin.

Kort senare slog sig de fem männen ned runt en grill som Bergman hanterade medan Anton Modin pratade.

– Jag hade en kollega inom flyget som arbetat på Kustbevakningen förut, sa han. Han berättade för mig vid ett tillfälle att de hade en negativ radar ombord på sina Cessnaplan på 1980-talet, för att leta efter oljeutsläpp. Radarn markerade områden där det inte fanns något ytbrus. Den mätte blanka områden. Den gav utslag där det var rent från ytekon.

– Och? sa Bill Bergman som lät korvar och majs rulla på grillen.

– Den mätte områden med oljeutsläpp. Förstår ni?

– Nej, inte ett dugg, sa Bergman.

– När vi fann den sovjetiska ubåten S7 1998 lade jag märke till att den gav ifrån sig olja. Det var en oljefläck rakt ovanför platsen där den låg. Fläcken låg kvar varje gång vi kom dit. Jag har senare lagt märke till att vrak släpper ifrån sig olja, hur litet vraket än är. Förutom riktigt gamla och sönderrostade vrak förstås som Hesperus där nere.

– Men *vår* ubåt hade väl kärnreaktor? sa Axman.

– Det vet vi inte. Även om den hade det finns det alltid olja ombord någonstans i hydrauliken eller på något annat ställe. Dessutom sprängdes den. Med en gnutta tur kan vi finna en oljefläck.

– Smart, Modin, sa Bergman. Men vi har väl ingen sådan radar?

– Jo, sa Sture Hult. Jag har köpt en begagnad i Finland. Vi ska montera den på helikoptern.

Anton Modin frågade om korvarna var klara. Bergman började dela ut. De öppnade några öl och vände ansiktena från solen. Inom dem började en spänning växa. Det märktes i de överdrivet lugna kroppsrörelserna, de stora tuggorna, de knappa klunkarna öl. Åt alla håll låg världen öppen. De skulle erövra den. Ge de jävlarna!

– Sökområdet är en gånger en nautisk mil och gör att vi inte behöver köra med mer sonar över området, sa Modin med tydlig röst.

– Det är för stort område att dyka på, sa John Axman.

– Ja, alldeles för stort och vi måste avgränsa området ytterligare, sa Modin. Sture Hult har lyckats få fram området där störningen finns. Han får berätta själv hur han kom fram till det. Det är jävligt bra gjort.

Sture Hult satt med en korv i ena handen, ketchupflaskan i den andra och en mellanöl fastklämd mellan knäna.

– Jag blev intresserad av den till synes jämna botten som efter ett tag var det enda jag såg på hårddiskarna. Helt klart var det något skumt. Jag kom fram till att det måste vara störsändare som ger den jämna botten. De suddar ut svagare ekon i bottenkonturen som exempelvis stenar och vrakdelar. När jag analyserat materialet kunde jag se att det på några körningar alldeles nära territorialvattengränsen, fanns små störningar i form av hack. De återkom regelbundet. Jag beräknade tiden mellan störningarna. Jag använde vår loggade fart och mätte direkt i sonarbilderna. Det var exakt tio sekunder mellan varje störning. Sedan letade jag i materialet efter områden där störningen fanns och kom fram till ett område som mäter exakt en gånger en nautisk mil. Det vill säga en kvadrat med 1 852 meter per sida. Jag tror att med ledning av det borde objektet ligga någonstans i den rutan. Tillsammans med Modin har jag kommit fram till att vi ska försöka undersöka det området med den negativa radarn som jag har med mig. Det borde inte finnas något spill från fartyg eftersom området sällan penetreras av större fartyg. Hittar vi olja är det förmodligen från vårt objekt.

– Det var länge sedan man penetrerade något, sa Bill Bergman.

– Genialt, bra jobbat, Sture, sa John Axman. Då kopplar vi upp radarn i kväll. Vi flyger klockan tre i natt, så fort det blir ljust. Sture och jag åker i helikoptern. Ni andra får vänta här. Det där aset rör bara upp vattenytan.

– Klockan tre sover SSI, sa Modin oskyldigt.

– Jag med, väck mig när det är dags att dyka, sa Bill Bergman som började bli salongsberusad av de två mellanöl han druckit i solskenet.

Axman såg hur en skugga drev över Bergmans ansikte.

– Allt okej? frågade han.

– Det var något som kom för mig, sa Bergman sakta. Något om Astrid, min dotter. Äh, det försvann.

Kapitel 37

Södermalm, Stockholm, måndag 14 juli 2008

Astrids mamma Ewa Bergman var morgontrött. Men hon visste att det skulle bli en lång och skön förmiddag med morgontidningen, så fort hon fått iväg sin dotter till dansen. Hon lagade varm choklad och bredde en smörgås med ost och mycket smör.

– Får jag gå ensam? sa Astrid.

– Ja, du och Evelina klarar det här nu. Ni tittar noga på trafiken, går lugnt och springer inte som galenpannor. Eller hur?

– Nej, sa Astrid. Jag menar ja.

Ewa Bergman vände bort huvudet och dolde ett leende. I en spegling på kylskåpets silverdörr såg hon sig själv. Kurvig, halvlångt kastanjebrunt hår, lite grå i hyn av stressen som butikschef i en Willys-butik. Hon strök med handen över sin vita morgonrock och bestämde sig för att tycka att hon var en väl bibehållen trettiofemåring och borde hitta en ny karl efter Bill, bara hon fick tid.

– Här är dansväskan, sa Ewa och pussade dottern på pannan. Evelina väntar nog på dig.

Astrid skuttade ned två trappor. Evelina stod utanför sin dörr.

– Vi går nu, mamma, ropade Evelina, och smällde igen dörren.

Astrid hade precis fyllt nio. Evelina var lika gammal. De gick ut ur sin gemensamma port på Timmermansgatan 29 och gav sig skrattande iväg österut på Södermalm längs den enkelriktade Wollmar Yxkullsgatan. Vid korsningen med Swedenborgsgatan tog de vänster mot Mariatorget. På östra sidan av Mariatorget, bredvid ABBA-Benny Anderssons hotell Rival, låg dansskolan en trappa ned i källaren. Det var 400 meter från Astrids port på Timmermansgatan till dansskolan. Det var söndag förmiddag. Klockan var 08.45.

En svart Ford Explorer med mörktonade rutor stod på tomgång i hörnet av Wollmar Yxkullsgatan och Swedenborgsgatan. Bilens front pekade norrut i riktning mot Mariatorget när de två flickorna passerade bilen. Astrid och Evelina gick längs den östra sidan av Swedenborgsgatan och pratade om vad de skulle träna för dans i dag. Evelina skrattade när Astrid sa att hon redan kunde alla danser och hoppades på att de istället skulle dansa jitterbugg.

Den svarta Ford Explorerns förare lade i ettans växel och rullade sakta efter de två flickorna, som hade svängt höger på Sankt Paulsgatan.

Evelina hoppade upp och gjorde en liten piruett på trottoaren och hennes sommarklänning fladdrade runt benen. Bilen stannade vid trottoaren. Astrid såg en gubbe i ögonvrån. Hon skrattade mot Evelina medan hon såg hur mannen blev större och större. Hans ögon glodde på henne. Han kom intill och luktade surt och tobak. Evelina fick en knuff. Trottoaren försvann. Astrid var i luften i ett hårt grepp om midjan.

– Mamma, hjälp!

Mannen slog undan hennes händer. Svor åt henne att hålla käften. Vek ihop hennes armar så att det gjorde ont och kastade in henne på det sträva tyget i bilens baksäte.

Evelina trillade omkull på trottoaren. Astrids väska och hennes egen låg i vägen. Hon kravlade sig upp. Astrid skrek: En gubbe tog henne. Bildörrar smällde igen. En bilmotor gasade så nära att Evelina blundade. När hon tittade igen var Astrid borta. Bilen körde snabbt därifrån. Evelina sprang efter på trottoaren, ända upp till Götgatan.

Kapitel 38

Märkets fyr, Stockholms norra skärgård, måndag 14 juli 2008

Sture Hult vaknade av att larmet i hans mobiltelefon ringde. Han tittade upp med ett ryck och sträckte sig efter telefonen i väskan vid fötterna. Han stängde av larmet. Bill Bergman låg bredvid honom på trägolvet. Han vred sig ett halvt varv utan att vakna.

Sture Hult klev snabbt ur sovsäcken. Han gnuggade sig i ögonen, tog på sig sina glasögon och drog på sig bruna manchesterbyxor. Sedan knöt han de vita joggingskorna och gick ut på trappan. Han fick morgonsolen rätt i ögonen, försökte skydda dem med vänster hand och stödde sig med den högra på trappräcket. Efter en stund såg han att John Axman var i full gång med den dagliga kontrollen av helikoptern.

De två hade kvällen innan monterat radargivaren på ena meden på helikoptern och spänt fast den ordentligt med spännremmar. Själva radarn och mjukvaran låg inne i helikoptern färdiga att användas.

– Ta frukost, sa John Axman. Det finns varmt vatten i termosen och frystorkat kaffe i plastpåsen där borta.

Han drog försiktigt runt stjärtrotorn på helikoptern.

Två fiskmåsar satt en bit bort och iakttog de båda männen. Det var en jungfrulig morgon med frisk havsdoft. Vattnet låg i det närmaste spegelblankt.

Sture Hult gissade att det var omkring femton grader. Han kände att solen redan värmde. Han tog en bit av en kanelbulle och stoppade den i munnen.

– Vad tror du, Axman? Är det bra förhållanden för att söka efter olja?

– Idealiska, det blir perfekt när vi får lite jämn morgonbris om en stund. Då bör vi kunna se något. Om det finns någon olja, vill säga. Jag har kollat med meteorologen på Arlanda. Det blir stadigt väder hela dagen med sjöbris efter 14. Det betyder att vi har några timmar på oss.

– Kom och ta kaffe, sa Sture Hult vänligt. Jag har hällt upp till dig.

John Axman satte sig bredvid Sture Hult på berget och tog kaffekoppen i handen. De drack det varma kaffet i små klunkar och såg ut över det mäktiga havet. Fiskmåsarna kastade sig iväg på sitt nervösa vis och flög på låg höjd ut över havet, på jakt efter osynliga fiskar.

Luften är så klar här ute i ytterskärgården att det ser overkligt ut, tänkte Hult.

De klättrade in i helikoptern. Rotorbladen rullade tungt igång. När svischet tog över rörde sig helikopterkroppen otåligt och John Axman nickade mot Hult: Nu åker vi.

Märkets fyr försvann under dem. Axman ändrade rotorvinkeln. Helikoptern sköt fart framåt med kurs mot Understens fyr i nordväst och det aktuella sökområdet. Axman hade programmerat in sökområdet i helikopterns navigeringsdator och han följde styrinformationen. Han styrde helikoptern ned på låg höjd och flög tio meter ovanför den jämna vattenytan.

De passerade en kobbe med ett hundratal sälar som låg och solade sig. När helikoptern dånade över dem på låg höjd, rullade några sälar förskrämt ned i vattnet och gömde sig. Andra hann inte reagera innan helikoptern var försvunnen.

– En minut till målområdet, sa John Axman i internkommunikationsradion. Jag kommer att gå lite högre där.

– Uppfattat, utrustningen är klar, sa Sture Hult.

Sture Hult satt djupt försjunken med blicken fokuserad på radarskärmen. Han hade ett stort svart headset på sig och skruvade med fingrarna på fyra vred med vilka man ställde in radarbilden. Han fick problem med kontrasten på grund av det starka ljuset.

John Axman saktade in helikoptern. Den tunga ankan blev stående stilla, hovrande över vattenytan på 150 meters höjd.

– Är du redo, Hult?

– Kör!

Helikoptern sköt långsamt fart framåt igen. Sakta betades havsytan av. Alla signaler spelades in på en hårddisk som Sture Hult placerat i en trälåda bakom sig. Radarn de använde var en SLAR, Side Looking Airborne Radar, den negativa radarn som mätte blankt vatten.

– Vi kommer genom radarn att se vattenområden som inte har några krusningar, sa Hult. Exempelvis oljefilm som ger en slät yta. Se till så att du inte rör upp vattnet med luftströmmen från helikoptern.

– Jag tar det lugnt, sa Axman.

De rörde sig sakta över havsytan på mellan 150 och 200

meters höjd. Axman manövrerade mjukt och vant den relativt lilla helikoptern.

Han har god flygkänsla. Han är begåvad. Man känner sig trygg, tänkte Sture Hult, samtidigt som sökområdet betades av. Inga andra fartyg syntes. Det var tidigt på morgonen och semesterfirare sov ruset av sig eller matade barn i någon stilla vik. Han hade radarn riktad snett framåt.

– Här! Rakt under oss nu, sa Sture Hult.

John Axman saktade in helikoptern och flög sedan mycket långsamt framåt. Under dem syntes en omfattande oljefläck, både på radarn och med blotta ögat.

– Det var som fan, sa Axman. Det trodde jag aldrig. Kolla vilken oljefläck!

Han tryckte in en event-point på navigeringsdatorn som markerade platsen och steg sedan till högre höjd. Under dem bredde nu en oljefläck ut sig som hade cirka 300 meters diameter. Det såg ut som bleke i oljefläcken som skiftade i blått och grönt. Den syntes bäst med solen i ryggen när de gick upp på 500 meters höjd. På riktigt låg höjd syntes inte fläcken med blotta ögat men de kunde se den på radarn.

De hovrade öster om oljefläcken.

– Kan du ge mig vindar och temperatur, Axman?

Sture Hult antecknade data han fick från Axman i ett litet block. Sedan fotograferade han fläcken med en digitalkamera.

– Ja, då var vi klara. Uppdraget utfört. Mot Märket igen, Axman.

Sture Hult pratade i headsetet och höll samtidigt med sina fingrar om mikrofonen.

På klipporna vid Skatudden strax öster om Grisslehamn stod Matti Svensson med sin gula damcykel lutad mot höften. Han hade en kikare för ögonen och tittade ut över havet. Han iakttog helikoptern långt borta vid horisonten och antecknade därefter bäring och avstånd till den på en liten papperslapp.

Kapitel 39

Södermalm, Stockholm, måndag 14 juli 2008

Ewa Bergman låg i den breda sängen och hade kommit till kulturdelen i DN då telefonen ringde.

– Ewa, har du hört av tjejerna? sa Evelinas mamma.

– Eh, nej. Är det inte för tidigt än. De ska komma först vid elva.

– De har inte varit på dansen. Jag har pratat med Carros mamma. Hon säger att Evelina och Astrid inte var där. Ingen har sett till dem på hela morgonen.

– Vad är det du säger! Menar du allvar?

Ewa kramade mobilen och stirrade rakt framför sig. Något gled undan för henne, hon fick inte tag i det.

– Vad märkligt! Var de aldrig på dansen?

– Nej, det måste ha hänt något, sa Evelinas mamma. De skulle aldrig missa dansen frivilligt. Vad ska vi göra? Vi måste ringa polisen.

– Jag kommer ned till dig, sa Ewa och sköt undan täcket, sköt bort allting och stod på golvet. Vi måste ut på stan och leta.

Hon var iskall inombords. Hon skakade när hon gick

runt och letade efter kläder, krafsade fram bootsen och tog kappan under armen. Hon hatade kaffekoppen på sängbordet. Om hon hade följt med, om hon inte hade tyckt att de var stora nog att inte behöva hållas i handen varenda sekund som småungar. Om hon inte krävt ett andrum!

Utan att låsa skyndade hon ut ur lägenheten.

– Nej, Evelina och Astrid kom aldrig på träningen i dag, sa en smal man i 40-årsåldern som var deras danslärare.

– Är du säker på det? sa Ewa Bergman. Var de inte här en liten stund, i alla fall?

– Nej, inte vad jag såg, sa dansläraren.

– Herregud, de måste i alla fall vara någonstans i närheten. Det är bara några hundra meter till vår lägenhet.

De två kvinnorna bestämde sig för att gå till Södermalms polisstation på Tjärhovsgatan 21. Det var en promenad på drygt femton minuter även om de gick fort. Klockan var 10.45. De mötte få människor, såg en och annan bil.

Det är lugnt i stan en söndagsmorgon mitt i sommaren, tänkte Ewa Bergman med andan i halsen. Vad kan hända?

De gick över Medborgarplatsen, förbi korvmojen och österut på Tjärhovsgatan som löper parallellt med Folkungagatan.

När de kom in på polisstationen såg de med en gång Evelina. Hon stod och samtalade med en polis i ena änden av rummet. Den kvinnliga polisen stod lutad över henne. Evelina grät och såg upprörd ut. I handen hade hon både sin egen och Astrids väska med danskläder.

Ewa Bergman läste i flickans ansikte. Astrid är borta. Poliskvinnans ögon var mörka av bekymmer.

Ewa Bergman slet fram en mobiltelefon och försökte få

tag i sitt ex Bill Bergman. Hon förbannade honom för att han inte hade slagit på sin mobil.

Han finns aldrig där när man behöver honom, tänkte hon innan fasan övermannade henne och hon började skrika.

Kapitel 40

Södermalm, Stockholm, måndag 14 juli 2008

Huset var byggt 1765. Det var 365 kvadratmeter stort, plus källare, gulmålat med en svag gråton och putsade stenfasader. Huset hade mattsvart plåttak och en rejäl bred trädörr som var mossgrön. Det låg på den lilla ön Långholmen som hänger ihop med Södermalm genom två broar, Pålsundsbron och Långholmsbron. Över delar av Långholmen sträcker sig Västerbron och förbinder Södermalm med Kungsholmen.

Det gula huset låg vackert på Långholmens västra del med utsikt över vattnet. Huset vette mot norr och på andra sidan vattnet låg den ryska ambassaden väl synlig på Kungsholmen. Stora lövträd skymde på alla sidor och mitt framför huset fanns en stor grusplan. Inte långt därifrån låg det gamla fängelset som numera var ombyggt till hotell. Huset hade från början tillhört en känd konstnärsfamilj i Stockholm men här bodde nu en domare med sin fru.

En grov man i svart skinnjacka gick in genom dörren till källaren och stängde efter sig. Det grå cementgolvet gav rummet en torr doft av damm. Det var mörkt därinne och han tände inte. Endast ljusstrimmor som trängde in genom de igenbommade källarfönstren gav rummet ett dunkel där detaljer svagt kunde urskiljas. En stol låg omkullslagen vid den ena långväggen. En spade stod lutad mot väggen några meter längre bort. Fyra vinterdäck stod staplade på varandra i det ena hörnet av rummet. I stråken av ljus rörde sig dammpartiklar och de kom ännu mer i rörelse när mannen bröt ljuset med sin kropp. Bakom bildäcken vid kortväggen syntes en barnhand fastknuten i ett rep.

Mannen i den svarta skinnjackan gick närmare och kontrollerade att hon andades. Hon hängde till synes medvetslös i två rep som var knutna kring hennes handleder. Två andra rep höll hennes båda ben brett isär. Hon såg ut som ett vitt kors mot den mörka dammiga källarväggen. En liten nioåring i underkläder med det mörka håret delvis ned över ansiktet. Huvudet hängde med hakan mot bröstkorgen.

Nu höll hon åtminstone tyst. Mannen iakttog henne länge. Han fuktade läpparna med tungan, rättade till pungen en aning och gick sedan ut ur källarrummet och låste dörren efter sig.

På Märket åt Bill Bergman en utdragen frukost. Anton Modin satt ute på klippan på andra sidan fyren. De lät varandra njuta i tystnaden och den klara havsluften som stadigt värmdes upp.

Bergman slog på sin mobil. Han hade fått ett sms.

Ringvägens norra ände klockan 18.00. Din dotter älskar dig. Riskera inte hennes liv genom att sprida detta budskap. Dödens Mäklare.

Bergman blev med ens kontrollerad och effektiv. Han kollade avsändaren. Det var ett 073-nummer. Han ringde nummerupplysningen och fick beskedet att det var en kontantkortstelefon med okänd ägare.

Han läste meddelandet igen medan en kyla växte i bröstet och ett ursinne grep honom och gjorde honom vaken och galen.

Han ringde Ewa. Astrid var försvunnen, sa hon med en röst som om hon inte själv begrep vad hon talade om. Hon försvann vid niotiden. Hon hade vinkat vid dörren, skuttat nedför trapporna och Ewa tyckte sig ha hört stora porten slå igen bakom henne. Sedan var det ingen som visste. Evelina hade sprungit och sökt efter henne på Medborgarplatsen men då var bilen borta för länge sedan. En man i en skinnjacka och med grov röst hade tagit Astrid. En snäll tant hade hittat Evelina och följt henne till polisen. Men Astrid var försvunnen. Sedan dess hade tiden upphört att existera för Ewa.

Bill Bergman vek noggrant ihop mobilen. Hans hjärna gick på högvarv. Då hade det nått honom! Exemplen på vad de var i stånd till flimrade för ögonen. Nuders torterade hundar. Anton Modin inlindad i bandage i sjukhussängen. Deras sänkta båt. Vad hade hänt med Astrid?!

Helikoptern kom emot honom på låg höjd. Rotorbladen piskade dundrande fram en vit fräsande motorväg på vattenytan. Bergman andades häftigt och böjde ned huvudet mot knäna. Samtidigt gjorde Axman en gir och flög en stund i det närmaste uppochned innan han sjönk ned i en vid vänstersväng och landade på den jämna klippan intill fyren. Axman och Hult klättrade ut medan rotorn varvade ned. De småsprang nedhukade fram till Bergman, som nu fått sällskap av Modin.

Harry Nuder, som kommit med Hulken, iakttog John Axman i smyg. Han hade i början inte riktigt förstått varför Modin valt honom. Att han var feminin och lite vek var de första intrycken Nuder fått av Axman. Nu förstod han, efter att ha sett flyguppvisningen, varför han var med i gruppen. Modin visste vad han gjorde, men lite konstig var han. Axman är en annan värld, tänkte Nuder.

– Hur gick det? frågade Anton Modin. Fick vi något napp?

– Vi fann en oljefläck på 300 meters diameter, flämtade Sture Hult.

– Bra. Kanon! Hur exakt tror du källan till oljeutsläppet går att spåra?

– Jag ska räkna på det, sa Sture Hult. Jämföra med vindarna och havsströmmen. Det kan ta några dagar. Jag föreslår att vi flyger hem med en gång.

– Det låter bra, sa Bergman med normal röst. Alldeles förbannat bra.

Kapitel 41

Södermalm, Stockholm, måndag 14 juli 2008, klockan 18.00

Bill Bergman vankade av och an i norra änden av Ringvägen, där den korsade först Hornsgatan och sedan Brännkyrkagatan. Ringvägen svängde sedan västerut och övergick i Lundagatan. I kurvan fanns en bucklig klippvägg och ovanför den stod ett gult gammalt stenhus.

Bergman väntade med ryggen mot klippväggen, alldeles under en skylt som sa att det var 0,4 km till Söder Mälarstrand. Han såg intensivt mot korsningen Ringvägen–Hornsgatan. Bilar stannade och startade oupphörligt vid rödlyset på båda sidor.

Han vred huvudet åt höger och där låg en nedlagd kiosk med grönt plåttak och galler för fönstren. Kiosken hade tydligen hetat Zinken enligt en sliten skylt på sidan. Några grabbar i 13–14-årsåldern hängde utanför kiosken på sina cyklar. Han försökte att inte bli distraherad av dem. Eftersom det var söndagskväll var det lugnt vid Zinkensdamm.

Jag kan inte missa dem när de kommer! tänkte han.

En svart BMW svängde runt hörnet på Hornsgatan i det

södergående körfältet. Den kom i hög fart mot Bill Bergman och bromsade in tvärt alldeles framför honom. Han hörde ljudet av däcken mot den torra varma asfalten. Bakdörren öppnades.

– Hoppa in! sa en mansröst.

Bill Bergman tvekade en sekund men klev sedan in i bilen. Han hann inte stänga bildörren förrän chauffören drog iväg Lundagatan västerut. Bergman fick en svart ögonbindel för ögonen. Ett par hörselskydd placerades över hans öron.

Färden gick snabbt, kände Bergman. Han kastades av och an i baksätet och hade svårt att parera de häftiga rörelserna. Bilen körde i sex sju minuter som Bergman bedömde det och stannade sedan på en grusad gång eller gårdsplan. Bestämda händer drog ut honom ur bilen. Bergman hasade på gruset och försökte sinka framfarten. Än hade inte ett ord yttrats. Även om hörselskydden var täta kunde han höra att en dörr slog igen. Han leddes bryskt vidare och kom fram till en trappa och fördes sedan in genom en dörr. Bergman kände kvalmigheten i ett rum som inte vädrats efter en varm dag. Svaga mumlande röster hördes och de gick genom flera rum. Den person som ledde Bergman släppte taget om hans arm. Bergman stod stilla och försökte lyssna genom hörselskydden. Han kunde inte höra något. Han väntade i en halv minut och tog sedan försiktigt av sig ögonbindeln och hörselskydden. Han var ensam. Han såg sig omkring i rummet. Precis som han gissat var det ett gammalt hus. På golvet låg det några slitna trasmattor och i ena hörnet stod en grå tygfåtölj med ljusbruna träarmstöd. Längs ena väggen fanns en vit bokhylla och bredvid fåtöljen stod en golvlampa i mässing med veckad vit tygskärm. Några antika tavlor med mörka motiv hängde på väggarna.

– Bill Bergman, antar jag?

Han vände sig hastigt om, men ingen annan fanns i rummet.

Rösten hördes från en snabbtelefon som satt på väggen bredvid dörren. Det knastrade som om högtalaren var spräckt men han hörde att det var en man som talade.

– Ja, det är jag. Vem talar jag med?

– Det spelar ingen roll, sa rösten. Det som spelar roll är om din dotter fortfarande är i livet. Du undrar förstås i vilket skick hon i så fall befinner sig. Vi har ont om tid.

Bergman stelnade till. Han sjöd av raseri och tog några djupa andetag för att bekämpa det. Han ville inte visa några känslor och gjorde allt för att behärska sig.

– Har ni min dotter? sa han sedan med blicken riktad mot snabbtelefonen.

– Ja, vi har Astrid. En söt flicka. Jag antar att du älskar och bryr dig om henne. För annars är det nog slut är jag rädd. Vi vill göra en överenskommelse med dig, Bergman.

– Vad är det ni vill? Bergman hörde att han lät ängslig men kunde inte hjälpa det. Var är hon?

– Vi vill att du samarbetar med oss. Vi behöver inte din dotter eller dig. Vårt huvudmål är din vän Anton Modin. Byter du honom mot din dotter?

Mannen tystnade och bara ett svagt brus kunde höras från högtalaren.

– Det beror på. Jag samarbetar bara på ett villkor, slängde Bergman ur sig och svalde en gång innan han fortsatte: Det är om ni låter både min dotter och Anton Modin leva.

Bill Bergman visste inte varför han sa just så men insåg instinktivt att det nu handlade om liv eller död och att det var bråttom.

– Då ser jag inga problem. Vi är överens. Från och med nu förutsätter vi att du meddelar oss allt ni gör. Det vill säga du själv och Anton Modin. Vi vill att du svarar när vi ringer på din mobil. Du är från och med nu en spion. Du arbetar åt oss. Är det uppfattat?

– Ja, jag förstår, jag går med på det. Uppfyller ni mina villkor?

Bill Bergman andades djupt tre gånger och väntade.

– Ja, sa rösten lägre och långsammare. Vi garanterar det, så länge du är samarbetsvillig. Du kan inte ens gissa vad mina pojkar skulle vilja göra med din vackra dotter. De är ena riktiga vilddjur.

Rösten lät för ett ögonblick feminin och sliskig men återgick snabbt till att bli mycket korrekt.

– Låt detta bli en varning, Bergman. Anton Modin har hela världen som fiende. Han har ingen chans. Ta på dig ögonbindeln igen och sätt på dig öronskydden.

Bill Bergman gjorde som rösten sa. Efter vad han bedömde som en minut låstes dörren upp och någon kom in och tog tag i hans arm.

Bill Bergman var rädd för första gången på länge.

Kapitel 42

Norrtälje polisstation, tisdag 15 juli 2008

Det låg en tryckande hetta över den lilla skärgårdsstaden Norrtälje, några mil söder om Grisslehamn och sju mil norr om Stockholm. Termometern visade på 28 grader.

Det var ovanligt varmt, speciellt för en rospigg. Kriminalassistent Wilhelm Aronson på Norrtäljepolisen svettades under den ljusblå uniformsskjortan och han började få stora mörka fläckar under armhålorna. Han hade öppnat fönstret men luften stod stilla.

En tredjedel av styrkan hade gått på semester. För de återstående två tredjedelarna av personalen på Norrtälje polisstation, tretton personer, började den mest hektiska perioden på året. Det var semestertid för svenska folket. Norrtälje kommuns invånarantal tredubblades under juli månad, då alla sommargästerna var på plats i sina stugor och på de olika pensionaten vid kusten. Dessutom kom turister som blåste in i kommunen, startade bråk och begick brott och sedan susade vidare.

Wilhelm Aronson satt vid det ljusa träbordet i förhörsrummet. Bredvid Aronson satt åklagare Evald Rosengren. Anton

Modin hade inställt sig på polisstationen enligt åklagare Rosengrens framställan. Han satt mitt emot. Bredvid honom satt advokaten som utsetts i våldtäktsmålet. Han hette Gunnar Falkman. Anton Modin hade inte protesterat, eftersom Falkman var en känd brottmålsadvokat från Stockholm och han antog att Falkman borde kunna försvara honom bra.

– Har du läst igenom åtalet, Modin? sa kriminalassistent Wilhelm Aronson.

– Ja.

– Vad har du att säga till ditt försvar? frågade Aronson högtidligt.

Aronson hade sett fram emot den här dagen. Han skulle bli känd om han blev den som sydde in Anton Modin. Det stod redan fem journalister utanför och väntade på resultatet av häktningsframställan.

– Jag är oskyldig, sa Anton Modin i en korrekt ton. Jag är utsatt för en komplott. Jag har inte rört den där tjejen.

– Du har inte rört henne, sa Aronson och kunde inte dölja sin sarkastiska ton.

– Nej, inte mer än att jag försökte hindra henne från att dra ned mina byxor på toaletten.

– Det var alltså hon som drog ned dina byxor?

– Ja, *försökte* dra ned. Jag stoppade henne.

Anton Modin märkte på reaktionerna att ingen i rummet trodde honom. Hans advokat tittade in i väggen. Advokaten hade mörkt hår och mustasch. Han bar en elegant märkeskostym, vit skjorta med mörkblå slips och välputsade svarta skor. Hans lemmar var smala och han hade kvinnliga drag. Bredvid sig hade han en liten brun mjuk portfölj av äldre modell. Han torkade sig i pannan med jämna mellanrum med en vit näsduk av tyg.

– Hur kom det sig att ni befann er på samma toalett? frågade åklagare Evald Rosengren.

Rosengren hade inget emot om Anton Modin åkte in i fängelse några år. Han skulle åtminstone inte lägga hinder i vägen.

– Hon knackade på dörren och jag släppte in henne, sa Anton Modin.

– Du menar på fullt allvar att hon knackade på toalettdörren. Var det inte istället så att det var du som knackade på dörren och sedan trängde dig in till henne och våldtog henne där inne?

Åklagare Rosengren såg Anton Modin djupt i ögonen och sedan gjorde han samma sak med advokat Gunnar Falkman. Åklagaren såg ut att ha övertaget och ändå hade han ännu förmodligen inte presenterat sitt bästa kort.

– Min klient menar att det var tvärtom, sa Gunnar Falkman. Det vill säga att det var kvinnan som trängde sig in på toaletten.

Åklagare Rosengren, som nu tagit över förhöret, tog fram ett vitt papper från akten och lade det framför sig på bordet.

– Det här, mina herrar, är ett vittnesmål från estniskan Olga Kuristjeva som är den kvinna vi talar om, sa han. Hon pekar ut dels ett födelsemärke på Anton Modins vänstra skinka och dels ett område högt upp på Modins vänstra lår där han transplanterat hud. Kan du vara snäll och ta av dig dina byxor, Modin.

Modin blev röd i ansiktet. Han kände värmen stiga över axlarna och upp över nacken och ända upp i hårbotten på hjässan. Åklagare Rosengrens ord och det presenterade dokumentet kändes som ett hårt slag i ansiktet. Nu var det inte längre ord mot ord utan något helt annat. Rummet som varit varmt blev olidligt hett och kvalmigt. Anton Modin kastade en blick mot det öppna fönstret.

Advokat Gunnar Falkman sträckte sig efter dokumentet och började lusläsa det.

– Ja, Modin, det här ser inte bra ut, sa kriminalassistent Aronson, som belåten iakttagit skådespelet.

Han glömde bort sina fuktiga ringar under armhålorna som nu var stora som lp-skivor.

Det blev mycket bättre än han föreställt sig. Han såg förmodligen framför sig morgondagens rubriker i lokaltidningen, där han själv var en av huvudpersonerna.

– Det är lika bra att du tar av dig byxorna, sa advokat Gunnar Falkman och vände sig mot Anton Modin. Då får vi det ur världen.

Anton Modin reste sig som i trans och knäppte upp byxorna, drog ned dem till knäna och blottade ett stort ärr högt upp på sitt vänstra lår.

Hur i helvete kunde de veta om hans ärr på benet och födelsemärket på vänstra skinkan? Någon måste ha kommit åt hans sjukjournal på något sätt. Kan det vara flygläkaren? tänkte han blixtsnabbt.

Det blev tyst i rummet. Ingen sa något. Advokat Gunnar Falkman skruvade på sig. Det var åklagare Evald Rosengren som först tog till orda.

– Då anser jag det klarlagt att vi har sannolika skäl för häktningsframställan. Jag beslutar härmed att Anton Modin ska tas in i häkte och förbli där under hela förundersökningen på sannolika skäl misstänkt för våldtäkt.

Anton Modin insåg att det var lönlöst att protestera. Han kände att samtliga i rummet inklusive hans advokat var hans motståndare.

Jag måste få kontakt med Göran Filipson på Säpo, tänkte han.

Modin följde med kriminalassistent Wilhelm Aronson på Norrtäljepolisen ut ur det stekheta rummet. Efter följde åklagare Rosengren med spänstiga steg.

Utanför på gatan var det 29 grader varmt. Klockan hade hunnit bli 14.00. Nyheten om Anton Modins häktning spred sig. Några journalister svärmade runt åklagaren. Han berättade om händelseutvecklingen med myndig stämma. Åklagaren var lång och smal. Han verkade inte låta sig bekommas av den tryckande värmen. Han svettades inte ens.

Kapitel 43

Södermalm, Stockholm, måndag 14 juli 2008

Domare Albert Svan sa åt sin fru Anita att gå och hämta en kall öl åt honom. Albert Svan hade talat färdigt i snabbtelefonen och gett sina två livvakter, båda bulgarer, i uppdrag att ta med Bill Bergman till källaren, där hans dotter fanns. Han kände sig nöjd med att Bergman varit samarbetsvillig men samtidigt besviken över att inte ha fått utsätta Bergman för vånda. Se honom drabbas av vanmakt. Lite lätt tortyr hade inget barn dött av. Han tänkte tillbaka på sin egen barndom. Hans far hade slagit honom när han förtjänat det. Barn kunde vara hemskt envisa ibland. Han funderade på detta en stund, samtidigt som han tog en klunk kall öl direkt ur flaskan som hustrun kommit med. Han spillde på hakan. Det rann ned på hans vita krage.

– Helvete, människa. Skakade du flaskan?

Bill Bergman stödde sig mot trappräcket med vänster hand samtidigt som han knuffades lätt i ryggen av en av gorillorna som föste honom vidare ned i en källare. När trappan tog slut drevs han några steg rakt fram och in genom en ståldörr. Han hörde ståldörren slå igen. Det var tyst i rummet. Han lyssnade intensivt. De låste inte dörren. Sedan tog han av sig ögonbindeln och hörselskydden. I mörkret såg han först ingenting. Efter ett tag ställde ögonen in sig och han trevade sig framåt. Det luktade skämt som av sopor. Lukten kom från en hög på golvet. Det var ett djur. En död katt utan huvud! Den låg i en mörk pöl och han antog att det var blod.

Vilka sjuka jävlar!

Han hörde bruset från ett avlopp. Någon som spolade i en av husets toaletter. Han spände sig inför vad han skulle hitta mer. Han tömde huvudet på tankar och gick vid sidan av katten med smygande steg.

Där var hon, Astrid. Hon var fastbunden och till synes livlös. Nedblodad. Han kände efter på sidan av hennes hals om hon levde. Pulsen var jämn men svag. Det syntes inga skador och han vågade knyta upp repen, ta henne i famnen.

Han gissade att blodet på henne kom från den halshuggna katten. Med tårar rinnande nedför kinderna kände han försiktigt överallt på hennes kropp.

Astrid hade röda streck på handlederna. Skinnet hade spruckit upp efter repen. Han tog av sig sin jacka och lindade den om henne.

– Öppna dörren för helvete! skrek han rakt ut.

Vredet på den tunga ståldörren vreds om. En springa syntes.

– Lägg ned flickan på golvet och ta på dig ögonbindeln och hörselskydden, sa en mansröst på bruten svenska.

– Aldrig! Jag släpper henne inte, skrek Bergman.

– Släpp flickan, om ni vill komma ut levande härifrån, sa

mansrösten i ett lågt tonläge och fortfarande utan att avslöja några känslor.

Bill Bergman lade motvilligt ned Astrid på det kalla och dammiga cementgolvet. Han tog på sig ögonbindeln igen och hörselskydden och stod still och väntade. Det kändes som en evighet men han vågade inte göra eller säga något. Hans knän darrade och han var torr i munnen. Han kände en hand som bryskt tog tag i hans vänstra arm. Armen ledde honom uppför trappan igen och han snubblade till några gånger på vägen. Han kunde känna den andra mannens lukt. Han luktade cigarettrök blandat med en frän svettdoft. Han fick en känsla av att mannen var stor men otränad. Mannen rörde sig klumpigt uppför trappan. Bill Bergman leddes ut på gården och han kände återigen gruset under skorna. Luften kändes frisk och befriande. Någon tryckte ned hans huvud och han kom in i en bil. Doften av ny plast och skinn var karakteristisk och han märkte att hans doftsinne stärkts. Det var förmodligen samma bil som han åkt dit i. Han strök med handen över sätet och kände att det var av skinn. Hans dotter placerades bredvid honom och han höll henne hårt runt axlarna. Hon var fortfarande medvetslös. Hon hängde livlös mot hans sida. Bilen manövrerades bryskt och Bergman kastades åt sidorna i kurvorna och fick ibland ta tag i sätet framför sig. Metallskenan på nackstödet gav ett bra grepp. Han gissade att det var två män förutom han själv i bilen. Han kunde ibland höra när de talade med varandra men uppfattade inte vad de sa. Efter vad han bedömde som tio minuter, stannade bilen. Bildörren bredvid honom öppnades. Han blev tvungen att släppa taget om Astrid. Någon drog ut honom ur bilen. Han blev stående på asfalt, kände han, och förnam en sval vind från någonstans. Han väntade någon minut efter att bilen kört iväg och tog sedan av sig ögonbindeln och öronskydden. Efter några sekunders tvekan kände han igen sig. Han stod på den stora parkeringen på gården utanför Münchenbryggeriet på Söder Mälarstrand. Hans dotter låg på asfalten bredvid honom. Han tog henne genast i famnen. Hon hade börjat vakna till liv och lyckligtvis, tänkte Bill Bergman, hade hon inte sett så mycket av det som hänt. Han tog av sig sin tröja, satte den på dottern och började gå hemåt. Klockan var 00.45 och det var folktomt. Han hörde några bilar åka förbi på Söder Mälarstrand ett hundratal meter bort.

Domare Albert Svan satt bekvämt bakåtlutad i fåtöljen med fötterna på en liten rund fotpall av brunt skinn. Han lyssnade på pilgrimskören ur *Tannhäuser* av Wagner på hög volym och gjorde några rörelser med sin vänstra hand i luften som om han dirigerade en stor symfoniorkester. Han hummade och sträckte sig sedan efter sin konjakskupa fylld med calvados. Han smuttade på den fina spriten, gurglade en gång och funderade en stund på sitt framgångsrika liv. Han brukade göra det med njutning varje gång han fullgjort ett uppdrag åt sin uppdragsgivare, den ryska ambassaden i Stockholm.

Hans far hade arbetat åt självaste Andrej Vysjinskij, Stalins chefsåklagare. Tyvärr hade fadern dött tidigt av en plötslig hjärtattack när Albert Svan var nio år gammal. Hans mor hade sedan gift om sig med en officer inom KGB. Albert Svan hade efter fullgjord värnplikt inom den sovjetiska militära underrättelsetjänsten, GRU, blivit utvald som en av få till den krävande illegalisttjänstgöringen utomlands. Han var då bara 24 år gammal. Han hade fått ny identitet av KGB och intill perfektion förfalskade handlingar. Hans legend hade noggrant gåtts igenom med honom innan han skickades till Sverige 1984.

I Sverige tog han kontakt med den svenska underrättelsetjänsten och erbjöd dem sina tjänster. Han hade blivit mottagen som en sovjetisk avhoppare och fått ny identitet även av de svenska myndigheterna. Efter en tids debriefing på SSI, fick han arbete på polisens piketstyrka på Norrmalm i Stockholm. Debriefingen hade gått smidigt eftersom han redan kunde bra svenska från sin tid inom GRU. På Norrmalmspiketen hade han med hjälp av ett polisbefäl fört piketstyrkan i en fascistisk riktning. Buset skulle bekämpas med alla medel och han fick mycket beröm från flera inom polisledningen. Han hade värvat folk genom en skytteklubb på Djurgården. Målet hade varit att utföra uppdrag dels för SSI, dels direkt för den sovjetiska ambassaden i Stockholm. Hans kollegor på piketen visste förstås inget om detta, utan trodde sig arbeta för att upprätthålla lag och ordning. Det hade blivit mycket skriverier om piketen efter bland annat ett misshandelsmål och efteråt var han förbrukad inom polisen. Han fick istället genomgå en snabbutbildning inom juridiken. Han hade haft svårt att ta till sig termer och lagar men hans handledare var en snäll gammal juridikprofessor. Professorn såg ofta mellan fingrarna med Albert Svans tillkortakommanden inom juridiken, eftersom han visste att det Albert Svan skulle komma att genomföra som jurist och senare domare vida översteg några missade juridiska termer. Albert Svan hade officiellt baltisk bakgrund. Det hade han talat om för SSI. Detta var ett genidrag av KGB, tyckte han, eftersom balterna fått ett rykte i Sverige om att vara fascister vilket passade för hans uppdrag. Balternas bakgrund hade under flera år svärtats ned medvetet av några författare och filmare, vilka styrdes av KGB. Även om de inte förstod det själva, *dessa nyttiga idioter*.

Albert Svan tog ytterligare en klunk av den välsmakande calvadosen och kunde inte motstå att låta sig imponeras av KGB:s arbetsmetoder. Svaga element rensades ut. Bara det bästa behölls. Så hade det varit sedan 1917, då KGB formellt bildades, då med namnet Tjekan. Tjekan och Tjekans födelse firades fortfarande bland dess medlemmar runt om i världen den 20 december varje år. Det fanns cirka 50 sovjetiska illegalister i Sverige på 1980-talet och i dag hade deras barn och barnbarn gjort fina karriärer inom etablissemanget. Många av dem hade originella och sällsynta namn men även kända och adliga namn kunde förekomma, då gärna med rysk anknytning. Även tysk och baltisk bakgrund förekom. Sverige var infiltrerat från topp till tå.

Om svenskarna bara visste, tänkte Albert Svan. Han njöt när Wagners pilgrimskör steg till ett crescendo. Han blev varm och svettig i pannan. Det var närapå en sexuell upplevelse. Han lutade huvudet bakåt och somnade sedan så i ett meditativt tillstånd. Hans fru Anita Svan kom fram och tog konjakskupan så att den inte skulle falla i golvet. Hon släckte ljuset och smög sakta ut på tå.

Kapitel 44

Riddargatan, Stockholm, onsdag 16 juli 2008

Chris Loklinth satt på sitt tjänsterum och läste morgontidningarna med stor tillfredsställelse. Han hade en hög med tidningar på bordet framför sig som han snabbläddrat i. Anton Modin fanns med på förstasidan på några av dem. Bland annat Norrtälje Dagblad där det även fanns en bild på kriminalassistent Wilhelm Aronson. Han citerades:

Vi kan med stor tillfredsställelse se fram emot den kommande rättegången. Utan att gå händelserna i förväg eller avslöja utredningsläget kan jag med stor säkerhet säga att Anton Modin kommer att dömas till fängelse. Det är sällan vi sitter med så starka bevis som i det här fallet.

Sedan kom ett avsnitt om personen bakom gripandet, nämligen Aronson själv. Hans bakgrund och fritidsintressen belystes. Han hade grönt bälte i jujutsu på Chiang Kaishek jujutsu-klubb i Norrtälje och hans mål var att ta svart bälte så småningom. Wilhelm Aronson var även en hejare på fiske, speciellt gösfiske, kunde man läsa. Ett kort citat av åklagare Evald Rosengren fanns också att läsa i Norrtälje Dagblad.

Anton Modin utförde sitt känslokalla brott vid fel tidpunkt och på fel plats. Han har i dag häktats på synnerliga skäl misstänkt för grov våldtäkt. Vi ser fram emot en fällande dom om några veckor. Allt annat vore en sensation. Vi på åklagarmyndigheten ser efter att lag och ordning följs i detta land, även om det är så kallade kändisar med i bilden.

Det var länge sedan Chris Loklinth njöt så mycket av att läsa morgontidningarna. Han tog god tid på sig. Smuttade på sitt kaffe och ställde sedan försiktigt ned den heta koppen. Han bläddrade igenom tidningarna två gånger för att vara säker på att inte missa något om Modins häktning och gick sedan bort till Bob Lundins rum längre ned i korridoren.

– Nu har vi honom, härligt. Han kommer att gå med på vad som helst för att slippa fängelse. Kan du ta kontakt med honom, Lundin, och presentera våra villkor. Ingen brådska. Låt honom sova några nätter i häktet först. Då hinner han bli riktigt mör.

– Jag har sett fram emot det, sa kapten Bob Lundin med ett flin i det bleka pojkansiktet.

– Se till att han får magsjuka i värmen. Snacka med den där hjälten Aronson i Norrtälje. Han tar mutor, det har vi fått med honom på.

– Okej, jag fixar det, sa Bob Lundin. Jag fick precis ett meddelande på den hemliga krypton. En viss Svan har värvat Bill Bergman. Bergman sägs göra allt vi ber om fortsättningsvis, enligt kryptot.

– Jävlars, vad bra. Albert Svan kan man lita på. Han är ett fullblodsproffs. Nu känns det riktigt bra, Lundin. Snart kan vi ta semester här på byrån. Vad sägs om en bilresa till Kaliningrad och titta på gamla krigsmonument?

Chris Loklinth fick rysningar av välbehag när han tänkte

sig en sådan resa. Det hade han sett fram emot länge. Han saknade dessutom den äkta ryska vodkan.

– Jag vill att du ansvarar för bevakningen av Anton Modin under tre veckor för säkerhets skull, fortsatte han. Sätt en patrull utanför häktet när han kommer ut. Under förutsättning att han samarbetar. Jag litar inte på den mannen. Men den här gången känner jag mig lugnare än på länge. Han är slut. Anton Modins glansdagar är över. Låt det bli en läxa för alla andra agenter här i landet.

Chris Loklinth gick ut från Lundins rum. Han hade under värmeböljan lidit av en klåda i huvudsvålen, där små sår bildat skorpor, men den hade nu blivit bättre. Han gick till sitt rum och slog på datorn. Han loggade in på *younggirls.com* och klickade på länken *teensex*.

Kapitel 45

The Rock i Grisslehamn, söndag 20 juli 2008

Ännu en flaska Chablis 2001 kom in på bordet. Anton Modin satt ensam på The Rock och pimplade.

Servitrisen lade fram menyn.

– Tack ska du ha, Ellie. But no thanks. Ingen mat när jag dricker.

Modin gav henne en lätt klapp i ändan. Det tyckte hon inte om. Han fortsatte att reta henne genom att göra en gest i luften som om han klämde en kvinna på brösten. Hon började ägna sig åt Modins bordsgrannar. Han undgick inte att se hennes besvärade min eller höra gästernas mummel om honom.

Gästerna kunde få tro vad fan de ville! De skenheliga arslena som åt lunch och drack vatten. Han drack lunch! Big deal!

Ellies besvikna mungipa var värre.

Ett "one night stand" med Ellie föresvävade honom. Han kände hur munnen formade sig till ett flin och troligen såg det inte vackert ut. Vacker var hon däremot. Lång, cirka 170 centimeter, brunhårig med lockigt hår och synnerligen välskapt. Ansiktet var näpet. Pupillerna pliriga i ett öppet hav av grönblå klarhet och hon gillade honom. Åtminstone hade hon gjort det fram till nu.

Ellie, som ska åka tillbaka till USA efter säsongen i slutet av september och gå sitt sista år på Yale Law School. Hon ska bli affärsadvokat, tänkte han samtidigt som han fixerade hennes välformade bakdel.

Han blinkade nästa gång hon vippade förbi i den korta rutiga kjolen som generöst visade hennes fantastiska ben. I hennes blick fanns ingen flirt. En liten rynka i hennes panna meddelade att hon var konfunderad över hans dreglande. Det som kunde ha blivit något hade svävat bort över horisonten.

När han druckit halva flaskan vin kom hon med mat som han inte beställt. Grillad gös med vitlöksstekta champinjoner, smörstekta morötter och klyftpotatis. Det var inte kört, alltså.

Jag vore död om jag inte var attraherad, tänkte han och höjde sitt immiga glas mot henne.

Ellies blick mörknade. Modin avbröt sina raggningsförsök och släppte kontakten med henne. Ellie skulle inte få förekomma i rapporten till Loklinth som Modins amerikanska strippa.

Modin mådde pyton. Det var inte lunchen eller vinet, som utan svårigheter gled ned i magen. Han hade tagit ett av de dyraste vinerna på vinlistan eftersom motigheterna tog på honom. Hans fiende Loklinth hade en förmåga att förpassa honom två steg tillbaka när han tagit ett framåt.

Våldtäktsmannen i Grisslehamn hette Anton Modin! Fy, fan! Loklinth kunde inte ha gjort det bättre.

Ryktet var lika besvärande som ett kainsmärke inbränt

i pannan. I restaurangen var det uppenbart vad de tänkte. Folks sneda blickar, deras förorättade andedräkt gjorde det tungt att äta maten, föra sig med kniv och gaffel. Barnfamiljerna som satt runt honom i restaurangen drog sina stolar närmare borden. Barnen, upptäckte han, tyckte synd om honom. Han hade varit barnens idol i flera år. Men deras föräldrar föraktade honom.

Jag är frisläppt, kunde han ha skrivit på flyers och delat ut bland gästerna. Kvinnan har tagit tillbaka sin anmälan. Estniskan har i skam lämnat landet med sin lögnaktiga pojkvän. Åklagare Rosengren har inte fått ihop till en fällande dom utan huvudvittnena som sjappat. Med enbart alkoholisten Matti Svenssons tvivelaktiga utsaga i polisprotokollet blir det inget av det! Jag är oskyldig! Oskyldig! Hör ni det?!

Misstron mot honom sved.

Efter maten beställde Anton Modin in en irish coffee. En sexa.

Ellie tog sig tid med honom när hon återvände från köket. Hon höll beställningen på en bricka med ena handen, drog i duken och flyttade på blomsterdekorationen med den andra.

– Hi Modin, you look sad. What's your problem, honey?

Amerikanskan dukade fram irish coffee på bordet och lutade sig med båda händerna mot bordet. Han hade behövt en kram; ännu hellre något mer, kände han i skrevet.

Han sa att livet lekte. Hon sa ”good, my big man”. Han sa att han väntade på Bill Bergman. Hon sa att då fanns det inget att oroa sig för och vände honom ryggen.

Utanför lade en turbåt till med turister. De hade varit på Märket och tittat på sälarna. På andra sidan hamnen stod en fiskare och rensade nät. Några motorcyklar dånade förbi på vägen. Choppers förmodligen, att döma av det knattrande ljudet.

Modin blinkade som om han inte var riktigt med. Han var påverkad men det var lätt att spä på med klumpiga gester och vresiga utrop som om han var rejält plakat.

Jag måste se ut som en hög med skit, tänkte han.

Samtidigt skämdes han för att ubåtssökningen hade blivit ett komplicerat projekt som drabbat kamraterna. Han borde ha vetat bättre. Motståndet hade helt enkelt varit starkare än han kunnat klara av. Nu först kände han fienden Loklinths envishet och styrka.

Planen som han redan var i full färd med att genomföra i och med denna dags start på The Rock skulle fortgå de närmaste veckorna. Han skulle låtsas vara besegrad och mer än det. Han skulle visa världen att han var slut. Allt för att göra fienden självsäker och därmed sårbar. Han skulle lura fienden i en fälla som bestod i att de slutade se honom som ett potentiellt hot. När det var gjort skulle han slå till skoningslöst och då de minst anade det. Han skulle först gå ned sig fullständigt i sprit och självömkan, var planen.

Den prudentliga barnfamiljen bredvid honom hade ingen aning om att de skulle kunna bli inkallade som vittnen. För de lade märke till allt han gjorde. I mannens alltmer smalnande ögon, läste Modin in en avundsjuka för slusken Modins supande, möjligheten att knulla servitrisen, att helt få slippa familjetjatet som fäder tvingas stå ut med tjugofyra timmar om dygnet.

Jo, den gubben skulle vara den första att vittna om Anton Modins förfall.

Kapitel 46

The Rock i Grisslehamn, söndag 20 juli 2008

– Hur är läget, Modin?

– Tjenare, Bergman.

– Kan jag få en stor stark, sa Bergman till Ellie som var där i en blink.

Bill Bergman slog sig ned mitt emot Anton Modin på träbänken med den mörkblå dynan. Med iskalla blickar åt alla håll, motade han bort intresset som följt honom mellan borden. När han såg att folk återgick till sin hunger, törst och sina griniga ungar, granskade han vännen Bergman.

Modin blinkade varnande till honom.

– Hur fan är det, Modin? sa Bergman prövande. Hörde att du kommit ut från kåken. Hur känns det, är du knäckt?

– Bill Bergman! Jag älskar dig och kommer alltid att göra det. Vad du än gör!

Bergman lade handflatorna på bordet och spelade sakta piano med fingrarna.

– Vad menar du? sa han med spänd stämma.

– Bergman, du ska ta hand om spillrorna efter mig, sa

Modin med låg röst. Jag har tre veckor på mig. Jag ska göra en svensk version av ”Super size me”.

– Är du full, Modin?

Bergman fick sin öl. Han tog det immiga glaset och svepte en tredjedel. Modin svarade inte. Barnfamiljen bredvid samlade ihop leksaker, vindjackor och två plastkassar. De slamrade bort och i lugnet som följde fortsatte Modin att prata i samma intensiva röstläge som nyss.

– Nej, inte jättefull. Jag har läst min Sun Tzu. Jag är redo för sista ronden.

Han tittade på Bill Bergman med en stirrande, energisk blick.

– Sun Tzu, vad fan menar du? sa Bergman, illa till mods.

Anton Modin hörde hans osäkerhet. Eller var det irritation? Bergman hade av förklarliga skäl en hel massa inneboende aggressioner. Ubåtsprojektet var osäkert och Ewa ständigt en källa till vad-fan-ska-jag-göra.

Skiten kom ut nu. Modin hade knappast väntat sig det. Han ställde ned sitt vinglas och försökte avläsa den nya tonen i Bergmans röst. Han upptäckte djupa veck runt Bergmans mun och i hans panna och blev nedslagen.

– Va fan menar du, Modin? sa Bergman högljutt och väckte bistra miner i ansiktena på gäster som satt borta vid fönstren. Har du blivit helt jävla knäpp?

– Nej, Bill Bergman, min bäste vän, sa Modin i ett försök att signalera. Jag har inte blivit knäpp. Sun Tzu var en gammal kinesisk krigsguru. Hans teorier ligger till grund för KGB:s arbetsmetoder. Sun Tzu används fortfarande i rysk underrättelseutbildning.

Bergman drack upp resten av ölen medan Modin fortsatte att hålla ögonkontakt med honom.

– Sun Tzus bok *The art of war* är referensmaterialet, sa Modin. I den står det: *Alla strider är baserade på list, därför när kapabel – simulera inkapacitet, när aktiv – simulera inaktivitet. Ge motståndaren ett bete som lurar honom. Simulera förvirring och slå sedan till.*

Den som önskar framstå som svag i syfte att göra sin motståndare arrogant, måste vara mycket stark. Bara då kan han spela svag trovärdigt.

Anton Modin blev spik nykter medan han talade. Han tittade noga på Bergman och kunde inte hålla inne ett arrogant leende, då Bergman satte ned sitt tomma glas och höll upp båda tummarna.

– Bravo! sa Bergman.

– Det där, käre Bergman, är Sun Tzu. Hänger du med, din lök? Eller var lättölen för stark för en Södermalmssnobb?

Anton Modin sjönk utmattad bakåt på stolen. Han hade fått fram sin mening och han var nöjd. Åtminstone för tillfället.

Bill Bergman fick veta att Anton Modin inte var slagen. På ett eller annat vis skulle han driva igenom fas två av dykningen. Det vill säga, fortsätta söka tills de fann ubåten och sedan, förstod Bergman nu, ge full insyn för press och media i vad de hittade. Slå tillbaka.

Bergman vinkade till sig Ellie.

– My dear, would you please give me a bottle of Chablis eller what the fuck it is Anton Modin's drinking.

Flaskan kom in. Den sattes upp på Modins konto. De båda vännerna drack sig in i ett tillstånd av skört samförstånd. Anton Modin förklarade stegvis nödvändigheten av sitt kommande moraliska förfall.

– Det är viktigt att det blir hundraprocentigt trovärdigt, frustade han. Du måste hålla ett öga på mig.

Modin fick inte gå för långt. Samtidigt fick Bergman inte ingripa om det inte var helt nödvändigt. Bara om hans liv var i uppenbar fara, ville Modin att Bergman skulle avbryta spelet.

Bergman pressade ihop sina händer till en boll. Han satte armbågarna på bordet och händerna hamnade framför munnen och näsan. Det var omöjligt för Modin att läsa hans tankar.

– Jag vill att du ska spela med, sa Modin. Men varna de andra. Det här blir sista ronden mot Chris Loklinth. Vet du, jag känner mig som den skadskjutna bengaliska tigern som ligger i plågor på savannen men som när som helst kan slå till. Den skadade tigern invaggar fienden i falsk säkerhet. Hjälp mig med fasaden, Bill. Bara om man är mycket stark kan man spela svag trovärdigt.

Bill Bergman började skratta. Det var ett glädjelöst bittert skratt som fastnade i halsen.

Kapitel 47

Stockholms norra skärgård, måndag 21 juli 2008

Anton Modin vaknade med baksmälla. Han slog upp ögonen och tittade i taket. Det var vitmålat och bestod av tjocka breda plankor. En fluga surrade mellan det stängda fönstret och gardinen. Han ångrade att han inte lämnat ett fönster öppet när han gick och lade sig kvällen innan.

Han hade moln i huvudet. Massan skymde sikten. Vad var det han kommit på? Av tankar som trätt fram som klara blixtar under natten fanns blott spår kvar. Obevekligt upplöstes de.

På ostadiga ben klev han upp och släppte ut flugan. Han såg att Bill Bergmans bil var borta. Det var oväntat. Modin kände sig sviken på ett barnsligt vis.

Han kunde ha fikat med mig innan han stack. Vad konstig han är! I går var han underlig hela kvällen. Jag undrar vad det är som bekymrar honom?

Anton Modin gick ned till undervåningen och passerade i trappan ett fotografi av Ernest Hemingway som satt på en båt och fiskade. Han hade köpt fotografiet i Key West. Modin älskade Key West. Han hade varit där många gånger på semester och hade bestämt sig för att flytta dit en dag. Key West var ett amerikanskt Grisslehamn fast varmare, med misslyckade konstnärer, gycklare och avdankade, desillusionerade börsmäklare. Fest, fylla och ogenerat leverne, bögar, flator och machomän i en salig blandning.

Han slog på strömmen till espressomaskinen. Sedan malde han kaffebönorna och riggade kaffehållaren i maskinen. Samtidigt som vattnet förångades tog han fram en flaska färskpressad apelsinjuice. Han fyllde ett stort glas till brädden och bredde sedan en ostfralla med en dansk fotsvettsost, Gamle Ole. När den gröna lampan tändes, knäppte han på vattnet. Han tog fram ett mjölkpaket, hällde upp i en mugg med Landsorts fyr målad på sidan och skummade mjölken. Han såg att Bill Bergman hade lämnat dagens Norrtälje Dagblad på köksbordet. På radion i ena hörnet av köket började Stockholmsnytts niosändning svagt. Han kunde höra en humla som ville in genom köksfönstret.

Bergman glömde radion på, tänkte Modin. Fick han brått-om?

Modin drack det varma kaffet och tog några tuggor av ostfrallan. Han kunde inte få ur skallen att Bergman stuckit utan ett ord. Någonting tryckte Bergman.

Jag måste fråga honom om det nästa gång vi ses.

Modin bläddrade förstrött i morgontidningen och kunde sakta börja njuta av den ljusa och vindstilla sommarförmiddagen. Det var mitt i semestertider och termometern var uppe på 22 grader. Han tog på sig sina tofflor och med kaffekoppen i handen gick han ut och satte sig i en korgstol på havssidan av altanen som vette österut mot den varma morgonsolen.

Nu är vi rätt nära Key West, tänkte han samtidigt som han

kisade mot solen. Han blundade och lutade huvudet bakåt och var nära att somna. Han kände en lurvig päls mot benet. Det var Miss Mona som förmodligen varit ute på råttjakt och misslyckats som vanligt.

– Jag har lagt upp din favorit, Bullens pilsnerkorv, i köket. Gå in där får du se.

Anton Modin pekade mot den spröjsade köksdörren. Miss Mona försvann in genom den öppna glasdörren med ett lågt kurrande.

På det hela taget var fylleinsatsen dagen innan lyckad. Bergman hade lett honom hem efter en lång sittning i baren på The Rock, efter den blöta lunchen i restaurangen.

Det var under kvällen det stora sammanhanget kommit över Modin. Bergman vägrade fatta någonting. Han hade sagt: "Fyllesnack. Det finns inget samband. Sluta Modin!"

Modin hade hållit inne med tankarna. En tung tystnad hade inträtt mellan kamraterna medan de smågafflat om andra saker. I Bergmans ögon hade det funnits ett uttryck som närmade sig... hat.

Modin ruskade på sig. Molnen i huvudet tunnades ut till genomskinlig rök.

Jag ska hälsa på Gunnar Anderson igen, tänkte han. Det Anderson berättade sist var otroligt intressant. Jag ska fråga vad för slags dokumentation han har. Dagböcker kanske.

FRA-mannen Gunnar Anderson kunde vara nyckeln som öppnade dörren till de hemliga rummen, där de riktigt stora hemligheterna fanns.

Anton Modin sköt undan bilderna av Bill Bergmans sura uppsyn och vresiga humör och mediterade över sin idé om sammanhanget. Att de märkliga händelserna i Sverige, från Raoul Wallenberg till Olofsonmordet och kanske även Estonia, hängde samman på något sätt. I nyktert tillstånd visste han bara inte hur. Han tittade ut över havet åt öster. Solen stekte hans ansikte.

Modin inbillade sig att om han löste något av de svenska stora mysterierna skulle han kunna komma åt Chris Loklinth också och de delar av SSI som hjälpte Loklinth och hans kompisar Bob Lundin, Berner och Janson med mörkläggningen. Det blir bara värre och värre. Locket måste bort på skittunnan. Om medborgare hindras från att få veta sanningen om sin tids historia, får vi snart ett Sverige där oliktänkande och kritiker tvingas till tystnad som i diktaturer. Det kan gå fortare än någon anar.

Miss Mona hoppade upp i Modins famn. Han strök henne över pälsen med slutna ögon.

Chris Loklinths arbetsmetoder är liksom Stasis inte helt olika den amerikanska FBI-chefen J. Edgar Hoovers, tänkte Modin. Hoover höll det amerikanska etablissemanget i ett järngrepp fram till sin död 1972 med hjälp av hållhakarna i sina hemliga arkiv. Det var bevis på otrohetsaffärer, homosexkontakter och olagliga ekonomiska transaktioner. Vissheten om att dokumentationen fanns, fungerade som en mur mellan FBI och etablissemanget. Politiker och andra skulle inte lägga sig i FBI:s verksamhet. Själv hävdade Hoover att arkiven var till för att skydda USA:s säkerhet och den amerikanske presidenten. När Hoover dog i en hjärtattack i sitt hem dröjde det bara sex månader innan president Nixon gick rätt i en fälla i och med Watergateaffären. En FBI-chef, i media kallad Deep Throat, skvallrade och affären där republikanerna med hjälp av ett amerikanskt SSI bröt sig in hos det politiska motståndarlägret, demokraterna, och fotograferade hemligt material kom till allmän kännedom. President

Nixon fick avgå i förtid. Den förste amerikanske presidenten som tvingades göra så, men säkerligen inte den förste som använde sig av olaglig underrättelseinhämtning. Hoover styrde FBI och föregångaren BOI under sju amerikanska presidenter och 48 långa år. Han dog 77 år gammal. Ingen kunde avskeda Hoover. Det tog enligt uppgift två veckor för hans assistenter att bränna hans privata arkiv.

Anton Modin lyfte ned Miss Mona på verandan. Han gick ned till bryggan, steg ur tofflorna på vägen, slängde morgonrocken på marken och dök i. Vattnet var så kristallklart som det kan vara på morgonen i Ålands hav. En liten tanke på Ellie, servitrisen, kom för honom när han frustade och hade velat ha någon att skvätta vatten på.

Men Modins grej var inte snabba kärleksaffärer och hon skulle tillbaka till Staterna. Han tänkte en stund på henne, en amerikansk servitris. Hon hade på något sätt etsat sig fast i Modins medvetande.

Kapitel 48

Södermalm, Stockholm, måndag 21 juli 2008

Klockan var tio på förmiddagen. Bill Bergman hade kört hem i ett sträck från Grisslehamn. Det hade tagit en och en halv timme. Han kände att han var tvungen att åka innan Anton Modin vaknade. Han trodde inte att han skulle kunna se honom i ögonen på morgonen utan risk att avslöja sig.

På vägen hem hade han blivit uppringd på mobilen av mannen i det gula huset. Mannen presenterade sig som Albert Svan. Han ville ha en rapport. Bergman hade meddelat att allt var lugnt och att Anton Modin lagt ned planerna på att söka efter ubåten.

Bill Bergman låste upp dörren och bar in väskan i hallen.

Herregud, vilken soppa! Det är en väldig risk att ljuga för mannen som kallade sig Albert Svan. Hur kunde jag göra det?

Samvetet tyngde honom i den svala hallen. Under ett ögonblick av tvekan i bilen hade han offrat sin dotters hälsa för Anton Modins.

Jag är inte klok. Det är sista gången jag gör det. Jag vet ju inte vilka de är.

Bergman drack ett glas vatten i köket. Tystnaden i lägenheten gjorde honom nervös. Utmattad av alltings jävlighet gick han in i sovrummet och satte sig på sängen.

Han skulle fortsättningsvis samarbeta med maffian eller vad det nu var fråga om. Han hade ingen aning om vilka de var som kidnappat dottern. Antingen var det ett gäng som SSI samarbetade med eller ett köpt gangstergäng. I vilket fall var det förenat med livsfara att inte samarbeta. Åtminstone för hans dotter. Han var fast. Astrid gick självklart före allt annat.

Modin kommer aldrig att förlåta mig, tänkte han.

Han undrade för en stund hur Anton Modin skulle ha tacklat samma situation. Modin hade inga barn längre och han skulle säkert inte förstå om han berättade. Han kände Modin alltför väl, den Modin som efter Estonia själsligen hade slocknat, och misstänkte att han inte skulle lägga ned projektet även om Astrid var i fara.

Anton Modin är besatt av tanken att krossa SSI, tänkte Bergman. Fullständigt galen. Hur i helvete tror han att det ska kunna gå att bekämpa SSI? Modin är skicklig när han vill men det här är hybris.

Bergman kastade sig baklänges på sängen och lade armen över ögonen och försökte somna. Han kände att det här inte skulle få ett lyckligt slut.

Han gick in i ett mörkt rum. Framme vid väggen hängde Astrid. Hon ropade: "Pappa!" Hans fötter fastnade i en kletig smet på golvet. Han nådde inte fram till henne.

Det ringde på dörren.

Han satte sig upp med ett ryck. Tid hade gått, det såg han på skuggorna i rummet. Han reste sig nervigt och vinglande och gick sedan och öppnade. Det var Ewa och Astrid.

– Bill! Vad är det som har hänt? sa Ewa och fyllde hallen med sin ilska. Astrid har berättat att de som tog henne pratat om dig och Modin. Vad fan är det ni håller på med?!

– Jag vet, det är inte bra. De tog Astrid på grund av Modins och mitt projekt. Det var helt säkert så. Jag är ledsen.

– Jag drar in din umgängesrätt. Bara så att du vet det. Vad är det för projekt ni håller på med? Det här är inte klokt.

– Jag är ledsen, sa Bill Bergman. Jag kan tyvärr inte berätta.

– Det kan du nog. Jag vet att Anton Modin är inblandad i något skit igen. Du får ta mig sjutton sluta umgås med honom. Det håller inte, Bill. Jag köper inte det här. Jag har egentligen ingen lust att lämna Astrid överhuvudtaget. Kom ihåg, sista gången. Jag varnar dig.

Ewa pussade Astrid på munnen och lade hennes väska bredvid dörren. Sedan vände hon på klacken. Bergman sköt igen dörren.

Vilken jävla utskällning! Det kändes som när de var gifta. Ewa hade aldrig tyckt att han räckte till. Nu fick han flashbacks men insåg att Ewa hade haft fullständigt rätt. Det gjorde inte saken bättre.

– Pappa, ska vi hyra en film och köpa godis? sa Astrid.

Hon kramade honom och hängde kvar så att han inte kunde röra sig. De började fnissa. Hans hjärta hoppade till av glädje.

I smyg försökte Bergman se om Astrid var densamma. Helst hade han velat klappa henne försiktigt över kroppen och syna henne noga i sömmarna.

– Hörru gumman, hur mår du?

– Bra.

– Säkert?

– Ska vi göra som jag vill i dag, pappa?

– Ja, visst. Du bestämmer, älskling. Vill du dricka något först?

Bergman följde efter Astrid som skuttade in i köket. Det var en fröjd att se henne skratta och höra henne prata. Astrid tog en läsk ur kylen och öppnade den. Han satte sig vid köksbordet mitt emot henne och tittade ut genom fönstret mot Riddarfjärden. En vit ångbåt stävade västerut.

– Den ska förmodligen med turister till Drottningholm eller kanske till Birka, sa Bill Bergman och pekade. Vi kan åka en tur om du vill.

– Inte i dag, va?

– Astrid, sa han och tittade sin dotter i ögonen. Det som hände häromdagen när du togs in i den där bilen ska inte hända igen.

– Det var läskigt, sa Astrid och höll i läsken med båda händerna.

Bergman såg ett nytt drag i sin dotters ansikte. Han knäppte sina händer under bordet så att hon inte skulle se knogarna vitna.

– Jag förstår det. Du ska veta att jag har pratat med de där gubbarna. De har lovat att aldrig göra så mer. Förstår du?

– Vad bra. Jag vill inte att det händer igen. Det gjorde ont när de band fast mig. De luktade illa.

– Vilka då, sa Bergman.

– Gubbarna. De som inte pratade svenska. Vilket land kom de ifrån, pappa?

– Någon öststat, tror jag. De är nog inte så elaka som man tror. De gjorde sitt jobb bara. De skulle skrämma mig. De var inte ute efter dig. Allt är mitt fel. Förstår du det?

– Nej.

Astrid skruvade på sig på stolen och vred sig fram och tillbaka, tog sedan burken och drack en klunk och hostade.

– Drick sakta, sa Bergman. De där gubbarna var ute efter Anton Modin och mig. De tog dig bara för att skrämma oss.

– Tog de mig för att skrämma dig? sa Astrid.

– Ja, precis. Heltokigt kan man säga. Du behöver inte vara rädd mer. Är du med?

Bergman lyfte sina fingrar över bordskanten och lät dem krypa som en krabba mot Astrids händer. Han fångade dem och strök sedan över dem med handen.

– Det var läskigt. Jag var jätterädd. Jag trodde att de skulle döda mig. Jag kissade på mig också. På golvet där i källaren. Jag fick nåt över munnen. Sedan kommer jag inte ihåg mer.

– Det hände inget mer. Jag kom och hämtade dig. Sedan åkte vi hem och tvättade dig. Kommer du ihåg det?

– Ja, lite.

Bergman gick över till Astrids sida av bordet. Han lyfte upp henne och satte sig på hennes stol med henne i famnen. De hade båda tårar i ögonen. Han kramade henne. Astrid kramade tillbaka och lade sin kind mot hans axel.

– Ingen kommer att få röra dig, mumlade han.

Kapitel 49

Stockholms norra skärgård, måndag 21 juli 2008

Anton Modin satt i solstolen på bryggan och torkade sitt hår med en blå handduk. Det var skönt, han behövde ett kallt morgondopp. Han kisade mot förmiddagssolen. Om en stund skulle värmen glida över honom; strålar som tillhörde det oföränderliga.

Det är jäkligt skönt med den här stilla avkopplingen, tänkte Modin. Alldeles lugnt, fridfullt, ofarligt och tryggt. Det hade inte känts så på ett bra tag. Mycket skit hade hänt den här sommaren och den hade bara börjat.

Han visste av erfarenhet att känslor av överdriven trygghet ofta bryskt avlöstes av kaos och fara. Men nu njöt han. Han lutade sig bakåt i stolen och slöt ögonen. Det blev sommaren 1994. Han kunde höra sina barn leka i viken. Ellinor gungade i sin stora badring. Alexander var klädd i sin nyinköpta grönsvarta våtdräkt och hade fiskespö och fiskehåv. Han jagade småfisk vid strandkanten och pratade oupphörligt.

– Äh. Han slank ur.

– Klumpigt, brorsan!

– Den fick jag. Titta. Ellinor!

– Får jag den?

Modins handlovar blev vita. Omedvetet kramade han handduken; hårt, hårt. Bakom ögonlocken rörde sig blicken mellan barnen men han vågade knappt andas. De var helt nära, så tydliga. Det kändes varmt.

Mobiltelefonen ringde. Den låg i vänstra framfickan på jeansen. Han svor, släppte dagdrömmen och sträckte sig efter byxorna. Han drog upp telefon ur fickan och tryckte på svarsknappen.

– Modin.

– Hej, det är Matti Svensson. Vad gör du?

– Vad vill du? Jag har inte tid just nu.

– Vänta, lägg inte på. Jag hörde att du blivit friad, bra jobbat. Kan du komma över hit ett tag, till mitt ställe på Skatudden? Jag har någon här som du borde träffa. Han stannar bara i dag. Han är ryss.

– Jag vet inte.

Varför skrev du som du gjorde i Norrtälje Dagblad?

– Kom igen, Modin, sa Svensson som om han var tankeläsare. Jag är yrkesman. Om jag skulle ta personliga hänsyn när jag skrev i den där lokalblaskan, skulle inget bli skrivet.

– Okej, muttrade Modin.

Jag har ändå inget för mig före lunch, tänkte han. Låt höra vad Svensson har för överraskning den här gången. Jag spelar med.

Modin klädde på sig och hämtade sin cykel i boden. Han var alltför bakfull för att kunna köra bil. Närmaste vägen till Svensson gick genom skogen till klipporna vid Skatudden. Det var tre kilometer till Svenssons sommarställe.

Han hade bara varit där en gång tidigare, vid invigningsfesten, för många år sedan. Alla hade undrat hur Svensson hade haft råd, murvel på dekis som han var, och många undrade hur han fått igenom bygglovet.

Man borde cykla lite oftare, tänkte Modin och jobbade med pedalerna.

Han passerade en bondgård på höger sida som fortfarande luktade på riktigt av ladugård och kossor. Där hade han hoppat på höskullen och matat grisarna som barn. Varit lycklig!

Fan, så det kan sluta för en oskyldig grabb.

Modin hade haft några bra första år i livet, blivit bortskämd och sedd. Hans far gav honom stadga och hans mor kärlek, tills han fyllde sju. Då började föräldrarna gräla. Grälen var häftiga och ibland hotfulla. Något gick snett. Det var inte självklart att mamma eller pappa sträckte ut en hand mot honom för att ta honom i famn och kela eller prata, utan det hände att han användes som en sköld. Han lärde sig att hata deras elaka ansiktsuttryck. När hans far dog i en hjärtattack – Modin var tolv – blev det kaos. Förbittringen gav han utlopp åt i skolan och gentemot vänner som svek, för de hade det inte som han och begrep ingenting. Han hamnade i gäng och började med alkohol och hasch. Det följdes av stölder, slagsmål och olovlig körning, ofta med stulna bilar. Inte förrän han gjorde sin militärtjänstgöring vid 18, kom han in i en ny fas, öppnade ögonen och såg sitt elände. Han gav sig fan på att ändra riktning och fick självförtroende i den manliga världen med regler som han kunde begripa och blev någon att räkna med i gruppen. Det avgörande var en ny fadersfigur som fyllde ett hål, den manipulative och farlige Chris Loklinth på SSI. Modin gjordes till frontsoldat.

Han fick utföra de tuffaste och skitigaste jobben på Byrån. Många av de jobben hade han förträngt i dag.

Jag skulle behöva gå i psykoterapi, tänkte han och såg sig inte för. Om jag ska fortsätta leva. Eller ska jag lägga mig ned, somna in för gott med hjälp av en god whisky och tabletter och låta problemen lösas upp i evighetens dimma.

Modin körde ned i ett lerdike i skogen och fastnade. Han plurrade med höger fot och svor fastän det var skrattretande. Den vänstra foten lyckades han hålla kvar på pedalen när han tog sig upp ur diket.

Svenssons tvåvånings funkisstuga i vitt med blå knutar låg ett par hundra meter längre fram. Huset var säkert på 150 kvadrat, vräkigt och tufft byggt på en klippkant.

– Hallå, någon hemma?

Modin gick upp på altanen på baksidan. Huset hade ett stort runt fönster som vette mot havet på klippsidan. Nedanför fönstret stupade klipporna brant ned i havet. Det skummade när dyningar slog mot det vassa berget och rutan hade små, små stänk som grott in och om Svensson inte tog fram fönsterputsen snart skulle hans oroliga vy bli otydlig.

Det går inte att bada här, tänkte Modin när han såg klipporna. Vilket otroligt ställe! Inget proletärhak direkt.

En skugga rörde sig innanför glasrutan och altandörren öppnades.

– Tjenare, Modin, kom in.

Matti Svensson visade med en gest mot ett runt träbord. Lammskinnsfåtöljer stod runtomkring. Svensson kastade sig ned i en. Modin slog sig avvaktande ned i en annan och kom att sitta mittemot en medelålders man med ovårdat halvlångt hår och skägg. Han hade grå kostymbyxor av äldre modell och vit ostruken skjorta utan slips. Modin gissade att det var ryssen. Han sa inget utan glodde under lugg på ett halvsovande sätt.

Modin lät honom vara, han såg ut som en trött hund.

Det var en stor kontrast mellan ryssen och Svenssons fräscha och snygga hem. Köket som Modin inte kunde undgå att se i den öppna planlösningen var ett nytt barkök med moderna vitvaror i rostfritt stål. På golvet i storstugan låg ett zebraskinn.

– Här har du det bra, sa Modin. Är det radiohuset som betalat?

– Om du visste, flinade Svensson.

Anton Modin visste mycket väl, från sin tid på SSI, att vissa journalister fick sina sommarstugor byggda av den sovjetiska ambassaden i Stockholm. Det enda de själva stod för var tomten. Det var ett vanligt sätt att *belöna insatser för att stärka relationerna mellan våra länder*, som det så fint hette. Det här var ett solklart fall, tyckte Modin. Nästan för mycket! Han var inte den försiktiga typen, Matti Svensson.

Modin räckte ut handen och strök med fingret längs kanten på en klarblå vas av Alvar Aalto. Den stod i en ljus bokhylla från Svenskt Tenn. Tusentals kronor från något håll hade här lagts på borgerlig lyx.

Svensson är säker på att ingen kommer åt honom, tänkte Modin. Eller så bryr han sig inte längre. Han har för mycket insyn och alltför bra kontakter sedan sin tid som redaktör på Dagbladet.

– Känn dig som hemma, sa Svensson. Jag vill att du ska träffa en vän till mig, Ivan Polunin. Han är militärjournalist från Leningrad och expert på sovjetiska marinen.

KGB är stämplat i pannan på honom, tänkte Modin.

– Ja visst, trevligt.

Modin hälsade på ryssen som slagit upp ögonen när hans namn nämndes och fäst en granskande blick på Modin. Den trängde djupt in i hans skalle.

De tre männen talade engelska. Ivan Polunin sträckte sig efter sin militärgröna tygväska som låg på golvet och tog upp en flaska rysk vodka.

– Här, jag bjuder, sa han.

Svensson hämtade glas och ryssen hällde upp. Rikligt, på ryssars vis, och det rörde till i Modins för dagen ömtåliga mage.

– Ivan är specialist på sovjetiska ubåtssystem, speciellt äldre, sa Svensson. Han skriver normalt i ryska militärtidskrifter och har ett mycket gott renommé. Jag tänkte att du, Modin, säkert är intresserad av sovjetiska ubåtar. Stämmer inte det?

Svensson log mot ryssen Polunin. De två utbytte några ord med varandra på ryska och Polunin sa *no no* och slog ut med armarna och började sedan tala.

– Du vet, Modin, i Ryssland har vi aldrig haft några miniubåtssystem som det så ofta felaktigt påstås i väst.

Han sa det på ett mycket mjukt och förtroligt sätt. Hans grymma ögon skiftade uttryck och blev den trogne hundens.

– I alla fall inga fungerande system, sa han och höjde dricksglaset till en skål.

– Jag har sett bilder på sovjetiska miniubåtar, sa Modin irriterat och sög i sig av vodkan.

– Ja, du kanske har det. Men de ubåtarna visades bara upp av den ansvarige för projektet och fotograferades sedan. Han fick aldrig systemen att fungera och blev senare avsatt på grund av det. Det hela var ett stort fiasko för den ryska marinen.

Modin tittade på Svensson. Han såg nöjd ut och log försiktigt, ungefär som om han inväntade Modins reaktion på den grova lögnen. Eller visste Svensson inte att det var en lögn? Vad handlade alltihop om?

– Jaså, det säger du, sa Modin och ryckte på axlarna.

Han bestämde sig för att hålla god min och spela med. Man fick reda på mest då, var hans erfarenhet. Och han hade vodka och satt än så länge bekvämt.

– Det är det sorgliga i hela affären. Ryssland har varken haft för avsikt eller resurser att angripa Sverige. Vi älskar Sverige. Sverige är ett föregångsland som vi ser upp till. Den ryska politiska ledningen skulle aldrig våga riskera de goda förbindelserna med Sverige. Det hela rör sig om illvillig ryktesspridning från CIA.

– Hårsfjärden då, sa Modin. Ubåtskränkningarna i oktober 1982?

– Det var Natoubåtar, förmodligen från Västtyskland, sa ryssen och slog ut med armarna. Det har ert statliga tevebolag redan berättat. Det är bevisat.

Bevisat, ja just det, tänkte Modin. Han behärskade sig för att inte gå i svaromål.

– Varför skulle Nato kränka svenskt vatten och under så lång tid? sa han istället i en lättsam ton.

– De ville skrämma det svenska folket för ryssen. Få er att närma er Nato och vända er mot Ryssland.

– Är inte det lite väl konspiratoriskt? sa Modin med en misstänksam blick.

– Det är så CIA arbetar, konspiratoriskt, sa Ivan Polunin.

– Du menar alltså att Nato kränkt svenska vatten från 1976 då de första indikationerna kom, till 1992 då ubåtsrapporterna upphörde helt? sa Modin med skärpa i tonen. Är det vad du menar, Ivan?

Ryssen tänkte efter.

– Nej, nej, nej. Det var bara i Hårsfjärden. Det andra var minkar och annat. Det har ert tevebolag bevisat.

– Ja, det gjorde teve verkligen, sa Modin uppgivet och undvek Svenssons förtjusta blickar.

– Det är ni som egentligen ska be om ursäkt, sa ryssen, nu med mer allvar i rösten. För att ni under alla år anklagade Ryssland för kränkningarna. När det var ni själva och Nato.

– Som konspirerade? sa Modin.

Världens längsta och effektivaste konspiration i så fall, tänkte Modin. Som pågick i sexton år och måste ha kostat tiotals miljarder. Fan, vad trött jag blir på att idioter ska läxa upp mig!

– Nej, jag måste nog gå nu, sa han. Jag ska iväg söderut och träffa en mink. Tack för vodkan, Ivan.

– En sak till Modin, sa Svensson.

Anton Modin stannade i steget.

– Jo, det där om att Wennerström skulle ha haft medhjälpare är helt uteslutet. Ryssarna skulle aldrig ha riskerat det med en så viktig agent som Wennerström. Det där är något hönshjärnorna på Säpo fått för sig.

Modin reste sig upp och ställde ned sitt glas. Han hade knappt rört den genomskinliga drycken. Han hatade den äkta ryska vodkan. Utan mer snack öppnade han verandadörren och kände genast stickningar i ansiktet. Små salta hugg från havet! Han blev med ens nykter och väcktes till vaksamhet.

Vem hade iscensatt det här mötet, egentligen? Vem kunde veta hur hans tankar gick. Var det Gunnar Anderson?

Kapitel 50

Måndag 21 juli 2008, klockan 15.00

Modin körde söderut på E18. Nu ville han ha svar på ett och annat och det var inte lång väg att köra.

Gunnar Anderson hade inte längre något att förlora på att berätta sanningen, tänkte Modin. Gubben visste att han snart skulle dö och han verkade själv njuta av att berätta och, fick Modin för sig, lösgöra sig från decennier av lögner och svek. Han ville göra upp med *sitt* Sverige, det land han svek. Han ville sona sitt brott.

Jag lägger upp det på den bogen i alla fall, tänkte Modin. Jag ska bli Gunnars psykolog. Gunnars biktfader. Inte döma, bara lyssna!

Modin låg för länge bakom en långtradare.

– Är det så bra med all jävla långtradartrafik kors och tvärs i Europa! muttrade han. Va?! Vore det inte enklare om man köpte saker på orten istället. Fan vad sakta det går!

Han fick fri sikt och körde om.

Modin kom till ro och funderade på dokumenten i Säpoarkivet ur den hemliga delen av den tio hyllmeter långa

Wennerströmsakten som han äntligen fått ta del av under våren efter år av avslag.

Det var nya tider, hade man sagt på Säkerhetspolisen.

Snarare ny regering, tänkte Modin. Ingen utanför polisen och underrättelsetjänsten hade tidigare fått tillgång till hela akten och Modin förstod varför. I akten fanns X-ärendet. Det han sett delar av i Säpointendent Filipsons bil.

Det var ett omfattande material om Säpos misstankar om en möjlig Mr X som samarbetspartner till Wennerström. I akten framkom att misstanken även fanns på den militära sidan vilket förvånade Modin. Han hade tidigare talat med chefen på den militära sidan, Bo Wester, och han förnekade att någon Mr X överhuvudtaget funnits. Bo Westers bestämda åsikt var att Wennerström var en alldeles för viktig agent för att ryssarna skulle riskera något. De skulle av den anledningen aldrig ha gett honom en medhjälpare.

Märkligt, tyckte Modin den gången. Nu var han ännu mer förvånad och rent av oroad av Westers påstående. Han om någon borde känna till KGB:s spionringar. Att använda sig av spionringar var snarare regel än undantag.

Frågan är varför Wester förnekar detta 45 år efter Wennerströms gripande? Obegripligt. Och varför kacklar papegojan Svensson i samma kör?

Anton Modin mindes en utskrift av Wennerströms städerska Karin Roséns vittnesmål i X-pärmen.

Rosén såg mannen första gången, hade hon för sig, i slutet av maj 1958. Sista gången hon såg honom var då Wennerström var hemma och de grälade i garaget. Det var några dagar före julen 1961. Familjen Wennerström var i regel aldrig hemma då X kom. Herr Wennerström hade åkt till arbetet och frun på något ärende i staden. De hade låst in hundarna i hundgården på baksidan och tänt jordgloben i fönstret som en signal, trodde Rosén. Vid ett tillfälle hade mannen X med sig en dokumentrulle som han lämnade i Wennerströms plåtskåp.

Solklart, tänkte Modin. Det visar på att Mr X även lämnade eget material till Wennerström. Det som fortfarande var märkligt var att i förhören med den militäre underrättelsechefen Bo Wester, sa denne att han inte trodde på någon Mr X. Han trodde att Karin Rosén hade en felaktig minnesbild eller helt enkelt fantiserade ihop hela historien, vilket han senare också sagt till Modin.

Ändå var det Karin Roséns vittnesmål som fällde Wennerström till sist.

I X-ärendet, som var den officiella benämningen på Säpos ärende om Mr X, stod att de misstänkte att X tog emot och sände radiomeddelanden åt Wennerström. Wennerström köpte en ny radio hösten 1961, förmodligen för att den gamla inte var bra nog. Enligt hushållerskan Karin Rosén höll han på med radion hela julhelgen 1961 och ingen fick komma in i rummet. Wennerström hade inget fullgott radiosystem förrän i början av 1962, då han tog hjälp av en radiomontör som satte upp en radiomast på vinden i Djursholmsvillan.

Modin mötte en långtradare med släp. Den hade två andra långtradare i släptåg. Modins bil skakade när den mötte ekipagen. Han fick parera med ratten. Otäckt när vägen är så smal.

I X-ärendet fanns uppgifter från främmande makt: GCHQ i Storbritannien, deras FRA. De hade pejlat Wennerströms radiokommunikation. Första sändningen till Wennerström från Moskva skedde den 18 juni 1958. Det var på anropssignal 480. Fortsättningsvis uppfångades signalen första och tredje söndagen i varje månad klockan 08.20 med reservtid påföljande onsdag. Det sista anropet på anropssignal 480 var den 18 december 1961.

Anropssignalen ändrades sedan till 248. Den signalen började sändas första gången den 4 februari 1962. Det var sannolikt Wennerströms egen anropssignal, tänkte Modin, med den nya radion.

Enligt Karin Rosén, hade hon sett Mr X sista gången strax före jul 1961. Då hade han och Wennerström börjat gräla i garaget. Wennerström hade enligt Rosén sagt *det tycker jag är ett jävla sätt.*

Ja, det stämmer, tänkte Modin, samtidigt som han höll till höger så långt han kunde på den smala vägbanan.

En tysk långtradare blåste förbi i motsatta körfältet.

Wennerströms ilska berodde kanske på att Mr X meddelade honom att han från och med nu fick ta emot sändningarna själv, med all den risk för upptäckt som det skulle innebära. Wennerström förstod att den sovjetiska underrättelsetjänsten inte längre vågade riskera den viktigare agenten Mr X. Wennerström hade fått ögonen på sig.

Karin Elisabeth Rosén, född 12 februari 1908, var gift med en officer som bodde i grannskapet. Hon började arbeta hos familjen Wennerström i oktober 1957. Det var strax efter att de kommit hem från USA, där Stig Wennerström arbetat som flygattaché i fem år. Säpo kontaktade Rosén i maj 1963 och frågade om hon ville hjälpa till att spionera på familjen Wennerström. De hade då starka misstankar om att överste Wennerström arbetade för den sovjetiska underrättelsetjänsten. Hon tackade ja, efter godkännande från hennes make eftersom Säpos upplägg givetvis innebar en risk för henne. Hon fick kodnamnet *Peace* av Säpo. Karin Rosén avrapporterade regelbundet om det som hände hemma hos Wennerströms till sin kontaktman på Säpo. Rapporterna i arkivet var initierade och privata.

"Rapport från PEACE 21/5 1963:

Wennerström är enda barnet och hans moder blev änka vid 55 års ålder. Modern var fattig men erhöll någon slags pension efter maken. Hon bodde en tid tillsammans med en man och makarna Wennerström var då ängsliga för att hon skulle gifta om sig och därmed förlora pensionen. Det ansågs nämligen föreligga en viss risk för att Wennerström i ett sådant läge skulle kunna bli underhållsskyldig gentemot modern.

I samband med att Wennerström skulle pensioneras, hösten 1961, var det aktuellt att familjen skulle flytta till Schweiz och bosätta sig där. Fru Wennerström, som är enda barnet, ansåg sig dock inte kunna lämna föräldrarna. Vid flera tillfällen har hon dock nämnt att när hennes föräldrar inte längre är i livet, ska de omedelbart bosätta sig i Schweiz. I samband med utflyttningen ämnade makarna byta namn och ta sig ett kortare.

Fru Wennerström driver i regel igenom sina åsikter. Det är hon som satsat kapitalet i fastigheten men hon har troligen ingen större insikt i makarnas ekonomiska förehavanden. Makarna Wennerström tycks alltid ha gott om pengar. Fru Wennerström kan visserligen ibland klaga över att hon inte har råd att köpa någon viss sak, men när det sedan gäller, köper hon vad hon vill ha och det tycks inte vara svårt att få fram erforderligt kapital.

Stig Wennerström har alltid pengar. Han är troligen ingen affärsbegåvning. Han köper vad som tillfälligt faller honom in. Är han inte nöjd, kastar han bort det köpta även om det är i fullgott skick. När exempelvis prinsessan Birgitta skulle gifta sig, hade Wennerström kort dessförinnan kastat bort en fullt användbar förmiddagsklädsel. Han beställde emellertid en ny utan kommentar.

Familjen Wennerström lever ett dyrbart liv. Såväl makarna som de båda flickorna är medlemmar i golfklubben (Djursholms golfklubb). Flickorna spelar emellertid ogärna. Vid något tillfälle hade någon påpekat för fru Wennerström att de kastade ut pengar på ridlektioner och golf, trots att flickorna inte spelade golf och inte utnyttjade de beställda ridlektionerna. Fru Wennerströms svar var endast att golf och ridning tillhör god uppfostran och ton. Makarna Wennerström läser ganska mycket i den mån tiden räcker till. Fru Wennerström håller sig med billig detektivlitteratur medan Wennerström så gott som uteslutande håller sig till spionagelitteratur. Just nu läser han 'The Confidential Agent' av Graham Greene.

Före julen 1962 fick Wennerström en del rysk sprit. Han förklarade att det var sprit av god kvalitet och att den skulle han själv använda. Spriten fick således inte användas vid bjudningar. Vid tillställningar hemma hos Wennerströms fyllde man i regel billigare spritsorter på fina flaskor.

Makarna har ett anmärkningsvärt stort umgänge. De är borta nästan varenda kväll och har ofta gäster hemma. Frånsett ett fåtal grannar torde umgänget utgöras av utlänningar. Makarna Wennerström tycks inte ha personliga vänner.

I radiorummet finns en radioapparat och ovanpå denna står en förstärkare, som efter beskrivningen att döma kan vara ungefär en fjärdedel av radioapparatens storlek. Före julen 1962 vistades Wennerström praktiskt taget dagligen i radiorummet. Dörren var då alltid låst. Rummet är försett med heltäckande matta och vid ett tillfälle hade Wennerström spillt ut någon anilinfärgliknande vätska på mattan.

Bränning av papper sker i en stekpanna, vilken står i öppna spisen. Vid något tillfälle hade Wennerström tydligen klippt någonting och resterna bestod av smala remsor. Dessa remsor behandlades i stekpannan och resterna spolades ned i toalettstolen.

Till äldsta dotterns bröllop, hösten 1963, skulle enligt fru Wennerström inbjudas 1000 personer. Siffran tycktes hög, men en undersökning visade att 1000 inbjudningskort beställts och erhållits. Bröllopsfesten skall hållas på Djursholms slott."

(Säkerhetspolisens arkiv, Wennerströms personakt P4599)

Onsdagen den 19 juni 1963 på eftermiddagen ringer Karin Rosén från Wennerströms villa till sin kontaktman på Säpo, Bror Lindén. Hon berättar att hon på morgonen städade hela huset och när hon gått upp på övervåningen, upptäckte sågspån på golvet i hallen när hon städade. I taket rakt ovanför sågspånen fanns en lucka till vinden. Stig Wennerström var hemma och hon drog slutsatsen att han varit uppe på vinden.

"Är ni ensam?" hade Bror Lindén sagt.

Ja, det var hon. Wennerström hade gått hemifrån.

"Gå upp och titta på vinden, om ni vågar."

Efter en stund ringde Karin Rosén upp igen och berättade att hon funnit flera små paket i sågspånen på vinden. Bror Lindén bad henne att ta ett av paketen från vinden och ta med sig det hem. Han skulle sedan komma och hämta det hos henne. Paketet innehöll film som föreställde avfotograferade hemliga handlingar och på filmerna fanns bevisen mot Wennerström som polisen väntat på.

Karin Rosén var Säpoagent, ingen tvekan om det.

Peace, tänkte Modin. Ett ganska fyndigt kodnamn för en gångs skull. Tuff lady. Om det inte varit för Karin Roséns vittnesmål om den mystiske Mr X, hade jag inte suttit här nu på väg till Gunnar Anderson. Då hade det inte gått att finna några medhjälpare till storspionen Wennerström. Tro fan att Bo Wester ville hemligstämpla ärendet för alltid. Fler svenska storspioner, dessutom högt upp i FRA och den militära underrättelsetjänsten, var inget man ville lufta. Inte på några villkor.

Modin kom ihåg att han läst att Karin Rosén varit nervös efter Wennerströms gripande och alla skriverier i tidningarna. Det hade varit en världsnyhet på den tiden och den täckte löpsedlarna i veckor, den varma fuktiga sommaren 1963. Karin Rosén hade vid ett tillfälle blivit förföljd på sin väg hem från Wennerströms en kort tid efter gripandet och hon berättade om det.

Det är en skön försommardag i Djursholm, veckan efter midsommar. Jag är på väg till tåget från Wennerströms för att åka hem. En svart Mercedes kör förbi mig. När jag kommer fram till Altorps tågstation står bilen och väntar på mig. I bilen sitter en blond kvinna och en man med solglasögon. Kvinnan som är svensktalande känner jag igen från Wennerströms middagar. Hon kallar på mig när jag går förbi. Mannen är butter och säger inte ett ord. Kvinnan vill absolut ha ett samtal med mig. Jag säger att jag ska med tåget och går vidare utan att stanna. Jag känner obehag. Damen i bilen frågar då om min adress och säger att de kan komma förbi hemma hos mig och prata. Jag avböjer och skyndar vidare till tåget. Jag kliver av tåget vid Näsbypark station där jag bor. Då upptäcker jag den svarta Mercedesen igen. Jag blir rädd och smiter snabbt in i en Konsumbutik i närheten.

Därifrån tar jag mig snabbt igenom butiken och ut genom bakvägen. Sedan vidare hem. Trots alla upprivande händelser jag haft genom åren hos Wennerströms har jag aldrig känt mig så obehaglig till mods som den där gången.

Det intressanta med historien tyckte Modin var att det vid en efterkontroll hos Säkerhetspolisen visade sig att den svarta Mercedesen tillhörde den amerikanska ambassaden i Stockholm.

Anton Modin fällde ned solskyddet så att det skuggade ansiktet. Han kom in i ett område med fartkameror. Han hatade fartkameror.

Kapitel 51

Lidköping, måndag kväll 21 juli 2008

– Har du hittat dina dagböcker, Gunnar?

– Dagböcker... jag vet inte om det finns några. Jag har fotografier på vinden, tror jag.

– Kom, sa Modin. Vi går upp och ser efter.

Gunnar Anderson såg förvånad ut. Han blev tagen på sängen och såg ut att tänka att det var för sent att backa nu.

Modin visste inte hur fort han skulle våga gå fram. Om Gunnar är Mr X är han van att ta order, tänkte han. Han är en soldat för den sovjetiska underrättelsetjänsten; en svensk dubbelagent, *en landsförrädare.*

Gunnar hade under sitt spionliv drivits till det omänskligas gräns, precis som Modin själv en gång. De hade gått i samma skola. Det var dags att syna korten.

– Jag har väl inte åkt ända hit i onödan, Gunnar?

Han bestämde sig för att gå på offensiven.

Ibland ska de ledas till målet, tänkte han en smula föraktfullt.

De gick upp på vinden, Modin med Gunnar Anderson i släptåg. Modin gick långsamt. Det knarrade olycksbådande i trappan och en doft av gammalt hus slog emot dem. Det var murrigt. Bara två små fönster fanns, ett på vardera kortsidan av huset. Gunnar tog täten däruppe. Han tände en bordslampa som hjälpligt lyste upp vinden. Ur en bokhylla drog han fram en dammig skokartong.

Den har säkert legat orörd i många år, tänkte Modin. Han var nyfiken. Men Gunnar Anderson öppnade den inte, bara borstade av den. Han släckte lampan och utan att säga ett ord gick han ned igen. Modin följde efter.

De satte sig vid stora matbordet. Gunnar Anderson placerade skokartongen mitt på bordet. En möjlig pusselbit från det svenska 50-talet kunde ligga bevarad där. En Pandoras ask från det kalla kriget, fick Modin för sig och det klack till i hans hjärta.

Om Anderson är Mr X, Wennerströms chef, tänkte Modin, är förmodligen skokartongen ett fynd i klass med DC-3:an eller vapnet som dödade Paul Olofson.

Anderson rotade i kartongen. Han tog fram en näve gamla svartvita fotografier. Han spred ut dem över bordsskivan.

Där fanns bilderna som Modin hoppades skulle finnas där; bilderna på Gunnar i olika sammanhang på 50-, 60- och även 70-talet, bilder på middagar med militärer och underrättelsefolk. Där fanns bilder på Gunnar tillsammans med amerikaner och ryssar. På en av bilderna såg han gluggen. Gluggen mellan framtänderna som Wennerströms hemhjälp Karin Rosén talat om.

En riktig jävla fullträff, tänkte Modin. I en gammal dammig skokartong!

På flera bilder fanns Gunnar Anderson och hans bäste vän Bo Drammer avbildade. En bild där de satt i varsin knälång rock på kajen vid Slussen i Stockholm. En annan bild föreställde Gunnar Anderson, Wennerström och Nils Nilson. De var på en middag gissningsvis i slutet av 50-talet.

– Var är det här någonstans? sa Modin, utan att släppa fotografiet med blicken.

– Det är på Frimurarhotellet i Linköping, någon gång i slutet av 50-talet.

Modin bestämde sig för att inte kommentera att Wennerström fanns med på fotografiet. Han hade mer arbete att göra innan han tänkte konfrontera Gunnar med det.

Då fann han bilderna med stort B! Han blev alldeles varm inombords, det var samma känsla och upphetsning som infunnit sig som när han hittat ett försvunnet vrak på havets botten. Det var ett skarpt fotografi på en man i sporthatt av jaktmodell med ett brett band. Han bar vit skjorta, svart slips och på fötterna ett par svarta lågskor av militärmodell. Mannen stod bredvid en grå, nedsmutsad bil med sluttande bakparti.

Bingo! tänkte Modin.

Nästa bild var på samme man, sittande vid en kommunikationsradio. Han hade rågblont hår utan mittbena, bakåtstruket med någon slags hårpomada. Det var samma radio på bilden som stod bakom dem i storstugan. Mannen på bilden satt i det rum som Modin just nu befann sig i.

Sände han ett meddelande till Moskva? tänkte Modin. Från Wennerström?

Tanken svindlade.

Modin kunde inte bärga sig. Han kastade sig över skokartongen medan Anderson fastnat vid ett fotografi på honom själv och en ung dam i hornbågade glasögon och polotröja.

Modin fann ett vykort som Gunnar Andersons avdelning

på FRA fått av Säpochefen Otto Danielsson den 16 oktober 1967. *Ett hjärtligt tack för storslagen avskedsgåva och för gott samarbete. Den av er tillfogade pusselbiten var mycket värd för att mönstret skulle klarna. Ett utmärkt exempel på vad gott samarbete kan betyda. Er tillgivne, Otto Danielsson.*

Anton Modin funderade på vad det, som han redan förstått, historiska dokumentet betydde. Chefen för den svenska säkerhetspolisens kontraspionage skickade ett tackkort till Gunnar Anderson, Mr X, Wennerströms kontaktman på FRA, Sveriges största spion genom tiderna.

Helt jävla otroligt. Jag tror jag smäller av, tänkte Modin.

– Hur kommer det sig att du har ett vykort från Otto Danielsson, Gunnar?

– Jaså, det kortet. Han ville bara tacka för hjälpen han fick i Wennerströmutredningen.

– Hjälpte du Otto Danielsson med Wennerströmutredningen?

– Ja, sa Gunnar och bläddrade vidare i högen.

Tänk hur det kunde gå, tänkte Modin. Wennerströms spionkollega hjälpte Säpo att fånga Wennerström. Döda eller dödas. Äta eller ätas. Darwin, din jävel!

Modin fann en dagbok. Han öppnade den och började bläddra. Han såg listor med namn.

Plötsligt ryckte Gunnar Anderson boken från Modin.

– Vad ska det där vara bra för?

Han lade tillbaka både dagboken och bilderna i skokartongen och satte locket på Pandoras ask.

Modin bestämde sig för att behålla initiativet. Inte lätta på trycket nu.

– Nils Nilson som var med på en av bilderna. Kände ni varandra väl?

– Vi var västgötar båda två, sa Gunnar. Vi jobbade tillsammans på FRA. Han med teknisk signalspaning på avd S, jag med sammanställningen av underrättelsematerial på avdelning M. Vi umgicks både privat och familjevis.

– Jobbade Nilson åt ryssarna?

– Ja, det måste han ha gjort. Det var Nilson som åkte över till Pentagon med det ryska radarsiktet på MiG-17.

– Vad är det för historia, Gunnar?

– Ett nytt sovjetiskt radarsikte som vi på FRA hade avlyssnat information om och hade alla specifikationer på. Vi skulle tina upp relationerna med USA.

– Tina upp?

– Paul Olofson hade jämfört USA med Hitlertyskland när han beskrev bombningarna av Hanoi julen 1972. Amerikanarna blev rasande och tog hem sin Stockholmsambassadör. Samtidigt frös de vapenleveranserna till vårt flygvapen. ÖB, Stig Synnerman, blev mycket orolig och skickade iväg Nilson med presenten. ÖB och Olofson hade aldrig dragit jämnt.

– Vad sa Olofson om det? Han gick väl med i Vietnamdemonstrationerna mot USA?

– Skicka du din jävla Nisse, sa han. Han blev samtidigt rasande, för han visste att försvaret behövde utrustningen till Viggenflygplanet som då var alldeles nytt. Olofson ville helst av allt bryta alla kontakter med USA. Han var obstinat på den tiden men samtidigt realpolitiker.

– Otroligt, Gunnar. Jag menar, att Nilson var kontaktman med Pentagon. Var Nils Nilson inblandad i DC-3 nedskjutningen 1952 också?

– Ja, det var han. Av hänsyn till honom kan jag inte berätta något om det. Nisse lever fortfarande.

– Vad är det som är hemligt med nedskjutningen så här långt efteråt? Du har redan berättat saker som skulle kunna få sossarna att lägga ned partiet om det kom ut, eller hur?

– Kanske det, sa Gunnar Anderson med en lägre röst. Borgarna var också inblandade.

– Menar du allvar?

– Ryssarna snurrade upp oss på läktaren, som Putte Kock brukade säga eller vem det nu var. Torbjörn Felder och hans borgerliga regering åkte också dit. Ryssarna hade hållhakar på alla politiker, mycket tack vare IB. Det var de där jävla Birger Elsén och Paul Olofson som drog igång allt. Från början var det rätt oskyldigt men när dessa två kom in i bilden var det många, bland annat jag själv, som kände oss överkörda. Vi ville ha balans och arbetade i världsfredens tjänst. I alla fall inbillade vi oss det. Olofson och Elsén däremot skulle göra Sverige till en socialiststat där staten eller de själva styrde allt i landet, inklusive näringslivet. Du kommer ihåg löntagarfonderna.

– Vänta lite nu, sa Anton Modin och lutade sig framåt och gnuggade sina kinder med båda handflatorna. Vad då för hållhakar?

Modin kände att det började gå lite väl fort och försökte lugna ned tempot i resonemanget.

– Menar du att Olofson och Elsén tillsammans arbetade ungefär som J. Edgar Hoover, FBI-chefen i USA?

– Ja, men det var innan Olofson hamnade i regeringen. Efter det fick han vara försiktigare. Elsén gjorde skitjobbet genom IB. Birger Elsén gjorde för Olofson vad Hoover gjorde för Nixon. De spionerade på politiska motståndare till socialdemokraterna, på både höger- och vänsterkanten.

Fönstret i rummet gnisslade till. Gunnar Anderson vände

sig häftigt om. Det var vinden. Han ryckte på axlarna som för att mjuka upp dem och vred på nacken i en märklig rörelse.

Vad visste Säpo om det hela?

– Säpo visste allt men tjänstemännen där använde informationen för att överleva. Vi på vänsterflygeln angrep dem på alla sätt. De hade fullt sjå att freda sig. Fascisterna skulle stoppas. Statsminister Olofson drog in deras anslag och organisationen krympte. Samtidigt stoppade Olofson in sina egna gubbar i toppen som Holmén och Lidblom, men det var då som Säpo satte hårt mot hårt. De började använda samma smutsiga metoder själva och de var riktigt duktiga på det.

– Hur då?

– De började utpressa politiker och spioner i eget syfte. Det blev fullt krig och många offer skördades. Vet du att regeringen på fullaste allvar funderade på att lägga ned hela Säkerhetspolisen och därmed allt fungerande kontraspionage i landet? Det var då Säpo gick i taket.

– Vilken soppa, Gunnar. Jag baxnar.

Modin reste sig och gick fram till en av tavlorna som täckte stora delar av väggarna i storstugan. Han försökte tyda en signatur. Anderson verkade gilla konst. Här hängde säkert tavlor för några hundra tusen. Pengar från ryssen?

– Vad tror du skulle hända om man släppte de hemliga arkiven på FRA, SSI och Säpo fria? sa han sedan och vände sig om.

– Då skulle nog många gravar skändas, sa Anderson. Gamlingar på hemmen skulle plötsligt dra sin sista suck. Precis som jag själv. Det här är familjehemligheter ska du veta. Många ättlingar till dessa herrar och damer vi talar om har fått en ganska enkel väg till makt och rikedom. Inte minst inom medie- och underhållningsbranschen men även inom universitet och andra statliga institutioner. Nätverket var betydande och effektivt.

Gunnar Anderson rörde om i sin kaffekopp och smålog när han tänkte tillbaka.

– Skulle det inte vara skönt om namnlistor på vem som gjort vad kom ut? sa Modin. Att man rensade upp en gång för alla som man gjort i exempelvis Polen och innan dess i forna Östtyskland med Stasiarkiven. Vem som helst får läsa i dem i dag.

– Det är möjligt, sa Gunnar Anderson. Det är inte jag rätt man att svara på. Förr eller senare måste det ske. Arkiv kan inte vara hemligstämplade i all evighet. Fortfarande levande kunde exempelvis ges allmän amnesti. Fast dörrvakterna måste bort först, som Loklinth.

– Vilken grej, sa Anton Modin. Tänk att få tillbringa några dagar i Säpos eller SSI:s hemliga arkiv med en laptop och trådlös anslutning. Att få leta fram alla smutsiga hemligheter och sedan publicera dem på nätet, i realtid, inför svenska folket.

Gunnar skrattade hjärtligt och tog en tugga av den torra bullen som han lagt upp på ett fat.

Anton Modin kunde inte låta bli att tycka om Gunnar Anderson. Visst, han hade varit sovjetisk spion och förrått Sverige och kanske även varit skyldig till medagenters död, men ur ett nutida perspektiv gick det att svälja hans historier. Det var verkligen andra tider då. Man försvarade landet genom att spela dubbelt.

I dag är det bara att inse att det svenska folket blev lurat. Några smarta hjärnor manipulerade ett helt folk. Snart har vi ubåtarna här igen, tänkte Modin.

Han knaprade på sin torra bulle, sköljde ned med kaffet och lutade sig tillbaka i kökssoffan.

– Är det okej om jag lägger mig här i soffan, Gunnar? Jag har haft en rätt jobbig helg.

– Ja visst, du kan ta filten om du fryser.

Det var 15 grader varmt ute. Fönstret i köket var öppet. Klockan hade hunnit bli 21.00. Det var fortfarande ljust och en och annan fågel hördes sjunga ute på tomten.

Modin bad att få öppna lådan, vilket Gunnar sa ja till. Modin bläddrade igenom högen med fotografier. Det var dags att gå på offensiven mot, och kanske med, Mr X. Modin hade ett uppdrag från Säpos SSG, sektionen för särskild granskning, och han kunde inte komma tomhänt tillbaka.

– Vem är det här, Gunnar?

Det var en rågblond yngling, sittande framför en kommunikationsradio. Han hade skarpa drag och vaken blick.

– Det är jag, någon gång i slutet av 50-talet, sa Gunnar.

– Är det samma utrustning som du har här i köket?

– Det var vad jag använde då. Förutom en radio i bilen och en i lägenheten i Barkarby, där jag bodde i veckorna när jag jobbade på FRA. Radion i bilen gick inte att pejla.

– Var det Säpo som pejlade?

– Ja, tills det beslutades att Säpo skulle sluta med signalspaning. Då överfördes uppdraget till FRA.

– Till FRA, då var det väl inga problem för dig?

– Nej, just det, vi var allt lite smarta vi också, sa Gunnar Anderson med ett leende.

– Berätta, Gunnar, hur det gick till när du tog emot spionmeddelanden från Moskva?

– Jag tog emot dem i hemmet. Oftast på bestämda tider. Exempelvis första måndagen i månaden klockan 08.00. Sedan hade vi en reservtid efterföljande onsdag. Ifall man missade något meddelande eller om det hördes dåligt kunde man komplettera på reservtiderna. Meddelandena var kodade och kunde vara siffror som exempelvis 7-23-26. Det betyder 7:e sidan, 23:e raden och 26:e bokstaven. Då hade man givetvis bestämt en bok som referens muntligen vid något möte tidigare. På så sätt kodades meddelandena. Enkelt men funktionellt. Omöjligt att lösa för utomstående. Vi kunde också använda blankettchiffer, men kodblanketterna var ett komprometterande material som måste gömmas undan.

– Hur sände du meddelanden?

– Vid sändning var det svårare. Mottagning på kortvåg går inte att spåra men sändningen gör det. Det var så vi spårade ubåtarna i Hårsfjärden. Man pejlar in en riktning på sändningen och gör det från två håll med viss vinkelskillnad. På så sätt får man en position varifrån sändningen kommer. Det är där bäringarna korsar varandra. Den ryska underrättelsetjänsten använder sig av kortvåg fortfarande. Det går att höra om man lyssnar på vissa frekvenser, men sändningarna är förstås kodade. Kortvåg är det säkraste sättet, trots e-mejl och Internet.

– Och radion i bilen? Varför gick inte den att pejla?

– Eftersom risken var stor att Säpo skulle pejla radiosändningen placerade jag en utrustning i min bil. Den låg i framsätet. Jag hade en hög antenn på bilens högra sida, vid framrutan. Jag åkte ut på ett öppet fält eller upp på en höjd någonstans långt från hemmet och sände meddelandet snabbt och åkte sedan fort från platsen. När Säkerhetspolisen efter ett tag pejlat in signalen och kom dit, var det ingen där.

– Genialt, Gunnar! Jag är imponerad. Lärde ryssarna dig det här?

– Ja, GRU. Jag gick en kurs i Berlin.

– Var träffade du din kontaktman?

– Vi träffades oftast utomlands, i Wien, Berlin eller Helsingfors. Det var de städerna som gällde, förutom Stockholm förstås.

– Varför just dessa städer?

– Det var sämst bevakning och det fanns ofta inget kontraspionage. Så vi fick vara ifred med våra möten. Även amerikanarna använde de städerna för sina kontakter med agenter och avhoppare från öst.

– Vem var det som ledde spionringen på FRA? Det var väl en spionring, Gunnar?

Anton Modin blev allvarlig och reste sig i sittande ställning i soffan. Han ville veta så otroligt mycket men förstod samtidigt att det inte skulle gå att få reda på allt. En sak i taget.

– Där nobbar jag, sa Anderson. Av vissa skäl.

– Äh, lägg av nu, Gunnar. Kom igen, berätta. Det är spännande.

– Nej, inte nu. Jag är rädd om min hälsa och min familj. Jag har en son och barnbarn. Dessutom en styvdotter utomlands som jag håller av väldigt mycket. Men jag ska gömma ett dokument här i huset som du kan hämta efter min död. Det finns många små gömställen på vinden. Jag är 88 år som du vet och man lever inte i evighet. Inte ens vi spioner gör det.

– Menar du allvar, Gunnar?

– Absolut. Det får bli mitt bidrag till eftervärlden, för ni vill väl veta?

Anton Modin nickade.

Kapitel 52

Mörkret hade sänkt sig över det gamla huset på kullen någonstans i Västsverige. I ett svagt belyst rum satt två spioner och samtalade; två spioner från två olika generationer.

– Berätta om dig själv, Gunnar. Jag är nyfiken. Har du varit gift?

– Jag var gift en gång i tiden med en skönhetsmiss.

– Äh, du skojar?

– Jo, det är sant. Hon hade en dotter som jag tog hand om. Dottern bor nu utomlands. Hon skickar fax ibland. Vi håller kontakten.

– Vad hände med din skönhetsmiss?

– Hon drog med en annan och hamnade så småningom i Göteborg. Hennes föräldrar var rika. Det gick ingen nöd på henne. Hon ärvde en begravningsbyrå efter dem. Vi hade en son som hade det jobbigt i sin ungdom. Vi försummade honom men han klarar sig bra nu. Han bodde med mig i Barkarby utanför Stockholm på 50-talet. På helgerna bodde vi här.

– Så ni skilde er?

– Ja 1967. Hon började dricka. Hon klarade nog inte av det här hemliga livet. Jag träffade istället min barndomskärlek

Lisa. Vi var förälskade i sjuttonårsåldern och återförenades igen. Hon och jag var sambor ända till för några år sedan. Vi gjorde många resor tillsammans, bland annat till de där städerna som jag talade om förut. Där roade vi oss samtidigt som jag träffade mina kontaktmän.

– Det måste ha varit spännande?

– Jo, kanske men det slet också mentalt. Jag var rejält nedkörd emellanåt. Min favorit på den tiden var maskrosvin blandat med valium. En gång togs jag in för avgiftning på Karolinska. Vi hade en egen läkare. Inget kom ut.

– Egen läkare, hur menar du?

– Det var en läkare som kunde behandla oss diskret men också se till så att vi inte snackade bredvid mun när vi var ur balans. Det fanns flera sådana läkare. Bland annat hade vi en på Beckomberga, docent Erik Karlman. Många spioner fick nervösa sammanbrott då och då.

– Tvångsomhändertogs folk inom FRA? frågade Modin.

– Det hände. Spionromantiken var inte glamorös. Det var mycket smutsigare än vad som beskrevs i spionromanerna. Jag kommer ihåg en avhoppare som blev galen och fick tas in på psyket.

– Du menar han som författaren Stieg Larsson beskriver i sina böcker, GRU-avhopparen Zalachenko?

– Jag vet inte vem Stieg Larsson är men det fanns avhoppare från GRU som togs om hand så att de inte snackade för mycket.

Anton Modin lade sig ned med huvudet på soffkudden igen samtidigt som han tittade ut genom fönstret. Det hade blivit mörkare ute och fågelsången hade tystnat.

– Vad hände med Lisa, Gunnar?

– Jag slängde ut henne för fyra år sedan. Hon ville ha

pengar. Alla vill ha pengar. Han gned sig på kinden.

– Pengar? Ja, vad gjorde du med alla pengar? För du fick väl betalt av ryssarna?

– Det blev en del. Vi reste upp mycket. Släkten fick en släng av sleven. Ett jävla tiggeri blev det efter hand. Han gned sig på kinden igen.

Han drog med vänsterhanden över det grå håret innan han fortsatte:

– Och så köpte jag mycket konst och radioapparater.

– Du måste väl ha en del kvar på banken? sa Modin med halvslutna ögon.

– Jo, kanske det. Det är väl några miljoner som ligger där.

– Några miljoner! Vad har de andra gjort med sina pengar, Nisse exempelvis?

– Nisse köpte ett hus i Spanien och byggde ett annat på Öland.

– Var bor Nisse nu? mumlade Anton Modin som var rejält trött och kände hur ögonen ville slutas.

– I Solna utanför Stockholm i en trång lägenhet. Han kan berätta allt för dig om DC-3:an. Åtminstone vet han allt. En sak ska du ha klart för dig Modin, att när ni fann DC-3:an, var det många som hajade till och tänkte att nu är det kört. Nu spricker bubblan.

Han reste sig och tittade ut genom fönstret åt båda hållen innan han fortsatte:

– Men den håller än. Hur länge vete gudarna.

– En sista fråga, Gunnar, innan jag somnar. Vad hade du för bil i slutet av 50-talet?

– Jag hade en grå Hillman Minx. Den var sliten men gick som ett urverk. Dessutom körde jag en Dodge Coronet ibland. Den var mycket fin. Jag fick låna den av en kille som hade en bilfirma i Nyköping. Den var av årsmodell 1958 och hade registreringsnumret D19979 kommer jag ihåg. Den bytte sedan nummer till A36500. Jag minns det som i går.

Anton Modin hörde det sista i ett töcken. Han somnade och drömde att J. Edgar Hoover hade sex med Birger Elsén, en mardröm.

Kapitel 53

Lidköping, tisdag 22 juli 2008

"Fru Karin Rosén fick av säkerhetspolisen se ett fotavtryck av en s.k. flygarsko som Rosén identifierade som helt överensstämmande med skoavtrycket av Mr. X. / --- / X hade för vana att klafsa in med våta skor och Karin Rosén hade många tillfällen att se skoavtrycken." (Säkerhetspolisens arkiv, personakt P4599 Stig Wennerström.)

Dimman som Modin väntat ut böljade uttunnad men fuktig över landskapet. Det var morgon. Det var dags att åka hem till Stockholm.

Han tog en bild av Andersons svarta lågskor som stod snyggt parkerade innanför ytterdörren. De var av flygvapenmodell. Han frågade hur gamla de var. Anderson svarade från köket att de nog hängt med sedan 50-talet. Modin tog fram bilden på skoavtrycket som han lånat ur X-ärendet. Han ställde Gunnar Andersons sko ovanpå bilden på skoavtrycket. Den passade precis.

Vilka rariteter, tänkte Modin och vände på skorna och tog en bild på skosulorna.

Anton Modin lade märke till hur noga Gunnar Anderson granskade skogsbrynet när de två steg ut på farstutrappen. Med ögonen följde den äldre mannen taggarna som stack in i himlens färglöshet. Kanske var sonderingen rutin. Kanske trodde han sig vara övervakad.

Samtalet med Anderson hade inte gett något avgörande om SSI eller Loklinth men han var säker på vem det var som var den av Säpo eftersökte Mr X. Ingen tvekan om det.

En dag ska jag fråga Gunnar rent ut, tänkte Modin. Den gamle ska få tro att hans hemlighet är bevarad ett tag till.

När han stigit in i bilen knackade Gunnar Anderson på rutan.

– Sök upp Nils Nilson, sa han och höll fast Modin med blicken. Fråga honom om det stora spelet. Säg att du vet att Harry S. Truman är nyckeln.

– Varför berättar inte du?

– Jag var bara en springpojke då det begav sig. Nilson kan leda dig till svaren, för det var väl dem du ursprungligen ville ha, antar jag?

Anderson tog några steg in i dimman. Hans konturer blev suddiga.

Anton Modin körde på en kurvig grusväg till E20 där han vek av mot Stockholm. Samtidigt skruvade han på bilradion och fick in Radio Motala. Medan *Jesus he knows me* med Genesis flödade ur högtalarna kom han på att det i Motala hade funnits en torpedfabrik.

Tänk att lilla Sverige tillverkade egna torpeder. Måste ha varit dyrt.

Men tankarna lämnade torpederna. Andersons droppande av *det stora spelet* var en större bomb.

Vad menar den gamle räven? tänkte Anton Modin.

Han körde in på en McDonald's-drive-thru samtidigt som han hörde radion sjunga *Jesus he knows me and he knows I'm right.*

Hans aptit blev enorm av de ständiga halvsanningar som han serverades av den äldre generationen spioner! Han åt en Egg McMuffin, hash browns och drack en stor latte.

Det var kanske en idé att ta och hälsa på Nilson direkt.

Anton Modin hade fått uppgifter om Nils Nilson av Göran Filipson. Idel besynnerligheter. Nils Nilson hade fått ett smeknamn av National Security Agency, USA:s signalspaningsorganisation NSA. Amerikanerna kallade honom Mr ELINT, Electronic Intelligence.

Nils Nilson hade varit FRA:s kontaktman med NSA och GCHQ som stod för General Communication Headquarters, engelsmännens motsvarighet till NSA och FRA.

Enligt Säporegistrets ärende HSC 197/65 var Nilsons samtliga förnamn Nils Erik Gerhard och han var född 29 mars 1919. Nils Nilson växte upp i Skeberga på Torsö i Vänern. 1936 tog han realexamen med mycket goda betyg. Han lärde sig snabbt sex språk, däribland ryska. 1939 tog han anställning i flottan och tjänstgjorde där tillsammans med Stig Wennerström och Olof Kemper som senare skulle bli chef över hela FRA:s signalspaning.

Nils Nilson tjänstgjorde vid den svenska ambassaden i Budapest 1944–1945 tillsammans med Raoul Wallenberg. 1952 var han chef över gruppen som signalspanade i DC-3:an som försvann den 13 juni. Han fick ett nervöst sammanbrott efter nedskjutningen och blev två veckor senare den 1 juli 1952 befordrad av sin chef på FRA, Olof Kemper.

Enligt ärendet från 1965 om Nils Nilson var han 175 centimeter lång, hade bruna ögon och brunt hår. Ärendet upprättades efter misstankar om en sovjetisk läcka på FRA. Nils Nilson var skäligen misstänkt för spioneri.

Anledningen var att underrättelsetjänsten på den sovjetiska sidan lade om sitt chiffer så fort FRA lyckats lösa det. En spion för Warszawapakten läckte tydligen till ryssarna. Denna läcka måste enligt FRA vara på lägst byrådirektörsnivå på grund av den mycket höga sekretessgraden.

Nils Nilson var 1965 byrådirektör på avdelning S, signalspaningen. Han blev senare chef för hela den tekniska signalspaningen inom FRA, efter Olof Kemper.

Säpo skuggade honom och diskuterade även hans anställningsförhållanden med FRA:s säkerhetschef, tillika hans närmaste chef, Olof Kemper. Kemper blev Säpo:s kontaktman på FRA i detta känsliga ärende, som hade högsta sekretessgrad, och han fick också i uppdrag att utreda Nilsons personliga förhållanden.

– Modin, lyssna, Nilson blir inte yngre, hade Gunnar Anderson påpekat innan han försvann i dimman. Den generationens män är på utdöende. Det de vet om det kalla kriget och dess efterverkningar tar de med sig i graven.

Modin gick bort med McDonald's-brickan, tömde den i luckan och körde utan avbrott till Stockholm.

Det hade hunnit bli eftermiddag när Anton Modin kom till Huvudsta i Solna. Han körde in i området på Enbergsvägen där han varit tidigare. Inte längre brunhårig och något krum i hållningen hade Nilson den gången varit knepig att komma inpå livet.

Underrättelsespelet är så mångfasetterat att det inte går att berätta vad som helst för en novis eftersom det kan missförstås, tänkte han. Men Nilson borde kunna snacka med mig.

Kapitel 54

Modin parkerade vid vägkanten så att däcken skrapade mot trottoarkanten.

President Harry S. Truman lät fälla atombomberna över Japan 1945, tänkte han samtidigt som han slog in Nilsons portkod. Det är i stort sett vad jag vet.

Trapphuset på Enbergsvägen var ofärgat, olustigt och saknade energi.

De här husen ger en känsla av Sovjet, tänkte Modin. Hela miljonprogrammet var som taget ur en sovjetisk propagandafilm fast skitigare och med mer graffiti. Exakt likadana hus fanns längs inflygningen till Pulkovo-flygplatsen i S:t Petersburg. Han hade flugit dit flera gånger.

Är det samma arkitekt månne?

Anton Modin läste Nilson på den mörkblå sammetsskylten under glasskivan. Han ringde på.

Nils Nilson såg skröpligare ut än för två år sedan. Ansiktet hade stelnat av ålderdom och ögonen fäste sig vid en sak i taget som om det ständigt pågick en process av igenkänning.

– Vill du ha kaffe? sa han utan förvåning i rösten som saknade spänst.

– Ja, gärna, sa Modin. Jag tog med chokladmuffins.

Nilson hällde upp frystorkat kaffe i två gammaldags gräddfärgade kaffekoppar. Vattnet kokade han i en kastrull. Köket var trångt och långsmalt men det rymdes ett bord och fyra stolar. De slog sig ned. Där de satt hade de utsikt över gatan nedanför och huslängan mitt emot. Det var Nilsons dagliga vy. Han verkade inte se den längre.

Utanför köksfönstret syntes balkongen. Nilson hade monterat en parabol som täckte halva balkongräcket. Därbortom avtecknade sig den motsatta huslängans fyrkantiga skorstenar och tv-antenner som svarta konturer mot den vita himlen. I de flesta fönster var persiennerna neddragna som om hyresgästerna önskade skydda sig mot det onda på utsidan.

– Vad har du parabolen till, Nils?

– Jag ser på ryska program. Måste hålla språkkunskaperna i trim, förstår du.

Nilson hade en mörkgrön kavaj på sig med ett tygmärke på bröstet. Det stod några ord på latin på märket. Anton Modin gissade att det hade med signalspaning att göra men han visade inte att han inte kunde klura ut det. Nilson verkade stolt över att bära kavajen. En av få möjligheter att visa upp fornstora insikter och kunskaper. Han hade förmodligen alltid varit fåfäng.

– Nils, vad hade du för relation till Olof Kemper?

Nils Nilson skruvade på sig och ändrade ställning i stolen.

– Kemper var en mycket fin människa, sa han sedan. Han var min chef på FRA i trettio år. Vi hade närmast ett far-och-son-förhållande. Han och hans familj bodde på Valhallavägen. Jag var ofta där.

Han stannade upp som om han tänkte efter.

– Olof Kemper kallades ibland för krigets verkliga ansikte, för när han blev bister såg han ut som huggen i sten. Särskilt då han lyfte ena ögonbrynet, så här.

Nilson visade med en grimas hur det såg ut.

– Kemper var förbindelseofficer på pansarskeppet Drottning Victoria när jag var radioman ombord. Signalspaningen i flottan började på 1930-talet. Kemper var med och grundade FRA, visste du det?

Anton Modin sa inget utan rörde lugnt om i koppen och drack sedan upp skvätten. Han kom ihåg ordagrant vad som stod i Nilsons personakt på Säpo:

Kemper anser det inte nödvändigt att vi tar kontakt med Nils Nilsons nye arbetsgivare FOA i detta ärende. Kemper lovar att själv ta upp saken med chefen för Försvarets forskningsanstalt FOA. Kemper lovar att han ska meddela allt av intresse angående Nilson i både stort och smått.

Om FRA-chefen Kemper var inblandad i spioneriet på något sätt, tänkte Anton Modin, är det inte konstigt att det inte gick att fälla Nils Nilson. Kemper och Nilson skyddade varandra. De ingick kanske i en spionring, vilket var just vad Göran Filipson misstänkte. En spionring på FRA.

KGB:s och GRU:s spionringar innehöll enligt reglerna alltid fem spioner. De följde sin SOP, Standard Operating Procedurs, vilket gjorde de fem spionerna icke identifierbara enligt ett invecklat system av utbyten. De hjälpte varandra uppåt i karriären samtidigt som de skyddade ringen mot avslöjanden. Om en blev anklagad trädde de andra in till försvar. Modin kom att tänka på KGB-spionringen inom den engelska underrättelsetjänsten, Cambridge Five. Han såg på Nils Nilson och bestämde sig för att visa självsäkerhet.

– Jag har precis träffat din kompis, Gunnar Anderson.

Han säger att du har information att ge mig om stormaktsspelet kring DC-3:an. Stämmer det?

– Ah, Gunnar. Vilket sammanträffande. Jag fick ett fotografi på honom med posten häromdagen.

Nilson skrattade till och överdrev en aning genom att gunga till på stolen.

– Vem fick du det av?

Modin dolde inte sin nyfikenhet. Nilson fick ett leende i mungipan.

– Det var Chris Loklinth som skickade det. Han berättade att Gunnar levde och mådde bra. Han ville att jag skulle veta det.

– Håller Loklinth fortfarande kontakt med er?

– Ja, han gör det, sa Nils Nilson och vinkeln vid munnen drog ned mot hakan.

– Varför då? Han måste ha annat att göra. Bevakar han er?

– Det vet jag inte. Jo, förresten. Det gör han nog.

Fan, den där Loklinth går mig på nerverna, tänkte Modin. Han kollar att gubbarna inte snackar bredvid mun. Det betyder att både Gunnar och Nils svävar i livsfara efter mina besök. Han blev orolig och kände ett obehag. Det kanske inte var så bra det här ändå.

– Kom ihåg, Nils, att du inte får säga till Loklinth att jag varit här. Lova mig det. Det är viktigt.

Anton Modin reste sig upp och kliade sig i nacken. Han vandrade planlöst omkring i lägenheten.

De senaste veckornas olyckor och det farliga ryktet om våldtäkten och förhållandet till kamraterna som höll på att brista gick inte att vifta bort. Loklinth var en giftspindel och hans nät verkade vara utan ände.

I vardagsrummet vände Modin och kom tillbaka till köksbordet igen. Han lutade sig framåt och stödde sig med båda händerna mot bordsskivan.

Nilson höjde ögonbrynen.

– Var USA:s president Harry S. Truman inblandad i DC-3-nedskjutningen? sa Modin.

Han backade några steg och avvaktade Nilsons reaktion.

– Truman, sa Nils Nilson. Han hade det inte så lätt.

– På vilket sätt då?

– Atombomben på japsen, sa Nilson. Det var tufft.

– Vad menar du?

Modin koncentrerade sig för att inte verka alltför intresserad.

– Truman var en fredlig man men han blev tvingad att släppa bomben. Det blev hans livskris. Annars hade saker och ting avslöjats.

– Hur då, Nilson? Hela städer förstördes. Hur hänger det ihop med en svensk DC-3:a över Östersjön?

Anton Modin tappade masken för en sekund.

– Jag kan inte berätta mer än det, sa Nilson. Inte ens för dig.

Men Nilson slutade inte snacka. Han led av den ensammes syndrom.

– Truman och Hoover drog inte jämnt. Truman var den förste president som inte gick i Hoovers ledband. Truman samarbetade i hemlighet med kommunisterna i USA. De hjälpte honom och demokraterna att vinna valet över republikanerna. Det var hans svaga punkt och den användes emot honom. Militärerna hade kontrollen över honom genom FBI-chefen Hoover. Det lustiga var att vår statsminister Tage Erlander var över i USA våren 1952, i smyg, för att där påbörja ett militärt samarbete och skriva ett hemligt avtal med president Truman. Erlander ansågs plötsligt ha blivit USA-vän. Så här i efterhand vet vi att det var två månader innan DC-3:an sköts ned.

Nilsons ansiktsmuskler var mjukare nu. Kinderna blev flytande öar i ett snårigt innanhav av rynkor och veck.

– Stora delar av Roosevelts och Trumans administrationer var fiender till FBI-chefen John Edgar Hoover och den Hoover avskydde mest av alla var Roosevelts fru, USA:s första dam Eleanor Roosevelt. Hon hade en gång öppet anklagat Hoover för att skapa ett amerikanskt Gestapo. Hoover förlät henne aldrig. Efter president Roosevelts död spred Hoover skandalartade historier om Eleanors vidlyftiga kärleksrelationer, både med män och med kvinnor.

Nils Nilson såg på Modin med ett litet leende. Han hade övertaget igen. Hans minne var tillbaka, märkte han.

– Är du chockerad, min unge vän? Världen är inte som den ser ut.

Nils Nilson fortsatte att le med sin vänstra mungipa. Han hade länge velat berätta det som han vetat sedan 40-talet. Nu hade han en intresserad lyssnare. Kunskap var makt. Han kunde känna det ända ned i magen. För han hade kunskap. Mer än de flesta. Här låg till och med Skit-Olle i lä.

– Ja, vad säger man, sa Anton Modin.

– Ingenting förmodligen, men så var det. Det stora misstaget som gjordes var att Roosevelts underrättelsechef, Donovan, i december 1943 avslöjade för KGB-chefen samtliga amerikanska agenters identiteter i Europa. Detta för att underlätta kriget mot Hitler. Ett, skulle det visa sig, katastrofalt beslut. Det var den stora anledningen till att det blev som det blev. Ryssarna kunde penetrera hela CIA i Europa. Man kan le åt det i dag. Men då var det förödande. Det visade sig senare att Donovans närmaste vän och medarbetare Duncan Lee, som jag själv kände förresten, var värvad. USA:s Stockholmsambassadör var den som öppnade bakdörren i Sverige på slutet av 40-talet. Det var under hans tid allting började och agentvärvningen tog ordentlig fart. Fast bara på den sovjetiska sidan. Västmakterna hade inte börjat reagera ännu. Precis efter kriget fanns det alltså en öppen bakdörr som KGB och GRU var snabba att utnyttja. Historien upprepar sig, Modin. Jag hoppas jag slipper vara med ett andra varv. Jag orkar inte mer. Det har tagit på krafterna ska du veta.

Modin tittade förvånat på Nilson. Han kände att det började bli lite mycket att smälta igen. Han kunde inte hänga med. Han var ohjälpligt på efterkälken, åtminstone tillfälligt. De här gubbarna är inte att leka med, tänkte han. USA:s president satt i knäet på Stalin. Ofattbart! Roosevelt, Truman, vem mer? Hoover kanske hade rätt ändå.

– En sista fråga, Nilson. Lever DC-3:ans besättning?

Frågan kom spontant, som en ren chansning.

Nilsons ansikte slöt sig. Det smått debila åldringsuttrycket som funnits i början då han slötittat på Modin var tillbaka.

Modin kände en våg av spänning dra genom kroppen. Ge mig det, gubbe lilla! Ge mig vetskapen nu!

– Du ska veta en sak, Modin, och det säger jag bara till dig i all välmening, sa Nilson. Du är ute på hal is. Jag hoppas att du förstår vad det är du håller på med.

Nils Nilson såg att kaffet var slut i kopparna men gjorde inget åt det.

– Jag fick uppdraget av FRA att ta hand om och hålla ett öga på änkorna till FRA-besättningen som försvann den där varma junidagen 1952. Jag kom att fatta tycke för en av dem. Till sist flyttade jag in hos henne och hennes dotter. Vi hade det bra tillsammans. Vi älskade varandra. I alla fall älskade jag henne. Efter några år blev jag tvungen att flytta ifrån dem. Jag stod inte ut med tanken på att hennes man skulle komma hem en dag. Jag hade inget val. Jag gav mig iväg. Lämnade allt.

– Vad menar du, Nilson? Visste eller trodde du att hennes man skulle komma hem? En ur den nedskjutna DC-3-besättningen!

– Jag kan inte säga mer, Modin. Du får nöja dig med det. Det är bara till dig jag har sagt det här. Kom ihåg det.

Anton Modin var rejält uppjagad. Han blundade och räknade på fingrarna.

– Var det här 1956? sa han. Året då Erlander och Olofson var på statsbesök och träffade Chrusjtjov i Moskva. Var det då du fick reda på att de levde? Var det Olofson som berättade det för dig, Nilson? Svara!

DC-3:an låg honom varmt om hjärtat. Här hade han fått ännu en pusselbit. Det fick vara slut på att tassa som katten kring het gröt. Han ville ha mer. Han ville ha allt!

Nu får den där jävla Nilson berätta allt han vet, tänkte han och begick medvetet ett stort fel. Han visade känslor och blev personlig. En dödssynd i detta spel. Han visste om det men kunde inte behärska sig.

– Nilson! Jag kräver att du berättar allt. Kom igen!

Nilson reste sig från köksbordet utan att säga något. Han kastade en snabb blick på Anton Modin och vände sig sedan om. Han gick in i sovrummet med hasande steg.

– Du kan stänga ytterdörren efter dig när du går, sa han innan dörren gick igen.

Anton Modin tumlade ut på gatan, fortfarande rejält omskakad. Så här nära detaljer som talade om en annan sanning än den officiella hade han aldrig varit tidigare. Ett vittne som varit på plats fanns inom räckhåll. Han fick en förnimmelse av att han bokstavligen kunde ta på Nilsons ord, just innan de flög iväg utom räckhåll.

Anton Modin undrade om chansen någonsin skulle komma tillbaka.

Vad var det mer för hemlighet Truman bar på och vilken koppling hade den till Sverige? Jag måste få veta det, tänkte han.

Kapitel 55

Stockholms norra skärgård, tisdag 22 juli 2008

Anton Modin hann fram till fiskaffären innan fiskaren stängde.

Han köpte tre färdigrensade gösfiléer och färskpotatis. Samt dill, gräddfil, en franska, två folköl och en citron. Han fick allt paketerat i en vit plastkasse utan reklam och betalade kontant.

Han körde vidare i sin pickup de sista kilometrarna till stugan. Sakta gick färden på den smala grusvägen och Anton Modin tänkte på det han fått höra tidigare av Nils Nilson.

Jävlar vad gubbarna sitter inne med hemligheter. Harry S. Truman, USA:s president och mannen som styrde världen efter Hitlers fall, stod under inflytande av Stalin och KGB via sina närmaste medhjälpare och sin älskade. Tänk om det var likadant i Sverige!

Modin började skratta. Det var för fantastiskt.

Amerikanarna skulle inte tro på det. Lika lite som svenskarna skulle tro på att Erlander lirat med Stalin. Men underliga saker händer med makthavare och opinionsbildare och dem som folk tror har ett brinnande engagemang. Är det bara ett skal? En show? Till och med i USA, *The land of the free*, går man i någons ledband. Demokratin är allt bra bräcklig. Det viktigaste verkar vara att hålla den stora massan i schack.

Modin såg sitt hus dyka upp bakom backkrönet. Han slogs av hur hemma det kändes. Det var en lyx han inte vågat kosta på sig att känna på flera år.

Solen var på väg ned. De sneda strålarna lyste upp fasaderna vid viken som vette västerut. Orange och rött gnistrade i punschverandans buckliga glasrutor. Från strandkanten simmade en svanfamilj majestätiskt ut på ett hav av guld där en kvällsbris rynkade ytan till stråk av mörkare metall.

Modin körde in på grusplanen, svängde runt framsidan av huset och parkerade vid bastun. Han öppnade bildörren och satt kvar en stund i kvällssolen. Det var en stilla kväll. Sporadiska måsskrik drog genom ett svagt dunkande från Ålandsfärjans motorer som stod på tomgång vid hamnen några kilometer bort. Båten lade till halv åtta. Den ankomsten hade funnits så länge Anton Modin kunde minnas. När han var liten hade han och hans kompisar cyklat dit för att se färjan lägga till och lägga ut. Han hade gillat att åka färja och se alla människorna och fyllgubbarna.

Nu är jag nästan själv en fyllgubbe, tänkte han samtidigt som han gick över grusplanen och låste upp ytterdörren.

– Miss Mona! Komsi!

Han bar in matkassen och väskan i köket och lät dörren stå öppen.

Han öppnade kylskåpsdörren, lastade in maten och vände sig om. Katten kom i full galopp mot honom. Hon strök sig mot hans ena vad och Modin tog upp henne i famnen.

– Har du saknat mig? Är du hungrig Mona?

Han släppte ned katten och tog en av gösfiléerna ur kylskåpet. Han gav den till miss Mona på ett porslinsfat.

– Här får ingen tid spillas, sa han till katten. Husse ska ut igen.

Modin brydde sig inte om att duscha eller raka sig. När han tänkte efter hade han inte borstat tänderna sedan i går. Han bytte till ett par slitna mörkblå jeans, ljusblå pikétröja och en tunn marinblå tröja knuten kring höfterna. På fötterna bar han ett par ljusbruna seglarskor med rågummisula.

Han tog cykeln ned till The Rock. Han kände sig bekväm i sin roll men var inte speciellt sugen på att kröka. Det måste ske, för det ingick i planen.

Man måste ställa upp för rikets säkerhet, tänkte han och gick in till baren.

– Hej, Modin!

Kent E hälsade glatt. Brunbränd som han var och med halvslutna sängkammarögon och hippiehåret i mjuka testar, kunde man tro att tjejer skulle abonnera på stolarna i baren. Det var aldrig fallet. Han höll en cool distans som gav honom arbetsro och tid att snacka med dem han själv valde ut.

– Får jag bjuda dig på en kvällsfösare?

Kent E torkade whiskyglas och nickade inbjudande mot en barstol på andra sidan disken.

– Jag tar den här borta, sa Modin.

– Som du vill.

Det hade blivit svalare, cirka 18 grader. Modin slog sig ned vid ett bord alldeles vid bryggkanten. Mittemot sig på andra sidan den smala hamnen hade han ett ålderstiget fallfärdigt båthus som någon målat i falurött med svarta knutar.

Svarta knutar var vanligt förr i den fattigare, norra skärgården. Knutarna var ursprungligen bestrukna med tjära. Det var billigare än den exklusiva, vita färgen.

I vassen till vänster om båthuset låg en svart eka lite på sniskan, uppdragen på stenstranden. En vit lyxjakt lyste i ögonvrån men han vände bort ansiktet från den. Ålands hav slog monotont mot bryggpelarna. Det luktade fisk blandat med tång. Några tärnor skriade förbi, jagande varandra.

Det var halvfullt på The Rock. Det var mitt i juli. Mitt i semestern. Det låg flera stora båtar vid bryggorna och det hördes musik och skratt från några av dem. En sportfiskebåt gled sakta in i hamnen efter en lång dags fisketur. Två män satt på akterdäcket och drack varsin öl. De två stora utombordsmotorerna mullrade dovt.

Tre yngre män lastade in dykutrustning i en Chevy Van på parkeringen vid ångbåtsbryggan.

Modin slöt ögonen och var en sekund nere i djupet. Han kunde känna luftbubblorna mot sina kinder när de steg från utandningsluften och upp mot ytan långt ovanför, grönskimrande, gnistrande i silver.

Kent E kom med en stor whisky utan is i ett kraftigt glas. På brickan hade han två Ramlösa, en skål med is och två mindre glas. Han gav Modin den ena flaskan och tog själv den andra och hällde upp.

– Vad händer? Sist gick det hett till mellan dig och Bergman. Var är han förresten?

– Vet inte, sa Anton Modin och lät likgiltig. Hemma på Söder förmodligen. Han verkar ha det tungt. Vi fick lägga ned vårt senaste projekt. Han deppar för det.

Modin tog en stor klunk ur whiskyglaset.

– Jävlar, vad gott! Man skulle bli alkis, Kent E.

– Varför inte, sa Kent E med ett skratt. Det skulle vara bra för affärerna.

Sedan blev han allvarlig och kisade mot horisonten.

– Är det ubåten du menar? sa han.

– Ja, sa Modin. Hur vet du det förresten?

– Joint berättade en kväll. Han kan ju aldrig hålla tyst.

– Det är över i alla fall. Dykningen är inställd även om vi skulle kunna göra det. Vi är fullständigt bakbundna. Vi har förlorat. Bara att inse. I alla fall den här gången. Game over!

Anton Modin tog resten av whiskyn i ett svep och spottade ut en isbit i glaset.

– Vill du ha en till?

– Ja, men nu betalar jag.

Han satte armbågarna på bordet och tittade sig omkring samtidigt som Kent E gick iväg. Han såg en skymt av Ellie. Hon sprang förbi längst bort på bryggverandan med en bricka och vinkade åt hans håll. Han vinkade tillbaka. Han började kolla runt. Snett bakom sig upptäckte han ett grabbgäng. De såg ut att vara Bandidos eller åtminstone ville de att det skulle se så ut. Kanske en supporterklubb. Han kunde inte se deras ryggar men tyckte att han kände igen en av killarna. Killen tog just ut en stor fet snusprilla och strök av den mot kanten på ölglaset. Prillan vägde på glaskanten i några sekunder innan den trillade ned på glasbotten och blandades med några öldroppar.

Längre bort bakom dem satt ett gäng båtfolk, förmodligen från öfre Östermalm i Stockholm. De bar vita seglarbyxor och marinblå tröjor, några med inslag av rött och vitt. Deras solglasögon var antagligen Prada och Gucci. En av männen, förmodligen han som ägde båten de kommit med, den vita leksaken därute, hade en mörkröd scarf runt halsen. Han gestikulerade med armarna när han talade. Killarna var stora och vältränade. Speciellt två av dem som Modin gissade fungerade som livvakter åt den äldre mannen, bossen med kulmagen. Modin granskade den vita jakten som var en 50 fots segelbåt i tiomiljonersklassen. Hon rörde sig makligt vid stenkajen trettio meter bort.

Modin hade aldrig tidigare sett en så stor fritidsbåt i hamnen och undrade hur mycket man måste jobba svart för att få råd med den.

Ingen slösar väl vita pengar på en jättebåt i Sverige med bara två månader lång båtsäsong. Eller?

– Hur är det, Modin? sa Kent E som var tillbaka med en ny whisky. Jag menar, hur mår du på riktigt?

Anton Modin tog av sig sina solglasögon och tittade upp. Han kliade sig lätt med höger pekfinger på kinden. Han såg nyvaken ut.

– Det är tungt. Det kan jag inte sticka under stol med men jag reder mig. Det gör jag alltid. Det går upp och det går ned. Precis som för alla andra.

Han slutade klia sig. Det sista lät inte övertygande och Modin såg Kent E rycka på axlarna.

– Jag behöver en rejäl fylla, känner jag, sa Modin. En rejäl jävla roslagsfylla med samtliga tillbehör.

– Inte slagsmål, väl? sa Kent E med ett leende som väntade på ett löfte.

– Varför inte? sa Modin och skrattade samtidigt som han knöt sin högra näve lätt. Jag förstår inte varför det alltid dyker upp gammal skit i skallen varje gång man åker på en motgång. Ungefär som en liten jävel som sitter på axeln och säger: ”Vad var det jag sa? Du är helt värdelös.”

– Ja, jag känner igen det där, sa Kent E. Det är ens dåliga självkänsla som lyser igenom. En gång knäckt självkänsla och man blir aldrig av med det. Det har med våra farsor att göra och deras besvikelser. Jag tror det var den där Freud som sa det en gång.

– Eller Carl Gustav Jung, sa Modin.

– Våra farsor slog oss, sa Kent E, och ville att vi skulle bli framgångsrika och när vi inte blev det kände vi deras besvikelse komma över oss som en flodvåg. Jag känner att jag själv har en jävel på axeln. Joint är i Stockholm med sin donna i kväll. Jag regerar här på fortet. Kung för en natt, men ändå.

Kent E vinkade till sig en ung blond amerikanska med stora bröst. Hon arbetade första säsongen på The Rock och hette Julie. Hon hade varit strippa i Boston men pluggade nu i New York. Det här var hennes första sommarlov. Hon ville se Europa och lära sig något om svensk kultur. Kent E hade ljugit för henne vid anställningsintervjun och sagt att det var i Roslagen som vikingakulturen föddes, för han ville gärna anställa henne. Kent E var förtjust i unga vulgoblondiner med stora bröst. Han visste att många av hans kunder också var det.

– Julie, ta in en karaff med gin, is och citron. Fyll en bricka med tonic water. Vi ska dricka kinin, det är bra för prostatan, har jag hört. The boys are back in town.

Han gjorde Arne Tammer-rörelser med båda armarna.

Anton Modin tyckte att Kent E var i grabbigaste laget. Speciellt när han blev full. Men han tyckte ändå om hans raka och uppriktiga sätt.

Alla människor har goda kvaliteter, tänkte han. Det gäller bara att släppa fram dem. Fast då behövs självförtroende. Det får man genom sprit, droger eller terapi.

Julie lutade sig fram över bordet. Hennes fasta byst fyllde Kent E:s synfält. Det var som om hon hade tränat in rörelsen där hon hällde upp groggen. Motorcykelkillarna vid bordet snett bakom glodde. De sträckte på sig och en rättade till hästsvansen. Julie svepte förbi dem och bort.

– Amerikanskor är jävligt ärliga i sitt uppsåt, sa Kent E, ungefär som om han kände vad Modin tänkte. När de jobbar, gör de det fullt ut. De ska tjäna så jävla mycket pengar det bara går under den tid de lägger ned på arbete. De blandar aldrig ihop sin yrkesroll med sin privatperson som vi ofta gör här i Europa. Stora bröst och ett varmt leende ger mycket dricks, så är det bara, det kan inte ens Gudrun Schyman ändra på. Allt annat är förbannat hyckleri.

Kent E bredde på med sin amatörpsykologi. Han skulle kunna få ett pratprogram på tv och bli en ny Oprah Winfrey, tänkte Modin. Fast kan en svensk medelålders kåt man med saltstänkt blekt hår bli programledare? Kanske ändå inte.

– Amerikanska tjejer är ta mig fan mer frigjorda än våra svenska, sa Kent E. Titta bara när en svensk kvinna skiljer sig. Då får hon två tusen spänn i månaden oavsett om hon varit gift med ett flakmoppebud eller Wallenberg själv. Hon är en loser vilket som. En amerikanska ska ha hälften av vad gubben har. Annars stämmer hon ballarna av honom. Det här har gubbarna som styr ordnat fiffigt. Och de ska vara sossar. Fy fan, Modin.

– Vad gott det här var, avbröt Modin Kent E:s politiska filosoferande. Gin är som medicin, inte bara för själen. Synd att man blir så pissnödig bara.

Modin blinkade.

– Gin sätter igång prostatan, Modin, skrattade Kent E. Men den mår fint.

Kent E, som var 15 år äldre än Modin, drog alltid gubbskämt om prostata eller Viagra. Det var det jobbiga med honom. Annars var han en skicklig konversatör. Han hade högskolepoäng.

Anton Modin började känna sig sommarkåt. Det var första gången på en evighet. Han hade inte haft sex på flera år.

Han kände sig underligt levande i kväll. Han hade hört att då man började betrakta sig själv utifrån kunde slutet vara nära. Det var okej. Han hade åstadkommit en del i livet, även om han inte hann med att rädda Sverige. Han ville återförenas med Monica, Ellinor och Alexander. Alexander skulle ha varit 18 år och Ellinor 16 om de levat.

Jag undrar vilken utbildning de skulle ha valt? tänkte han. I kväll hade de varit med här.

Han kände sig ledsen för att stolarna var tomma men kunde trots allt tänka tanken. Bara det, ett fall framåt!

Kent E pratade fortfarande. Han började få glansiga ögon.

– Skål för livet och döden, sa Modin. De är lika mycket värda. Och skål för Sun Tzu.

– Vad sa du? sa Kent E.

– Äh, glöm det.

Modin fick kontakt med mc-gänget. De nickade när han lyfte glaset och siktade med armen mot den lönnfete seglaren och hans sällskap.

– Skål för den som har mest pengar när han dör, sa Modin högt och tydligt.

Mannen med scarfen vände bort blicken, böjde ned hakan och vickade huvudet åt sidan. Han sa något diskret till mannen bredvid sig. Modin skrattade högt och överdrivet, sedan stötte han till Kent E och svepte sitt glas.

Efter en stund kom Julie förbi med en screwdriver, vodka och juice, och ställde den framför Anton Modin.

– It's from the gentleman over there in the red scarf, sa hon.

Anton Modin vände sig mot seglarna.

– Den här drinken ska ni väl ge några tonårstjejer, mina herrar, sa Modin högt. Synd att kosta på mig. Det har ni inget för.

Han log hånfullt.

Gästerna runt omkring började uppmärksamma den gryende konflikten. Den äldre mannen med scarfen reste sig.

– Tvärtom, Anton Modin, sa han i lugn och säker ton och skorrade på r:en i en nasal, irriterande ton. Vi tänkte att du skulle använda dig av drinken. Ge den till en fjortonåring så blir hon villig. Då slipper du våldta småtjejerna och hamna i besvärligheter. Skål, du!

Han log och visade sin blekta tandrad. Hans sällskap gapskrattade som en man. Somliga i baren log och skrattade med. Andra såg ut att uppleva situationen som pinsam.

Modin tittade instinktivt ned i bordsskivan och kände att han redan där förlorat slaget mot seglarna. Han blev arg men behärskade sig. Utan ett ord svepte han drinken och ställde ned glaset på bordet med en duns.

– Fan, vad full jag börjar bli, Kent E.

– Take it easy with the booze, Modin.

Ellie strök sig mot hans axel. För ett ögonblick såg han hennes stränga rynka i pannan innan hon trängde sig bort mellan deras och grannens bord. Modin sträckte sig efter Ellie men fick inte tag i henne. Musiken var igång nu. Dj:n spelade Beach Boys *Good vibrations*. Modin ropade att han ville dansa med Ellie. Hon kastade med huvudet för att visa att hon jobbade. Folk flöt in i strömfåran efter henne och dolde Ellie för honom. Han vände sig mot Kent E istället. Han satt och rörde om i sin gin tonic med en groggpinne i plast och såg koncentrerad ut.

Fiskesamhället började bäddas in i mörker och från flera håll hördes skratt och glasklirr utan att Modin kunde se personerna. Men han såg ett äldre par som promenerade förbi på vägen utanför The Rock. De hörde musiken och gjorde några dansrörelser. Deras uppenbara samhörighet berörde Modin egendomligt djupt. En grill spred rök lite längre bort på en klipphäll alldeles nedanför ångbåtsbryggan. Det var ett båtsemestrande sällskap i tjugoårsåldern som skulle äta en sen middag. Mannen i det äldre paret såg ut att minnas sin egen ungdom, för han hejade på ungdomarna medan hans fru kramade hans arm och pekade utåt havet.

Anton Modin reste sig på vingliga ben. Det var dags att fortsätta förstörandet av sitt rykte och sin trovärdighet. Han gick mot utgången och toaletterna. Han valde att passera seglarsällskapets bord. Han stötte till deras bord med ena benet. Två fyllda glas välte och champagnen rann ut över bordet.

– Oj, förlåt, stötte jag ut skumpan, sötnosar. Det betyder otur på New York-börsen i morgon. Ja, jävlar.

Han strök sitt hår bakåt och lutade sig framåt med spelat bekymrad min.

– Din skit, vem fan tror du att du är? Jag skulle kunna få dig oskadliggjord med ett enda telefonsamtal. Fattar du det?

Det var scarfen som snackade. Saliven stänkte om honom. Han reste sig och skakade sina fingrar torra från champagnen. Modin hatade honom. Han stötte till scarfen hårt i bröstet med sin högra handflata. Mannen som knappt vägde något föll baklänges över ett bord fullt med ölglas. Det var knuttarnas bord. Modin fortsatte att gå mot utgången. Scarfen kravlade sig upp bland matresterna, nu med en ölsejdel i handen. Han sprang efter Modin och slog sejdeln i hans bakhuvud. Modin däckade. Glaset spräcktes. Skärvor flög över bryggdäcket. Musiken tystnade. Kent E reste sig men stoppades bryskt av en i seglarsällskapet.

Anton Modin reste sig värdigt. Scarfen skällde som en bandhund. Modin lyfte sitt högra knä och fick in en spark i magen på honom. Scarfen vek sig som en fällkniv. Modin vrålade och kopplade ett grepp runt scarfmannens gren och bakdel och lyfte upp honom i axelhöjd. Sedan gick han fram till bryggräcket och kastade honom i sjön. De två stora killarna i seglarsällskapet hoppade på Modin. Han parerade den första attacken med en sidospark i mellangärdet på den ene. Han föll ihop i kramper. Den andre, som såg ut som en brottare med ett stort ägg till huvud, skrek som en tok och siktade mot Modins hals. Modin vände sig om. Blixtsnabbt kopplade han ett grepp om brottarens midja och träffade klockrent med sitt knä i hans skrev. Brottaren föll som en fura. Han slog i bordskanten med pannan och studsade till på sin väg ned mot trägolvet. Modin böjde sig och gav honom flera snabba välriktade karateslag i ansiktet.

Han skulle krossa ägget.

Kent E började ana oråd.

– Det räcker nu, Modin. Det räcker!

Modin hörde inte. Julie skrek högt tills någon satte en hand för hennes mun. Anton Modins slag mot brottarens huvud lät som när någon slänger biffar på ett marmorgolv. Det var en mardröm. Fyra knuttar gjorde slut på den. De låste Modins armar och släpade honom bort från den medvetslöse mannen på golvet och mot restaurangköket. Kent E öppnade dörren. Ellie smet med in. Hon blötte en handduk och satte sig på huk vid Modin. Med lugna rörelser tryckte hon handduken mot hans ansikte och huvud.

– Modin. What the hell are you doing?

Anton Modin sa inget. Han stirrade rakt fram och verkade inte höra. Ellie torkade bort blod.

Plötsligt öppnades dörren in till köket och Matti Svenssons rödblossiga tryne uppenbarade sig.

– Är det Anton Modin igen? Jag misstänkte det. Jag har ringt polisen. Nu åker du in.

– Fuck off! sa Ellie och sparkade igen dörren i ansiktet på Matti Svensson. Han ryggade tillbaka men tryckte upp dörren igen.

– Jag kommer att få sanningsenliga citat och vittnesmål av gästerna, ropade Svensson så att Modin kunde höra det. Vet du, Modin, detta ska in i morgondagens tidning. Ett litet scoop säger man på mitt språk. *Anton Modin gripen igen för misshandel på sommarkrog.*

Snart kom två polisbilar med blinkande blåljus och en ambulans. Utryckningsfordonen fick oväntad assistans. Medan *Clocks* med Coldplay vällde ut ur restaurangens högtalare lade en kustbevakningsbåt till vid kajen. De två V-8-motorerna mullrade på tomgång. Det var fullt pådrag. Modin kunde inte undgå att se vad som hände genom fönstret.

I köket greps Modin av förstämning. Han var dyngrak och pladdrade bara när två polismän skulle genomföra ett första förhör. De vände sig till Julie, Ellie och Kent E för att få rätsida på vad som hänt. Två livvakter var nedslagna. En man slängd i sjön. Skadegörelse var anmäld.

– Anton Modin handlade i självförsvar, sa vittnena samstämmigt.

Poliserna begärde att Anton Modin skulle dyka upp på polisstationen nästa dag. Sedan gick de. Modin verkade inte bry sig.

Ellie pussade Modin på hans blanka panna och strök honom försiktigt över huvudet.

– Time to go home, Modin.

Hon tog Modin under armen och reste honom upp. De gick ut på bryggdäcket och hon vinkade till sig en av kustbevakarna. Hon bad mannen köra hem Anton Modin. Ellie tvekade en sekund men hoppade sedan själv ned i båten när hon blev uppmanad att göra det. Hon hade dragit på sig en gräddvit kofta och en mörkblå basebollkeps. Hon höll i sig när båten mullrade med sina dubbla dieslar och gick upp i planingsläge. Modin kunde känna värmen från henne i den friska nattluften. Eller var det inbillning?

Kapitel 56

Stockholms norra skärgård, onsdag 23 juli 2008

Anton Modin blundade. Han vred sig ett halvt varv i sängen. Det gjorde förbannat ont i huvudet. Med fingrarna undersökte han bakhuvudet. Det var en bula stor som en citron. Den gick knappt att röra vid och han mådde illa. Rummet snurrade ett halvt varv. Han kände en bekant doft och slog upp ögonen. Ellies parfym. Hon låg bredvid och sov djupt.

Hon hade sovit över.

Anton Modin drog försiktigt av sig täcket och vred ut fötterna och benen. Han andades djupt två gånger och reste sig sakta. Han var naken. På väggen hängde hans morgonrock på en mässingskrok. Han sträckte sig efter den och drog den på sig samtidigt som han smög ut ur sovrummet. När han stängde sovrumsdörren tittade han ned på sin hand. Den var öm. Knogarna var röda och sönderskavda och det var svårt att sträcka på fingrarna.

Ellie hade följt med. De hade druckit te. Sedan, som om det varit förutbestämt, hamnade de i sängen tillsammans. Det hade varit vilt och ohämmat. Han mindes att det varit blött, svettigt och högljutt. Nu skämdes han, fick ågren som en tonåring.

Herregud, vad tänkte hon om honom!?

Han ångrade sig inte. Det blev som det blev och han behövde närhet. Men berusningen hade gjort honom bra galen.

Anton Modin kokade havregrynsgröt.

Det hade han ätit förr i tiden med sin fru och sina barn. Han var sugen på det för första gången på länge och han drog igång kaffebryggaren. Han ville inte skramla med espressokvarnen. När vattnet sakta droppade genom filtret och gröten puttrade på svag värme, bredde han fyra knäckebröd med smör och lade på två skivor kokt skinka. Han tog fram apelsinjuicen och hällde upp. Alltsammans placerade han på en bricka. Sedan gick han ut på altanen, satte brickan på bordet och sjönk ned i en korgstol. Morgontidningen brydde han sig inte om att hämta och inte heller kopplade han upp sig på Internet. Han orkade inte med Matti Svenssons snusförnuftiga artikel just nu. Han skulle läsa den senare, för han var säker på att det fanns just en sådan i dagens tidning.

– Good morning.

Ellie kom ut genom den spröjsade glasdörren. Hon såg nyvaken och otroligt vacker ut med sitt mörka hår utsläppt. Hon var barfota och hade lånat en vit morgonrock. Den var knuten runt midjan och han blev het i handflatorna av minnet av hennes hud. Men han skärpte sig och låtsades inte om spänningen i skrevet.

– Good morning, sa Modin och sträckte sig efter termosen med kaffe. Vill du ha kaffe?

– Yes, please.

De åt utan att säga något till varandra. Anton Modin sneglade på Ellie och hon tittade upp och log. Modin tog mer gröt.

– Har du ätit havregrynsgröt någon gång, Ellie?

– Nej, men jag provar gärna. Jag vill veta allt om Sverige och era vanor.

Hon sträckte sig efter gröten och hällde upp direkt ur kastrullen. Modin visade henne hur hon skulle ta på kanel, socker och sedan lite mjölk.

– Det är gott, sa hon och log ett brett leende mot Modin.

Han blev varm i bröstet men trängde sedan bort känslorna.

– Det där i går, det var inte meningen, sa han. Jag blev så jävla arg. Jag blir sån när någon kränker mig.

– Jag förstår, sa Ellie. Handlade det om våldtäktsmålet?

– Ja, han jävlades inför mina vänner. Dem jag fortfarande har kvar.

– Varför misshandlade du honom? Räckte det inte med en rätt i fejset?

– Jag kan inte förklara det nu. Kanske senare.

– Jag åker hem snart.

– Jag vet.

– Ock kommer kanske inte tillbaka på många år, sa Ellie.

– I så fall får du veta det då.

Han sträckte sig efter en knäckemacka och tog en stor tugga, smulade lite och sopade bort smulorna.

– Har du ätit knäckemacka?

– Ja, med Kalles Kaviar på.

Hon lade huvudet på sned och drog fingrarna genom det mörka håret.

– Ses vi i kväll? sa hon sedan.

Han hade velat ta henne i famn. Hålla henne tätt intill sig men han kände sig handfallen. Det var som om ögonblicket då han borde ha sagt något fint om deras natt slunkit förbi. Nu kunde gnistan i hennes ögon slockna när som helst. Hon hade en fråga till honom. Den fanns i hennes vänliga ord, i tvinnandet av håret runt fingret, den låg färdig på hennes läppar bara han gav henne det minsta utrymme att avbryta hans beskäftiga prat om gröt och mackor.

– Jag kommer att vara på The Rock och supa varje kväll i två veckor till, sa Anton Modin. Ska vi bada?

Hennes rynka i pannan var där, en skuggning som kom och gick. Han ville inte se den. Han sträckte ut handen. Hon tog den. Han drog upp henne och de gick till bryggan. Sedan släppte hon taget om Modins hand och kastade av sig morgonrocken. Hennes nakna kropp avtecknade sig mot himmel och hav innan hon med några spänstiga steg nådde bryggkanten och dök i. Länge glittrade kroppen genom vattnet och hon kom till ytan femton meter längre bort med båda armarna utsträckta framför sig. Hon tog några vältajmade crawlsimtag och gled snabbt iväg ut i viken.

Anton Modin iakttog Ellies uppvisning och dök sedan själv i. Inte lika graciöst men med vattenvana. Han kom till ytan intill Ellie. Han lade sina armar om henne. Hon skrattade till, slet sig loss och simmade iväg med hög fart.

Anton Modin kunde inte hänga med.

– Har du tävlingssimmat?

Modin var andfådd när hon stannade upp och vände sig om. Då kom han äntligen ikapp.

– Ja, på college. Jag var näst bäst i skolan på hundra meter fritt. Jag har tävlingssimmat sedan jag var sju. Jag älskar hav och vatten. Jag växte upp i New Haven på den amerikanska östkusten. Mina föräldrar har ett ställe där. Det ser ut lite som här. Fast allt är större.

– Och mer, sa Modin med ett leende.

De simmade lugnt tillbaka och torkade sig i varsin solstol på bryggdäcket. Hon lutade sig framåt och vred vattnet ur håret.

– Varför började du med striptease? sa Anton Modin.

– För att jag har en snygg kropp.

– Äh, lägg av. Svara ärligt.

– What the hell, jag kommer från ordnade förhållanden. Mina föräldrar är rika. Jag har gått i de bästa skolorna, jag ville vara lite dirty, en stygg flicka för omväxlings skull.

– Men striptease? sa Modin i en nedlåtande ton.

– Det är inte som här i Europa. I USA är det som vilken business som helst. Jag tjänade egna pengar och fick på det sättet frihet. Jag slapp vara beroende av mina föräldrar. Dessutom var det upphetsande att se grabbarnas trånande blickar när jag stod och slingrade mig framför deras näsor och se svettdropparna i pannan på dem. I dag skulle jag aldrig göra det. Det var en kul grej, roligt att ha provat på. Det blev aldrig mer än striptease, om du undrar. Det krävs droger och annan skit för att man ska fastna i det och gå längre.

– Som sex?

– Ja, som sex. Avsugningar och förnedring, om du så vill. Men det är en helt annan sak. Det är ungefär så som ni förhåller er till droger här. Bara för att man röker hasch tror ni svenskar att man är knarkare. I USA finns det föräldrar som säger åt sina barn att hellre röka på än dricka sig asberusade som du gjorde i går. Det är inte snyggt i USA. Tänk efter Modin, när såg du en asfull amerikan senast?

– Du kanske har rätt. Vi har olika kulturer.

– Inte kulturer. Det handlar om acceptans och miljö.

Ellie satt med benen uppdragna under sig. Miss Mona dök upp. Hon tittade på Modin med sina små kattögon som om hon inte var klar över vem han var och hoppade sedan upp i Ellies knä. Ellie klappade katten med långa mjuka drag.

– Tänk vad mycket mer våld ni tål här i Europa i dag än för exempelvis femton år sedan. Då tyckte ni att USA var världens våldsammaste land. Vilket inte är sant, det var Hollywoodfilmer. I dag är filmer och böcker våldsamma även här. Det säljer nämligen.

– Och mycket sex, sa Modin.

– Fan, vad fixerad du är, Modin. Ska vi gå in och knulla?

– Gärna.

Kapitel 57

Lidingö, onsdag 23 juli 2008

John Axman var hungrig. Klockan var kvart över sex och han hade inte fått någon middag. Termosen och mackorna låg inom räckhåll i baksätet men han surfade på det privata nätverkets vågor och varför slå ihop Macen när Chris Loklinth öppnade sina Internetdörrar på vid gavel? Loklinth skulle bara veta att han parkerat hundra meter från hans villa på Lidingö.

Det hade tagit tjugo minuter att lösa närverkets lösenord. Loklinths kryptering i WEP, Wired Equivalent Privacy, dekrypterade Axman med en enkel programvara som han laddat ned gratis från Internet. Han hade sluppit att prova lösenordsstrukturer, vilket han hade varit tvungen att göra med en nyare WPA-kryptering, Wi-Fi Protected Access, vilken hade varit betydligt svårare att avkryptera.

Åtminstone det borde Loklinth ha haft!

John Axman flinade nöjt mot sig själv i backspegeln samtidigt som han satte sig tillrätta i bilen med laptopen i knäet. Han var förvånad över att Loklinth använt sig av WEP men samtidigt inte. Chris Loklinth kunde förmodligen inte drömma om att någon skulle våga sniffa hans nätverkstrafik i hemmet.

Loklinth gick att läsa som en öppen bok. Just nu gick han in på Norrtälje Dagblads hemsida. Axman läste simultant med SSI:chefen om Anton Modin. Han hade varit i bråk igen. Han riskerade en misshandelsdom.

Vad håller Modin på med?

Axman hade inte uppfattat Modin som ett odjur. Det som stod i tidningen var högst oroande.

Om Modin dekar ned sig så är det här sniffandet livsfarligt för mig, tänkte han. Modin är ryggraden i detta!

Axman hejdade sig och tänkte på pojkvännen Axel som just ringt på mobilen och undrat när han skulle komma hem. Axel hade inga tankar på att lägga sig i. Men han hade ett sjätte sinne. Innan han stack ut med bilen hade Axel tagit hans huvud mellan händerna och borrat sina grå drömmande ögon djupt i hans och viskat:

– Du vet väl vad du ger dig in i, älskling? För jag kan inte rädda dig. Inte trösta, inte vara fysiskt vid din sida om det går åt helsefyr. Brevet kom i går. Jag är antagen till konstskolan i Paris. Jag sa inget, ville meditera över det i lugn och ro. Jag reser, det är jag skyldig mig själv.

– Jag är skyldig mig själv och några till att göra det jag gör, Axel.

– Då gör vi som vi ska, hade Axel sagt och kysst honom lätt på kinden.

John Axman återvände till hackandet.

Loklinth surfade in på DN.se och tittade på huspriser i skärgården. Han dröjde vid fashionabla hus och tycktes strunta i priserna.

Axman började sträcka sig efter termosen. Han var van

att spionera på nätverkstrafik och begrep att när det gällde folks drömmar behövde han inte hänga med varenda sekund. Han hade erfarenhet av mänskligt Internetbeteende sedan utredningar om exempelvis barnpornografibrott.

De flesta, smågluttare såväl som storkonsumenter av porr, var lyckligt ovetande om hur lätt det var att komma åt deras trafik. En del hade inte ens krypterat trafiken utan lät sina trådlösa nätverk ligga helt öppna. Det var dessa oskyddade nätverk som brottslingar använde för olagliga transaktioner eller för att ladda ned barnporr. Det var omöjligt att spåra användaren om det var en annan än ägaren. Istället råkade ägaren av nätverket ut för pinsamma förhör, i bästa fall. I värsta fall blev han av med sina besparingar när han surfade öppet på sin Internetbank.

Axman hällde upp fika och andades in kaffedoften då Loklinth öppnade sitt mejlprogram. Axman sparade mejlen på sin hårddisk för senare utvärdering. Han såg att det var några bifogade filer som åkte med. Förmodligen Wordfiler eller bilder. Allting gick i klartext, okodat, och skulle gå att återskapa i andra program. I programmet Wireshark, som var utmärkt för att uppfånga chat-meddelanden på Microsoft Messenger, kunde man läsa texten direkt på skärmen.

Axman stannade kvar på sidogatan en god stund. Kaffet och leverpastejsmörgåsarna tog slut. Axel ringde.

– Jag håller på att svälta ihjäl, John. Vi går ut några stycken.

– Vilka går du med?

– Konstnärer.

– Ha så kul. Det kan bli sent.

– Snart blir det vår kväll, John. Lova det. Väskorna är packade.

Loklinth gick in på nätverket en gång till klockan 22.45

och tömde sin mejlbrevlåda. Sedan surfade han in på *teensex.com* och var där i fyrtiofem minuter innan han knäppte av datorn. Han stängde av nätverket när han inte använde det.

Lite koll har han i alla fall, tänkte John Axman och stängde sin laptop, startade bilen och styrde mot närmsta McDonald's. Det var en hämnd mot Axel som kände ett existentiellt motstånd mot hamburgare och pommes frites.

Kapitel 58

Stockholms norra skärgård, lördag 26 juli 2008

Det var sommarens varmaste kväll hittills. Termometern visade 25 grader. Solen var på väg ned i nordväst och gjorde The Rocks veranda guldfärgad och likt bländande sammet. Gästerna hade solglasögonen på, även Anton Modin. Han satt vid stambordet och hade på sig sina Ray-Ban pilot som han stulit med sig från sitt gamla flygjobb. Han var klädd i en vit jeansjacka, blå slitna jeans och han log mer än vanligt, särskilt mot baren och Kent E som då och då höjde ett ögonbryn mot honom när Ellie släntrade förbi. Det var uppenbart att Kent E misstänkte att de hade ihop det. Kent E var inte helt förtjust. Det syntes.

Men de var inte ihop. Ellie var inte tillfrågad. Därför befann sig Modin i ett dilemma. Samtidigt som han var på krogen varenda kväll i veckan och festade för att folk skulle se hans nedgång och fall, kunde han inte dyka upp som en skithög på Ellies arbetsplats.

Det fanns en gnista mellan dem. Hon var värd bättre än att han förvandlades till ett lallande fyllo!

Det är fel tajming att inleda något med en kvinna, tänkte Modin som mellan klunkarna alkohol och de mer och mer aggressiva kommentarerna till gästerna runtomkring, funderade på hur han skulle kunna uppvakta Ellie.

Kent E och andra visste inte att han höll igång varje dag med simning och styrketräning. Han ville inte gå ned sig fysiskt alltför mycket eftersom det kunde bli aktuellt med dykningar snart. Om dykningarna blev av skulle de bli de mest krävande han någonsin genomfört.

Om jag släpper in Ellie nu sumpar jag min trovärdighet som alkoholist, tänkte han. Jag har börjat för övertygande för att kunna sluta tvärt. Det är viktigt att dupera pressen.

Journalisten Matti Svenssons gula cykel stod utanför The Rock. Modin kunde inte se honom någonstans men anade hans sura närvaro och glödande förakt.

Istället kom hans gäst, Hans Göran Franck, som var pensionerad advokat. Franck var i 80-årsåldern med grått halvlångt hår som var välvårdat. Han var tunt byggd och såg intellektuell ut. Hans beiga linnekavaj hade några år på nacken men mannen själv såg välbehållen ut.

– Slå dig ned, sa Modin. Det blir räkfrossa.

– Härligt, grabben. Jag tar det du dricker. Är det dyrt?

– Strunt i det, jag bjuder i kväll. Det är inte varje dag man får sitta och höra skvaller från det kalla kriget från en källa inifrån maktsfären. För du kände väl alla sossar, Franck?

– Jo, jag var med i partiet och i riksdagen.

Ellie kom med räkorna. Hon gav Modin en blick med stjärnor i som fick honom att dra efter andan. Det ögonblicket skulle de minnas båda två; hettan, klirret av glas och natten som ljudlöst sveptes om dem. De nuddade varandras fingerspetsar. Ellies andedräkt kröp in i hans hår och boade in sig mot huvudsvålen. Det var som om hon kysst honom.

Ellie, Ellie!

Franck tog för sig. Han gillade färska räkor. Modin och han drack vitt vin och småpratade.

Före detta advokaten hade varit en höjdare för länge sedan. Han sommarbodde på ön och hade kommit till The Rock i sin segelbåt som han seglat från Tomta några kilometer söderut mot Norrtälje.

– Jag var vän med författaren Vilhelm Moberg, sa han. Vi bodde grannar. Moberg tog livet av sig klockan halv åtta på kvällen den 8:e augusti 1973 i vattnet utanför sitt sommarhus. Du känner till det?

– Javisst ja, sa Modin med ett mångtydigt leende. Han dränkte sig, sjönk ned på botten och stannade där. Det sägs att det är som att somna.

– Kanske det.

– Jo, en död att… fundera på. När det är dags!

– Jag minns Mobergs avskedsbrev till frun. *Klockan är tjugo över sju. Jag går att söka i sjön sömnen utan slut. Förlåt mig, jag orkade inte uthärda.*

– Tragiskt! Vackert samtidigt och det där med sömn kände han tydligen till.

– Ingen har brytt sig om att göra museum av Mobergs hem, sa Franck. Bara av den mindre kände författaren och konstnären Albert Engströms. Engström är numera ortens son. Kommunen har bekostat museet.

Kanske beror det på att Vilhelm Moberg var socialist, tänkte Modin.

Modin beställde in ytterligare en flaska årgångschablis.

– Var inte du med i Clarté innan du blev sosse? sa Modin och fokuserade på vad som skulle komma.

– Jag var till och med ordförande i Stockholmssektionen. Ja, det var andra tider då.

– Clartés program gick ut på att döda kungen och hans hov har jag läst i Säpoarkivet. Hur fan tänkte ni?

– Öh, det där med kungahuset var inte särskilt genomtänkt. Men Clarté hade många medlemmar. Du skulle bara veta! Egentligen borde man publicera namnen så att vi fick möjlighet att förklara oss. I dag tror folk att vi var vettlösa, harmlösa idioter som inte tänkte störta hela samhällsbygget.

– Det tänkte ni, sa Modin med ett finurligt leende.

– Ja, verkligen. Vi trodde på revolution, då. Det är svårt att förklara i dag.

Hans Göran Franck tog en stor klunk av vinet med darrig hand.

– Franck, var det Paul Olofson som avslöjade er i början av 50-talet? Jag läste det i tidningen häromdagen. Du var med honom redan i Tjeckoslovakien 1948.

– Ja, men det var innan han blev omvänd socialist. Olofson anmälde oss till CIA genom en kontakt han hade på den amerikanska ambassaden i Stockholm.

– Olofson anmälde er som radikala revolutionärer till CIA. Sedan gick han med i socialdemokratiska partiet och började jobba för Tage Erlander. Hur går det ihop, Franck?

– Det skulle man bra gärna vilja veta. Helt plötsligt var han socialist. Märkligt med tanke på att han dagen före varit blå, östermalmsblå.

– Kan du förklara för mig, sa Modin, hur personer som velat döda kungen så sent som i början av 70-talet, tio år senare sitter överst i samhällstoppen. Hur i helvete har det gått till? Franck! För det är så, eller hur?

– Vi ändrade oss på 70-talet och blev socialdemokrater, sa Franck. Ett litet gäng med Olofson i täten blev ledarna i nedstigande led. Kommunisterna hamnade ute i kylan. De fick inget att säga till om. Det var socialdemokrat man skulle vara för att komma upp sig. Du själv då, Modin? Du har fått medalj av kungen och tillhör också de etablerade, eller hur?

– Jag kommer alltid att bli ihågkommen för att ha hittat det som ingen ville hitta, nämligen DC-3:an. Det är min lott här i livet. Jag kommer aldrig att tas upp i något etablissemang, Franck. Glöm det.

Matti Svensson dök upp. Han stannade vid Anton Modins bord och vädrade i luften.

– Jaså, du är här i kväll igen. Då ska man hålla sig nykter. Man vet aldrig vad du kan hitta på. Ska du tända eld på hela jävla stället kanske? Det skulle bli en fin förstasida i morgon, Modin. Gör det! Vi skulle behöva bli av med det här högerimperialistiska stället. Det skulle kunna bli ett fint bokkafé här. Där man dricker te och diskuterar väsentligheter.

Anton Modin ryckte till. Han reste sig halvt upp i stolen.

– Svensson, du kan dra åt helvete, skrek han. Din förbannade kommunistjävel!

Han tackade i hemlighet makterna som äntligen sänt halvfyllot Matti Svensson i hans väg så att det blev en start på kvällsunderhållningen. Folk vände sig mot hans bord. Man måste vara blind för att inte märka deras obehag.

Modin har blivit en karikatyr på sig själv, stod det att läsa i deras förargade miner. En fallen hjälte på dekis! Hur trevligt är det att ha honom här?!

Modins plan var att alla skulle tro att han var slut. Framförallt Matti Svensson som var Loklinths knähund. Svensson var en jäkel på att sprida rykten.

– Jag var också kommunist som sagt, sa Hans Göran Franck för att lugna ned Modin när han satt sig igen.

– Jo tack, jag vet. Här kämpade sådana som jag för Sverige och Sveriges frihet. Ni gick bakom ryggen på oss.

– Vi hade inget val under det kalla kriget, sa Frank. Alternativen var värre. Sverige är trots allt ett bra land att leva i, eller hur, Modin?

– Det där har jag hört förut, sa Modin och svepte sitt vinglas.

Han reste sig upp och gick bort till Kent E i baren.

– Kent E, du måste lyssna nu, väste han mellan stela läppar. Jag ska göra något i kväll som kommer att göra dig livrädd. Jag kommer att dö mitt framför ögonen på dig.

– Har du haft hemkört med dig i kväll, Modin? Ska du ha lite vatten? Vad fan snackar du om?

– Jag dör framför dina och dina gästers ögon i kväll, upprepade Modin med tyngd i rösten. Jag kommer att drunkna. Du ska låta mig göra det. Låt mig ligga kvar på botten. Efter fem minuter hoppar du i och plockar upp mig. Du har vattenvana. Sedan ska ni återuppliva mig. Ta hjälp av Julie, hon studerar till läkare.

– Fan, Modin. Om du inte vaknar då?

– Då vill jag bli begraven på kyrkogården nere vid hamnen under ett träkors.

– Du skämtar?

– Nej, sa Modin. Jag vet vad jag gör. Det funkar, jag har gjort det förr. Om jag inte vaknar inom sju minuter vill jag att du använder den här.

Han räckte fram en plastspruta i en försluten plastpåse.

– Det är adrenalin. Tryck in den i låret på mig. Jag vaknar garanterat.

Anton Modin lade påsen i Kent E:s hand och slöt den, vände om och gick tillbaka till bordet. Matti Svensson hade hämtat en stol och fräckt slagit sig ned bredvid dem.

Han vill sitta på första parkett, tänkte Modin. Det ska han få.

John Axman hade passerat ICA Supermarket i Älmsta och hade knappt tio minuters bilkörning kvar till Grisslehamn. Han lyssnade på Pet Shop Boys på hög volym. Det var hans favoritband trots att han visste att de var hopplöst ute. Han körde sin gamla BMW 318 i 100 kilometer i timmen. Han tyckte att bilen var klen men de hästkrafterna var vad en polislön räckte till och Axel hade inte fått sålt några tavlor på länge, så det var ingen idé att drömma om en Porsche Carrera.

Bredvid sig i framsätet hade Axman en röd plastmapp med en bunt utskrivna mejl. Han var nöjd, för han begrep att Modin skulle bli eld och lågor när han fick se dem på The Rock.

– Du din jävla Mao Tse-tung-hora, sluddrade Anton Modin i fullt bråk med Matti Svensson. Du tror att man i detalj kan teoretisera kring människan. Hur fan tänkte ni egentligen på 60-talet? Var det ryssarna som hjärntvättade er?

– Vi trodde på en bättre värld, sa Svensson. Vi trodde på människan. Vi trodde på Stalin och sedan Mao. Kalla det naivt men vi var inte ensamma.

– Okej, men KGB? sa Anton Modin och hällde upp Chablis även till Svensson. Det stänkte ur glaset. Hur fan kunde ni samarbeta med dem?

Det här är kul, tänkte Modin och spanade runt i lokalen. Folk gruffar i hörnen som om jag är en tidsinställd bomb. Mc-gänget är här också.

Svenssons grisögon lyste. Han gjorde en min som visade att han tyckte att vinet smakade hyfsat och lyssnade nyfiket.

– Vi var tvungna att alliera oss med östblocket, sa Franck. Hur skulle vi annars kunna klå bourgeoisien? De rika, de med makt och pengar. De vinner alltid. Erlander och Olofson gjorde det de trodde var bäst för Sverige. I kampen om folkets röster skydde man inga medel. Allmän rösträtt var relativt nytt då. Det gällde att ligga på. Det var ett brutalt krig, är det fortfarande och alla medel var tillåtna på båda sidor. Våra motståndare var inte mycket bättre de. Vet du hur mycket amerikanarna röjde runt i Latinamerika?

Diskussionen fortskred i samma stil tills Anton Modin fick något vitt i blicken och reste sig som om han fått en osynlig order. Han gick bort till en stor mc-kille och drog en högersving rätt över trynet på honom. Mc-killen föll handlöst, hans stol välte baklänges, glas föll och krossades. Anton Modin vände sig blixtsnabbt så att han fick ryggen mot räcket som vette mot vattnet. Han väntade så att mc-killen fick tid att samla sig och gå till motangrepp. Modin lät armarna hänga löst längs sidorna.

– Kom igen, ditt jävla luder! skrek han. Sådana som du förpestar det här stället. Jag hatar er.

All verksamhet avstannade på The Rock.

Mc-killen utstötte ett avgrundsvrål. Det rymde hans liv och stolthet och för honom stod hans anseende på spel på grund av en jävla 08-alkis. Han kastade sig framåt och tryckte upp Anton Modin mot räcket. Med tre snabba slag i huvudet verkade han få Modin mör. Ett jack slogs upp över Modins vänstra öga och blod forsade nedför kinden. Modin gjorde inget motstånd. Han tog emot smällarna med öppna ögon. När mc-killen tog sats för det dödande slaget slöt Modin ögonen och föll baklänges över räcket. Det blev ett tungt plask. Kroppen försvann snabbt ned i det mörka vattnet. En kvinna som satt alldeles intill skrek. Folk vacklade fram till kanten av bryggdäcket fulla av bestörtning. De väntade. Ingenting hände. Ingen Modin kom upp. Krusningarna på ytan jämnades ut. Snart var det stilla och mörkt. Vattnet blev en svart spegel. Ett ljus blänkte från en brygglykta liksom för att utmärka platsen.

– Gör något någon, sa kvinnan som skrikit.

Gästerna stod som förstenade av den chockerande scen som just utspelat sig. De hade aldrig sett på maken. Det var overkligt.

Vilken jävla galning, tänkte mc-killen.

Matti Svensson reste sig upp och tittade över bryggkanten. Han vände sig om mot Kent E i baren.

– Ring polisen! skrek han.

Kent E räknade sekunderna. Det hade gått nästan två minuter. Han tvingade sig till en passivitet som gjorde honom illamående och höll sig i bardisken med båda händerna. Han såg hur Svensson började skälva vid räcket.

– Han dör ju!

Det var knäpptyst i baren.

En ung, vältränad man trängde sig fram genom folksamlingen. Han slet av sig sin militärgröna tygjacka och dök över räcket i vattnet. Det lilla ljuset brast i flimrande pusselbitar när han försvann ned i djupet. Vattenytan slöt sig sakta. Det gick en halv minut.

Någon med skarp syn kunde se hur mannen simmade runt i ett sökmönster på botten. Det var fyra meter djupt. Simmaren blev svart i det mörka vattnet.

Efter tre vändor fann han Anton Modin liggande på rygg på botten. Modin hade dragit in det första andetaget med havsvatten och var medvetslös. Han öppnade Modins mun och blåste in sin egen luft i lungorna på Modin samtidigt som han sakta simmade mot ytan med ett bestämt grepp mitt över Anton Modins rygg. Han höll sin egen mun kvar mot Modins hela vägen upp till ytan.

Ovanför vattenytan satte han igång med mun-mot-mun-metoden och Modin hostade till.

– Fan, Axman, det är typiskt att man ska bli räddad av en bög, viskade Modin.

Anton Modin hostade sedan kraftigt igen med huvudet bortvänt från åskådarna. Det rann vatten ur mungipan.

Matti Svensson var så chockad att han inte ens hade börjat anteckna. Han trodde verkligen att Modin skulle dö den här gången. Han sa det till Franck flera gånger.

Modin är slut, skulle det komma att stå i Svenssons rapport till Chris Loklinth på SSI.

Kapitel 59

Stockholms norra skärgård, söndag 27 juli 2008

– Du kunde ha varit död, sa John Axman.

– Det är mycket man skulle kunna ha varit, sa Modin och tryckte försiktigt en fingertopp mot läppen.

Läppen var svullen. På käken mörknade ett blåmärke. En sunkig smak for upp och ned i strupen.

Anton Modin tryckte ut ett piller ur en penicillinkarta och svalde det och grinade illa. Penicillinet skulle förhindra en lunginflammation till följd av det skitiga vattnet som han frivilligt fyllt sina lungor med. För övrigt mådde han bra. Han levde. Hade överlevt! Ögonblick av ånger därnere i djupet tänkte han inte dra upp till ytan. Axmans stora ögon var en inbjudan till att snacka på men Modin undvek att fastna i erbjudandet.

Modin och Axman var i Modins stuga. Axman hade oombedd slagit sig ned vid det vita matsalsbordet. Han bläddrade förstrött i dokument som han bredde ut framför sig på bordsskivan. Han lät Modin förstå att han hade en del att berätta och att han hade täckning för det.

Men Axmans rådiga räddningsaktion fanns mellan dem.

Modin klev omkring i rummet i vit morgonrock och med en mörkblå handduk virad runt nacken. Han erkände inte att Axman dragit upp honom ur vattnet och räddat honom från en säker död kvällen innan. Inte mer än: "Vilken flax att du kom, Axman."

Modins plan hade varit att Kent E skulle rädda honom, tänkte Axman och sorterade pappren. Kent E hade varit dykinstruktör i Thailand. Han kunde dyka. Men i går kväll på botten vid kajen var det svårt. Kolsvart och ont om tid. Hade Kent E fixat det?

Modin visste att han tog en omotiverat stor risk, tänkte Axman. Men det jämnar ut sig i längden. Riskbedömningen sviktade men turen kom och vägde upp.

Axman hade precis som Modin jobbat i en elitgrupp tidigare. Även i hans fall i det militära då han varit dykare. Gruppen hade ofta tagit stora risker, inte minst under ubåtsjakter. Att rädda liv och ta hand om varandra ingick i arbetet. Man skulle också ha tur och ett eftersnack lättade på trycket.

Det var mitt på dagen den sista söndagen i juli. Solvädret hade övergått i ett ettrigt duggande! Himlen var mörkt grå. Fjärdens vattenyta kokade av fallande droppar. En rök steg upp ur det avkylda vattnet och svepte in två änder invid vasskanten i ett färglöst sagoskimmer. En stril av vatten rann sakta längs stuprännan. Ljudet skapade intimitet och en lite varm tystnad uppstod mellan männen. De outtalade tankarna kring gårdagen förenade dem mer än om de tjatat om hur det skulle kunnat gå. De kunde hantera läget.

Axman skrattade till. Energiskt ägnade han sig åt sina papper som han puttade ihop till i en prydlig hög.

– Modin, du kan sluta med din teater nu. Jag har några dokument här som jag plockat från Loklinths datatrafik.

– Skämtar du? Har du lyckats kracka hans dator?

– Han hade trådlöst i sitt hemnätverk. Jag har lyckats sniffa hans Internettrafik under två veckor. Vad jag kan se av det verkar det räcka för att vi ska ha honom fast.

– Porrsurfar han? sa Anton Modin och lutade sig framåt över bordet och signalerade äntligen att han var redo att gå vidare.

– Ja. Han gillar småtjejer med knappt utvecklade bröst men det är inte det jag syftar på som grejen! Hans mejltrafik är tung. Jag har skrivit ut hans in- och utgående mejl.

John Axman petade över bunten med papper till Anton Modin som genast slog sig ned på en stol och började läsa. Modin läste koncentrerat och lade sedan ned bunten. När hans blick mötte Axmans var den glansig. Inte av tårar, utan av koncentration.

– Helt fucking unbelievable. Nu har vi honom. Hur klantig får man vara? Och han ska vara chef på SSI.

Det lyste om Anton Modin. Han skruvade sig på stolen. Stelheten i musklerna och värken var glömda. Han rörde på käkarna som om han summerade uppgifterna och samtidigt värderade dem. Snabba beslut efter precisa analyser, var Modins motto.

Han ser ut som ett vilddjur som just ska gå till angrepp, tänkte Axman.

Han kunde inte låta bli att fascineras av Modins energi och utstrålning samtidigt som han tyckte att Modin var i kantigaste laget. Rakt på sak och utan finess, men han respekterade honom djupt som han visste att även de andra i gruppen gjorde.

– Axman, det här kan vi använda oss av nu med detsamma.

Modin vägde dokumenten i handen, upp och ned i en avvägd rörelse. Ögonen smalnade. Den köttiga överläppen vek upp sig i ett leende. Det var inte vackert att se.

– Du vet att det är olagligt att göra det, sa Axman i ett försök att förhålla sig saklig. Vi pratar om en statlig tjänsteman. Går det fel, hänger de oss.

– Säkerligen, men det kommer inte att gå fel, Axman. Det här är tungt artilleri som du skaffat. Förresten, vilken jävla snuskgubbe. Men det andra är ännu bättre. Mejlet där han tackar sina konsulter för utmärkt arbete.

Modin letade fram det och höll upp det.

– Loklinth kommer att få fängelse för det här, om inte...

Modins leende sa mer än tusen ord. Han hade fått en idé. Oddsen hade gått över till hans fördel, tänkte Axman. Chris Loklinth var i praktiken en död man.

Axman kände rysningar längs ryggraden. Han älskade känslorna som följde. Det var som en växande berusning. Inom sig tackade han försynen som skickat pojkvännen Axel till ett annat land.

Kapitel 60

Stockholm, Södermalm, måndag 28 juli 2008

Bill Bergman hade fått ha Astrid en enda natt efter kidnappningen. Ewa hade inte kunnat skaffa barnvakt. Efter det var det stopp. Han hade inte fått träffa sin dotter på över en vecka. Ex-sambon svarade inte i telefon. Några kryptiska sms hade gjort klart för Bergman att hon börjat pumpa Astrid på information om kidnappningen. De fruktansvärda detaljerna fick henne förstås att gå i taket. Om hon använde det mot honom skulle han mista umgängesrätten med Astrid helt och hållet.

Det pallar jag inte, tänkte han. Då dör jag!

Bergman gick av och an i vardagsrummet på Bastugatan. Det var mörkt inomhus. Det regnade, ett ihållande jävla drippedropp som han erfarenhetsmässigt visste kunde hålla på att slå på fönsterblecket i dagar.

Han sov inte på nätterna. På dagarna grubblade han i väntan på meddelanden som aldrig kom. Han funderade på hur han skulle orka med att åka ut till Täby. Det hade kallats till stormöte hemma hos Axman. Det var något på gång.

Har jag något val? tänkte han. Det är illa redan som det

är med att Astrid svävar i livsfara. Ska jag dessutom få min bäste vän som fiende?

Bergman letade fram ett paraply. Trots allt var han nyfiken.

John Axman lagade mat. Han hade varit på Ica Maxi i Täby och bunkrat upp. Det skulle bli kycklingspett med potatissallad, mozzarellasallad och färskt bröd. Det hade varit tomt hemma i skafferiet.

Axman var gräsänkling. Pojkvännen Axel hade åkt till Paris och börjat på en måleriutbildning hos en känd lärare som Axman redan glömt namnet på. Axman var bedrövad över Axels beslut att göra det just nu. Beskedet om intagningen hade kommit plötsligt. De blev båda tagna på sängen och hade inte hunnit tala igenom alltsammans. Men det var Axels sista chans att bli något inom konstvärlden, påstod han. Han hade stampat på samma fläck i flera år med några små vernissager i Stockholm mestadels för vänner och bekanta.

– Det handlar om självförverkligande, John.

– Jag hindrar dig inte. Jag blir bara ... ledsen.

– Lägger du det på mig?

– Du fattar vad jag menar. Så klart att jag är glad för din skull.

Axel är begåvad men saknar det där lilla sista, tänkte Axman. Det som är så svårt att nå, det som sitter i själen. Jag hoppas att han inser det ... snart. Att han kommer hem när det här är över.

Axel hade valt deras bostad. Det var en ljus trerummare i det nybyggda området Hägernäs. Det var moderna lägenheter i funkisstil som låg på det gamla flygflottiljsområdet F2 Hägernäs norr om Stockholm. Det var där som Catalinaplanet som skulle ut och leta efter DC-3-besättningen startade sommaren 1952.

Axman vände på kycklingspetten som låg i vitvinsmarinad. Han dukade fram vita tallrikar och rostfria bestick på det ellipsformade vita bordet. Fyra Dux-stolar i grönt skinn stod inskjutna runt bordet, där det låg en ljusgrön linneduk som täckte en tredjedel av bordsskivan. Mitt på duken stod en genomskinlig Alvar Aalto-vas med tre gröna äpplen i.

I ena hörnet av vardagsrummet som vette mot Hägernäsviken stod en mörkbrun hörnsoffa i skinn med en New England-inspirerad filt vikt över ryggstödet. Den var Axels. Kuddarna var av grått och ljusblått ylle. Dem hade de köpt tillsammans på NK. På golvet låg ett zebraskinn som Axman köpt i Sydafrika när han varit där på semester för många år sedan.

Zebraskinnet bröt av mot den annars minimalistiska och moderna stilen i lägenheten. Allting var prydligt ordnat och välstädat. Det luktade nybyggt hus och kyckling. Bara Axel fattades!

De var punktliga, Modin, Nuder och Bergman. De fick ingen drink. Regnet öste ned utanför och det var kvavt. De svettades trots att balkongdörren var öppen mot sjösidan.

– Maten är klar, sa Axman. Vi kan slå oss ned direkt vid bordet. Ta för er!

– Härligt, sa Modin, som var på gott humör.

– Var är Sture Hult? sa Bill Bergman samtidigt som han sträckte sig efter ett kycklingspett från ett välfyllt porslinsfat.

– Han behövs inte nu, sa Anton Modin. Sture Hult är en ypperlig tekniker men det här är något helt annat. Han tål inte att se blod.

Bergman kommenterade inte saken. Han var blöt och kände sig illa till mods. Hans paraply hade gett vika halvvägs mellan porten och tunnelbanan. Han hade valt att gå vidare utan. Nu satt han med skiten upp till halsen! *Tål inte att se blod*, lät som en kommande olycka.

De åt målmedvetet och i ett högt tempo.

– Jag har avbrutit min så kallade Sun Tzu av skäl som jag kommer att berätta om nu, sa Anton Modin.

– Vad sjutton är Sun Tzu? sa Harry Nuder. Räck mig brödet, va.

– Det är en självmordsplan, sa Modin. Den är avbruten nu. Vi ska ut på tigerjakt. Vår egen datahacker, Axman, har kommit med en present. Han har dokument som gör att vi med all sannolikhet kan fortsätta att leta efter ubåten. Den som vill dra sig ur är välkommen att göra det. Då ska det ske nu innan jag berättar mer. Någon?

Anton Modin vände sig mot var och en. De nickade tyst. Saken var klar. Han fortsatte:

– Vi ska överraska Chris Loklinth. Han fyller 60 och ett halvt eller något sånt. Harry har med sig Hulken, vår fina ribbåt. Den ligger här utanför. Hur lång tid tog det att köra från Grisslehamn?

– Ungefär en timme, sa Harry Nuder utan att röra en min. Det var 60 distansminuter. Jävlar, vad folk kollade när jag blåste förbi. Jag tog med geväret som du sa.

Nuder tog ett kycklingspett, stoppade det i munnen och drog av alla kycklingbitarna i ett drag. Han torkade sig om munnen med andra handens ovansida.

– Bra, Nuder. Jag vill att vi planerar en aktion nu och utför den i kväll. Hur är det med dig, Bergman, är allt okej?

Bergmans röst var hes.

– Jarå, inga problem. Jag är med. Nu tar vi den jäveln för hundarnas skull.

Harry Nuders blick frös till is för ett ögonblick. Han hade berättat att han varje dag gick till Elvis och Alberts gemensamma grav på baksidan av huset. Det gjorde ont även om hans två nya hundar lindrade smärtan.

– Axman, har du koll på Loklinths planer för kvällen? sa Modin.

Ett ögonblicks eftertanke slätade ut strecken i Axmans panna. Ögonens klara färg fördjupades.

– Loklinth har varit hemma i villan i dag, sa han. Han verkar ta spridd semester. Han kan inte ta helt ledigt, tror jag. Förmodligen för att han vill hålla koll på dig, Modin. Han fick ett mejl i morse av någon som kallade sig *mannen med cykeln*. Mejlet kom från en server i Norrtälje. *Dykaren på botten kommer ej upp. Hälsningar mannen med cykeln.* Det låter som om det syftar på dig, Modin.

– Kommer ej upp, sa Bergman. Det låter som roslagspoesi.

– Loklinth mejlade sedan sin älskarinna. En alldeles för ung tjej som han kallar sugfisken. Han ska hämta henne klockan 20.30 för det vanliga i Lill-Jansskogen i kväll. Sugfisken bor hemma hos sina föräldrar i Österåker. Det är de som äger abonnemanget. Dottern och Loklinth chattade på Messenger. Det var dirty. Det handlade om att de ska idka intim samvaro. På sättet som de chattade gissar jag att tjejen är i yngre tonåren. Hon skulle hjälpa farbror Chris att lätta på trycket, skrev han och hon svarade att *du vet att jag aldrig gör dig besviken. Gör inte mig besviken. Jag behöver nya jeans,* eller något i den stilen. Det hör inte hit men jag fattar inte att tjejerna ställer upp. Jag vet inte hur många sådana mejl jag har läst... Hur som helst, Loklinth verkar van att chatta på tonårsvis och införstådd med att det kommer att kosta cash.

Axmans redovisning gav ett proffsigt intryck. Nuder skrapade upp det sista på tallriken under tiden John pratade. Bill Bergman rev sin servett i remsor.

– Klockrent, Axman, sa Modin. Där ska vi ta honom. I Lill-Jansskogen med byxorna nere. Har du en videokamera?

– Ja, med "nightvision", sa Axman. Den gör sitt jobb.

– Kan du visa Bergman hur den funkar? Bergman filmar. Du, Nuder, tar med vapnet. Jag skulle också vilja att du krigsmålade dig med kamouflagemålning i ansiktet och på armar och händer. Du ska se riktigt stygg ut.

Nuder log och började leta i väskan efter kamouflagefärgen. Han tog fram en grön och en svart färg och fyra jaktradioutrustningar av handsfree-modell. Bergman såg orolig ut. Axman visade inte med en min vad han kände eller tyckte om planen.

Kapitel 61

Lill-Jansskogen, Stockholm, måndag 28 juli 2008

De fyra sammansvurna var vid Fiskartorpets hoppbacke i Lill-Jansskogen några minuter före klockan nio på kvällen. Det låg en restaurang vid hoppbacken där man en gång i tiden arrangerat stora tävlingar. Exklusivt, några kilometer utanför Stockholms city. Byggnaden var ursprungligen byggd i nationalromantisk stil och i trä men renoverad någon gång på 60-talet i murbruk och med ospröjsade fönster. Byggnaden såg märklig ut ur ett arkitektoniskt perspektiv, liksom upphängd i en skreva. Restaurangen var stängd. Området folktomt.

De hade tur med vädret. Regnet var som bortblåst. Marken ångade men fukten var uthärdlig.

Harry Nuder såg ut som en amerikansk kommandosoldat tagen ur en Vietnamfilm. Han hade pannband och en militärgrön T-shirt som blottade hans kraftiga överarmar. Ovanpå T-shirten hängde ett silverkors i en kedja runt halsen. Han bar ett par kamouflagebyxor med benfickor och hade kraftiga svarta marschkängor. Han hade sitt jaktgevär i en rem över ena axeln och en grön tygväska i en korsande rem över den andra. Axman hade på sig sin mörkblå polisuniform av fältmodell och till det marinblå tröja med axelklaffar. Han hade tjänstevapnet i ett hölster och på huvudet hade han polisens insatshjälm med ansiktsvisir. Anton Modin var klädd helt i svart med en långärmad svart polotröja och en svart rånarluva uppvikt över ansiktet. Han hade en rulle med smal ståltråd i en bergsklättrarkrok utanpå de svarta jeansen. I bältet satt en jaktkniv som han lånat av Nuder. Samtliga bar en Maglite, en amerikansk svart ficklampa i aluminium. Bill Bergman var klädd i sina vanliga kläder, jeans och svart skinnjacka. Hans uppdrag var att hålla sig i bakgrunden och filma.

Klockan blev 21.00 och de blev mer uppmärksamma.

– Jag tror att det är här de menar när de nämnde tunneln, sa John Axman.

Hoppbacken var en 70 meters backe. När de stod vid uthoppet och tittade ned mot sjön, såg det ruskigt högt ut. Bill Bergman förstod inte hur någon frivilligt kunde kasta sig utför stupet, dessutom med skidor på fötterna.

För Axman var det ett känt område. Han förde gruppen till en smal tunnel som gick under själva uthoppet i backen. Väggarna av betong var fullklottrade med graffiti i tusch och krita. Kuk, fitta, knulla, BSS, det vanliga.

– Inte direkt romantiskt, kommenterade Nuder som varit tyst hela vägen till Lill-Jansskogen.

De hade tagit gummibåten Hulken till Husarviken från Hägernäs. Inloppet gick in från Värtan alldeles bakom gasverket vid Lidingöbron och följde viken in i Lill-Jansskogen. De hade lagt till med gummibåten längst in i viken bakom de tre stora gasklockorna på gasverksområdet. Sedan hade de snabbt förflyttat sig till fots och kommit upp till hoppbacken nerifrån skogen vid Laduviken.

De fyra vännerna konstaterade att det var folktomt på höjden. Sedan spred de ut sig.

Klockan var 21.30.

Nuder intog sin position i Fiskartorpets hopptorn. Därifrån hade han utsikt över infarten och backen upp till friluftsstationen. Bergman placerade sig längst bort från tunneln av de fyra, i riktning mot universitetsområdet som låg 800 meter bortom skogen. Därifrån kunde han vid behov krypa närmare när de fått kontakt med objekten, det vill säga Loklinth och sugfisken.

Axman och Modin lade sig i ett buskage alldeles nära tunneln med utsikt över dess ingång.

Mörkret tätnade. En sval bris skingrade den fuktmättade hettan som drev fram svett i porerna. Genom skogsljuden långt bort hördes bruset från Europaväg 18. Ett par skogsduvor flög upp. Deras vita ringar runt halsarna blev stjärnskott i dunklet. En vibration lossade en glasskärva från en sönderslagen fönsterruta i hopptornets källare. Det var inte fåglarna. Det var en bil. En röd Saab kröp uppför backen till Fiskartorpets friluftsstation.

Nuder rapporterade att bilen stannade på parkeringen.

– Klinten och sugfisken är här nu. Kom.

– Bra, kom ned så fort de är utom synhåll, sa Anton Modin i mikrofonen till headsetet.

Anton Modin såg att Loklinth och flickan kom gående mot tunneln under hoppbacken. Loklinth några steg före. Han hade på sig ett par lätta grå sommarbyxor och en mörk pikétröja. På fötterna hade han vita gymnastikskor. Han såg avspänd och ledig ut.

Han skrattade åt något. Flickan skrattade gällt tillbaka. Modin bedömde att flickan var mellan 13 och 15 år. Hon hade på sig ett par mörkblå tajta jeans och hon var en aning mullig. På överkroppen bar hon ett vitt linne. Hon gned på ett myggbett på armen. Hon gick klumpigt och inåt med fötterna. Modin undrade vad hon sagt till sin mamma när hon gått ut.

Loklinth gick med spänstig gång och såg yngre ut än vad Modin mindes. Det var flera år sedan han senast såg honom. En osäkerhet kändes i magtrakten. En gång i tiden hade han sett upp till Loklinth som chef och mentor. Någonstans fanns respekten kvar. Den störde.

Modin skärpte sig och fick kontroll över kroppen. Loklinth skulle bekämpas.

Loklinth och flickan gick in i tunneln. De stannade mitt i. Loklinth vände sig om. Det fanns inga preludier. Han tog tag i den unga flickans hår och huvud och tryckte det nedåt. Hon följde lydigt med ned. Han lutade sig bakåt mot den smutsiga, svala betongväggen så att hans hår berörde könsorden. Flickan gick ned på knä och frambringade ett ljud som påminde om en fågelunges pip. Hon öppnade Loklinths gylf samtidigt som han höll hennes huvud med ett fast grepp. Hon tog fram hans lem som var halvstyv och öppnade munnen stort och lät lemmen glida in med ett smackande ljud. Loklinth verkade försvinna i ett töcken. Han pumpade hennes huvud med jämna tag fram och tillbaka och allt snabbare. Hennes knän skavde mot gruset i tunneln. Det kom ett gurglande ljud från hennes hals. Anton Modin satt som förstenad och iakttog akten. Han kunde inte låta bli att fascineras av synen och funderade på om han skulle avbryta det hela med en gång. Han bestämde sig för att vänta till Loklinths orgasm.

Bill Bergman hade sakta ålat sig i ställning och låg nu

och filmade med nightvision-knappen intryckt på videokameran. Han kunde se i kamerans display att det blev hyfsad kvalité. Bergman äckklades av det han filmade. Han undrade varför Modin inte ingrep. Det var kanske inte vanlig prostitution utan kunde röra sig om pedofili om hon var minderårig. Bergman kunde inte låta bli att tycka synd om flickan.

Sugfisken och odjuret.

Anton Modin vinkade till sig Harry Nuder som såg målmedveten och iskall ut där han stod beredd i backkrönet. Modin kunde skönja Loklinths ögonvitor som syntes varje gång han tog ett bättre grepp om flickans huvud och snabbt slog ned blicken mot hennes ansikte och mun.

Han har fullständig kontroll över flickan, tänkte Modin. Han har använt sina 32 års erfarenhet av underrättelsetjänst för att ta kontrollen över henne, både mentalt och fysiskt. Loklinth äger!

Modin bestämde sig för att avbryta akten och gå in i tunneln när han bedömde att det skulle göra som mest ont för hans motståndare. Precis efter att han kommit och då ångesten och skamkänslan gjorde sig påmind och musklerna i kroppen sakta mjuknade.

Han tecknade några snabba direktiv åt Axman och flyttade sig ljudlöst över till den andra sidan av tunneln. Där skulle han spärra av reträttvägen.

Modin drog den svarta rånarhuvan över huvudet. Endast som glimtar i botten på en tjärn syntes hans ögon. Han smög sig närmare.

Loklinth var inte kontaktbar. Han gnodde in bakhuvudet i graffitin och kom hårt, utan att ge ett ljud ifrån sig. Han ryckte till några gånger. Sedan mjuknade han och blev stilla i några sekunder. Med handen tryckte han bort tjejen som sjönk ned på gruset och spottade.

Anton Modin klev in i tunneln med några snabba kliv. Han tände ficklampan och lyste Loklinth i ansiktet. Från andra hållet gick Axman in, även han med ficklampan tänd.

– Polisen! Stå still! Ingen rör sig!

Axman gav sina direktiv med en kraftfull militärisk röst.

Kapitel 62

Furnäsholms slott, måndag 28 juli 2008

Klockan var 07.02. Radion stod på. Det var ekonominyheterna i P1.

Amelia Carlson läste morgontidningen sittande i en chesterfieldfåtölj av brunt skinn.

Hon hajade till när hon såg en bild på Anton Modin i tidningen. Förmodligen en gammal passbild, tänkte hon. Enligt artikelförfattaren hade han varit i slagsmål på en krog i skärgården och varit nära att omkomma. En okänd man hade genomfört en heroisk insats och dykt ned på botten och hämtat upp honom. Modin hade sedan kunnat återupplivas. Efter det kom en sammanfattning av hans cv och bedrifter genom åren. Artikeln avslutades med orden *Det var många år sedan Anton Modin gjorde något i positiv bemärkelse.*

Amelia Carlson lade ifrån sig tidningen, tog en klunk kaffe som hade blivit ljummet och riktade blicken mot utsikten, den vackra insjön och stenpiren. Fågelkvitter och andra ljud från naturen hördes på avstånd. Ljuddämpningen i det gamla stenslottet var massiv och gav en känsla av vemod blandat med hopp och forna dagars storhet.

En känsla av kultur kunde man kalla det, tänkte hon.

Hon fällde upp sin mobil och slog in Göran Filipsons förprogrammerade nummer. Det gick fram några signaler innan han svarade och hörde hennes karakteristiska flämtande andetag.

– Jag läser i morgontidningen att det gått illa för vår vän ute i norra skärgården, sa hon. Han var nära att omkomma i går kväll. Vet du något om det?

– Nej. Jag vet att han jobbar på något stort, sa Filipson. Kan det ha ett samband?

– Ser inte riktigt ut så, är jag rädd. Fast, fan vet. Skulle du kunna vara vänlig och ta kontakt och erbjuda hjälp. Jag kontaktar en gammal bekant i restaurangbranschen. Det är på hans ställe det hände, The Rock. Han kan kanske hjälpa till. Jag vet inte vad Modin håller på med, men det gäller att vi håller honom kvar på banan nu. Vi behöver hans hjälp.

Amelia Carlson avslutade samtalet och reste sig upp. Hon gick fram till en inramad bild på väggen. Det var en Kreugeraktie utgiven av aktiebolaget Kreuger & Toll. Hon hade samlat på dessa aktiebrev trots att de var värdelösa sedan Kreugerkraschen 1932, då Kruger tog livet av sig på ett hotellrum i Paris den 12 mars.

Hans tändsticksimperium var inte helt olikt ett nutida svenskt möbelimperium som brett ut sig över världen, tänkte Amelia Carlson samtidigt som hon iakttog det inramade aktiebrevet.

Kreuger såg ingen framtid efter Stalins återinförda terror i Sovjetunionen och börskraschen på Wall Street med början i oktober 1929. Han såg katastrofen komma. Sommaren 1930 hade börsvärdet på New York-börsen fallit med 85 procent. Världen hade på några få år gått från samförstånd och framtidstro till mörkaste depression med Hitler och Stalin på frammarsch i varsin del av världen. Affärsmannen Ivar Kreuger hade skapats, byggts upp och sedan utnyttjats av KGB och andra, tills han en dag inte orkade mer. Han var på väg att avslöjas och han visste att spelet var förlorat. Hans imperium var dödsdömt.

Amelia Carlson tänkte tillbaka på sitt eget öde som i och med Sovjetunionens kollaps fått en positiv vändning. Men än var inte faran över. Orosmoln tornade upp sig i Ryssland precis som de gjort för Ivar Kreuger.

Likheten är slående om vi inte gör något nu, tänkte hon.

Hon gick förbi några tavlor av ryska konstnärer. Hon tog fram mobilen igen ur rockfickan och slog ett hemligt nummer till Marinstaben.

Kapitel 63

Stockholm, Lill-Jansskogen, måndag 28 juli 2008

Sugfisken blev hysterisk. Bill Bergman släpade ut henne ur tunneln. Trots att hon fortfarande spottade vek han inte bort ansiktet. Han väntade tills hon lugnat sig. Sedan pekade han ut riktningen mot busshållplatsen vid Stockholms Universitet någon kilometer norrut. Innan hon tilläts ge sig i väg fick hon visa legitimation. Hon var 15 år. Ett sådant enkelt misstag som att pippa en minderårig skulle de inte få fast chefen för den hemligaste byrån i Sverige för. 15 år var den undre gränsen för sex i Sverige. Loklinth hade inte formellt begått någon olaglighet. Han hade inte gett henne pengar.

De släppte flickan. Loklinth fick strippa. Han ville behålla kalsongerna på men Modin morrade att han inte hade något att dölja för dem.

De gick i gåsmarsch mot strandkanten nedanför hoppbacken. En bit till höger fanns en träbrygga som Anton Modin hade siktet inställt på.

Harry Nuder gick först med sitt jaktgevär i högsta hugg. Sedan kom Loklinth med en svart huva över huvudet och händerna bakbundna. Han snubblade på stenar som skar in i hans smala vita fötter. Anton Modin såg till att han höll kursen. Bakom Modin gick John Axman. Sist gick Bill Bergman och filmade.

Loklinth klev i blindo. Det var en golgatavandring. Flickan hade tystnat. Var hon död? Smärtan när han steg på kvistar och stenar bekräftade att han fortfarande var på land, men han fruktade att ramla nedför ett stup eller hamna i en grop. Han kände en konstig blandning av sexuell tillfredsställelse och dödsångest. De var åtminstone tre män. Det var ingen slump att de tagit honom. Han försökte förstå hur de kunnat avslöja honom. Han som alltid var försiktig.

Han kände daggstänkt gräs under fötterna och knuffades fram fortare nu. Det var svalt men fuktigt i luften. Han märkte närheten till vatten och tyckte inte om det.

– Du ska dö, Loklinth, sa en röst.

Loklinth kände igen rösten.

– Är det du, Modin? sa han.

Det kom inget svar.

– Vi måste samarbeta, Modin, sa han sedan. Vi är i samma lag. Vi vill båda samma sak. Det handlar om jobben, välståndet, Sverige som en framgångsrik nation, förstår du inte det!

– Din mördare, pedofil och landsförrädare, sa en annan röst.

Loklinth kände hur det krampade i bröstet av skräck. Hans stund var kommen. Han försökte behålla sitt lugn men magen kurrade och han kunde inte hålla sig. Det rann ur rumpan. Herregud! Låt det vara en ond dröm!

Men hans kidnappare svor över att han luktade skit.

De kom ut på en brygga. En hand grep tag om Loklinths

arm och stoppade honom. Någon vände runt honom och tog av honom huvan.

Karln tryckte in en gevärspipa i munnen på honom. Det smakade krut och blod. Järnröret drev honom bakåt mot bryggkanten och varje stöt dunkade i skallen.

– Sug på den här, din jävel! väste mannen med geväret. Du mördade mina hundar. Det ska du få betala för nu.

Gevärspipan skruvade sig in djupare i munnen. Kräkreflexerna var i gång. Han hörde hur han sluddrade. Samtidigt slickade han vapnet som skulle döda honom.

– Det var ett misstag. Jag beordrade aldrig någon att döda djur. Det gör jag aldrig.

Mannen lyssnade inte. Han tryckte till ordentligt med pipan. Loklinth kände hur mungipan revs upp. Det sved som satan. Blod forsade och tårar sprängde i ögonen.

– Glömde jag säga att du skulle gapa, sa mannen med geväret och tryckte till igen.

Loklinth höll på att kvävas. Slamsor av kött flöt i munnens tjocka blodströmmar. Smärtorna drev fram vrål ur honom och han koncentrerade sig på att stå ut. Han kunde inte gå längre bakåt utan att falla i vattnet. Bryggan tog slut. Han försökte vrida huvudet men gevärspipan krokade fast i honom.

Harry Nuder behöll greppet om geväret. Ändå lyckades han ta fram en avbitartång med ljusblått gummigrepp. Den flimrade förbi Loklinths vattniga ögon. Sedan drogs gevärspipan ut ur munnen på honom.

Nuder vred snabbt runt Loklinth och tryckte ned honom på knä. Det gick inte att röra sig. Sedan tog Nuder ett fast grepp om hans vänstra hand som satt fastknuten med den högra. Nuder rätade upp hans lillfinger.

– Nej! För Guds skull …

En smärta rände genom fingret. Värre var ljudet. Ben som krasade. Varmt blod rann genom fingrarna och en snyftning trängde upp ur strupen. Sedan skrek han …

Nuder slog till honom.

– Inte mera nu. Inte mer …

Nuder stoppade in fingerstumpen i hans vidöppna mun och tryckte igen hakan. Den svarta huvan slängde han i vattnet.

– Svälj! skrek han. Svälj, din fähund! Svälj för helvete!

Han svalde. Fingerbiten gled genom halsen, ned i magen. Han sjönk ned med kinden mot bryggan. Svett dröp och kylde ned huden. Kroppen ryckte i spasmer.

– Nu har du nio fingrar kvar, hörde han Nuder säga tätt vid örat. Kom ihåg det.

Denna gång pratade Nuder med en lugn röst, som om han talade med ett barn eller en hund.

– Ja, ja, hörde Loklinth sin egen röst säga.

Var det över? Var det äntligen över?

Bill Bergman hade svårt att hålla kameran stilla. Han var skräckslagen. Han hade inte vetat om att det han just sett skulle ske. De andra hade planerat det här utan hans vetskap. När skedde det?

Är det en fälla som Modin gillrat för att se vilken sida jag står på? tänkte han.

– Vi släpper honom nu, sa han sedan. Det räcker nu. Han har fått vad han tål.

Anton Modin gick fram till Loklinth, tog av sig sin rånarhuva och reste upp honom. Han kontrollerade att Loklinth var med, örfilade honom tills han mumlade något ohörbart.

Sedan tog han fram ett rep ur sin ficka och slog det runt anklarna på Loklinth. Loklinth stod och hoppade för att hålla balansen. Modin tittade honom i ögonen, vände sedan runt honom och inspekterade knuten ovanför hans händer, som nu var blodiga. Han knuffade Loklinth mot bryggkanten. Loklinth hoppade fram och tillbaka och hans ögonvitor blänkte av dödsångest.

– Snälla Modin, vi måste samarbeta, kraxade han.

Modin knuffade Loklinth över bryggkanten. Samtidigt kastade han en blick på Bill Bergman som för att om möjligt se en reaktion. Loklinth sjönk som en sten.

Bergman andades tungt.

– Ska vi döda honom, Modin? Nej!

– Ta det lugnt, sa Modin och hindrade honom samtidigt från att hoppa i efter Loklinth.

Bergman såg sin dotter framför sig, hur hon stod på knä i en tunnel framför en karl som brutalt stötte sin lem i hennes mun. Astrid ropade efter pappa.

Pappa hade prisgett henne!

Bergman tvingade sig att dra djupa andetag och att inte protestera.

Tunna dimslöjor böljade över vattnet. Ytan var mörk. Djupet därnere ogenomträngligt. Bergman såg inte en tillstymmelse till liv. Det gick en minut. Ingenting hände. Bergman började frysa. Han tittade på Anton Modin som inte rörde en min. Han såg iskall ut. Bergman kände inte igen honom.

Det började regna. Dropparna krusade den jämna speglande vattenytan.

Efter en och en halv minut kom Loklinth upp till ytan. Han frustade vilt som en bisonoxe och ögonen var vita och skärrade. Han hade lyckats lossa repet runt händerna. Han brölade ut blod och slem och simmade med bara armtag mot bryggkanten. Loklinth nådde bryggan utan att någon av de fyra männen gjorde ett försök att hjälpa honom.

Jag måste till bryggan, tänkte han. De får slå ihjäl mig. Jag tänker inte drunkna inför ögonen på de jävlarna!

Han sträckte fram händerna och hävde sig upp med armbågarna på bryggkanten, helt utmattad.

De högg inte av honom fingrarna. Han sparkade sig upp på bryggan och rullade runt på rygg. De var inte där. Han blev liggande. Regnet pepprade magen och ansiktet och könet. Med nio intakta fingrar varseblev han verkligheten, som var mycket verkligare än tidigare. Glatt, mjukt trä. Sin egen hud. Han öppnade ögonen mot himlen. Sveda, förödmjukelse, skräck rann bort med tårarna.

Han levde. Det var det enda han tänkte på. Han levde, vilken tur.

Kapitel 64

Täby, Hägernäs, tisdag 29 juli 2008

John Axman sa att han var tvungen att kolla en sak och gick från frukostbordet.

Han loggade in på en säker server med anonym IP-adress. Han gick in på hotmail.com och öppnade ett mejlkonto med namnet *birger-elsen.ib@hotmail.com.* Han klistrade in ett av mejlen som han hittat på Chris Loklinths privata nätverk och sände iväg det till *loklinth.must.sekt8@forsvarsmakten.se.*

Uppdraget med dottern till dykarens vän och värvningen utförde ni med bravur. Tackar för ett professionellt utfört arbete. Vi hörs. C Loklinth.

Mejlet var daterat den 15 juli och adressat var *a.svan@ hotmail.com.* Det var dagen efter att något hade skett som måste få sin förklaring. *Uppdraget med dottern till dykarens vän och värvningen* hade Bergman inte sagt ett ord om. Det kunde inte gälla någon annan än Bergman. Bara Axman och Modin kände till innehållet i mejlet. Modin hade sagt att de skulle ge Bergman en chans. Men han teg.

Axman var otålig. Hur länge skulle de vänta på en förrädares bekännelse? Bergman hade deras liv i sina händer och

Axman ville klämma åt honom. Han hade sett vad som hände Loklinth! Om han var oskyldig borde det också komma i dagen.

Axman gick tillbaka till bordet där de andra tre satt och åt. Han var noga med att inte ge Modin en blick.

Nuder, Bergman och Modin hade samsats på Axmans golv och soffa under natten. John Axman tyckte att de verkade uppspelta och fulla av självförtroende. Speciellt Nuder verkade ta hela världen i famn och han njöt storligen av en strålande morgon. Han skämtade om allt möjligt och stod inte att känna igen.

På det viset verkar upprättelse, tänkte Axman. Det ska inte underskattas. Upprättelse för två familjemedlemmar som nu låg begravda på hans bakgård i Grisslehamn var en nödvändighet för att kunna bli människa igen.

Axman hade imponerats av Nuder under gårdagskvällen. Han hade jobbat målmedvetet och utan inblandning av känslor.

Förmågan att koppla bort känslorna var skillnaden mellan amatörer och proffs, tänkte han.

Harry Nuder hade agerat som ett proffs. Axman jämförde med sitt eget jobb inom polisen som gick ut på att gå igenom pedofilligornas datorer.

Koppla bort känslorna, annars brinner du upp i båda ändar, tänkte han.

– Det som nu står på programmet är att söka och finna ubåten igen, sa Anton Modin. Med Loklinth borta, åtminstone tillfälligt, har vi möjlighet att gå till verket. Jag vill att vi så fort som möjligt kommer ut på havet igen. Jag har kallat hit Sture Hult i dag. Jag skulle uppskatta om ni inte berättade om det vi gjorde i går kväll för honom. Både för Stures egen och vår skull.

– Vad kommer det att innebära om vi hittar ubåten? sa Axman.

– Vi blir berömda igen och slipper betala för ölen ett tag, sa Bill Bergman som började vakna till liv.

– Dels det, sa Modin. Dels kommer det här att bli det största vrakfyndet i svensk historia om vi lyckas. Inberäknat både regalskeppet Wasa och DC-3:an. Det här fyndet kommer att vända uppochned på vår moderna historieskrivning.

– Hur menar du? sa Harry Nuder.

– Om vi hittar en sovjetisk ubåt på svenskt vatten som marinen själv sänkt utan att något om det har offentliggjorts, kommer varenda Svensson, och då menar jag verkligen varenda en i det här landet, äntligen att förstå att det lugnande pratet om ett neutralt förhållande till främmande makt inte är sant som myndigheterna påstått. Det kommer bli ett mandomsprov för ett överbeskyddat folk. Myten om folkhemmet kommer en gång för alla att slås i spillror. I alla fall hoppas jag på det.

– Du talar som en moderatpolitiker, log Bergman blekt.

– Möjligtvis en konservativ politiker. Det här är inte det minsta moderat, det vi ska åstadkomma. Jag kan bara berätta att det är många som vill att vi lyckas. Få har vågat men många har förhoppningar. Vi ska se oss som moderna korsriddare för sanningen. Sanningar och mörkläggningar ska upp till ytan, bokstavligen. Fy fan vad skönt det ska bli att se Matti Svenssons min när vi kör in i Grisslehamn med en sovjetisk ubåt full av sjögräs på släp.

– Kan du inte berätta varför man mörkat ubåtskränkningarna, Modin? sa Harry Nuder.

Han hade inte tidigare intresserat sig för politiken som

låg bakom. Det var först när han fick kontakt med Bergman och Modin som han förstod vidden av vad han varit med om hösten 1982, då marinen sänkte en fientlig ubåt utanför Singö inför hans ögon.

– Okej, Harry. Ta en macka till! Det tar en stund. Alltså, Sverige var politiskt neutralt under det kalla kriget. Anledningen var att man ville stå alliansfritt vid en eventuell konflikt mellan supermakterna Sovjet och USA. Det har ni säkert hört i skolan tills ni somnat. I alla fall fick jag höra under hela 1970- och 80-talen att Sverige var det neutrala folkhemmet dit inga krig kunde nå. Vi var smartare än andra dummare länder som krigade mot varandra. Om alla gjorde som vi i Sverige, skulle inga krig finnas, bla bla bla! Det lärdes ut redan på dagis och på TV2:s barnredaktion. Neutraliteten var viktig som kitt i samhällsbygget.

Modin kände sig väl till mods. Han hade fått tillbaka sitt flyt. Han agerade på instinkt och självförtroendet hade återvänt. Han kände sig som i fornstora dar, en vinnare. Gårdagens bedrift var ett bevis för det. Han hade uppträtt som ett proffs i underrättelsetjänsten mot den store själv, Loklinth.

– Problemet är att det inte funkar att vara neutral och alliansfri, sa han. Det är en teoretisk term à la Åke Sverkerson och hans diplomatpolare. Det perfekta samhället är en teori på pappret ungefär som den perfekta barnuppfostran eller det perfekta förhållandet. Liksom för Marx och Engels blir verkligheten något annat. Det handlar om att köpslå och anpassa sig efter nya lägen och nya hot.

Modin tog en klunk kaffe. Han ställde försiktigt ned koppen.

– Attacken mot World Trade Center, fortsatte han, visade amerikanarna att deras perfekta, trygga samhälle var en illusion. Våra politiker, mestadels sossar men även borgerliga, har varit tvungna att göra mängder av eftergifter genom åren. Ju fler eftergifter vi gjorde åt väst, desto fler krav på ytterligare eftergifter kom från öst. Hade vi varit allierade med den ena sidan, förslagsvis Nato, hade vi inte behövt göra det. Åtminstone inte åt båda hållen som nu skedde. Eftergifterna började före andra världskriget då vi tvingades till samarbete med Nazityskland. Dessförinnan med Lenin och Stalin. Efter kriget blev vi tvungna att släppa in engelsmän och amerikanare. Det är här DC-3:an och Raoul Wallenberg kommer in. Glöm inte att Raoul Wallenberg var svensk diplomat när han togs till fånga av Stalin. Det talas tyst om det i dag för att det är känsligt. Vi fick inte hem vår diplomat från Sovjet. Än mindre några flygbesättningar.

– Menar du DC-3-besättningen? sa Nuder som lyssnade intensivt.

– Det finns inga konkreta bevis för att de hölls fångna i Sovjet. Men mycket tyder på det. Jag har svurit att en dag bevisa det.

– Lycka till, sa Bill Bergman.

– Tack ska du ha, Bergman, sa Anton Modin med en blinkning. Dig kan man alltid räkna med, eller hur? Han vände sig mot Nuder igen.

Det är mot den här bakgrunden man ska se de sovjetiska ubåtskränkningarna på 80-talet. De var innanför våra gränser, säger två säkra källor inom FRA. Dessutom fångade vi ubåtar men tvingades släppa dem. Det går inte att stöta sig med den starkaste i klassen, som var Sovjet under 1980-talet. Åtminstone här i Sverige. Motståndet mot en USA-allians var för kompakt. Amerikanarna tröttnade på Sverige och deras resurser behövdes på annat håll.

– Vad tror du kommer att hända om vi bevisar att det fanns sovjetiska miniubåtar på svenskt vatten? sa John Axman. Om vi visar upp vrak?

– För det första kommer regeringen att dementera det. För det andra försöka flytta på bevismaterialet och flytta på oss, budbärarna, eller ändra våra utsagor, försvaga vår trovärdighet med mera. SSI kommer inte att ge sig utan kamp. Men vi har stöd av Amelia Carlson och hennes imperium men även andra i näringslivet. Vi kryper för Ryssland för att skydda våra intressen och i slutänden våra liv. Det är där spionerna kommer in. Nu orkar jag inte snacka mer. Du får bjuda på en Carlsberg på The Rock någon gång, Nuder, om du vill höra mer.

Anton Modin reste sig upp och kastade sig ned på Axmans bruna soffa och blundade.

– Jag ska köpa en hel back om vi hittar miniubåten, sa Harry Nuder. Det lovar jag.

– Glöm inte jordnötterna, sa Bergman och lutade sig bakåt på sin Dux-stol med händerna knutna bakom nacken.

Det ringde på dörren. Det var Sture Hult.

Kapitel 65

– Gör plats på bordet, sa Sture Hult när dörren öppnades.

Han ställde en rymlig hård plastväska med datautrustning mitt på matbordet. Han såg sig omkring i lägenheten. Den var för feminint inredd för hans egen smak men ny och välplanerad. Fin utsikt var det också, mot vattnet. En svag lukt av oljefärg som man målar tavlor med fick hans näsvingar att vibrera.

– Jag tog med mig bullar till kaffet, sa han och lade en brun papperspåse ovanpå väskan. Du har det fint här, Axman.

John Axman tog med sig påsen och gick till köket. Det var dags för nytt kaffe. Han lade upp bullarna på ett fat och väntade medan kaffebryggaren frustade sig igenom proceduren.

Nu måste vi börja snacka väsentligheter, tänkte han. Miniubåtar till exempel.

Sture var inne på ubåtarna. Han tog fram ett sjökort på sin laptop med områden inritade med rött, grönt och blått.

– Jag har märkt ut på sjökortet var vi fick våra träffar med magnetometern. Den gav utslag på sammanlagt tjugosju positioner där den kände av metall på botten. De är märkta med blått på sjökortet. Områden som jag bedömer vara störda av störsändare eller liknande är gröna. Området där jag och Axman såg oljefläcken medan ni låg och solade på Märket är rödmärkt. Jag har gjort en *Optimal Search Theory*-uträkning på alltsammans, ungefär som ni gjorde vid sökningarna efter DC-3:an, och fått fram tre ringar.

Bergman, Nuder, Modin och Axman såg att de tre ringarna hade en gemensam skärningspunkt. De började diskutera den när Sture Hult bytte bild på skärmen.

– Här ser ni området där de tre ringarna sammanstrålar. Jag har gjort en egen hypotes där sannolikheten är störst vid oljefläcken följt av störområdet. Då ser ni att det är två magnetometerutslag i detta område. Ett på 122 meters djup. Det andra på 144 meter.

– Hur säkert är det här? sa Bill Bergman och lät imponerad.

– Vi vet att området ska vara utstört. Därför ger jag det 100 procent eller 1,0 på sannolikhetsskalan. Vi vet att objektet är av metall, åtminstone delvis. Det betyder 1,0 även det. Oljefläcken har det svagaste värdet. Kanske 0,5 är min bedömning, men det går att diskutera. Lägger vi ihop allting får vi totalt 2,5. Vi delar det med 3 och får 0,833. Det betyder 83,3 procents sannolikhet för att vårt objekt ligger i rutan där samtliga tre ringar skär varandra.

– 83,3 procent, sa Anton Modin. Inget snack, då ligger den där.

– Inte helt säkert, sa Sture Hult och tog av sig glasögonen och putsade dem.

– Jo, tillräckligt säkert, sa Modin. Jag har kämpat mot er naturvetare i hela mitt liv. Jag blir aldrig klok på er, självplågare.

Modins skarpa ton fick Sture Hult att titta ned i golvet för en sekund. Han satte omständligt på sig glasögonen med ett svar på tungan. Svaret gick runt i munhålan. Han drog i ett finger tills det knakade i leden men svarade inte.

– Okej, sammanfattade Bill Bergman som anade oväder i luften. Hur rider vi tjuren eller vad fan det är man säger i USA?

– How you ride a bull, sa Harry Nuder som sökte Hults blick.

– Hur stort område pratar vi om, Hult? sa Modin oberört.

– 300 gånger 300 meter, sa han torrt. Inte så stort.

– Det är stort om vi ska dyka på 144 meter, sa Bill Bergman. Vi kan inte dyka på båda ställena samtidigt. Vi får välja ett av dem.

– Då går vi på det djupaste först, sa Anton Modin och log som om inga moln skuggade dem. Det ligger dessutom utanför svenskt vatten. Det blir några procent till, eller hur Hult?

– Typiskt, sa Bergman. Jag skulle aldrig ha sagt något. 144 meter…

Hult kommenterade inte.

Kapitel 66

Stockholms norra skärgård, tisdag 29 juli 2008

Harry Nuder och Bill Bergman körde ut Hulken till Grisslehamn under eftermiddagen och lade till med den vid Modins brygga. Ribbåten såg anskrämligt stor ut med sina tre 350 hästars utombordare i den smala viken med vass och änder. Miss Mona gav sig in under sjöboden och kom inte fram fastän de trugade.

Bergman packade båten medan Nuder fyllde dykflaskor i dykboden. En radio som stod på backen spred den gamla 80-talshitten *You're gonna get it* med Trance Dance på hög volym. Harry Nuder bar ned de fyllda dykflaskorna till båten, ett dubbelpaket i vardera handen. Han var den ende som var kapabel att göra det. Varje dubbelpaket fyllda dykflaskor vägde 50 kilo.

Bill Bergman vek noggrant ihop sin dykdräkt och lade den i väskan med grodfötterna överst och cyklopet i den ena sidofickan. Ovanpå lade han en ren handduk. Sedan drog han igen blixtlåset.

John Axman anlände i sin BMW.

– Modin och Hult kommer snart, ropade han. De åker hit i egna bilar.

Han tog sina dykflaskor ur bilen och bar dem till förrådet där kompressorn stod och brummade. Bergman berättade att de fått en ny gasblandningsanläggning som Sture Hult monterat för tre veckor sedan. Det gick att fylla både Trimix, det vill säga helium och luft, och Nitrox, vilket var syreförstärkt luft för dekompressionen.

Nuder bar flaskor med ren syrgas till båten också.

Efter hand fylldes Hulken.

– Det är tur att den är stor, sa Harry Nuder. Vi själva måste få plats också. Den här gången slipper vi i alla fall sökutrustningen. Det enda som behövs är de två GPS-positionerna som Hult har programmerat in i kartplotten.

Nuder öppnade en cola-burk och slog sig ned på bryggan.

Vid 18-snåret gled Anton Modin och Sture Hult in på gården i sina bilar. Modin började genast lyfta ut saker på gräset. Sture Hult stod mest och tittade på och lät sig imponeras av gruppens målmedvetna och till synes strukturerade arbete med att förbereda dykningarna. Han bestämde sig för att bära ned en stor orange boj till ribbåten.

Energinivån i gruppen är hög, tänkte Modin samtidigt som han bar sin dykdräkt till båten. Det är kul.

Han hade sin svarta DUI-dräkt som var tio år gammal och lagad flera gånger. Han älskade den. Dessutom hade den varit med på de kända dykprojekten. Första gången han använt den var när de dök på champagnevraket sommaren 1997. Det fanns en bild på Modin i den dräkten från just det dyket i dykboden. Han stod och poserade med en champagneflaska i var hand.

– Jag visar mig gärna för fotograferna på det viset en gång till, sa han till Hult.

– Absolut.

När de var i stort sett klara, frånsett det sista dubbelflaskpaketet Trimix som fortfarande stod för fyllning, slog de sig ned på bryggan. Klockan hade hunnit bli åtta. Solen stod lågt i viken. Det var 23 grader varmt och vindstilla. Anton Modin gick och hämtade fem mellanöl ur kylskåpet i bastuhuset. Han langade ut dem. De öppnade flaskorna och höjde dem mot varandra. Ölen rann ned i halsarna.

– Jag föreslår att vi går och lägger oss och sedan väcker jag er vid ettiden i natt, sa Modin och torkade sig om munnen. Avfärd planerad klockan två. Första dyk cirka 03. Sedan hem igen före fem, då det ljusnar. Vad tror ni?

– Jag sitter gärna kvar här ett tag, sa Bill Bergman och kisade ut mot vikens mynning och den låga solen som gnistrade mot vattenytan. Har du fler öl? Vet ni att här, precis just här skulle allting stanna. Nu är jag lycklig.

Axman var på väg att säga något men stoppades av en blick från Modin. Han lutade sig tillbaka igen och rättade till stolen så att den kom i rätt vinkel mot solen. Skönt!

– Sämre kan man ha det, sa Harry Nuder förnöjt och tog en stor klunk ur sin flaska.

Han lutade huvudet sakta bakåt i solstolen och slöt ögonen en stund.

Det ringde på Bergmans mobil. Han ryckte till när han såg på displayen och det lyckliga ansiktsuttrycket var som bortblåst. Modin och John Axman växlade en tyst fråga medan Bergman skyndade sig bort till dykboden där kompressorn stod och bullrade innan han tryckte fram samtalet. Axman ryckte på axlarna. Det är för sent nu, tycktes han mena.

Det är något med Bergman som inte stämmer, tänkte Modin och undvek Bergmans blick. Jag ska ta tag i det så fort som möjligt. Bergman kan stjälpa hela projektet. Min bäste vän.

Ungefär samtidigt lade marinens bevakningsfartyg HMS Huvudskär till vid kajen utanför The Rock i Grisslehamn. Kommendörkapten Larsen, som hunnit bli 57 år, klev iland och hade med sig ett yngre befäl i trettioårsåldern. Larsen hade tagit denna specialkommendering på order av marinstabschefen. De hade startat från Musköbasen söder om Stockholm på morgonen. Ombord på HMS Huvudskär fanns skarpladdade vapen och sjunkbomber och dessutom en speciellt utvald besättning från ett specialkommando.

Ordern kom från högste militärbefäl i landet, Hans Majestät Konungen, och den hade verkställts av marinstabschefen.

Kommendörkapten Larsen hade varit hydrofonoperatör ombord på patrullbåten Hugin som sänkte ubåten i oktober för snart 24 år sedan. Det var inget som någon ombord förutom han själv kände till. Hans karriär hade gått i stå efter 1982, men till sist hade han fått en chefsposition på staben som samordnare av utlandsstyrkan.

De två marinbefälen klädda i mörkblå tröjor med axelklaffar och marinens blå mössa klev in på The Rocks veranda och möttes av Joint som för dagen var klädd helt i vitt. Han hälsade med handslag på de båda. De växlade några ord med allvarliga blickar.

Bevakningsfartyg HMS Huvudskär bullrade svagt på tomgång vid kajen. Två pojkar på cykel stannade till för att titta. Det låg en känsla av allvar i luften. Besättningen rörde sig hetsigare och snabbare än normalt och de båda pojkarna märkte det. De stod kvar och tittade. Ombord på fartyget fanns en gul dykfarkost av något slag de tidigare inte sett och en stor hög med knallgul kabel.

En helikopter kom hovrande. Den var från marinen och landade på parkeringen utanför hotellet. Strax därefter checkade besättningen in på hotellet. Helikopterföraren stod i full beredskap. Pojkarna kunde inte veta att föraren inväntade order med trettio minuters gångberedskap.

Sommargäster och seglare rörde sig fram och tillbaka på hamnplan, på väg till de olika restaurangerna och hotellet. Men förutom pojkarna på cykel var det ingen som orkade fundera på de ovanliga farkosternas närvaro.

Långt ut i Östersjön, vid Finska vikens mynning, söder om Hangö på den finska sydkusten, passerade ett ryskt sjömätningsfartyg. Strax bakom och under det gick två ryska 74 meter långa attackubåtar av Kilo-klass. De hade kurs mot Ålands hav.

Kapitel 67

Stockholms norra skärgård, onsdag 30 juli 2008, klockan 00.01

– Vakna, ett av marinens fartyg ligger i hamnen vid The Rock! sa Nuder vid Modins öra.

Anton Modin vaknade med ett ryck. Han tittade på klockan. Det var midnatt. Han hade sovit i två timmar. Harry Nuders min var sömndrucken. Han slog ut med armarna.

– Någon har läckt! väste han. Mari, min syster, skickade ett sms nyss. Hon arbetar i receptionen på hotellet. Det står en marinhelikopter vid hotellet. Ett par marinofficerare och besättningarna från både fartyg och helikopter checkade in i går kväll. Det ligger ett fartyg i hamn. Det är inga tillfälligheter.

– Ta det lugnt, Nuder. Väck de andra, jag måste tänka.

Anton Modin satte sig upp och svängde benen över sängkanten. Han andades djupt några gånger och reste sig sedan och tog på sig sina jeans. Han drog en grå tröja över sin bara överkropp och gick barfota nedför trapporna till köket och satte på kaffebryggaren.

John Axman kom ned efter en minut, påklädd han också.

– Vad var det om? sa han. Vad har hänt?

– Det är tydligen ett stort pådrag i hamnen. Marinens fartyg och helikopter finns där. Det måste vara oss de bevakar. Jag kan inte se något annat skäl till att man skickar hit marina styrkor. Jag ska kolla med min kontakt på Säpo.

Anton Modin tog sin mobiltelefon och slog numret som stod under namnet GF.

– Filipson, svarade Göran med sömndrucken röst.

– Anton Modin, här. Ursäkta att jag ringer sent. Jag tänkte meddela att vi är på gång nu. Vi går ut i natt.

– Okej, tack för informationen. Behöver ni hjälp? Ska jag skicka folk?

– Vet inte om det behövs, sa Modin. Det finns svenska marina styrkor i byn. Vet du något om det?

– Nej, men jag kan kolla upp saken. Du, Modin, ta det försiktigt.

– Ring när du vet mer.

Modin kopplade ned samtalet och lade mobilen på köksbänken. Han hällde upp två koppar kaffe ur kaffebryggaren som stod på. En till sig och en till Axman.

– Vi bör komma iväg så snart som möjligt, Axman.

– Det verkar så, sa Axman. Vad tror du om Bergman? Ska vi inte lämna honom här? Jag litar inte på honom.

– Han ska få sin chans att förklara vad mejlet betyder, sa Modin.

– Vi borde inte ha chansat, sa Axman. Det är klart att han är köpt. Nu säljer han ut oss.

– Jag tror inte att det är så enkelt, sa Modin stelt och sänkte rösten. Nu säger vi inget om marinens närvaro.

– Vi går alltså ut i natt?

– Ja, det gör vi, sa Modin. Vi följer planen.

Bill Bergman och Harry Nuder kom ned till köket samtidigt.

– Kaffe tack, sa Bergman.

– Fralla, sa Nuder.

De åt utan att säga ett ord. Axman drack kaffe stående med ryggen mot dem. Modin bröt tystnaden.

– Bergman följer med mig ned i bottenteamet. Bergman och jag går ned till objektet. Du, Axman, blir back-up och säkerhetsdykare. Jag vill att du kommer ned och möter oss med extra gas, i reserv. Sedan hänger vi fyra syrgasflaskor på sex meters djup under Hulken som ytterligare reserv. Det fixar du, Nuder. Sture, du blir vår observatör. Passa kanal 16 på radion och håll utkik efter andra fartyg och eventuellt också helikoptrar.

Axman såg irriterad ut men sa inget.

Modin förstod att han tyckte att det var vansinnigt av honom att ta med Bergman som det var nu. Axman var dessutom en mer erfaren dykare. Men Modin hade en plan som han behöll för sig själv.

– Är det inte bättre att Axman går för botten? sa Bergman. Det är ganska djupt för mig. 144 meter. Ingen barnlek. Det blir nytt rekord här ute i Ålands hav.

– Nej, du följer med mig, Bergman. Vi behöver Axman i stand-by. Det här är inget hobbydyk. Nu är det allvar. Det gäller rikets säkerhet. Då måste vi räkna med större risker. Du fixar det, Bergman. Jag litar på dig.

Anton Modin tuggade snabbt i sig sin fralla. Med bröd fortfarande i munnen reste han sig från bordet och lade sin kopp i diskhon och gick iväg.

– Jag går ned till bryggan, sa han. Kom efter så fort ni kan.

Han torkade sig om munnen med ovansidan av handen. Bill Bergman tittade efter honom med oro i blicken.

– Vad betyder det här? Varför valde han mig? sa han till Axman. 144 meter är rena självmordet... eller mord.

Nuder styrde Hulken över den spegelblanka havsytan. Han körde i 50 knop utan lanternor. Han hittade i den norra skärgården som i sina egna kalsonger, brukade han säga och det stämde. Bill Bergman satt och skruvade på sina dykregulatorer. Det skulle behövas sex stycken för detta dyk. Två på huvudpaketet med Trimix som var den gas som de skulle använda på 144 meters djup. Syrehalten var sänkt till nio procent och ersatt med helium för att undvika syrgasförgiftning. De andra fyra regulatorerna satt på flaskorna som skulle användas på vägen ned och upp.

Till sist behövde de fyra regulatorer för den rena syrgasen som de skulle göra sin grunda dekompression med, den på sex meter. De flaskorna hängde de under båten. De hade räknat med att tillbringa femton minuter på botten. Längre tid hade de inte gas för. Om de överskred tiden riskerade de att dö i dykarsjuka.

Tidsdisciplin är livsviktigt i den här extrema miljön, tänkte Bill Bergman och skruvade fast nästa regulator på flaskan. 144 meter är jävligt djupt. Marinens rekord är 100 meter, erinrade han sig, och då dök de ändå med tryckkammare. Det dyket gjordes på 1980-talet på den förlista Gotlandsfärjan Hansa. Det var det svenska rekordet. En svensk dykare hade visserligen varit nere på 140 meter på 50-talet under ett experimentellt dyk med vätgas, men han omkom under dyket.

På 144 meters djup är det nära 0 grader i vattnet, alltså

jävligt kallt och helt kolsvart. Därför spelar det ingen roll om man dyker på natten. Modin har helt rätt i att vi ska göra det nu.

Bergman kontrollerade sin kraftiga ficklampa med batteriackumulator och försökte få kontroll över sin oro.

Jävligt kallt och mörkt! Jag ska fixa det.

Bergman föreställde sig att spänningen inför dyket förmodligen skulle göra att han inte kände efter. Men han hade onda aningar.

Bulgarerna och den där domare Svan, vem han nu jobbade åt, visste vad som var i görningen. Han hade tvingats berätta det för dem. Men han kunde inte hoppa av. Han kunde inte svika sina kompisar. Inte mer än vad han redan hade gjort.

Ska något hända med dem, ska jag vara med, tänkte Bill Bergman när han skruvade fast den sista regulatorn. Jag är på deras sida.

Gaserna var redan kontrollerade. Han tog stöd mot sidan när Hulken gungade till för en gammal svallvåg. Han tittade bakåt på det vita skummet bakom Hulken. Han fick vinden i nacken för en stund. De tre stora V8-utombordarna vrålade ikapp i ett mäktigt muller.

Det här var äventyr, försökte han intala sig. Men hjärtat tyngde som en blyklump i bröstet.

Kapitel 68

Riddargatan, Stockholm, tisdag 29 juli 2008

Stympad!

Christer Loklinth var noga med naglarna och gick regelbundet till en flicka på Norrtullsgatan som polerade och drog ned nagelbanden. I smyg brukade han titta på händerna och njuta av hur välvårdade de var. Det var slut med det. Han var märkt! Ständig värk påminde om amputationen i Lill-Jansskogen häromnatten. Han kunde inte gå till akuten. Dels skulle de undra. Dels hade han inte tid.

Här måste räddas vad som räddas kan, tänkte han och gned sin vänstra hand.

Modin hade honom fast. Åtminstone tills han hittade någon bättre livförsäkring som han kunde använda mot Modin. Han funderade på vilka de andra männen var. Nuder hade gett sig till känna. Den tredje karln var ett blankt kort. Kanske hade det varit fler där som hållit sig i bakgrunden.

Modin har skaffat sig en egen legoarmé, tänkte han. Vem bekostar den?

Modins framfart rörde i högsta grad rikets säkerhet. Loklinth var på det klara med att det inte såg bra ut från hans egen horisont. Vem skulle han alliera sig med? Säkerhetspolisen kunde han inte lita på för Modin hade allierade, det var uppenbart, och de kunde finnas inom Säkerhetspolisen.

Han gick igenom materialet från telefonkontrollen på Modin. Förutom sina vanliga samtal hade han ringt ett nummer i Lidköping flera gånger. Han slog på sin dator och fick upp namnet Gunnar Anderson.

Fullträff! Gunnar Anderson var den pensionerade FRA-chef som han hade full koll på.

Loklinth svalde två Alvedon och kände sig bättre till mods. Han skulle få Modin!

Anderson var under 1970-talet misstänkt för spioneri för Sovjetunionen men Säpo hade inga bindande bevis mot honom. 1992 fanns han med på listorna som Säpo fick från CIA efter Warszawapaktens sönderfall. SSI hade förhört honom men han gick inte att knäcka. Anderson gick i pension från FRA i december 1982.

Alltså bara två månader efter 82-X-sänkningen, tänkte Loklinth och bläddrade vidare i den digitala mappen. Visste Gunnar Anderson mer om 82-X än som var nyttigt? Han signalspanade på FRA vid den tiden. Vad har han läckt till Modin?

Loklinth funderade så att han fick ont i huvudet. Han måste göra något riktigt irrationellt och överraskande för att vinna tillbaka initiativet. Han såg på mobilövervakningen att Modin befann sig i Grisslehamn. Dessutom fanns hans vänner Bill Bergman och Harry Nuder där efter att tidigare på dagen ha varit tillsammans på en adress i Hägernäs.

De har något på gång när de tror att jag och Byrån är neutraliserade, tänkte Loklinth. Jag åker till Lidköping och pressar Anderson personligen. Han är en gubbe numera. Tandlös! Det kan inte ta lång stund att få ur honom allt om Modins planer. Dessutom måste läckan täppas till.

Chris Loklinth sträckte ut handen mot plastskålen på bordet i sitt arbetsrum och tog ett grönt äpple. Utan att torka av äpplet, tog han en stor tugga. Kraset lät som när en häst äter. Men han gnydde till och spottade ut tuggan. Gommen var infekterad och öm. Tänderna lösa. Han skulle få hålla sig till filmjölk en lång tid framöver.

Kapitel 69

Stockholms norra skärgård, onsdag 30 juli 2008, klockan 02.00

Bill Bergman släppte in lite vatten i cyklopet och blåste sedan ut det med näsan och såg att det var god sikt. Han tog tag i luftslangen på sin väst, lyfte upp den ovanför huvudet och släppte ut luft. Därpå sjönk han ned i det mörka vattnet.

Det var ljummet kände han i ansiktet.

Han tände sin dyklampa på tre meter och följde Anton Modin. De sjönk snabbt längs en gul nedstigningslina.

10 meter. 20. 30. 40. Det blev kallt.

Bergman såg Modin stanna upp. Han vände sig om mot Bergman och gjorde okej-tecknet med tummen och pekfingret formade som en ring. Bergman svarade okej och kontrollerade sedan att han hade med sig sin skrivskiva att kommunicera med. Den satt där den skulle i en karbinhake på midjebältet.

På däck hjälpte Harry Nuder John Axman på med luftflaskorna. Det var dubbla 19-litersflaskor som var mycket tunga, trots att de var av aluminium. Axman skulle strax gå i vattnet för att möta upp dykparet.

Sture stod på förarplatsen och spanade västerut mot land. Han såg ett och annat ljus inåt kusten men inga lanternor. Hulken gungade sakta upp och ned av gammal dyning. Inget fartyg fanns inom synhåll. Det var otäckt tyst ute på havet den här natten, tyckte han. Han tog en klunk av sitt varma kaffe och började spana utåt havet österut.

60 meter passerades i djupet.

Det såg Bergman på sin dykdator. Det var tjugo meter djupare än vad svenska sportdykare fick dyka. De hade långt kvar till botten. Bergman skruvade på sig för att rätta till dykflaskorna. Han hade två på ryggen och fyra hängande två och två framför sig på magen.

Det viktigaste att tänka på var att man tog rätt regulator och flaska på rätt djup. Annars kunde det vara livsfarligt. Djupare än åttio meter gick det inte att andas något annat än bottengasen Trimix utan att riskera förgiftning. Bill Bergman kände en svag oro när de passerade 75 meter i hög fart. Det läckte in vatten i masken. Dräkten klämde kring armarna. Han tryckte in mer luft i den.

Anton Modin sjönk som en sten, tyckte Bergman och han ville inte bli efter. Han blev stressad men hängde på Modin. På 90 meter gick Bergman in i sig själv och föll i djup koncentration. Oron försvann. En bitterljuv njutning infann sig. Förmodligen samma slags njutning människor får som är nära döden, for det genom hans huvud. Medan de sjönk allt djupare funderade han på hur det var att ligga först som Modin gjorde. Visste han vad som väntade nere på botten? Modins instinkt hade lett honom rätt tidigare. Han hade ensamvargens kvaliteter; förlitade sig på sin egen kraft, fattade egna beslut, betraktade världen med misstro. Det negativa var hans lidelsefulla sanningssträvan och kompromisslöshet. Men han ville väl.

Han är livsfarlig som fiende, tänkte Bergman och såg Loklinths nakna skälvande elände framför sig fast han gjort allt han kunnat för att sudda ut de minnena i hjärnan.

Bergman hajade till på 95 meters djup. Han såg ett ljussken långt under sig.

Vad fan var det?

Kapitel 70

Lidköping, tisdag 29 juli 2008, klockan 21.00

Christer Loklinth svängde in på gården med fullt utslag på ratten och vände runt Porschen på gårdsplan. Det sprutade grus och småsten.

Det är tur att det fortfarande finns resurser för den här typen av uppdrag på SSI, flinade han med ömma käkar.

Han hade tagit Byråns snabbaste bil och kört ned de 38 milen från Stockholm på tre timmar inklusive en middagsrast på McDonald's i Arboga där han blivit utsatt för medlidsamma ögonkast från en dam som sett honom suga i sig pommes frites och med svårigheter bryta sönder en hamburgare och peta in bitarna med fingrarna.

Modins jävla fel! hade han tänkt. Jag ska döda den jäveln.

Loklinth drog åt handbromsen och klev ur. Han tryckte på larmknappen samtidigt som han gick mot ingången. Utan att knacka gick han in i huset, stängde dörren bakom sig och fortsatte in i storstugan. Det luktade instängt.

– Gunnar, hallå! Var är du?

Det kom ytterligare en bil som stannade på gårdsplanen

framför huset. Ur den klev journalisten Matti Svensson. Två personer satt kvar i bilen. Det var två kraftiga mörkhåriga män.

Chris Loklinth kom in i matsalen. Gunnar Anderson låg på soffan och sov djupt. Han ruskade liv i Anderson som vaknade med ett ryck och ställde sig upp nästan som i givakt.

– Är du här? sa Anderson förvirrat. Vad har jag gjort? Jag har inte sagt något av vikt till Modin. Det är säkert. Är det därför du är här?

Han såg rädd ut.

– Ta det lugnt, Gunnar, min vän. Du ska få hjälpa oss. Det gäller rikets säkerhet. Du ska få ett uppdrag igen. Slappna av, schhhhhh.

– Jag är gammal och trött, vad vill du mig? Vet inte om jag orkar med det här. Vad har du gjort med fingret, förresten? Och ansiktet!

Gunnar Anderson tittade på Loklinths lillfinger. Det var mörkblått, nästan svart, där ett bandage tog vid och dolde leden som försvunnit. Loklinths ansikte hade ändrat färg och munnen såg trasig ut.

– Ta det här, sa Loklinth.

Han gav Gunnar Anderson en tablett innehållande bensodiazepiner. Den löste upp hämningar som ett slags sanningsserum. Sedan gick han och hällde upp ett glas vatten i köket.

Gubben borde ha hemhjälp, tänkte han. Så här ser ut!

Gunnar svalde tabletten utan att protestera eller ens fråga vad det var. Han var i Loklinths våld igen.

– Jag vill att du pratar med en vän till mig. Det är Matti Svensson. Kommer du ihåg honom, Gunnar? Här kommer han förresten, efterlängtad som ett brev på posten.

Gunnar Anderson kände mycket väl till Matti Svensson. Han var en av SSI:s politruker. Dessutom hade han gjort jobb åt KGB och Stasi på den tiden de fanns. Matti Svensson brukade anlitas när det skulle ges någon dementi eller desinformation till svenska folket. Han fick ofta sina artiklar publicerade och var ett viktigt redskap i kampen mot imperialisterna.

– Jag är gammal och vet inte om jag orkar det här, sa Anderson tjurigt.

– Först ställer jag några frågor, sa Matti Svensson utan att höra motståndet. Sedan tar jag en bild.

Matti Svensson visade upp långa gula tandhalsar i ett snett leende och slog sig ned vid bordet bredvid Loklinth. Loklinth reste sig upp och vände ryggen till. Han tittade på Andersons tavelsamlingar som täckte väggarna i huset.

– Jo, sa Matti Svensson. Är det inte så att de kränkande ubåtarna i vår skärgård på 1980-talet var amerikanska?

Gunnar Anderson spärrade förbluffat upp ögonen mot Matti Svensson. Han kände sig konstig och slö.

Kapitel 71

Stockholms norra skärgård, onsdag 30 juli 2008, klockan 03.00

Bergman insåg att de lysande stjärnskotten i havsdjupet var en hallucination. Ljuset som glimmat till fanns inte.

Det finns inga andra här. Eller är det en undervattensfarkost? Ryssarna! Det här dyket är tufft, tänkte han. Måste koncentrera mig på dykningen. Inget annat.

Bergman tittade på sin dykdator igen. De passerade 110 meter.

Nytt rekord, tänkte han som i trans.

När han fokuserade såg han Anton Modins siluett avteckna sig knivskarpt mot det starka ljuset från hans ficklampa. Han släppte honom inte med ögonen, tillät inga fler fantasier ta form.

Sikten är mycket bra här nere i havsdjupet, tänkte han. Kanske så bra som 25 meter.

Han hörde regulatorn väsa varje gång han tog ett andetag. Bubblorna rusade förbi framför ansiktet när han andades ut. Han försökte andas så lugnt som möjligt för att spara på gasen. Han kände den bitande kylan mot kinderna.

De hade bytt gas på 80 meter och var nu nere på bottengasen Trimix. Det lättade.

Inte lika stor tryckskillnad här nere, intalade han sig när han märkte att han bara behövde pytsa in luft i dräkten ibland.

Harry Nuder hade fått på John Axman hans flaskpaket och hjälpte honom på med simfötterna och handskarna. Det var fortfarande en halvtimme kvar tills han skulle i vattnet. Axman ville sitta beredd ifall någon nödsignal i form av lyftsäck eller liknande kom upp till ytan nerifrån djupet.

Harry Nuder såg på vattenytan där Modins och Bergmans luftbubblor kom upp. Det blev ett svagt sorl av bubblorna. Området var ungefär tio meter i diameter. Ju längre ned dykarna var desto större område spred sig bubblorna över.

Han kunde ana en oljefilm i det svaga ljuset från akterlanternan. Den var tänd för att dykarna lättare skulle kunna se båten. Han kunde inte låta bli att tänka tanken att nedanför honom låg det kanske hemligaste som någonsin funnits i landet.

Vad kunde vara bättre hemlighållet än ett ubåtsvrak på denna djupa plats?

Han skärpte blicken mot kustlinjen för att om möjligt se något fartyg. Det var alldeles stilla inåt land. En svag landbris svepte över den svarta havsytan. Inga oroande tecken syntes i det vaga gryningsljuset.

De passerade 120 meter då Bill Bergman tyckte att han såg en fisk blänka förbi.

En torsk, tänkte han. Vad gör den här nere?

Om det inte var en fisk, vad var det då? Hörde det ihop

med det skarpa sken han uppfattat tidigare? Men det kom inte tillbaka. Han visste inte om det var bra eller dåligt.

Såg han i syne på grund av trycket?

Anspänningen ökade återigen inför vad de skulle få se där nere.

Något av metall ska finnas i andra änden av nedstigningslinan, hoppades han. Jag måste få se det!

130 meter.

Bergman såg Anton Modin vända sig om förmodligen för sista gången före bottenkontakt. Han gjorde okej-tecknet. Det var tio meter kvar. Modin fortsatte nedåt. Bergman kastade en blick på sin manometer. Den stod på 180 bar. Han hade gott om gas.

Det kommer att lyckas!

Gunnar Anderson fick några meningslösa frågor om hur de hade identifierat ubåtarna på FRA på 1980-talet. Han svarade att det inte var några problem på den tiden. De pejlade ubåtarnas sändningar till Baltijsk i Kaliningrad i Sovjet.

Matti Svensson påstod att FRA gett denna information till den borgerliga statsministern Carl Blundt 1983 men att denne valt att hemligstämpla informationen med hänsyn till rikets säkerhet. Anderson kände sig uppgiven och orkade inte argumentera mot Matti Svenssons påståenden. Han blev dåsig och viljelös.

Han skriver ändå vad han vill, tänkte han. Det här var ännu en SSI-kampanj. Från att ha känt sig fri efter Modins trevliga besök tidigare, var han tillbaka i lögnerna och dubbelspelet. Han mådde inte bra. Han behövde gå på toaletten.

– Ursäkta, mig. Det är magen.

Gunnar reste sig upp och gick iväg.

Matti Svensson pratade i sin mikrofon.

– *Vi avbryter intervjun med FRA-direktören. Han orkar inte med sanningen om ubåtarna som mörklagts i så många år. Vi tar en paus. Han behöver samla tankarna.*

Gunnar Anderson såg i spegeln på toaletten hur märkbart vit i ansiktet han blivit. Ögonen var glansiga. Han satte sig tungt på toalettstolen och blundade.

När han kom tillbaka fortsatte intervjun. Matti Svensson slog på bandspelaren.

– Jo, byrådirektör Anderson. Är det inte så att ni även hade några medarbetare i Moskva vid tiden för DC-3-nedskjutningen.

– Jo, det stämmer.

Anderson lyfte axlarna med några ryck. Kroppen kändes som en belastning. Han hade velat vara lätt som en fjäder och kunna räkna ut frågorna på förhand. Nu kände han sig som en säck cement och hamnade på defensiven.

– Var dessa personer möjligen ambassadör Stohrman och ambassadsekreterare Åke Sverkerson? Kan ni bekräfta det?

– Jo, de var med. De spionerade för…

– Just det. Ni arbetade i team, stämmer det?

– Det stämmer. De lämnade över våra ståndpunkter innan de blev officiella.

– Till amerikanarna, eller hur?

– Ja, sa Anderson. Om du vill det så.

– Kan du bekräfta att Stohrman och Sverkerson lämnade uppgifter om DC-3:an och Raoul Wallenberg till amerikanarna? Att de var amerikanska agenter. Bekräfta det, byrådirektör Anderson!

– Ja, det gjorde de väl också, sa Gunnar Anderson uppgivet.

– Du själv gjorde också det. Det är därför du kan vara säker på dina nu lämnade uppgifter. Bekräfta det!

– Ja. Jag lämnade uppgifter till USA någon gång.

Gunnar Anderson gäspade och tittade ut genom fönstret.

Matti Svensson stängde av bandspelaren.

– Jag tror att vi har vad vi behöver.

– Utmärkt, sa Loklinth.

Bill Bergman såg en röra av saker utspridda på botten i skenet av Anton Modins dyklampa. Han tittade på sin dykdator. 139 meter. Han reflekterade inte över siffrorna. Han var i zonen nu, i full koncentration på jakt efter sanningen. Han urskilde mörkgrå delar, övertäckta av ett tunt sedimentskikt. Det var ingen ubåt. Så mycket såg han. Han lyste runt på botten som bestod av grus i olika grovlekar. En och annan stor sten stack fram. Vattnet var overkligt kristallklart. Han vred sig ett varv men upptäckte inget vrak.

Har vi missat målet? Eller finns inget kvar av det. Bärgat? Sprängt? En bluff?

Med ljusstrålen undersökte han noggrant det silverfärgade som låg på botten. Han kunde inte se vad det var.

Modin viftade med dyklampan som en galning. Han var snett bakom Bergman på ungefär tjugo meters avstånd. Bergman simmade åt det hållet. Modin viftade fortfarande vilt med sin lampa. Bergman kickade alldeles för snabba bentag och blev genast andfådd. Han försökte lugna ned sig. Han kämpade mot nervspänningen. När han var på tio meters avstånd såg han att Modin hittat ett svart föremål, även det täckt av ett tunt lager sediment. På nära håll såg Modins uppspärrade ögon vita ut.

Miniubåten! stod det på hans skrivskiva som han höll

upp mitt framför näsan på Bergman. Bergman skrev *Är du säker?* Modin skrev *100 %*. Modin försvann simmande på baksidan av farkosten.

Vraket var gråsvart, täckt av sediment och snäckor. Den ser ut som en räddningsubåt, tänkte Bergman. Den lilla miniubåten hade ett litet lågt torn, bara några decimeter högt och runt. Tornet var svart liksom resten. Bergman tyckte att den liknade en tjock kubansk cigarr. Den stod upprätt på botten. Han upptäckte att tornet var uppfläkt på ovansidan. Det var inte mycket kvar av det.

Han simmade efter Modin.

Chris Loklinth nonchalerade Anderson och gick ut från huset.

Matti Svensson samlade ihop sin utrustning och reste sig från bordet. Gunnar Anderson såg mycket gammal ut. Han var askgrå i ansiktet och hade sjunkit ihop. Livskraften hade lämnat honom i och med att verkan av tabletten upphört.

Krig är krig, tänkte Matti Svensson. Sorry! Det är inget personligt, Gunnar Anderson.

När Matti Svensson kom ut på gårdsplanen samtalade Loklinth med de två männen. De var bulgarer. Loklinth tog de båda i hand.

– *He is yours now. Good luck.*

Matti Svensson kände en vag obehagskänsla som han inte kunde tyda med en gång.

– Kom nu, för helvete, Svensson! ropade Loklinth. Du åker med mig. Avgång nu!

Matti Svensson hoppade in i bilen. De drog iväg över gårdsplanen med en rivstart. Det knäppte i plåten och bottenplattan på Porschen när hjulen spann över gruset. Matti

Svensson vände sig om och såg de båda bulgarerna gå in i huset och stänga dörren efter sig.

– Vad var det där? sa han sedan.

– En intern uppgörelse som rör främmande makt och som vi inte har något med att göra, sa Loklinth. Blev inspelningen bra?

På Hulkens fördäck hade Axman satt sig till rätta inför dyket. Han kontrollerade regulatorerna en sista gång, blåste in luft i sin väst och rullade baklänges över sidan på båten. Han kom upp rättvänd efter att ha snurrat ett helt varv i vattnet och gjorde okej-tecknet till Harry Nuder.

Bergman kom runt på baksidan av ubåten. Sikten var fortfarande god. Det var kolsvart runt omkring men i skenet från deras dyklampor avtecknade sig föremålen som i en filmstudio. Bergman kastade en blick på dykdatorn igen och läste av. Djup 143. Vattentemperatur 1 grad.

De hade haft tur som kommit rakt på. Ett tjugotal meter bort och de hade kunnat börja söka åt helt fel håll.

Bergman fick äntligen ordning på synintrycken. Det var inte klokt. Det var verkligen en miniubåt. Den var, såg han när han simmade längs sidan, över tio meter lång och runt tre meter hög. I fören fanns en stor inbyggd strålkastare. Miniubåtens lucka var öppen. Det låg en människokropp nedanför lucköppningen på botten. Anton Modin lyste på den.

Bergman fick en känsla av att det besynnerliga stjärnskottsljuset fanns bakom honom. Han snurrade ett halvt varv. Ingenting! Han var på 144 meters djup. Han måste bevara sitt lugn.

Han simmade fram till Modin.

Kroppen såg ut som en fågelskrämma, utplattad mot botten. Kläderna var intakta. De var mörkblå eller svarta, byxor och jacka. I nederkant på byxorna stod två kängor rakt upp som om någon gått ur dem och ställt dem där. I andra änden av klädbyltet låg en skinnhuva med en dödskalle i. Ögonhålorna hade en elak vinkling som fick Bergman att titta två gånger. Bredvid kraniet låg en andningsapparat med en veckad slang. Den såg förvånansvärt välbevarad ut.

Modin höll på att bända loss en mörkgrön metallväska, ungefär av en attachéväskas storlek, från liket. Han tecknade *hjälp till*. Väskan satt fast i skelettet med en blank kedja. Bergman kände sig handfallen. Anton Modin bände för att lossa armen på liket vid axelleden. Han vred till. Armen släppte från axeln. Modin drog ut det silverfärgade armbenet ur jackärmen. Han höll upp plåtväskan som hade en handklove hängande i kedjan.

En armbandsklocka lossnade från skelettet. Den sjönk sakta ned mot botten som ett blankt fiskedrag. Bergman sträckte sig efter den och lyckades fånga klockan innan den slog i botten. Han stoppade den i höger benficka på sin dykdräkt.

Han tittade på dykdatorn. Det hade gått tretton minuter. Han skrev *Vi måste avbryta*. Anton Modin gav ett okej-tecken. Han lade ned väskan på botten och tog fram ett måttband ur sin benficka. Han gav ena änden till Bergman och simmade till andra änden av miniubåten. Han mätte snabbt med erfarna handgrepp både längd och bredd på vraket. Efter det simmade han till metallväskan och tog den.

Bergman började frysa. Han ville gå upp och stråk av panik drog genom kroppen. Han skakade och började tappa koncentrationen. Han gav återigen upptecknet med tummen till Anton Modin. Modin gav okej-tecknet och vinkade till sig Bergman. Bergman tittade på sin dykdator. Fjorton minuter.

Bara en minut kvar, sedan måste vi vara tillbaka på linan. Det är säkert fyrtio meter dit.

Ubåten var rejält skadad.

Det ligger sannolikt fler döda ombord, tänkte Bergman och andades efter dykbokens regler nu.

Han såg att propellern hade en stor rund skyddsring. Propellern var stor i förhållande till ubåtens storlek. Han följde efter Anton Modin när denne simmade runt ubåten en sista gång. Ubåten såg ut att vara av någon slags metall som inte rostade.

Möjligtvis titan, tänkte han.

Det var en underlig känsla att se vraket. Sorg blandad med djup respekt. Bergman fick en idé om en tyst minut men begrep på samma gång att det var rena flummet. Han måste upp till ytan.

John Axman tittade en sista gång upp mot Nuder som stod på däcket och lutade sig mot ena knäet. Axman sjönk ned under ytan med benen först.

Tystnaden intog hans sinnen.

Axman tände sin dyklampa på tre meters djup för att det starka ljuset inte skulle synas på ytan. Han sjönk ned längs linan för att möta Modin och Bergman. Mötet skulle ske på 80 meter enligt dykplanen. På vägen ned tyckte han att han hörde ett svagt buller på håll.

Det lät som ett stort fartyg. Han kunde inte av ljudet avgöra dess färdriktning.

Bergman hade svårt att låta bli att titta in i det krossade ubåtstornet på vägen tillbaka. Han lutade sig in i tornet och lyste försiktigt nedåt med lampan.

I ubåten satt två döda personer. Han såg dem bakifrån.

Bergman ryckte till och slog huvudet i en trasig plåt. Han tappade nästan sin mask och fick med nöd och näppe på sig den igen. Anton Modin som låg still alldeles bakom, hjälpte honom. Bergman lutade huvudet bakåt, blåste ut luft genom näsan och tömde masken. Han rättade fumligt till maskbandet bak på huvudet.

De döda hade läderhuvor med hörlurar. Deras svarta skinnjackor svävade sakta, inlåsta i tornet men utsatta för en svag havsström. De bars upp av bara skelettet; en klädgalge av ben. Kropparna satt i riktning mot en manöverpanel med mätare.

När Bergman simmade runt såg han att kranierna var kvar i skinnhuvorna. Han rös till och vände sig sedan mot Modin. Modin väntade på honom halvvägs till den gula uppstigningslinan. Bergman tittade på sin dykdator. Sjutton minuter. Det var två minuter sent. Han fick bråttom och tog några kraftiga bentag.

När han kom fram till linan stoppades han bryskt av Modin.

Har du förrått oss? stod det på Modins skrivtavla.

Bergman blev förskräckt. Han visste inte vad han skulle göra. Han gav ett tummen upp-tecken för uppstigning. Anton Modin rörde sig inte.

Har du förrått oss?

Tavlan veks inte undan.

John Axman hörde ljudet av en motor igen på 40 meters djup. Det lät starkare. Om det varit ett fartyg skulle de ha sett lanternorna och även ha hört det uppe vid ytan före dyket.

Märkligt!

Han fortsatte ned mot 50 meter och tittade på sin manometer för första gången.

Bill Bergman tittade även han på manometern fast 144 meter ned i havet. Han hade 30 bar kvar och var orolig. Han försökte simma förbi Modin men denne höll fast Bergman som inte kunde komma loss. De hamnade på botten och stod där på knäna och tittade på varandra. Anton Modin tog upp tavlan igen.

Har du förrått oss?

Bergman skrev *Vi måste gå upp annars dör vi!* Anton Modin skrev *Vi dör om du inte svarar.* Bergman kände paniken komma. Han är galen, tänkte han. Han tog fram tavlan och skrev *De tog min dotter.*

Anton Modin rörde sig inte. Bergman sneglade på sin dator. Tjugo minuter.

Nu är det snart för sent. Jävla galning!

Han andades häftigare och tittade på sin manometer. 10 bar.

Max två minuters andning kvar, sedan är det slut, tänkte han. Det susade i öronen av stress.

Anton Modin höll upp sin tavla.

Har du förrått oss?

Ja.

Modin slog ett snabbt slag i magen på honom. Bergman tappade luften. När han återfått kontrollen hade Modin redan påbörjat uppstigningen. Tjugoen minuter, såg han på sin dator. Det var sex minuter över den uppgjorda planen.

Vi kommer att få dykarsjukan, tänkte Bergman och steg snabbt, mycket snabbare än vad som var nyttigt mot första stoppet på 80 meter. Där skulle Axman finnas. Han såg Modin högt ovanför och kastade ett snabbt ögonkast på sin manometer som nu var nere på noll. Han var på 105 meter och hade fortfarande tjugofem meter upp till första gasbytet.

Trimixgasen tog slut på 100 meter.

Han hoppades kunna hålla andan i tjugo meter samtidigt som han tog fram nästa regulator, den med luft som han skulle andas på 80 meter. På 90 meter blev han tvungen att ta sitt första andetag. Han drog i sig tre djupa andetag och kände med en gång av den kraftiga djupberusningen. Han blev yr och tappade greppet om linan. Det svartnade framför ögonen. Han föll baklänges. Han svävade fritt i rymden. Astrid sprang bredvid honom på en sommaräng. Ewa gav honom en glass.

Det var inte farligt att dö. Han var inte rädd, nästan lycklig. Han kände sig lugn igen, mycket lugn, allt var frid för det fanns inget att göra.

En stark hand grep tag i honom och drog honom bestämt mot linan. Någon tog tag i hans handled och fäste handen runt linan. Han fick en ny regulator i munnen.

Han slog upp ögonen. Ansiktet på John Axman var nära och granskande. Runt hans andra arm höll Anton Modin ett fast grepp.

De hade räddat livet på Judas, tänkte han. Herregud. De vet det bägge två!

Kapitel 72

The Rock i Grisslehamn, onsdag 30 juli 2008, klockan 02.00

För kommendörkapten Larsen var gradbeteckningar på axeln ett lätt ok att bära. Figursydda stöttor, var hans bild av dem. En slags legitimitet för att stå pall när efterräkningarna kom, om operationen skulle resultera i konfrontation. Larsens hår var numera grått och glest men blicken var densamma som då allt hände på 1980-talet, skarp och förstärkt i sitt sting genom böjen på hans örnnäsa. Han granskade gästerna på The Rock när han gick genom matsalen och fram till sitt bord.

En fiskare från orten halvsov sittande på en stol. Två unga killar stötte på en snygg brud i 17-årsåldern vid ett annat bord. Två par vid baren betalade för att kunna gå. Musiken var avstängd.

– Allihopa ser autentiska ut, sa han.

Larsens yngre befäl Henry Hoffsten, som suttit och väntat på honom, nagelfor allvarligt gästerna och kom fram till samma slutsats. Deras båt vid kajen och deras uniformer hade inte väckt uppmärksamhet och gästerna var inte förklädda ryska spioner.

Joint kom med en bricka till bordet. På brickan fanns två stora räkmackor och två latte.

– Sista beställningen, sa han. Smaklig måltid.

Joint gick.

– Vi lägger ut inom en timme, sa Larsen till Hoffsten med låg röst. Det är ryska fartyg i området.

Henry Hoffsten hade redan tagit sin latte i handen och dragit fatet med räkmackan närmare sig. Han undrade om det var någon idé att äta.

– Jo, käka du, men det är bra om vi äter fort, sa Larsen. Sedan går vi direkt till fartyget. Det råder tio minuters gångberedskap från och med nu. Jag har precis talat med Marinstaben. Helikoptern är också beredd. Men den får vänta på backen tills jag ger order om undsättning.

– Vad gör vi om de anfaller dykarna, sa Henry Hoffsten med en tugga i munnen.

Majonnäs guppade i hans mungipa. Kladdet var en prick i protokollet. Annars var den unge mannen prydlig, snabbtänkt och av bra virke för sjön. Hans klara ögon satt nära näsroten vilket gav honom ett drag av klok uggla. Håret var stubbat ned till en centimeter från huvudsvålen. Han hade ett smittande godmodigt humör som fick hans hemliga krigsmeriter att verka egendomligt motsägelsefulla.

– Vi skyddar våra landsmän, sa Larsen och såg honom i ögonen. Det råder det inget snack om. Ryssarna vill komma åt sin förlorade ubåt och det ska vi förhindra. Det är därför vi utrustats med skarpa sjunkbomber. Vi är en hemlig insatsstyrka med order allra högst uppifrån.

– Från vem då? sa Henry Hoffsten.

– Ordern kommer direkt från Hans Majestät Konungen.

– Skämtar du? Han kan väl inte ge oss order. Det är inte 1600-talet längre.

– Enligt en fortfarande gällande föreskrift vid Marinstaben är konungen det högsta befälet inom den svenska marinen, sa Larsen med skarp stämma. Han är amiral. Det är det vi går på.

– Håller det verkligen i KU exempelvis? sa Henry Hoffsten och tryckte in det sista av smörgåsen i munnen.

– Inte fan vet jag. Nu kör vi på det. I dag och här ute på havet. Vi kommer att vara på svenskt vatten eller åtminstone i dess närhet. Vi kan alltid hävda svensk suveränitet. Dessutom har vi stöd från några tunga gubbar i näringslivet. Vi kommer att klara oss. De kommer ändå att lägga ned marinen, förr eller senare. Det här blir kanske din sista chans att göra en insats för Sverige.

Larsen drack sista klunken latte och reste sig upp.

– Nej, nu ger vi oss iväg. Det är tjugofyra år sedan jag mötte ryssen öga mot öga. Den gången vann vi.

Havets kyla kramade Bill Bergman in i märgen. Han var uppe på 15-metersstoppet och frös så att kroppen skakade. Högerhanden, som han höll linan med, höll på att domna bort. Han var tvungen att stanna i ytterligare femton minuter innan han kunde stiga vidare upp till 12-metersstoppet. Anton Modin låg still bredvid honom men de såg inte på varandra. Bergman höll sig till linan. John Axman hade redan gått upp ur vattnet. Troligen väntade han på dem med varmt te uppe på Hulken, i firartagen. De hade genomfört det i särklass häftigaste dyk någon gjort i det här landet. De hade inte drabbats av dykarsjukan. I alla fall trodde Bergman inte att han skulle få det. Han och Modin hade förlängt dekompressionsstoppen och båda hade fått påfyllning av gas av Axman. Men Bergman kände ingen lycka. Han var avslöjad. Skulle Anton Modin och de andra förlåta honom?

Modin svävade stilla. Synen var märklig. Det hade börjat ljusna. I glimtar som bröts fick dimensionen vatten en storslagenhet som Bergman anade men inte riktigt kunde känna. Liksom förblindad av fördomar, missade han något viktigt. Sorgset ville han ge upp och släppa linan.

Nej, jag har Astrid, tänkte han. Det här är bara andningsdille. Räkna pluspoäng! Skärp dig och kolla konkreta saker!

Bergman vände blicken uppåt. Han kunde se Hulken och vattenytan ovanför. Anton Modins dräkt var skitig av bottenslam. I hans karbinhake hängde den militärgröna metallväskan med handkloven som var stängd. Bergman tvingade sig att räkna pluspoäng för det som kunde finnas i väskan. Han kände efter i sin högra benficka och det var plus för att klockan låg där.

Det lättade för honom. Spökena som dansat på näthinnan var bortdrivna. En värme strömmade genom bröstet.

Då hörde Bergman ett mekaniskt ljud. Det var starkare nu än det han tyckte sig ha hört på nedvägen. Han knackade Modin lätt på axeln. Modin vände ansiktet mot honom. Bergman pekade mot ena örat. Modin gjorde tummen upp. Han hade också uppfattat bullret. Han vände och vred på sig och tittade bakåt. Bergman skrev *vad fan är det där?* Modin lyfte armarna och axlarna i ett tecken som föreställde *jag har ingen aning,* med betoning på *jag.*

Uppe på Hulken lyssnade Harry Nuder på kommunikationsradion. Han uppfattade aktivitet. Det var marinen, trodde han, även om inget sades rakt ut. Han drog den slutsatsen utifrån det sätt ett fartyg och en helikopter konverserade med varandra.

Han fick en varning.

Ett oidentifierat fartyg var på väg söderifrån mot dem med kurs på Märket.

Nuder tog kikaren. Han följde horisonten. Där kom hon, stor och ljus och bröt den rosa linjen. Det såg ut som ett civilt utländskt fartyg som närmade sig Märket söderifrån. Avståndet var 10 nautiska mil, bedömde han genom kikaren. Inom kort avtecknade sig fartyget tydligt mot den ljusnande morgonhimlen, tog form och vek inte från kursen.

– Hur lång dekompression har de kvar, Axman?

– Trettio minuter, sa Axman.

Bergman och Modin var uppe på sex meter. Där skulle de stanna i ytterligare sju minuter. Dagsljuset bröt igenom fullt nu. De kunde se Hulken tydligt och även en bra bit ned i vattnet.

Sikten är fantastisk, tänkte Bergman.

Vattnet blev varmare när de steg från nio till sex meter, för de passerade ett språngskikt och vattentemperaturen var 17 grader, såg han på dykdatorn. Det kändes badkarsvarmt i jämförelse med stoppet före på nio meter. Han slutade skaka och hoppet började återvända.

Ljudet kom tillbaka. Det var förutom ett svagt buller också ett högfrekvent surr. Bergman hade aldrig tidigare hört något liknande. Var det en ubåt? Han blev kall inombords. Han började vrida sig åt alla håll men kunde inte upptäcka något med blotta ögat. Han såg på Modin att han också var fundersam.

Bergman skrev *en ubåt?* Modin skrev *har ingen aning, skumt.* Bergman tittade upp mot Hulkens undersida och längtade efter att få komma ombord. Han hade enligt datorn trettio minuters dekompression kvar. Kunde de avbryta den? Då måste de åka till en tryckkammare. Skulle det gå?

Modin svävade utan att ge några tecken.

Uppe på däck iakttog Harry Nuder, Sture Hult och John Axman ömsom det främmande fartyget som hade satt kurs på Märket, ömsom en annan båt. Den kom inifrån land. Det var ett bevakningsfartyg. Hon hade en svensk flagga hissad.

Nuder kunde inte låta bli att dra paralleller till 1982. Då hade han stått på Svartklubbens lotsstation och iakttagit sjunkbombsfällningarna mot den fientliga ubåt som han nu visste fanns sönderbombad nere på botten. Det hade Axman rapporterat. Han var spänd på att få höra vad Modin och Bergman hade att berätta från dyket.

För det var något sensationellt. Det förstod han av trafiken på sjön.

Han tittade genom kikaren på det utländska fartyget. Han såg en rysk flagga hissad på akterdäck. Det såg ut som ett forskningsfartyg.

Han önskade innerligt att de hade varit några hundra meter längre västerut, på svenskt vatten. En spänning rev i magen. Men i ansiktet och i kroppsrörelserna syntes ingen upphetsning.

Det surrande högfrekventa ljudet var högre nu än förut. Bergman flämtade av obehagskänslor. Oskyddad och hjälplös hängde han under båten utan att kunna gå upp.

A sitting duck, tänkte han.

Då kom det, mörkt, obevekligt och totalt som ett annalkande oväder. Hans blick drogs nedåt mot simfötterna. Ett odjur från havsbotten fanns på femton meters avstånd. En farlig skugga. Han lyfte instinktivt på fötterna och åkte omedvetet upp en meter längs linan.

Det var inget djur; självklart inte, det hade han vetat hela tiden. Det var en undervattensfarkost. En atomubåt, hann han tänka innan ett torn avtecknade sig tydligt. Tornet var vasst som en knivsegg och brett. Det täckte en tredjedel av farkostens kropp. Ubåten gled majestätiskt, gick inte fort, kanske med 2–3 knop. Den växte tills den täckte synfältet. Den var enorm. Bergman höll på att skita på sig. Ljudet hördes igen. Ett dovt surr. Krafter var i omlopp, drog omkring i vattnet och formade det till strömmar som nappade tag i hans lemmar.

Det var otäckt.

Bergman tittade åt Modins håll. Modin låg stilla och iakttog skådespelet. Han skrek något i regulatorn som Bergman inte kunde uppfatta.

Bergman var skiträdd.

Vi ska tystas nu, tänkte han. Vi måste fort härifrån!

Han avbröt dekompressionen och gled uppåt längs linan.

Jag måste varna de andra på Hulken, tänkte han. Ubåten kommer att sänka oss.

Anton Modin försökte hålla i honom, kände han, men han slet sig loss och fortsatte uppåt. Modin följde med upp. När de klöv vattenytan slet Bergman ut munstycket.

– En ubåt!

– Vi vet, sa Sture Hult. Gratulerar.

– Nej, jag menar en riktig ubåt, förmodligen en rysk

attackubåt. Vi måste härifrån snabbt. Den ligger alldeles under oss.

– Hjälp oss upp! hojtade Anton Modin. Ta fram syrgas, fort.

På HMS Huvudskärs brygga stod kommendörkapten Larsen och talade i mobiltelefon.

– Jag ser Modin och hans dykare nu. De ligger alldeles vid territorialvattengränsen sydost Halsaren. Det ryska fartyget Sibiriakov ligger hitom Märkets fyr och avvaktar. Vi ser inte de från den finska marinen tidigare inrapporterade KILO-ubåtarna. Vad ska jag göra? Jag kan lägga mig intill dykarna och skydda. Kan vi sjunkbomba?

Larsen lyssnade noga i en halv minut.

– Okej, uppfattat, sa han sedan tydligt så att Hoffsten inte behövde sväva i tvivelsmål. Vi skyddar objektet till varje pris. Tack.

Han kopplade ned samtalet.

Nuder startade motorerna och lät dem brumma på tomgång. Anton Modin och Bergman fick syrgas. De låg på durken längst fram och andades ur flaskorna. De såg ut att överleva.

Nuder ville komma bort från internationellt vatten så fort som möjligt. Han kopplade därför loss linan från båten trots att han visste att den skulle markera platsen åt ryssarna.

Vi har inget annat val, tänkte han. Ryssarna är ändå redan här. Det är för sent att spela oskuld när de hittat oss med byxorna nere.

Den svenska patrullbåten kom emot honom, tätt följd av en svensk marinhelikopter. Han hittade den närmaste utsatta kobben, Halsaren, på sjökortet och anropade patrullbåten på kanal 16.

– Hulken till marinen, fartyget vid Halsaren.

– Huvudskär här. Vi lyssnar, kom.

– Vi lämnar platsen nu, sa Nuder och försökte låta formell. Vi har dykt och observerat en ubåt under oss.

– Bra, välkommen tillbaka till fosterlandet. Vi tar hand om det här. Vi beundrar det ni gör. Vi vill att ni ska veta det. Svenska marinen står bakom er. Det är slut med fegandet nu. Var hade ni ubåtsobservationen?

Nuder gav HMS Huvudskär GPS-positionen och lade sedan i växeln och gled sakta mot kusten och Sverige. Det var ingen flykt. Tvärtom. Han kände sig segerstolt och njöt i fulla drag av det friska vinddraget mot ansiktet.

HMS Huvudskär fortsatte med hög fart mot territorialvattengränsen. Klockan var 05.00 på morgonen. Helikoptern följde tätt efter på låg höjd. När Nuder hade dragit på gas och kommit några sjömil bort hörde han en dov smäll av en sjunkbomb. Han kände igen ljudet.

Äntligen försvarar vi oss, tänkte han.

Kapitel 73

Solna, onsdag 30 juli 2008, klockan 05.00

Chris Loklinth satt i sin rekvirerade svarta Porsche som stod parkerad på Enbergsvägen. Han hade slagit av motorn. Han var ensam i bilen. Hundra meter framför sig hade han porten till hyreshuset där Nils Nilson bodde. Han höll uppsikt över den och kunde se tecken på liv i Nilsons lägenhet två trappor upp. Gardinerna i fönstret böljade svagt. En skugga strök förbi rutan. Nilson sov alltså inte.

Karln hade bedrivit signalunderrättelsetjänst som stöd för svensk utrikes- och säkerhetspolitik hela livet. Nu skulle det ta slut, livet också. Han skulle inte kunna komma ifrån döden som stundade. Lägenhetens utseende med två rum och kök, den trånga hallen med dörren till badrummet som saknade fönster var inpräntat som en karta i huvudet på Loklinth. Där fanns inga gömställen, inga utrymmen att förskansa sig i. Loklinth hade gett informationen till en av bulgarerna som borde vara uppe på den rätta våningen nu.

Utan ansträngning föreställde Loklinth sig skräcken hos den före detta byrådirektören Nilson på FRA. Hur aningar om död brusade genom kroppen och liksom lyfte den från marken. Inte mycket. Dock tillräckligt för att det skulle kännas som fanns det en möjlighet att flyga från det hela.

Kondens täckte Porschens motorhuv och gav lacken ett skimmer av silver. Chris Loklinth tog fram en banan ur handskfacket och skalade den och tuggade i sig i fyra stor bitar. Sedan tog han fram ett paket våtservetter, drog ut en servett och torkade sig omständligt och försiktigt om händerna och i ansiktet.

Jag hoppas på gift för gubben, tänkte han.

Loklinth ville inte veta detaljerna. I hans väsen fanns inga perversioner eller någon morbid önskan att gotta sig i pisk och blod och avskurna lemmar. Han satt på parkett för att han var tvungen att övervaka det hela och samtidigt hålla sig på avstånd och inte ingripa. Den pågående lägenhetsincidenten var en utländsk operation på svenskt territorium. Inget ovanligt med det. Inget som SSI skulle blanda sig i.

Nästa gång är det vi som behöver utföra ett uppdrag på någon annan stats territorium, tänkte han. Det är så underrättelsetjänsten fungerar.

– Ja, vem är det?

Nils Nilson verkade inte reflektera över den tidiga timmen när han öppnade dörren. Han dolde inte att han kontrollerade trapphuset för att se om de var flera.

Han släppte in mannen.

Byrådirektören gick i täten genom lägenheten som i sin avsaknad av kvinnliga detaljer vittnade om en singelmans liv. Där fanns några få konstverk i form av tavlor och skulpturer med asiatiska motiv. En soffa av 70-talssnitt i brunt skinn och bredvid den en brun snurrfåtölj med rejäl lutning, hann mördaren se i vardagsrummet innan de trädde över tröskeln till köket.

Nils Nilson satte en fylld kaffekittel med pip på spisen och vred till sexan på vredet. I nacken bultade en nerv. Han kliade sig där för att maskera en oro som kom över honom. Han måste gå på toaletten. När han gått in och stängt dörren hade svettdroppar trängt fram i pannan. Han var rädd men inte skräckslagen för vad som skulle hända honom. Han hade vetat att det här kunde ske. Han hade klarat sig länge nog. Det var nästan som en lättnad. Han var 87 år gammal, hade haft ett bra liv, gott om pengar och vänner. Han ångrade inget. Nu slapp han åtminstone hamna på hemmet som så många andra. Han kände igen mannen. Han var bulgar och i 50-årsåldern. Svarthårig med skäggstubb, inte helt fräsch. Han hade utfört våta uppdrag åt gruppen förut. Han visste att när han kom tillbaka till köket skulle hans kaffe sannolikt vara preparerat. Råttgift, kanske. Bästa sättet var att blanda det i det frystorkade kaffet. Det lämnade nästan inga spår. Offret kunde alltid ha fått i sig det av misstag. Råttgift fanns att köpa överallt men var lika dödligt för människor som för djur. Speciellt för äldre män med svaga blodkärl. Många hjärnblödningar har provocerats fram på det sättet, tänkte han.

På håll hörde Nilson hur kitteln pep.

Han spolade bort kisset, torkade sig om händerna och gick tillbaka till köket. Han satte sig ned vid bordet mitt emot bulgaren. Genom fönstret kunde han se att det var en härlig sommardag på gång. Säkerligen lika varm som gårdagen. Då hade det varit 31 grader mitt på dagen. Han vände tillbaka blicken mot bulgaren. Han såg länge på honom och nickade lätt. Sedan tog han upp kaffekoppen och drack upp lite mer än hälften av innehållet i ett svep. Han ställde ned koppen igen och harklade sig.

En tanke från en svunnen tid for förbi.

Jag måste hålla fast den. Ja.

Bulgaren distraherade honom genom att böja på huvudet och flacka med blicken under mörka borstiga ögonbryn. Med tumnageln skrapade han på bordsskivan på en fläck som inte ville gå bort.

Nils Nilson drack upp det sista i koppen. Det smakade beskt. Han reste sig och gick med släpande steg ut i vardagsrummet. Han gick förbi en skulptur av en asiatisk gud, stödde sig lite lätt mot den bruna skänken i ena hörnet av rummet och satte sig i snurrfåtöljen. Fåtöljens lutning gjorde att han blev halvliggande. Han knäppte händerna och slöt ögonen. Tanken återvände. Han tänkte på sina vänner i DC-3:an.

Jag undrar vad de gör i dag?

Kapitel 74

Stockholms norra skärgård, onsdag 30 juli 2008, klockan 06.00

Harry Nuder styrde in Hulken i Anton Modins vik. En grå häger lättade från strandkanten. Vingarna slog och den långsträckta halsen blev en pil i dagningen. De fem männen i båten följde fågelns flykt som väckt dem ur djupa tankar. Inte ett ord sades. De smälte nattens intryck. En sensation hade de med sig hem den här morgonen. Det gällde att hantera vad de fått reda på.

Anton Modin funderade på hur han skulle meddela Göran Filipson på Säpo och bestämde sig för att göra det via ett kort sms. *Peter den store har landat.* Han skickade samma sms till Amelia Carlson.

Marinen är på plats, tänkte han och han hörde en helikopter på avstånd. Marinen agerar sannolikt på egen hand. Den stora risken är att överbefälhavaren med sina sliskiga diplomatgeneraler förstör alltihop och mörklägger även det här fyndet.

Modin bedömde risken som uppenbar. Som tur var hade han den militärgröna metallväskan. Den kunde innehålla bevis. Han förbannade det faktum att vraket legat på 144 meters djup. Djupet hade förhindrat fotografering. De hade ingen utrustning som klarade trycket. Frågan var om de någonsin mer skulle kunna dyka på ubåten. Platsen var bevakad av åtminstone två länder, Sverige och Ryssland.

Hulken slog i bryggkanten.

Nuder gav order. De lastade snabbt av all utrustning. Den bars till dykboden. Dykdräkter hängdes på tork. Regulatorer och cyklop spolades av. Det enda som sades under arbetet var några utvalda fraser som "hugg i", "ta emot", "okej".

När avlastningen var klar, startade Harry Nuder sin Willys jeep med ett skorrande, lade i växeln och studsade iväg med hög fart på den ojämna grusvägen för att handla mat. Sture Hult och Bill Bergman gick in i Modins stuga och lagade frukost på det som de hittade i skafferi och kylskåp. Anton Modin och John Axman dröjde sig kvar på bryggan.

Anton Modin lyfte försiktigt upp metallväskan på bryggdäcket. De såg förtjusta på varandra. Väskan av aluminium var oskadd. Modin lirkade med låset utan att få upp det. Väskan hade ett ingjutet rutmönster. Den såg modern och gedigen ut. Handtaget var av metall.

Modin hämtade en skruvmejsel i dykboden. Han satte mejseln i skåran mellan väskans lock och botten. Väskan var helt tät. Efter en stunds mejslande fick han grepp och bände försiktigt.

Axman tittade på.

Modin som var fullt koncentrerad på att få upp väskan var fuktig i håret som han själv. Båda två hade fortfarande på sig sina svarta dykunderställ. Modin hade en kraftig vältrimmad kropp men Axman var inte attraherad. Modin var för enstörig och sluten, inte som Axel som gladdes spontant åt småsaker och åt livet självt. Modin var en envis mussla. Fortfarande fanns det märken kvar i ansiktet efter slagsmål och räddningen ur havet vid The Rock. Modin berörde inte incidenterna med ett ord. Han hade en kallblodig förmåga att tiga, ta vid där han stod och gå vidare som stötte bort Axman. Samtidigt fanns en pojkaktighet i hans uttryck som Axman kunde identifiera sig med. På huvudet, högt uppskjuten i pannan, hade Modin en grå basebollkeps som Axman gett honom. Han verkade målmedveten men ögonen avslöjade att det varit en lång och äventyrlig natt.

Väskan for upp med ett sugande ljud. Den hade en O-ringspackning längs lockets innerkant och var torr inuti. I den fann han flera inplastade dokument och tre pass som det stod *Rzeczpospolita Polska* på.

– Jaså, de ska åtminstone föreställa polacker, sa Modin.

Han öppnade ett av passen och såg ett fotografi på en man med kort hår och magert ansikte. Mannen hade civila kläder. Han såg slavisk ut. Namnet var Ivan Golob.

– Öppna en plastficka, sa John Axman. Om du tror att pappret inte går sönder.

Anton Modin tog fram den plastficka som hade legat överst i väskan. Inuti fanns en mapp. Han lade ett papper som legat hopvikt i mappen på det grå bryggdäcket.

Han läste på engelska: *Till dem det berör. Personalen är polska statstjänstemän med diplomatisk immunitet. Deras uppdrag är hemligt och skall skyddas enligt internationell lag om diplomatiskt utbyte mellan nationer. Personalen skall beläggas med immunitet och erhålla fri lejd ut ur Sverige. Detta skall ske utan fördröjning. Männen får ej förhöras. Fribrevet undertecknas av ledningen för Sveriges och Polens nationer.*

Undertecknad: general Wojciech Jaruzelski, ordförande polska försvarsministeriet och försvarsstabschefen i Sveriges krigsmakt på uppdrag av Sveriges regering.

– Helvete!

– Sveriges statsminister 1982, det var väl Paul Olofson? sa John Axman. Vad fan betyder det här? Det låter som landsförräderi av försvarsstabschefen och ÖB.

Anton Modin blev iskall inombords. Han hade misstänkt mycket skit och mörkläggning av de svenska regeringarna under det kalla kriget. Det här var en kalldusch. Mitt framför ögonen på dem på den egna bryggan låg det ultimata dokumentet om svensk undfallenhet och flathet gentemot Sovjetunionen. Det var bara för mycket.

Han blev illamående.

Fy fan! Olofson beordrade militären att släppa ubåtarna. Det var så det hade gått till.

– Det var därför Harry Nuder aldrig hörde talas om de två männen som plockades upp vid sjunkbombsfällningen utanför Singö 1982, sa han bittert. De skickades förmodligen hem med första bästa flyg i business class. Olofson köpte biljetterna. Jag kan ge mig fan på att han som levde inte ens förhördes.

– Frågan är om dokumentet är äkta? sa Axman.

– Det kan ha varit Torbjörn Felder också, sa Modin. Han var statsminister till hösten 1982. Möjligheten finns också att det var överbefälhavaren som gick bakom ryggen på regeringen tillsammans med försvarsstabschefen. De förde ett eget litet krig mot GRU med hjälp av CIA och MI6. Det kunde man inte tala om för regeringen av förklarliga skäl. Bättre då att tala om minkar och hjärnspöken.

– Han var HBT.

– Va, sa Modin. Vem? Olofson?

– Han gillade att klä sig i kvinnokläder, sa John Axman utan att röra en min. Han var transa.

– Äh, lägg av, du skämtar? Hur kommer det sig att du känner till det här, Axman? Den informationen, om den är sann, måste vara djupt begraven i SSI:s och Säpos arkiv. Det är bara några få i landet som fått se hans personakt.

– Jag bara vet det, sa Axman och reste sig upp.

Han gick fram till bryggkanten med händerna i underställets byxfickor och tittade ut över havet.

– Tro mig. Jag vet det, Modin.

Kapitel 75

Stockholms norra skärgård, onsdag 30 juli 2008, klockan 15.00

Sture Hult hade åkt hem till Uppsala. Klockan var tre på eftermiddagen och Modin, Axman, Nuder och Bergman hade sovit. De satt på bryggan och drack kaffe och åt ostfrallor som Bill Bergman gjort i ordning en stund innan gänget vaknat.

Anton Modin kände sig bakfull. Huvudet var tomt och tungt. Känslan var bekant från tidigare projekt. Det var över. Anspänningen släppte. Han blev ostadig som ett korthus.

Han kände ingen lycka över att ha funnit ubåten. Han var mer bekymrad över innehållet i väskan. Det skulle förändra svensk historieskrivning och vara ett dråpslag för alla kalla-kriget-forskare.

Modin anade olycka med en gång han såg dokumentet. Han kunde bara inte se konsekvenserna av det fullt ut.

Risken är att många vill komma åt det här dokumentet nu, tänkte han. Säpo, SSI, GRU, KGB. Kanske ännu fler.

Han tuggade på ostfralla nummer tre utan att komma någonvart med tankarna.

– Jag undrar vad som händer när vi släpper nyheten om ubåtarna, sa Axman.

– Det är andra tider nu, sa Harry Nuder. De får helt enkelt erkänna allt. Krypa till korset. Berätta att man vek ned sig och släppte ubåtar från Sovjet på löpande band.

– Glöm det, sa Bill Bergman. De kommer att mörklägga. Annars spricker neutralitetsbubblan. Det är många fina herrar som svävar runt inne i den.

– Menar du allvar? sa Nuder.

– Bergman har rätt, sa Modin. Det finns en risk att regeringen kommer att mörka det här också. Vi får hoppas på våra vänner inom marinen, de som stöder oss där, som Larsen, Arbin och delar av marinstaben. Helst skulle vi ha plockat upp ubåten och lagt den på hamnplan i Grisslehamn för allmän beskådan.

– Vilken syn! sa Nuder och mös. Vad var det i väskan?

– Ett dokument som jag inte riktigt kan fatta vidden av än, sa Modin. Det är bäst att ni läser det.

Han hämtade väskan i dykförrådet, öppnade den och tog fram mappen. Han skickade runt det inplastade dokumentet. De läste noggrant.

– Polacker? sa Nuder efter ett tag. Vad i helskotta hade de här att göra?

– Det var GRU, sa Modin. Av taktiska skäl använde de sig av polacker på 1980-talet. Dels var polackerna duktiga, dels höll de tyst och skapade mindre problem om de åkte fast än sovjeterna. De var civila och skulle säga att de var här på eget initiativ och inte Moskvas om vi fångade dem.

– Hur menar du? sa Nuder.

– På 1980-talet visste alla inom Säpo och underrättelsetjänsten att polska underrättelsetjänsten och GRU hörde samman. Det taktiskt riktiga var att det inte blev allmänt känt. Polacker var ett annat folk. De var godare än ryssar, tyckte den allmänna opinionen i Sverige. Ryssarna utnyttjade detta och använde sig av sina satellitstaters underrättelsetjänster för olika uppdrag. Oftast känsliga och smutsiga uppdrag. De lärde sig den läxan efter U-137, då det var ryssar som åkte fast. Om en polsk ubåt kom upp till ytan skulle de sovjetiska diplomaterna kunna skylla på att det var utbrytare och inte sanktionerat från Moskva. Moskva kunde dessutom fortsätta med kommentarer som *Sovjet har inte kränkt svenskt territorium*. Det fick vi ofta höra. Rent tekniskt var det sant. Det var polacker utan uniform. De fanns inte officiellt.

– Kan de i ubåtarna vara illegalister? sa Axman. Det vill säga ryssar som utgav sig för att vara polacker.

– Kanske, sa Modin. KGB och GRU hade förstås sitt folk där av säkerhetsskäl. Det kan även ha varit ryska marinsoldater med falska polska identiteter.

– Jävligt smart, sa Bergman. De har ta mig fan tänkt på allt. Man blir helt matt.

– Ja, det har väl du om någon märkt, sa Axman.

Bergman tystnade och tittade ned i bryggdäcket. Han orkade inte ta den diskussionen just nu. Han var skakig efter dykningen och mådde illa.

– När man läser pappret får man intrycket att försvarsstabschefen och statsministern var sovjetiska spioner, sa Nuder och gav Modin dokumentet.

Han lade sig på rygg på bryggan med händerna knäppta under nacken.

– Ja, man får det, sa Anton Modin. Jag vet inte om det är så enkelt. Om varenda kotte i etablissemanget är spion åt KGB och GRU är det ett systemfel.

– Hur menar du? sa Axman.

Han tog av sig morgonrocken och ställde sig vid bryggkanten i sina vita badbyxor.

– Det verkar som om det varit ett förräderi i kolossalformat. Hur var det organiserat? Antingen var ryssarna ena jävlar på att värva agenter eller så var Olofson personligen inblandad. Kanske var det både och. Militärledningen var tvungen att lyda regeringen. Alternativet var att söka förtidspension. Eller så är det här dokumentet ett falsarium. Jäkligt allvarligt det med! Dessutom samarbetade militären med Nato, även det i hemlighet.

John Axman dök i vattnet i en ren rörelse. Han kom upp till ytan, vände sig om och drog håret bakåt med högra handen.

– Folkets kritik mot samarbete med supermakterna har enbart gällt ett samarbete med Nato, sa Nuder. Varför det?

– En skenmanöver av sossarna eller etablissemanget, bourgeoisien om du så vill, sa Modin. De svenska kommunisterna spred budskapet åt sossarna men hade ingen koll. Moskva slutade stödja kommunisterna i Sverige redan i slutet av 60-talet. Då tog östtyskarna över.

– Äh lägg av, sa Nuder.

– Jo, faktiskt, det finns dokumentation från flera håll som bevisar det. En KGB-avhoppare som heter Gordievskij har gett ut sina order och skrivelser från Moskva från den här tiden i bokform. Han skriver att socialdemokraterna i Europa, och inte som vi trodde kommunisterna, var i fokus för KGB och GRU. Tänk bara på Gorbatjov på 1980-talet. Han var KGB:s man och ville omvandla Sovjet till en slags svensk socialdemokrati. Det har han sagt vid flera tillfällen. Ryssarna hade Sverige och Östtyskland som provstater. Den svenska modellen vann.

– Det blev väl för många Stasipoliser i Östtyskland och de är inte gratis, sa Bergman.

– Östtyskland spårade ur fullständigt och pengarna började ta slut, sa Modin. De tappade stödet från Moskva.

– Vad hände sedan? sa Nuder. Hur kunde kommunismen i Sovjet rasa samman så där?

Han såg mer intresserad ut än han brukade när det talades politik i gänget, lade Bergman märke till och log. Kors i taket!

– De kunde inte stå emot de demokratiska krafterna, sa Modin. Skulle de ha gjort det med vapenmakt hade taktiken spruckit. Gorbatjov var tvungen att löpa linan ut. Fullfölja planen han hade. Sedan insåg även han att det gått för långt då Jeltsin gjorde en slags revolution och valdes till rysk president 1990. Han lade ned Sovjetunionen helt. Det var inte Gorbatjovs tanke från början. Jeltsin halade den sovjetiska flaggan i Kreml för gott på nyåret 1991 och gav exempelvis balterna deras frihet. Han var kanske den ende demokratiske presidenten i Ryssland någonsin. Gorbatjov lyckades inte ta tillbaka kontrollen från Jeltsin. Inte ens med hjälp av KGB. Eller så ville han det inte. De försökte lite lamt med en militärkupp som misslyckades.

– Hur menar du, inte ville? sa Axman som klättrade uppför badstegen och tog sin handduk.

– Det finns uppgifter om att CIA hade högt uppsatta agenter i Sovjet i slutet av det kalla kriget. Moralen började rämna och fler och fler underrättelseofficerare tvivlade på det sovjetiska systemets överlägsenhet, ända upp i duman. Tänk tanken att Gorbatjov var CIA-agent! Föreställ er att CIA hade en hållhake på honom.

– Han kanske var pedofil, sa Bergman med ett leende.

– Eller bög, sa Axman. Det vore något.

Han torkade sitt blonda hår med handduken och skakade ut vatten ur örat.

– Hur som helst tog KGB tillbaka makten så småningom med hjälp av det gamla gardet i mitten av 90-talet och de styrde sedan Jeltsin, sa Modin. Jeltsin hade svårt att gå rakt de sista åren. Det ryktades att han var alkis. Man undrar vad han fick i sitt morgonkaffe?

– Menar du att KGB styrde Putin också? sa Axman.

– Vet inte, sa Modin. Eller så styrde han KGB, svårt att säga. Det heter förresten FSB i dag.

– Tänk hur det kan bli, sa Bergman.

– Världen styrs av underrättelsetjänsterna, sa Modin. Var har jag hört det förut?

– Äh, sa Bill Bergman. Jag skiter i politiken. Nu åker vi ned till The Rock och firar, tycker jag. Jag bjuder på första omgången. Nu ska vi bli riktigt pruttfulla.

Kapitel 76

Stockholms norra skärgård, torsdag 31 juli 2008

Anton Modin vaknade ensam i sängen på morgonen och kände att det hade varit en sjuhelsikes fest på The Rock. Han hade ett värkande morgonstånd och gnydde till. Han hade gjort några framstötar på Ellie under gårdagskvällen men fått nobben. Men det var inte det viktigaste som hänt. Bergman hade berättat om Astrid. Han var fortfarande rädd för vad som kunde hända henne.

– Jag är inte att lita på, hade han sagt flera gånger.

Bergman hade redogjort i detalj för vad som hänt under kidnappningen och om hotelserna som ruvade som ett mörkt moln över honom och dottern. Det fördunklade i stort sett allting.

– Mitt liv är skit! Allt jag gör är skit.

Modin hade svurit på att göra något åt det. Nuder och Axman hade liksom Dumas musketörer svurit på att vara en för alla, alla för en. Sedan hade kommendörkapten Larsen och hans närmaste man dykt upp på The Rock. De hade styrt rakt mot deras grupp.

– Det har kommit två telegram, sa kommendörkaptenen.

Det ena är en gratulation från kungahuset, undertecknat av konungen. *Mina högsta gratulationer till en enastående insats att finna en sovjetisk miniubåt. Jag och det svenska folket är er stort tack skyldiga. En dag skall ni även få mottaga denna tacksamhet officiellt. Eder och Sveriges konung Carl.*

– Det där var stort, skrattade Harry Nuder förtjust. Berätta nu hur du klarade av bataljen med ryssen!

– Vi, marinens utbrytare eller *Konungens män* som vi kallar oss, gick ur intermezzot med hedern i behåll gentemot en övermakt, sa Larsen. Vi använde ett par sjunkbomber. Ubåten som ni uppgett gick upp och visade tornet. Det var sannolikt en Kilo klass-attackubåt. Det är en 74 meter lång dieselelektrisk ubåt. Den byggdes för att operera i grunda vatten och där bekämpa fartyg och andra ubåtar. Den togs i bruk första gången i april 1982 och det var i Östersjön utprovningarna gjordes. Den skulle skydda de större kärnvapenbärande GOLF 2-ubåtarna. Kiloubåtarna är utrustade med kärnvapenminor. Kort sagt, vi mopsade inte upp oss. Vi utbytte några artigheter. Sedan skildes vi. Sorry grabbar, men med stor sannolikhet har ryssarna redan bärgat vraket.

– Jösses, vi hade alltså en attackubåt under fötterna, sa Bergman. Den hade ett konstigt surrande ljud. Den gick på elmotorerna.

– Kilo klass ska man ha respekt för, sa Modin. Filipson berättade en gång att de var så tystgående att amerikanarna döpt dem till The black hole.

– De gick i 25 knop i undervattensläge redan 1982, sa Larsen. Det var omöjligt för ett svenskt minjaktfartyg att hänga med. De körde obehindrat rakt igenom de svenska ubåtsnäten.

Henry Hoffsten hade det andra telegrammet. Det var från Amelia Carlson.

Till Anton Modin med vänner.

Ni har gjort en fantastisk bedrift. Vi tackar er från djupet av våra hjärtan. Ni har i dag gjort Sverige en stor tjänst. Fortsätt i samma stil och var diskreta. Ni kan behålla kontokortet och båten. Var det Hulken ni kallade henne?

Kram, Amelia C.

Vi räddar Sveriges ekonomi om vi håller tyst, tänkte Modin. Synd att vi inte får visa upp ubåten på torget i Grisslehamn. Jag hade gillat det. Den var bevis för en allvarlig mörkläggning. Först DC-3:an och nu ubåtskränkning av svenskt vatten.

Anton Modin vinglade ut i köket och började göra i ordning frukost till sig själv, Bill Bergman och Axman. De låg fortfarande och kvartade. Axman i hans sons gamla rum, Bergman i dottern Ellinors. Det fanns inga spår kvar av barnen i rummen. Han hade rensat ut dem ur huset och lagt bilderna på dem i en skokartong. Men i hans medvetande var rummen barnens. Det gick inte att ändra på.

Gårdagskvällen hade varit magisk. De var trötta efter dykningen och gick igång på första Dry Martinin på The Rock. Joint hade bjudit på några omgångar till att börja med. Senare, när kommendörkaptenen och Hoffsten kommit med telegrammen, hade Modin tagit fram det svarta Amexkortet och bjudit laget runt på champagne från champagnevraket *Jönköping*. Kent E hade varit tvungen att gå ned i källaren och tulla på förrådet. Det hade gått åt tio flaskor à 20 000 kronor. Kamraterna hade nog inte fattat att det var den äkta varan från 1907. Notan för hela kvällen hade gått på 247 000.

Inte billigt för en liten fest, tänkte Anton Modin.

Han drack darrhänt ett glas apelsinjuice. Han fick genast ont i magen.

Han funderade ett tag på om det var värt att visa Amelia Carlson eller Göran Filipson dokumenten från ubåten. Han bestämde sig för att vänta med det. Dokumenten kunde bli användbara längre fram. Bill Bergman hade visat den sovjetiska dykarklockan. Larsen och Hoffsten hade fått prova klockan och trodde knappt sina ögon. Bergman hade nog på sig klockan fortfarande, om han inte supit bort den.

Loklinth & Co skulle inte länge sväva i okunskap om att de hittat den ryska ubåten, även om fyndet inte skulle komma att offentliggöras för det svenska folket.

Han slog på kaffebryggaren och satte på radions P4. De spelade *Ta mig till havet* med Peter Lundblad. Han höjde ljudet så att det blev olidligt och efter en halv minut såg han Axman och Bergman i dörröppningen.

– Vad fan gör du?

– Ordnar er överlevnad.

De åt ostmackor och drack kaffe med varm mjölk. Bill Bergman såg riktigt risig ut och Axman var tyst och gjorde ytterst små rörelser med kroppen.

– Jag hatade att behöva tvinga dig att erkänna under dyket, Bill, sa Anton Modin. Jag har liksom två olika personligheter, en hård och en mjuk. Som yin och yang ungefär. Jag var tvungen att få dig att erkänna. Både för din egen och vår skull.

– Det var det enda rätta, sa Bergman med nedböjt huvud. Nu vet ni alla hur det är. Min dotter går före allt. Jag är lättad men förtvivlad på samma gång. Det jävligaste är att jag tror att de listar ut att ni vet. De får reda på allt. Hur, vet jag inte. De kommer att hämnas på mig och Astrid. Fan, jag är rädd, Modin.

– Du ska fortsätta att spela med, sa Modin. Vi vet åtminstone läget och kan ta höjd. Det var för jävligt vad de gjorde med Astrid. Vilka jävla psykon. Vi ska ge dem för det också. Precis som vi gjorde med Loklinth. Det lovar jag, men den här gången ska vi sparka högt. Jag har nämligen en idé.

– Nej, inte en till, Modin, sa John Axman som äntligen öppnade munnen. Jag orkar inte med projekt som tar all kraft och sedan ska resultatet falla i glömska direkt. För vi kommer inte att kunna offentliggöra vrakfyndet. Eller hur?

Modin höll beklagande upp händerna.

– Då vill jag inte höra ett ord till, sa Axman.

– Jo, det är en sak till vi ska göra, sa Modin. Det fanns nämligen ett par andra dokument i väskan.

– Trodde jag inte det, sa Axman. Vad stod det i dem?

– De rör bokstavligen rikets säkerhet. Jag kom på vad vi måste göra i natt när jag var som mest berusad av tsarens champagne. Jävlar vad gott det var förresten.

– Du är inte klok, sa Axman. Vad kostade kalaset? Det var nog det värsta jag sett, inberäknat kändisfesterna i Saint-Tropez.

– Jag tog det på kortet, log Modin. Tyckte du inte om det? Du kan få mousserande vin nästa gång. Säg bara till. Förresten, du verkade komma bra överens med den där flottisten Henry Hoffsten. Är det sjömansuniformen som drar?

Modin rapade högt.

John Axman höll upp en hand och drack kaffe.

– Han var trevlig, sa han sedan svalt.

– Jag har fått ett erbjudande av Filipson, sa Modin. Han sms:ade i går kväll. Säkerhetspolisen erbjuder mig en natts fritt rotande i det kvalhemliga arkivet i Polishusets källare mot att vi håller tyst om ubåtsfyndet. Som ni vet är kvalarkivet det hemligaste arkivet vi har i landet. Det rör rikets säkerhet, säger de.

– Har vi hört det förut? sa Bergman. Får du fotografera i arkivet?

– Nej, inte en chans. Det viktiga är att jag får reda på fakta. Jag är övertygad om att det mesta finns i det kvalhemliga arkivet. Säkerhetspolisen har två arkiv. Ett vanligt hemligt där justitieministern med flera får titta. Det andra, det kvalificerat hemliga, får i stort sett ingen ta del av. Utom av exceptionella skäl. Då ska tre personer godkänna det.

– Du ska få en natt där, otroligt! sa Bergman. Vad kommer inte du att kunna berätta!

– Vår tystnad är viktig, påminde Modin. Om ubåtsfyndet och ryssarnas bärgning kommer till allmänhetens kännedom kommer det att skada våra relationer och affärer med Ryssland. Sådant kostar pengar och arbetstillfällen.

– Alltid är det pengarna som kommer först, sa Axman. Jag tror jag spyr.

– Det finns mer att spy åt, sa Bergman. Matti Svensson är i farten igen.

Han slängde morgontidningen på köksbordet med framsidan uppåt. *Ubåtarna i Hårsfjärden 1982 var Natoubåtar. FRA-chef erkänner.*

"Vi var tvungna att släppa ut dem", säger Gunnar Anderson f.d. byrådirektör på FRA. Förre ÖB bekräftar uppgifterna.

– Vi får bita ihop, sa Modin. Tystnad om ubåtarna säkrar också din dotters överlevnad, Bergman. Tills vi har tagit hand om den problematiken.

– Upprättelse är nödvändig, sa Bergman. Jag såg vad det betydde för Harry Nuder. Jag känner mig lika mycket under isen som han var när hundarna dödades.

Den ska komma, tänkte Modin.

Kapitel 77

Säkerhetspolisen, Stockholm, torsdag 28 augusti 2008

– Ett mästerverk, mina damer och herrar, sa polisintendent Göran Filipson och såg på sin powerpoint-bild på den vita duken på väggen i biblioteket.

På bilden syntes ett tidningsurklipp från Dagens Nyheter med texten. *Ubåtarna i Hårsfjärden var Natoubåtar.*

– Det måste jag medge, fortsatte han. Chris Loklinth kom undan med blotta förskräckelsen den här gången. Han är skicklig men vi har honom snart. Jag är övertygad om att han känner det själv. Första ronden är vunnen och Anton Modin och hans grupp är återuppbyggd. Det är nu vi ska använda dem till nyttiga ärenden för Sverige.

– Ursäkta, men hur gick det med ubåten? sa en äldre man med grått hår, mörkblå kavaj och guldknappar.

Det var finansmannen Pieter Willenstorch.

– Ubåten är återfunnen och även återlämnad till ryssarna. Det hela sköttes mycket snyggt av de inblandade. Ingenting har kommit ut, än. Nu får vi avvakta ryssarnas reaktion, men indikationer jag fått visar att de är tacksamma. Det kommer ni säkerligen att märka av i era affärsrelationer.

Modin har i sin tur mot tystnadslöfte erhållit tillstånd att se några godbitar i Säpos arkiv. Jag tror att det gagnar oss och jag har gett klartecken till regeringen via min kontakt. Vi går nu in i fas två.

Församlingen såg på honom. Det var samma grupp människor som varit med på mötet i juni. Göran Filipson vände ryggen mot dem och knäppte händerna bakom ryggen. Hans tummar syntes snurra otåligt.

Utanför fönstret regnade det. Den första höststormen var på väg. Ingen sa något. Filipson vände sig åter om.

– Jag har uppgifter om att den ryska säkerhetstjänsten kommer att vidta aktiva åtgärder mot väst. De ska aktivera sina agenter. Vi måste förbereda oss även här, även om ubåten hjälpt oss.

– Vad exakt består dessa aktiva åtgärder av? sa Pieter Willenstorch.

– Det kan röra sig om nålstick mot infrastrukturen såsom flyg, sjötrafik och tågtransporter. Men även telekom och Internet. I värsta fall vår energiförsörjning. Då menar jag främst kärnkraftverken. Kärnkraft är inte ryssarnas favorit. De har mycket olja som ni vet.

– Hur kommer det att påverka Internet? sa Amelia Carlson som för dagen var klädd i en elegant marinblå dräkt och bar en svart handväska i skinn.

– Det finns något som heter RBN, Russian Business Network. De kontrolleras av säkerhetstjänsten och kan på uppdrag genast angripa vårt Internet. RBN består av tusentals unga ryska hackers med möjligheter och resurser att slå ut stora delar av vårt Internet. De är en slags cyber-maffia. Det finns fler risker. Vi måste skydda oss. Börja avveckla våra åtaganden i Ryssland.

– Vi har stoppat nya krediter för investeringar i regionen, sa Pieter Willenstorch med darrig röst.

Han såg mycket gammal ut i den skumma belysningen. Han ägde Sveriges största bankkoncern.

– Bra, men vi får räkna med att de kommer att svara på detta, sa Göran Filipson. I sina egna ögon har ryssarna blivit övergivna. Frågan är vad deras motdrag blir? Det är möjligt att de flyttar fram sina positioner i Sydamerika eller Iran. Mellanöstern inte att förglömma.

– Vi kanske redan är inne i ett tredje världskrig, sa Amelia Carlson. Ett helt nytt sorts krig som inte syns på ytan. Ett slag om kapitalet där opponenterna gör allt för att skada motsidans ekonomier. Ett slag som på sikt hotar även vår demokrati. Banksystem som kollapsar.

– Ja, tyvärr kan du ha rätt, Amelia.

Göran Filipson såg ned i stengolvet.

– Det är det vi måste förhindra, sa han. Det kommer att ställas lika stora krav på demokratierna i väst som det gjorde under Hitler, och innebära lika stora påfrestningar.

Göran Filipson satte sig ned vid bordet där han hade sin laptop uppslagen.

– Hur får svenska folket reda på att det funnits en sovjetisk miniubåt i skärgården? sa Pieter Willenstorch. Det finns inga spår kvar av den, antar jag?

– Modin har bevisen. Han kommer att få mer i Säpoarkivet. En besättningsman överlevde sänkningen 1982 och han kan berätta via arkiven. Det är bara Modin som har trovärdigheten att dra upp detta i ljuset igen. Vi själva och politikerna har förbrukat förtroendekapitalet. Vi har ljugit för många gånger. Vi står inför ett folk som är skeptiskt, mycket skeptiskt. Det är där Modin och hans vänner kommer in.

Det går inte annars. Så fort Modin är klar med ubåtskränkningarna kommer han att lockas vidare till större saker. Byken ska tvättas, en gång för alla. Den ska bli ren som ett nybadat spädbarn.

Medan Göran Filipson pratade såg han ut över församlingen från vänster till höger. Han hade fått färg på kinderna igen.

I Sverige håller vi ihop, tänkte han. Vi är för små för att göra annat.

Kapitel 78

Stockholms norra skärgård, måndag 1 september 2008

Anton Modin var kär. Åtminstone kändes det som kärlek. Kanske inte den himlastormande passion som han känt för Monica men ändå en eggande förälskelse. Han tyckte om allt hos Ellie. Hon kom från en världsdel som han gillade; en cool, vänlig, självständig livsstil. Hon ingav honom respekt. Det var tilltalande. Och hon hade fått honom att uppstå från de döda genom att sätta igång hans sexuella aptit och all annan slags aptit. Ellie hade han vågat släppa nära inpå sig utan att olyckan på Estonia spökade. Hon hade förstått och accepterat hans historia på ett naturligt och för Modin bekvämt sätt. Han kunde slappna av i hennes närvaro.

Hon skulle snart lämna honom. Han kände sentimental lycka och smärta på samma gång. Lite som när han var ung och hade blivit kär i en tjej från Norrland på dansbanan en midsommarafton. Hon skulle åka nästa dag.

Ellie och han hade bara haft sex den gången efter slagsmålet på The Rock i juli. Det kändes ändå på något sett bra att de hållit distansen. Han ville inte inkräkta på Ellies liv. Hon var ung och hade en utbildning som väntade på henne.

Han var en sommarflört. Hon hade inte en tanke på att ta steget och binda sig vid 26 års ålder.

– Hi, Modin. I love you.

Ellie skrattade till med ett stort leende på läpparna och huvudet lite på sned. Hennes mörka hår hängde ned över ena axeln på den vita kashmirtröjan som han alltid skulle komma att förknippa henne med. Hon hade på sig tajta slitna jeans och bruna höga boots. Hon var gudomligt vacker, tyckte Modin. Det pirrade i kroppen på honom. Han kände sig svag och sårbar. Han hade svårt att förhålla sig till det: svag och sårbar. Men han hade bestämt sig för att vara ärlig mot sig själv.

– Ellie, jag har köpt rökt strömming. Böckling kallar vi det.

– Bockling? sa Ellie med en förtjusande min.

Hon satte sig ned bredvid Modin på träbänken vid torget i Grisslehamn och kasade närmare så att hon kom att röra vid hans höft väldigt lätt som av misstag.

– Det är gott. Prova.

De åt av böcklingen som fortfarande var varm och kom från rökeriet intill. Det var kladdigt. Ellie slickade av fingrarna. Hon var kladdig om munnen av fisken när hon vände sig mot Anton Modin och kysste honom. De kysstes passionerat och länge. Hon lade sin vänstra hand på Modins höft och den högra runt hans kortklippta nacke och tryckte hans huvud mot sig.

Bänken de satt på var placerad i hamnen nedanför The Rock. Klockan var 10.00 på förmiddagen den första dagen i september. Det var fortfarande varmt men hamnplanen låg öde. Turisterna hade återvänt till storstan. Fiskebåtarna stod tomma vid bryggorna. De sommaröppna butikerna hade slagit igen. Bara några få lunchgäster satt inne på The Rock eftersom säsongen var slut, och Ellie skulle resa hem.

Anton Modin älskade den här årstiden, berättade han för henne. Från semesterns slut fram till kylan och mörkrets intåg som skulle få den lilla fiskebyn att sluta sig inför vintern. Det var som om allting återvände till ursprunget när skolorna började.

Hon smålog i hans famn.

På den högra sidan av kajen tog en man ned en skylt där det stod *Djuphavsfiske.* En gammal dam gick förbi på vägen med en tygpåse i handen och betraktade dem diskret. Byborna var tillbaka i sin gamla lunk. Tiden rann bort som sand i ett timglas.

– I'll be back next summer, sa Ellie.

– Next summer is next summer, sa Modin. Nothing more, nothing less.

Han tittade henne djupt i ögonen.

– Ellie, jag skulle vilja att du gjorde mig och Bergman en stor tjänst. Den största tjänst du någonsin gjort för någon.

Modin tystnade i några sekunder och såg på Ellie med allvarlig min.

– Du kommer ihåg att du frågade mig varför jag burit mig åt som ett svin på The Rock?

– Ja, sa Ellie och lät misstänksam.

– Det handlar om något mycket allvarligt. Jag har tidigare arbetat för den hemligaste delen av vår svenska underrättelsetjänst. Det blev problem och jag hoppade av. Det är en kamp mot min förre arbetsgivare som pågår. Jag har vunnit första ronden. Tyvärr är det inte över än. Bill Bergmans dotter är i fara. Stor fara.

– Astrid, hon som är så söt och snäll.

– Ja, det är hon men hon svävar i livsfara. Mina fiender ger sig på Bergman genom Astrid. Hon har blivit kidnappad en gång redan. De var inte snälla mot henne. Vi måste få ut Astrid ur landet och det fort. Det är här du kommer in i bilden. Kan du tänka dig att hjälpa mig med det?

– Eh, javisst, vad gäller saken? Ellie lät mycket tveksam.

– Du reser tillbaka till USA om två dagar. Jag vill att du tar Astrid med dig. Sätt henne i en internatskola i din hemstad New Haven i några månader tills vi är klara här. Vi kommer och hämtar henne sedan. Du får alla omkostnader betalda. Du gör Sverige en stor tjänst. Jag kommer att vara dig evigt tacksam.

– Stackars Astrid. Hon är så söt. Men jag vet inte. Vad tycker Astrids mamma om det här?

– Problemet är att hon inte vet. Hon kommer att sväva i ovisshet för Astrids säkerhets skull. Hon kommer inte att veta vad som hänt henne. Tyvärr måste vi göra på det viset. Vi riskerar Astrids liv annars. Hon måste försvinna. Hon kommer att förstå efteråt. Jag är säker på det, sa Modin engagerat.

– Jag vet inte det, jag. Låt mig fundera en dag. Jag ställer självklart upp på Astrid om det är som du säger, att hennes liv är i fara.

– Fundera så länge du behöver. Du är vår enda chans som jag ser det. Jag finns kvar här. Jag kommer att ha fullt upp och fortsätta med det jag påbörjat.

– Var försiktig, Modin. Jag vill att du är rädd om dig. Jag kommer att sakna dig.

De kysstes ohämmat och länge. Sedan lade hon sitt huvud mot hans axel och blundade. Hon lyssnade. Måsar flög förbi och hälsade. Men från havet hördes endast en fiskebåt långt bort. Hon ville samla på ljuden, sa hon.

– Visst, gör det du.

Modin hade gott om tid.

Han hade ännu inte fått komma in och se det kvalhemliga Säpoarkivet. Det återstod pappersarbete, enligt Göran Filipson. Modins exceptionella rotande måste sanktioneras och hanteras på ett sätt så att det omöjligt kom till regeringens kännedom. Det var känsligt, menade Filipson. SSI hade sina spioner på Säkerhetspolisen som tjallade. Det var bara några ytterst få inblandade i ärendet och hittills hade de lyckats hålla det hemligt. Göran Filipson trodde att det skulle bli av om högst en månad och bad Anton Modin att hålla ut och framförallt att hålla tyst om *omständigheterna*.

– Jag kommer tillbaka hit, sa Ellie och öppnade sina ögon. Jag lovar. Det är klart att jag hjälper dig och Bergman. Ni är mina bästa vänner.

– Tack, sa Modin. Du ska i alla fall veta att jag älskar dig någonstans långt borta i norr där jultomten bor.

Två dagar senare var de vid Arlanda flygplats, terminal 5. Ellie var samlad och viskade att hon älskade Modin. Astrid fnittrade. Bill Bergman var vit som ett lakan i ansiktet.

Planet lyfte från bana 19 höger, flög rakt fram i några kilometer och svängde sedan höger mot norska Bergen för att därefter fortsätta ut över Atlanten.

Kapitel 79

Säkerhetspolisen, Stockholm, söndag 28 september 2008

– Det här satt långt inne, sa Göran Filipson. Justitieministern hälsar och tackar för att ni varit diskreta.

– Vet justitieministern om att jag kommer att få se allt i kväll? sa Anton Modin.

– Vet och vet, sa Göran Filipson. Justitieministern vet att du ska få se en del hemligt material som kan hjälpa dig vidare. Hon vet däremot inte vilken kaliber det är på materialet. Den borgerliga regeringen vet inte vad som finns i våra gömmor och det kanske är lika bra. Ministrarna skulle inte tro sina ögon. Den saken är säker, Modin.

Modin hajade till. Han hade inte tidigare sett Filipson så samlad och allvarlig.

– Jag hoppas att du kan behandla det här materialet med värdighet. Det är på sätt och vis Sveriges kronjuveler. Vi vill varken ha folkupplopp eller statskupp bland militärerna. Det är dina gamla kompisar på SSI och vi överens om. Men ett löfte är ett löfte. Hade ni avslöjat den sovjetiska miniubåten vid Singö i slutet av juli hade det skadat våra relationer till främmande makt kraftigt. Jag menar inte bara Ryssland.

– Hur menar du då? sa Modin.

– CIA och engelska MI6 har fått mycket information av oss genom åren, som du vet. Även om ubåtarna. Men FRA och Must samarbetar även de med Nato i dag. Det får inte komma ut, för det skulle skada våra relationer med Nato. Det vill inte regeringen.

– Det där känns inte som mitt problem, sa Anton Modin. Kan du släppa in mig i Pandoras ask nu.

– Innan vi går ned till det kvalhemliga arkivet vill jag att du ska veta en sak till, sa Filipson. Du har blivit godkänd av samtliga operativa chefer på Säpo som materialet rör. Det betyder att P-G Vingman som var chef på 1950- och 60-talen, Olof Frånlund på 1970-talet och P-G Näslund på 1980-talet gett sitt medgivande. Du är betrodd, Modin. Du verkar ha ett mycket gott renommé bland dessa tre legender inom den svenska säkerhetspolisen. Det förpliktar och jag hoppas att du inte sviker dem.

De två männen gick ut från kontoret på våning sju i polishuset. De tog en hiss ned i källaren och möttes där av en äldre man med bakåtkammat hår, prydligt klädd i grå kostym och blankputsade skor. Anton Modin kände inte igen honom. Han tyckte han hade drag av Clint Eastwood när han var som bäst, överlägsen och kortfattad. Modin hälsade utan att säga sitt namn. De gick vidare in genom en ståldörr som Filipson stängde noggrant.

Modin fick av Filipsons kroppsspråk intrycket att det var den gråklädde Eastwoodlike som var högst i rang. Han stannade till vid en mörkblå ståldörr utan någon text. Dörren var kraftig och på några ställen hade färgen skavts av. Dörren hade dubbla lås, ett i midjehöjd och ett högst upp. Det högre var ett tolvtillhållarlås såg Modin. Ett kassaskåpslås.

Mannen låste upp de två låsen och sköt sakta och högtidligt upp den tunga dörren. Den gick upp med ett svagt knirr.

Det luktade gamla papper och damm.

Modin steg in efter Eastwood som tände ljuset med en strömbrytare till höger på väggen. I rummet stod rader med arkivskåp. Ett årtal stod skrivet på varje skåp. Anton Modin gick genast fram till skåpet 1982 och öppnade det.

– Innan vi lämnar dig ensam med hemligheterna vill jag påpeka att du inte får fotografera och inte skriva av något, Modin. Är det uppfattat?

– Inga problem, sa Modin oengagerat och hittade i samma veva *Vässarö-incidenten i september 1982*. Han lirkade ut mappen och stoppade den under armen. Sedan gick han bort till nästa skåp.

– Du har kaffe i termosen på bordet och några mackor. Vi kommer och öppnar igen exakt klockan 08.00 i morgon bitti. Då är din tid ute. Du kan nå mig på den här telefonen om det är något. Lycka till.

Göran Filipson pekade på en svart telefon på väggen och vände på klacken.

Anton Modin lät dem gå. Sedan öppnade han arkivskåpet för år 1986. Han vände sig om, även om han visste att han var ensam. I skåpet hittade han en svällande mapp. På framsidan stod *Mordet på statsminister Paul Olofson*. Modin stelnade till när han såg vad som mer stod på mappen. Ovanpå arkivmappen satt en fet stämpel: *Ärendet utrett och avslutat. RPS/Säk 86.11.07.*